**Allitera** Verlag
Krimi

I0615603

KAROLINE EISENSCHENK, geboren 1975, veröffentlichte bereits den Niederbayern-Krimi »Walpurgisnacht« (2012) und unter dem Pseudonym Katelyn Edwards die Kriminalromane »Der Shakespeare-Mörder« und »Pfadfinderehrenwort« (beide 2011). Nach ihrem Studium der englischen Sprach- und Literaturwissenschaft lebt sie heute in Geiselhöring und arbeitet in München.

Karoline Eisenschenk

# Der letzte Tanz

Niederbayern-Krimi

Allitera Verlag
Krimi

Weitere Informationen über den Verlag und sein Programm unter:
www.allitera.de

Wir danken dem Musikhaus Öllerer für das freundliche zur Verfügung-
stellen des Umschlagbildes!

Dezember 2014
Allitera Verlag
Ein Verlag der Buch&media GmbH, München
© 2014 Buch&media GmbH, München
Umschlaggestaltung unter Verwendung eines Fotos von
Musikhaus Öllerer GmbH
Printed in Europe · 978-3-86906-655-4

Karoline Eisenschenk

# Der letzte Tanz

Niederbayern-Krimi

Allitera Verlag
Krimi

Weitere Informationen über den Verlag und sein Programm unter:
www.allitera.de

Wir danken dem Musikhaus Öllerer für das freundliche zur Verfügung-
stellen des Umschlagbildes!

Dezember 2014
Allitera Verlag
Ein Verlag der Buch&media GmbH, München
© 2014 Buch&media GmbH, München
Umschlaggestaltung unter Verwendung eines Fotos von
Musikhaus Öllerer GmbH
Printed in Europe · 978-3-86906-655-4

Theseus:
»Was gibt's für Zeitvertreib auf diesen Abend?
Was für Musik und Tanz? Wie täuschen wir
Die träge Zeit als durch Belustigung?«

William Shakespeare:
Ein Sommernachtstraum,
5. Akt, 1. Szene

Aba heit' is' koit!
Aba heit' is' koit!
Aba heit' is sapp'ramontisch koit!
Aba heit' is' koit!
Aba heit' is' koit!
Aba heit' is sapp'risch koit!

Aba des is' guat!
Aba des is' guat!
Aba des is' sapp'ramontisch guat!
Aba des is' guat!
Aba des is' guat!
Wann ma' Kranzl-Tanz'n tuat!

Ja, es gibt nix schön'res auf der Welt,
wenn dir rund-um-a-dumm nix fehlt!
Ja, es gibt nix schön'res auf der Welt,
wenn dir rundum nix fehlt!

Liabe Leut', der Mensch hat keinen Grund
Zu jammern, is' er rundum g'sund!
Liabe Leut', seids g'scheit, ob groß oder klein,
all's and're renkt sich ein! Ja ein!

(Text zur Schäfflermelodie)

# Prolog

*Im Haus war es dunkel und still. Keine polternden Schritte auf der Treppe, keine lauten Stimmen; nichts, was die abendliche Ruhe hätte stören können. Die Turmuhr von St. Ulrich schlug zweimal zur halben Stunde. Tief und wohlklingend ertönten die Glocken der Dorfkirche und ließen die Person, die in einem Sessel vor dem Kaminfeuer saß, einen Blick auf ihre Armbanduhr werfen: erst halb sechs. Jetzt, Anfang Februar, waren die Tage noch kurz und boten, wenn sich, so wie heute, der Nebel überhaupt nicht lichten mochte, ein graues und trübes Einerlei. Zudem war der Winter in der vergangenen Woche mit eisiger Kälte zurückgekehrt und hatte die Landschaft unter einer dicken Schneedecke begraben.*

*Höchste Zeit, etwas Farbe in das Leben der Menschen zu bringen, hatte Pfarrer Hartl am Sonntag im Gottesdienst voller Vorfreude gesagt. Nach den obligatorischen sieben Jahren würde endlich wieder der Schäfflertanz in Altenberg aufgeführt werden. An den bevorstehenden Faschingstagen würde er die Kreisstadt und ihre umliegenden Dörfer mobilisieren und begeistern, wie es keinem zweiten Ereignis in der Gegend gelang. Nur er vermochte sogar die verfeindeten Nachbarsdörfer Neukirchen und Ebersbach ihre gegenseitige Abneigung in diesen fünf Tagen vergessen zu lassen. Überall herrschte eine Mischung aus freudiger Erwartung und Anspannung. Zwei Altenberger Konditoreien waren in einen regelrechten Wettstreit um die originellere und bessere Schäfflertorte getreten, und auch in den Auslagen der örtlichen Metzgereien fand sich so manche fantasievolle Neukreation. Die Lokalzeitung hatte ein Preisausschreiben gestartet und zählte in jeder Ausgabe die verbleibende Zeit bis zum Eröffnungstanz vor dem Altenberger Rathaus. Noch zehn Tage.*

*Doch die Person interessierte sich nicht für die bunte Anzeigenkampagne der Altenberger Nachrichten, die vor ihr auf dem Tisch lagen. Auch der Vorfreude von Pfarrer Hartl und den anderen Neukirchnern mochte sie sich nicht anschließen. Starr und unbeweglich saß sie seit einer Stunde in ihrem Sessel und blickte in das knisternde Kaminfeuer, der einzigen Lichtquelle im Raum.*

9

*Dann ging plötzlich ein Ruck durch ihren Körper und sie griff nach dem Gegenstand, der schon die ganze Zeit neben der Zeitung auf dem Tisch gestanden hatte.*

*Eine kleine Holzfigur in Form eines Schäfflers hing an dünnen Schnüren befestigt zwischen zwei bunten Holzleisten. Sobald man die Leisten am unteren Ende leicht zusammendrückte, machte die Figur einen eleganten Überschlag. Das fragile Konstrukt war von einem Schreiner, selbst ein ehemaliger Schäffler, eigens für die Faschingstage angefertigt worden und hatte sich in den Altenberger Geschäften schon im Vorfeld als wahrer Verkaufsschlager entpuppt.*

*Rolle vorwärts, Rolle rückwärts, Rolle vorwärts, Rolle rückwärts. Immer wieder drückte die Person die Holzleisten zusammen und ließ die Figur ihre akrobatische Turnübung ausführen. Dabei summte sie leise eine Melodie. Die Melodie, die die Schäffler schon bald während ihrer Tanzaufführungen begleiten würde. Der Schatten der Figur, den die Flammen des Kaminfeuers an die gegenüberliegende Wand projizierten, wirkte unnatürlich groß. Es fühlte sich an, als ob ein weiterer Mensch im Raum anwesend wäre. Als ob er auf einmal da wäre ...*

*Abrupt hielt die Person in ihrer Handbewegung inne. Kein Ton kam mehr über ihre Lippen. Wie hypnotisiert starrte sie auf den ruhenden Schatten. Der Hass kam mit solcher Wucht, dass sie die Figur am liebsten quer durch den Raum geschleudert hätte. Abgrundtiefer Hass, gefolgt von dem Wunsch, ihn für immer auszulöschen. Ihre Hände krampften sich um das Holzspielzeug, bis die Knöchel weiß hervortraten. Sie schloss die Augen und zwang sich, ein paar Mal tief durchzuatmen.*

*Allmählich wurde sie ruhiger, ihre Finger lockerten sich. Fast schon mitleidig betrachtete sie den Gegenstand in ihrer Hand, ehe sie erneut die vertraute Melodie zu summen anfing. Langsam, geradezu andächtig, löste sie dabei die Fäden und riss der Figur nach und nach die angeschraubten Gliedmaßen ab. Schließlich zerlegte sie das Holzspielzeug so lange, bis sämtliche Einzelteile vor ihr auf dem Tisch lagen.*

*»Asche zu Asche, Staub zu Staub.«*

*Ein diabolisches Lächeln umspielte für einen kurzen Augenblick ihre Lippen.*

*»Fahr zur Hölle«, zischte sie und warf die Teile in das Kaminfeuer, wo sie innerhalb weniger Sekunden von den Flammen vernichtet wurden.*

# Kapitel 1

Achtung, Herr Professor, die Katze!«, ertönte hinter Gregor Cornelius Marias Warnschrei.

Gerade noch rechtzeitig, denn um ein Haar hätte er, beladen mit zwei Pappkartons, die ihm jegliche Sicht nahmen, das Tier zu seinen Füßen getreten. Wie so oft hatte es sich Max mitten auf dem Wohnzimmerboden gemütlich gemacht und lag, alle viere von sich gestreckt, auf den dank einer Fußbodenheizung angenehm warmen Fliesen. Von Cornelius' Schritten aus dem Schlaf gerissen, blinzelte er sein Herrchen müde an, ehe er langsam aufstand, gähnte und sich genüsslich dehnte und streckte. Doch anstatt das Weite und einen neuen Schlafplatz zu suchen, schmiegte er sich laut schnurrend um Cornelius' Beine und zwang ihn damit endgültig zum Stehenbleiben.

»Lassen Sie mich Ihnen doch helfen.« Maria eilte zu Cornelius. »Was, um Himmel willen, schleppen Sie denn da durch die Gegend?«

»Das müssen Sie meine Frau fragen. Die Pakete sind für Ramona«, schnaufte Cornelius hinter dem Kartonberg. »Der Paketdienst hat sie gerade angeliefert.«

Die Haushälterin inspizierte neugierig den Aufdruck der beiden Schachteln. »Das sind bestimmt die Faschingskostüme für Kitzbühel«, sagte sie und befreite ihn von seiner bedrohlich schwankenden Last. »Die müssen gleich gewaschen und gebügelt werden.«

Kopfschüttelnd betrachtete Cornelius die Kartons. »Wir haben doch noch mindestens drei Kisten mit alten Kostümen auf dem Dachboden stehen. Wozu muss denn jetzt schon wieder etwas Neues gekauft werden?«

Maria musterte Cornelius mit einer Mischung aus Unverständnis und Missbilligung. »Sie sagen es. *Alte* Kostüme. Damit kann die Frau Professor unmöglich nach Kitzbühel fahren. Schließlich reist sie in adliger Gesellschaft.«

Cornelius ging neben dem Kater in die Hocke und streichelte Max über sein schwarzes Fell. Dass ihre Haushälterin Ramona seit dem Tag, an dem Cornelius habilitiert worden war, »Frau Professor« nannte, störte ihn nicht im Geringsten. (Einem Einwand seinerseits wäre auch nicht allzu viel Beachtung geschenkt worden.) Wohl aber Marias Hinweis auf die Reisebegleitung seiner Frau.

»Sie tun ja gerade so, als wäre Ramona zum Staatsbankett der Queen eingeladen«, sagte er. »Die von Greifenbergs mögen sich zwar einbilden, zum europäischen Hochadel zu gehören, aber Wunsch und Wirklichkeit klaffen hier doch ziemlich weit auseinander.«

»Trotzdem braucht Ihre Frau etwas Anständiges zum Anziehen«, erwiderte Maria unbeeindruckt und balancierte die Kartons nach draußen. »Falls Sie den Moritz suchen, der liegt auf der Eckbank in der Küche.«

»Dann lass uns mal deinen kleinen Freund besuchen.«

Wie zur Bestätigung schnurrte der Kater noch etwas lauter und hinkte Cornelius folgsam hinterher. Sein rechtes Vorderbein war bei einem nächtlichen Streifzug in eine Marderfalle geraten. Laut der Tierpflegerin hatten seine Vorbesitzer danach jegliches Interesse an ihrem Hausgenossen verloren und ihn kurzerhand vor dem Tierheim ausgesetzt. Seit einem halben Jahr gehörte Max, genau wie der rotgetigerte Moritz, nun zu ihrer Familie.

Marias Erwähnung von Ramonas bevorstehender Reise nach Kitzbühel hatte Cornelius' ursprünglich guter Laune einen herben Dämpfer versetzt. Obwohl sie bei ihrem letzten gemeinsamen Urlaub, einer Kreuzfahrt, nicht nur seekrank geworden war, sondern sich so heftig mit Caroline von Greifenberg zerstritten hatte, dass beide Frauen wochenlang kein Wort mehr miteinander gewechselt hatten, wollte Ramona erneut mit den von Greifenbergs verreisen. Wie schon im vergangenen Frühsommer verspürte Cornelius auch jetzt keine Lust, sich diesem Martyrium auszusetzen, und hatte sofort dankend abgelehnt.

Der Grund war weniger die werte Baronin selbst, auch wenn sie durchaus anstrengende Eigenschaften an den Tag legte, als vielmehr ihr Ehemann, Richard von Greifenberg. Allein der Gedanke an ihn ließ Cornelius' Stimmung noch mehr in den Keller sinken.

Acht Jahre hatte Cornelius gemeinsam mit von Greifenberg die Abteilung für Mittelalterliche Geschichte an der Münchner Universität geleitet. Acht Jahre, die ihre Spuren bei Cornelius hinterlassen hatten. Unermüdlich war von Greifenberg mit seinem lärmenden Wesen auf seinen Nerven herumgetrampelt, hatte sich beim Dekan in den Vordergrund gedrängt, wissenschaftliche Assistenten ungeniert mit unliebsamen Arbeiten eingedeckt und mehr als einmal Cornelius' Auffassung von universitärer Lehrstuhlführung lautstark als altmodisch und verstaubt abgekanzelt. Jetzt durfte er sich seit fast einem Jahr an seinem Nachfolger austoben und dessen Geduld überstrapazieren, ein Umstand, den Cornelius neben der neu gewonnenen Zeit am meisten an seiner Pensionierung schätzte.

Umso mehr versuchte er jedem privaten Zusammentreffen mit Richard von Greifenberg zu entgehen, auch wenn Ramonas Freundschaft mit Caroline von Greifenberg dieses Unterfangen nicht unbedingt einfacher machte. Im Vorjahr hatte er seine Flucht vor der drohenden Kreuzfahrt vor allem seinem Neffen zu verdanken gehabt, der ihn als Hüter für sein Zuhause in Neukirchen gebraucht hatte, während er selbst bei Ausgrabungen in Griechenland weilte.

Auch jetzt kam der rettende Anker aus Niederbayern: Anna Leitner, die Wirtin des dortigen Gasthofs, hatte ihn und Ramona über die Faschingstage in ihre erst vor Kurzem eröffnete Pension nach Neukirchen eingeladen.

Seine Frau hatte dem von Greifenbergschen Lockruf nach Kitzbühel dennoch nicht widerstehen können – ganz im Gegensatz zu Cornelius, der Anna sofort zugesagt hatte. Nach sieben Jahren würde in der nahegelegenen Kreisstadt Altenberg wieder der Schäfflertanz aufgeführt werden, ein Ereignis, das sicher auch Neukirchen nicht unberührt lassen würde.

Wie Maria vorausgesagt hatte, lag Kater Moritz zusammengerollt auf der Eckbank in der Küche und schlief tief und fest. Offenbar träumte er gerade von einer besonders aufregenden Mäusejagd, denn immer wieder ging ein Zucken durch seinen kleinen Katzenkörper. Max, in der ständigen Hoffnung auf einen Leckerbissen, blieb Cornelius dagegen dicht auf den Fersen.

13

Nie hätte er gedacht, dass Ramona einem Haustier zustimmen würde. Aber nachdem sie im vergangenen Jahr in Neukirchen regelmäßig Besuch von ihrer Nachbarskatze erhalten hatten, war Ramona bei ihrer Rückkehr nach München seinem Vorschlag erstaunlich zugetan. (Natürlich nur, weil Cornelius sofort klammheimlich alle Katzengeschenke in Form von toten Mäusen, Vögeln und sonstigem Getier entsorgt hatte.)

Dennoch wurden an den neuen Bewohner einige Anforderungen gestellt, unter anderem der Wunsch nach dessen reinrassiger Abstammung. Der Preis für ein solches Tier bewegte sich in geradezu astronomischen Höhen und jagte Cornelius den Angstschweiß auf die Stirn. Nach einigen hitzigen Diskussionen einigten Ramona und er sich auf einen Abstecher in das nahegelegene Tierheim. Sollte dieser allerdings nicht erfolgreich verlaufen, würde die Edelkatze Einzug im Hause Cornelius halten.

Der Besuch gestaltete sich schließlich völlig anders als erwartet, bescherte er ihnen doch zwei invalide Streuner als neue Mitbewohner: Während Max humpelte, war Moritz auf einem Auge blind.

Zweihundert Meter waren sie damals bereits wieder vom Tierheim entfernt gewesen, als Ramona ihren Mann mit diesem ganz bestimmten Blick ansah. »Also gut, dreh um. Wir nehmen die beiden Racker.«

Cornelius kraulte Max hinter den Ohren, was sofort mit einem zufriedenen Schnurren quittiert wurde. Neugierig ging Cornelius dann an den Herd und hob einen der Topfdeckel.

»Hier riecht es aber gut. Hat Maria für morgen schon vorgekocht?«

Selbst gemachtes Rotkraut. Marias Spezialität.

Voller Vorfreude öffnete er die Besteckschublade, um eine Gabel herauszuholen.

»Da bist du ja endlich. Was machst du denn hier in der Küche? Los, los! Du musst dich noch umziehen!«

Ramona stand, perfekt frisiert und geschminkt, im Türrahmen und sah ihn erwartungsvoll an. Da bei seiner Frau selten eine Haarlocke am falschen Platz saß oder eine Braue nicht millimetergenau gezupft war, bedeutete ihr Aussehen zunächst keine besonderen abendlichen Vorkommnisse. Wohl aber das schwarze

Cocktailkleid und die hohen Absatzschuhe. Fieberhaft versuchte Cornelius sich daran zu erinnern, was sie für den Abend vereinbart hatten, aber es wollte ihm nicht einfallen.

»Umziehen? Wofür denn?«, fragte er schließlich.

Ramonas akkurate Augenbrauen schnellten alarmiert in die Höhe. »Sag bloß, du hast es vergessen? David Kronenburg kommt heute zum Abendessen. Und nur für den Fall, dass du das auch vergessen hast: Er ist der neue Freund unserer Tochter.«

Cornelius' zwischenzeitlich bessere Laune rutschte endgültig in den Bereich des Untergeschosses des Münchner U-Bahnnetzes. Tief in seinem Inneren hatte er bei Ramonas Worten bereits geahnt, dass er sogleich mit etwas äußerst Unangenehmen konfrontiert werden würde.

»Wie könnte ich diesen Umstand nur vergessen«, brummte er und ließ die Gabel geräuschvoll zurück in die Besteckschublade fallen.

Ramona stemmte ihre Arme in die Hüften. »Ich frage mich wirklich, was du gegen den jungen Mann hast. Seit wir ihn das erste Mal gesehen haben, lässt du kein gutes Haar an ihm.«

»Vielleicht liegt es schlicht und einfach daran, dass ich *diesen jungen Mann* nicht ausstehen kann.«

»Und warum nicht? Er kommt aus einer sehr angesehenen Familie, hat einen hervorragenden Universitätsabschluss und eine vielversprechende berufliche Karriere vor sich. Andere Väter wären froh, wenn ihre Töchter so einen Freund nach Hause brächten.«

»Ich bin aber kein anderer Vater. Außerdem mangelt es dem Spross an jeglichem Taktgefühl und Bodenhaftung. Nur weil der Herr Unternehmensberater mit einem Sportwagen durch die Gegend brausen kann, muss ich ihn noch lange nicht sympathisch finden«, erwiderte Cornelius angriffslustig.

Es war in ihrem Haus nicht die erste Diskussion, die über Tabeas neueste Errungenschaft geführt wurde, und er befürchtete, es würde nicht die letzte sein. Wie immer war Ramona nicht gewillt, die Waffen zu strecken.

»Musst du auch nicht, schließlich ist Tabea mit ihm zusammen und nicht du«, entgegnete sie ungerührt. »Aber es würde nicht nur für sie die Situation erheblich erleichtern, wenn du David gegenüber nicht so negativ eingestellt wärst. Die ganze Zeit hast du dich über ihre wechselnden Freunde und ihr unstetes Leben beschwert. Jetzt hat sie endlich eine ernst zu nehmende Beziehung, und es passt dir auch wieder nicht.«

Max, dem die angespannte Stimmung zwischen Herrchen und Frauchen nicht entgangen war, ließ ein vorwurfsvolles Miauen hören und hinkte aus der Küche.

»Ramona, ich habe lediglich gesagt, dass sie eine Konstante in ihrem Leben finden muss und nicht immer so sprunghaft sein darf. Soweit ich mich erinnere, warst du ganz meiner Meinung.«

»Das bestreite ich auch nicht.«

»Wenn das konstante Ergebnis allerdings dieses unerträgliche Großmaul ist, passt mir das in der Tat nicht. David würde einen perfekten Von-Greifenberg-Sprössling abgeben: viel heiße Luft und nichts dahinter.«

Ramona sah ihn prüfend an. »Ist das der Grund, warum du David nicht ausstehen kannst? Weil er dich an Richard erinnert?«

Cornelius verschränkte die Arme vor der Brust. »Es ist einer von vielen Gründen. Ich mag es einfach nicht, wenn Leute sich aufführen, als würde ihnen die ganze Welt gehören, und sich alles ausschließlich um ihr Leben drehen.«

Ramona ging einen Schritt auf ihren Mann zu und legte ihm sanft die Hand auf den Arm. »Ich weiß, darin ist Richard wirklich ein Meister. Aber David tust du Unrecht. Er hat für sein junges Alter schon sehr viel erreicht. Da ist es doch ganz natürlich, dass er nicht immer den richtigen Ton trifft und ab und an verbal etwas über die Stränge schlägt.«

»Nicht nur verbal. Und was unseren Großmeister betrifft: Warum tust du es dir schon wieder an und fährst mit den beiden in den Urlaub? War die Kreuzfahrt nicht abschreckend genug? In Neukirchen ist es doch auch schön.«

»Ach, Gregor. Jetzt mach es mir doch nicht so schwer«, seufzte Ramona. »In Kitzbühel versammelt sich nun einmal alles, was Rang und Namen hat. Ich empfinde es als eine große Ehre, dass auch wir dazu eingeladen sind. Und falls es dich beruhigt: Ich fahre in erster Linie mit Caroline. Wenn es nach mir ginge, könnte Richard gerne zu Hause bleiben. Aber das kann ich ja schlecht von ihr verlangen.«

Cornelius zog genervt die Luft ein. »Ich erinnere mich noch gut daran, wie sehr du letztes Jahr über sie geschimpft hast. Auch wenn ich bis heute nicht weiß, warum ihr euch überhaupt so zerstritten habt.«

»Man muss Vergangenes auch einmal ruhen lassen. Die Situation an Bord war für uns alle damals nicht einfach«, antwortete Ramona nach kurzem Zögern. »Ich weiß, dass dir diese gesellschaftlichen Ereignisse nichts bedeuten. Aber mir ist die Einladung wichtig und ich bitte dich, das zu respektieren. Außerdem komme ich doch nach.«

»Am Aschermittwoch, wenn alles vorbei ist. Du siehst keine einzige Schäffleraufführung.«

»Ich bin mir ziemlich sicher, dass dieses Ereignis auch ohne mich ein voller Erfolg werden wird. Und jetzt zieh dich bitte um und versuche, ein bisschen freundlicher zu sein. Wenn schon nicht David, dann wenigstens deiner Tochter zuliebe.« Ramona sah ihn eindringlich an, ehe sie mit klappernden Absätzen aus der Küche ging.

---

»Was ist denn heute Abend los mit euch? Konzentriert euch endlich. Sebastian, du warst schon wieder einen Vierteltakt zu spät. Stefan, Klaus, das Element heißt *Metzgersprung*, nicht Schneckensprung. Also, mit etwas mehr Elan, wenn ich bitten darf.«

Armin Weingartners Stimme schallte laut durch die Sporthalle, während er mit finsterer Miene die Reihen der jungen Männer entlangschritt. Zuvor hatten ein resoluter Pfiff aus seiner Trillerpfeife und das Anhalten der Musik die Gruppe zu einem abrupten Halt veranlasst. Es war nicht die erste Unterbrechung an diesem Abend. Nichts konnten sie dem knapp fünfzigjährigen Konditormeister heute recht machen. Sebastians Gesichtsausdruck war dementsprechend. Julian, der neben ihm tanzte, lächelte ihm aufmunternd zu und flüsterte: »Denk dir nichts. Der fängt sich schon wieder. Ich war auch nicht ganz im Takt.«

Weingartner, dem das Getuschel hinter seinem Rücken nicht entgangen war, drehte sich zu seinen beiden Vortänzern um.

»Ihr sollt nicht so viel reden, sondern ordentlich tanzen. Vor allem du«, schimpfte er.

»Es tut mir leid«, murmelte Sebastian.

Weingartner verkniff sich einen weiteren Kommentar und ging auf ihn zu. Normalerweise war es nicht seine Art, einen Einzelnen vor allen anderen zu kritisieren. Aber Sebastians wiederholte Unaufmerksamkeit hatte seinen Blutdruck in ungeahnte Höhen steigen lassen. Direkt vor Sebastian blieb er stehen.

»Warum bist du denn heute so unkonzentriert?«, fragte er leise. »Gerade von dir bin ich das überhaupt nicht gewohnt.«

Sebastian spürte die bohrenden Blicke von mehr als zwanzig Augenpaaren, die auf ihn und Weingartner gerichtet waren. Nur Julian tat ihm den Gefallen und sah angestrengt in die andere Richtung.

»Tut mir leid. Kommt nicht wieder vor«, sagte er rasch und senkte den Kopf.

»Wenn du nicht fit bist, sag es. Dann setzt du halt heute mit der Probe aus. Das ist doch nicht so schlimm.« Armin Weingartner klang ehrlich besorgt.

»Nein, es geht schon. Ich hab diese Woche nur viel um die Ohren. Ich strenge mich jetzt auch richtig an«, wehrte Sebastian ab. Eine tiefe Röte hatte seine Wangen überzogen.

Weingartner musterte ihn einen Augenblick. Dann ging er zu dem kleinen Podium zurück, von dem aus er die Tanzeinlage beobachtet hatte.

»Zehn Minuten Pause. Danach fangen wir noch einmal mit dem Aufmarsch an«, rief er.

Missmutig drückte er auf den Schalter der Musikanlage. Die letzten Proben waren alle fehlerlos über die Bühne gegangen, aber jetzt, wenige Tage vor dem Eröffnungstanz, schlichen sich plötzlich Ungenauigkeiten und Leichtsinnsfehler ein. Sie ärgerten ihn vor allem, weil er wusste, dass die diesjährige Gruppe eine der besten war, mit der er bisher gearbeitet hatte. Obwohl viele ganz junge und unerfahrene Burschen dabei waren, strahlten die Elemente bei jedem Schritt Genauigkeit, Taktgefühl, ja fast schon spielerische Leichtigkeit aus. Das lag nicht zuletzt an den beiden Vortänzern.

Verstohlen sah er sich nach Julian und Sebastian um und entdeckte sie einige Meter entfernt in ein Gespräch vertieft. Von Julian Bernbacher hatte Armin Weingartner nichts anderes erwartet. Schon beim letzten Schäfflertanz war ihm der groß gewachsene, schwarzhaarige junge Mann ins Auge gestochen. Mit zwanzig Jahren war er einer der Neulinge unter den damaligen Tänzern gewesen und hatte nicht nur eine bewundernswerte Kondition, sondern auch großen Elan und Freude am Tanzen gezeigt. Schnell war klar, dass Julian sieben Jahre später ein ernst zu nehmender Kandidat für eine der beiden Vortänzerpositionen sein würde.

Bei Sebastian Kofler dagegen waren sich Weingartner und der Rest des Schäfflerausschusses anfangs nicht so sicher gewesen. Auch er hatte sieben Jahre zuvor durchaus überzeugt, aber den Sprung vom Tänzer zum Vortänzer hatten ihm die wenigsten zugetraut. Weingartner mochte sich da gar nicht ausschließen. Wie die anderen Mitglieder des Ausschusses hatte er auf Sascha Eichinger neben Julian als Vortänzer gehofft. Sascha und Julian – auf den ersten Blick hätte man sie für Brüder halten können. Weingartner hatte sie schon gemeinsam vor seinem geistigen Auge die Gruppe anführen sehen.

Doch Saschas plötzlicher Tod vor einigen Monaten hatte alle Pläne zunichtegemacht. Nach zahlreichen Debatten war ihre Wahl schließlich auf Julian und Sebastian gefallen, auch wenn Sebastians Nominierung Weingartner viel Überzeugungskraft und manch schlaflose Nacht gekostet hatte. Dazu kam noch eine äußerst unschöne Auseinandersetzung mit Benedikt Rehberg, dem Apotheker aus Altenberg und Sponsor des Neukirchner Fußballvereins, der mit aller Macht seinem Neffen die Position des ersten Vortänzers zuschanzen wollte. Es hätte nicht mehr viel gefehlt und Weingartner wäre aus dem Ausschuss ausgetreten.

Aber Julian und Sebastian hatten ihn und die übrigen Mitglieder des Ausschusses bereits in der ersten Probe überzeugt. Sebastian war zwar kein zweiter Julian, aber er war seine perfekte Ergänzung. Mit dieser Meinung stand Weingartner schon lange nicht mehr allein da. Sebastian strahlte nicht nur eine bewundernswerte Ruhe, sondern unglaubliches Charisma und großes Gespür für die Musik aus, sobald die ersten Takte erklangen. Julian vertraute ihm blind und mit ihm der Rest der Gruppe.

Der Altenberger Bürgermeister, in jüngeren Jahren selbst ein aktives Mitglied der Schäffler, nannte die Besetzung sogar einen wahren Geniestreich Weingartners, wie er ihm unlängst auf einer Faschingsfeier offenbart hatte. Zugegeben, der ungewohnte Anflug von Euphorie kam zu bereits später Stunde und nach einigen Gläsern zu viel, dennoch war das Kompliment nicht von der Hand zu weisen.

Umso mehr Sorgen bereitete Armin Weingartner jetzt Sebastians plötzliche Unkonzentriertheit. Kaum fing er zu wanken an, zog es sich wie ein roter Faden durch die ganze Gruppe. Ungewohnte Taktfehler reihten sich an schlampige Schrittkombinationen, die auch Julian nicht mehr aufzufangen vermochte. Während er noch seinen Gedanken nachhing, wurde die Tür zum Umkleidebereich geöffnet und ein älterer Mann mit silbergrauem Haar und einem Gehstock betrat die Sporthalle. Langsam, den Oberkörper leicht nach vorne gebeugt, ging er auf Armin Weingartner zu.

»Na, Armin. Will es heute nicht so recht laufen? Ich hab dich bis vor die Halle schimpfen hören.«

»Grüß dich, Josef. Irgendwie ist heute der Wurm drin«, seufzte Weingartner und fuhr sich durch sein kurz geschnittenes braunes Haar, sodass es sekundenlang in alle Richtungen abstand.

Der alte Mann runzelte die Stirn. »Julian?«

»Nein, nein. Um deinen Enkel musst du dir keine Sorgen machen. Sebastian schwächelt heute ein bisschen, und der Rest ist auch leicht unkonzentriert.«

»Sebastian? Das ist ja etwas ganz Neues«, stellte Josef Bernbacher fest.

Der Seniorchef des Neukirchner Sägewerks durfte mit Fug und Recht als das Urgestein des Altenberger Schäfflertanzes bezeichnet werden. Als junger Mann war er selbst ein exzellenter Tänzer und Reifenschwinger gewesen und hatte nach seiner aktiven Zeit lange Jahre als Vorsitzender des Schäfflerausschusses und Hauptorganisator der Veranstaltungen fungiert. Weingartner erinnerte sich noch gut an die Proben unter Josef Bernbachers Regie, in denen er selbst als unerfahrener Tänzer seine Anweisungen mehr oder weniger erfolgreich in die Tat umgesetzt hatte.

»Das sind nur die Nerven, wenn du mich fragst«, sagte Weingartner. »Es wird jetzt einfach höchste Zeit, dass es losgeht. So kurz vor dem ersten Auftritt ist es uns damals auch nicht anders

ergangen. Ich weiß noch ganz genau, wie du uns bei der Generalprobe die Leviten gelesen hast.«

»Ihr werdet es schon gebraucht haben«, sagte Bernbacher und
ein kurzes Lächeln huschte über sein Gesicht. »Hoffentlich fängt
Sebastian sich wieder.«

»Mach dir keine Sorgen, Josef. Wir kriegen das schon hin.
Willst bei der Probe noch ein bisschen zuschauen?«

»Ja, gern. Wenn ich euch nicht störe.«

Weingartner holte einen Stuhl von einem in der Ecke aufgerich-
teten Stapel und stellte ihn neben sein Podium. »Du doch nicht.«

Vor einigen Jahren hatte Josef Bernbacher das Amt des Aus-
schussvorsitzenden schließlich an Armin Weingartner abgege-
ben. Doch bis heute wäre es Weingartner nicht in den Sinn gekommen, ihn außen vor zu lassen. Er war nach wie vor zu jeder
Sitzung eingeladen und würde immer einer von ihnen sein. Selten
waren sich alle Ausschussmitglieder bei einer Frage so einig gewesen.

Josef Bernbacher nahm dankbar Platz. Das Gehen hatte ihn angestrengt und er war froh, sich ein bisschen ausruhen zu können.
Obwohl sein Schlaganfall mittlerweile schon fast ein Jahr her war,
hatte er immer noch mit den Folgen zu kämpfen.

Julian, der seinen Großvater mittlerweile entdeckt hatte, winkte
ihm zu. Sebastian nickte grüßend in seine Richtung.

»Die beiden verstehen sich blind. Ich hab selten zwei so gute
Vortänzer gesehen. Dein Enkel ist der geborene Schäffler«, sagte
Weingartner. »Du kannst wirklich stolz auf ihn sein.«

»Das bin ich auch«, sagte Josef Bernbacher und sein Lächeln
vertiefte sich noch.

# Kapitel 2

Cornelius hörte das röhrende Geräusch des Motors lange bevor David Kronenburgs dunkelblauer Sportwagen vor ihrem Haus zum Stehen kam. Missmutig spähte er durch einen Spalt in der Küchengardine. Das Auto hatte direkt unter einer Straßenlaterne angehalten und ihr Licht gewährte ihm eine gute Sicht auf den Gehsteig und das dortige Geschehen. Ein dunkelhaariger junger Mann stieg aus, eilte dienstbeflissen um den Wagen herum und öffnete mit einem breiten Lächeln die Beifahrertür. Sekunden später erkannte Cornelius seine Tochter neben David Kronenburg auf dem Gehsteig. Während David zwei Blumensträuße aus dem Kofferraum holte, tippelte Tabea bereits Richtung Haus. Ihre schnellen, abgehackten Schritte zeigten Cornelius, dass sie ziemlich frieren musste. Schließlich hatte sich der Winter vor einigen Tagen mit einer geballten Ladung Schnee und eisiger Kälte zurückgemeldet.

Max, der die ganze Zeit nicht von seiner Seite gewichen war, sprang auf die Anrichte und blickte Cornelius erwartungsvoll an. In diesem Moment klingelte es.

Sofort brach im ganzen Haus hektische Betriebsamkeit aus. Während seine Frau mehrmals aufgeregt nach ihm rief, stürmte Maria in die Küche.

»Jetzt hätte ich vor lauter Faschingskostümen beinahe das Abendessen vergessen«, murmelte sie und stürzte sich förmlich an den Herd. Erst dann entdeckte sie Cornelius, der immer noch am Küchenfenster stand.

»Ach hier sind Sie, Herr Professor. Ihre Frau sucht Sie schon überall. Der Besuch ist da.«

»Gregor!«

Ramonas Stimme hatte mittlerweile einen bedrohlichen Klang angenommen und er beeilte sich aus der Küche zu kommen.

»Da bist du ja endlich. Wo warst du denn die ganze Zeit?«, rief sie und warf einen letzten prüfenden Blick in den Garderobenspiegel. »Willst du nicht aufmachen?«

»Tabea hat doch einen Schlüssel. Warum sperrt sie die Haustür nicht einfach auf?«

»Weil sie und David heute Abend unsere Gäste sind. Da stürmt man nicht einfach herein.« Ramona setzte ein strahlendes Lächeln auf, straffte ihre Schultern, ging zur Tür und öffnete sie. »Herzlich Willkommen, meine Lieben!«

Cornelius wartete in gebührendem Abstand, bis seine Frau die Besucher überschwänglich begrüßt und einen lauten Freudenschrei ob des überdimensionalen Blumengebindes ausgestoßen hatte. Der nächste Aufschrei ertönte, als Maria aus der Küchentür lugte und ihr ebenfalls ein Blumenstrauß gigantischen Ausmaßes überreicht wurde. Cornelius, dem beim bloßen Anblick von David Kronenburgs Dauerlächeln sämtliche Kiefermuskeln schmerzten, hoffte inständig, von einem Gastgeschenk verschont zu bleiben.

»Schau doch, Gregor. Was für wunderbare Blumen«, flötete Ramona in diesem Moment und hielt ihm den Strauß direkt unter die Nase.

Erwartungsvoll drehte sich David Kronenburg zu ihm um. Sein Lächeln wurde noch breiter und entblößte eine Reihe makellos weißer Zähne.

»Guten Abend, Herr Professor Cornelius.«

Doch anstatt den Gruß seines Gegenübers zu erwidern, brach Cornelius plötzlich in lautes Husten aus.

David Kronenburg trat einen Schritt zurück. »Ist alles in Ordnung?«, fragte er leicht irritiert.

Tabea musterte ihn besorgt. »Papa, was hast du denn?«

Cornelius fächelte sich hektisch mit der Hand etwas Luft zu, während sich sein Husten noch verstärkte.

»Allergie«, stieß er schließlich mühsam hervor. »Ich bin gegen …«, er warf einen raschen Blick auf das Blumengebinde vor sich, »… gegen Gerbera allergisch.«

»Das … das tut mir furchtbar leid«, stotterte David Kronenburg und seine Wangen färbten sich dunkelrot. Sein bestürztes Gesicht sprach Bände. Das war nicht der Einstieg, den er sich bei Cornelius für diesen Abend erhofft hatte.

»Schon gut«, sagte Cornelius heiser, ehe er noch zweimal geräuschvoll aufhustete und sich von den Blumen wegdrehte. »Sie konnten das ja nicht wissen.«

»Geht ihr beide doch schon voraus ins Esszimmer und wärmt euch ein bisschen auf. Ich kümmere mich in der Zwischenzeit um unseren Patienten«, schaltete Ramona sich in diesem Moment in das Gespräch ein.

Bisher hatte sie seinen Hustenanfall ungewohnt schweigsam verfolgt.

»Armer Papa. Geht's wieder?« Tabea strich Cornelius sanft über die Wange, ehe sie von ihrer Mutter Richtung Esszimmer gescheucht wurde.

»Seit wann bist du gegen Gerbera allergisch?«, zischte Ramona, kaum dass sie allein im Hausflur zurückblieben.

»Schon immer. Aber meine Befindlichkeiten sind in diesem Haus ja noch nie auf großes Interesse gestoßen.«

»Treib es mit deinen Befindlichkeiten nicht zu weit. Der junge Mann wollte Maria und mir lediglich eine Freude machen.«

Cornelius verschränkte die Arme vor der Brust und gab weitere, wenn auch etwas leisere Hustlaute von sich, die Ramona sogleich mit einem strengen Blick quittierte.

---

»Tabea hat mir erzählt, dass Sie nach Kitzbühel fahren. Dann werden Sie bestimmt meine Eltern treffen. Sie verbringen dort seit zwanzig Jahren die Faschingstage und gehören praktisch zum Inventar«, berichtete David Kronenburg eifrig.

Ramona bedachte ihren Mann mit einem vielsagenden Seitenblick. Da siehst du mal, wie recht ich hatte, sollte ihm dieser wohl signalisieren. Alles, was Rang und Namen hat, trifft sich in Kitzbühel. Nur du bist nicht dabei. Cornelius lächelte säuerlich und widmete sich wieder ganz seiner Nachspeise.

Er hatte während des Abendessens alles getan, um ein guter Gastgeber zu sein. Er war freundlich und zuvorkommend, hatte allen Wein nachgeschenkt, versucht, interessiert zuzuhören, wenn ihr Gast etwas erzählte, und zudem auf jeglichen ironischen Kommentar verzichtet. Doch irgendwann ertappte er sich dabei, dass er beinahe eingeschlafen wäre. Nur mit Mühe konnte er ein Gähnen unterdrücken.

So sehr er sich auch anstrengte und bemühte, David Kronenburg ging ihm einfach furchtbar auf die Nerven. Er wollte weder wissen, wie viele PS sein röhrender Sportwagen hatte noch in welchen Münchner In-Lokalen er zur Stammkundschaft gehörte.

Fast noch mehr als Davids endlose Monologe nervte ihn aber dessen Mobiltelefon, ein breites Gerät mit vielen kleinen Tasten, das griffbereit direkt neben seinem Teller lag und sich in regelmäßigen Abständen mit einem lauten Brummen, gefolgt von einem wilden Blinken, meldete.

»Ich bin dort zu Hause, wo mein Blackberry ist«, erklärte David, nachdem er zum wiederholten Male mehrere Minuten auf den kleinen Bildschirm gestarrt und dann hektisch etwas in das Gerät eingetippt hatte. »Ständige Erreichbarkeit gehört zu meinem Job wie bei anderen der pünktliche Feierabend.« Er quittierte seine Bemerkung mit einem lauten Lachen.

»Ich bin in Gräfelfing zu Hause und das reicht mir vollkommen«, murmelte Cornelius.

Am liebsten hätte er das brummende blinkende Blackberry samt seinem nervtötenden Besitzer auf der Stelle vor die Tür gesetzt.

»Ihre Eltern und ich müssen uns unbedingt verabreden«, sagte seine Frau in diesem Augenblick. »Dann lernen wir uns endlich einmal kennen. Ich freue mich schon sehr auf die Tage in Kitzbühel, auch wenn mich Gregor leider nicht begleiten wird.« Ihr vorwurfsvoller Unterton war nicht zu überhören.

David Kronenburg legte sein Mobiltelefon zur Seite und sah Cornelius mit großen Augen an. »Wie ich von Tabea gehört habe, werden Sie die Faschingstage in *Niederbayern* verbringen.«

Cornelius tupfte sich sorgfältig mit der Serviette über den Mund, faltete sie zu einem akkuraten Viereck und legte sie neben seinen Teller. »Da haben Sie ganz richtig gehört. Ich fahre nach Neukirchen in Niederbayern. Nicht nach Sibirien.«

David lachte verunsichert. »Sibirien? Ich verstehe nicht ganz?«

»Es klang gerade so, als vermuteten Sie Niederbayern östlich des Kaukasus.«

»Nein, nein. Ich dachte nur, weil Kitzbühel … also weil doch jeder … ich meine …«, begann David und sah hilfesuchend zu den beiden Frauen am Tisch.

Doch es war Maria, die ihn schließlich rettete. »Möchte noch jemand eine Tasse Kaffee?«, fragte sie durch die geöffnete Tür.

Cornelius strahlte. »Sehr gerne, Maria. Das Essen war wie immer vorzüglich. Und mit dem Nachtisch haben Sie sich selbst übertroffen. Ein großes Lob an die Köchin.«

»Ich weiß wirklich nicht, was wir ohne unsere Perle des Hauses anfangen würden«, schloss sich Ramona sogleich an.

Es war offensichtlich, dass sie die Situation schnellstmöglich vom Thema Neukirchen abwenden wollte, um David ein weiteres Fettnäpfchen zu ersparen. Doch Cornelius tat ihr diesen Gefallen ausnahmsweise nicht.

»Maria ist viel zu bescheiden«, stellte er fest, nachdem »die Perle« die Komplimente verlegen abgewehrt hatte und in die Küche zurückgeeilt war. »Sie erinnert mich sehr an Anna Leitner: eine gute Seele, die immer für andere da ist und viel zu wenig auf sich selbst achtet. Anna ist eine Bekannte von uns aus Neukirchen.«

David Kronenburg, dem das Desinteresse an der ihm unbekannten Anna Leitner ins Gesicht geschrieben war, nickte eifrig.

»Weißt du eigentlich, dass Papa letztes Jahr mitgeholfen hat, einen Mord in Neukirchen aufzuklären?«, warf Tabea ein.

»Tatsächlich? Was ist denn passiert? Hat ein Bauer den anderen mit einer Mistgabel erstochen?« David Kronenburg lachte laut auf.

»Nein«, erwiderte Cornelius eisig. »Ein junger Mann, etwa in Ihrem Alter, ist heimtückisch erschlagen worden. Er war der Sohn meiner dortigen Nachbarn. Ich habe damals seine Leiche gefunden.«

Einige Sekunden war es am Tisch ganz still. Tabea spielte nervös mit ihrem Ohrring und vermied es krampfhaft, David oder ihren Vater direkt anzusehen. Ramona trank hastig einen Schluck aus ihrem Wasserglas.

David Kronenburg starrte verlegen auf seine Hände. »Tut mir leid. Das wusste ich nicht.«

»Dann sparen Sie sich das nächste Mal doch einfach Ihre unüberlegten Kommentare«, entgegnete Cornelius ruhig.

»Möchte noch jemand ein Glas Wein?«, rief Ramona eine Spur lauter als nötig.

---

»Das war's für heute Abend. Nicht vergessen: Generalprobe für alle ist am Mittwoch um sieben Uhr. Und jetzt ab mit euch«, sagte Armin Weingartner in die Runde, die sich unter allgemeinem Gelächter und lautem Stimmengewirr rasch auflöste.

Weingartner atmete erleichtert auf. Obwohl die Probe nach der kurzen Pause fast fehlerlos über die Bühne gegangen war, konnte er die Anspannung und die Aufregung der jungen Männer förmlich spüren. Es wurde höchste Zeit, dass die Aufführungen starteten.

Julian und Sebastian gingen zu Josef Bernbacher, der das Ganze mit großem Interesse verfolgt hatte. Sie sehen erschöpft aus, dachte er, als er in ihre erhitzten Gesichter blickte.

Armin Weingartner kannte kein Pardon. Unerbittlich hatte er sie immer wieder die einzelnen Elemente üben und keine Ungenauigkeit durchgehen lassen. Aber Bernbacher wusste aus eigener Erfahrung, wie notwendig hartes Training war, wenn die Aufführungen gelingen sollten. Immerhin würden sie schon bald mehr als zehn Tänze am Tag schaffen müssen, und der letzte am Abend sollte dabei genauso perfekt sein wie der erste am Morgen. Das waren sie nicht nur ihren Gastgebern schuldig, die die Tänze bestellt und bezahlt hatten und sich seit Wochen darauf freuten, sondern auch den zahlreichen Zuschauern, die bis aus Landshut angereist kamen, um die Aufführungen der Altenberger Schäffler zu sehen.

»Servus, Opa. Warst du zufrieden mit uns?«, fragte Julian.

Bernbacher stand langsam von seinem Stuhl auf. Wie so oft seit seinem Schlaganfall hatte das lange Sitzen die Gelenke steif und unbeweglich werden lassen. Doch er ließ sich die Anstrengung und die Schmerzen, die die Bewegung auslösten, nicht anmerken und lächelte.

»Und ob ich zufrieden bin. Mit euch beiden«, fügte er mit Nachdruck hinzu.

»Gut, dass Sie vor der Pause nicht da waren, Herr Bernbacher«, murmelte Sebastian und warf einen raschen Seitenblick auf Armin Weingartner. Der war allerdings in die Musikanlage vertieft und hatte den Kommentar nicht gehört.

»Jeder kann mal einen schlechten Tag erwischen. Und das, was *ich* von dir gesehen hab, hat mir ausgesprochen gut gefallen.«

»Siehst du. Du machst dir viel zu viele Gedanken«, warf Julian ein. »Ein Lob von meinem Opa kommt einem Ritterschlag gleich. Wenn es einer beurteilen kann, dann er.«

»Ist ja schon gut«, wehrte Sebastian verlegen ab.

»Es ist schön, wieder einmal unter Leute zu kommen«, sagte Bernbacher. »Es freut mich, dass ich hier bleiben und zuschauen durfte.«

»Willst du dich bei mir einhängen?«, fragte Julian, dem nicht entgangen war, wie müde sein Großvater auf einmal aussah.

»Ja, das wäre gut.« Dankbar ergriff Bernbacher den Arm seines Enkels.

»Wie bist du denn überhaupt nach Altenberg gekommen? Hast du etwa den Bus genommen?«

Bernbacher seufzte. »So weit bin ich leider noch nicht. Dorothee hat mich gefahren.«

»Mama hat dich gefahren? Wie hast du denn das angestellt?«

Dorothee Bernbacher hatte ihren Schwiegervater nach seinem Schlaganfall bewusstlos im Arbeitszimmer gefunden. Seitdem lebte sie in ständiger Angst, es könnte erneut passieren. Obwohl er in der Reha sichtbare Fortschritte gemacht hatte und die ärztliche Prognose vielversprechend ausfiel, behandelte sie ihn nach wie vor wie ein rohes Ei. Nur mit Mühe hatte Bernbacher sie davon abhalten können, eine Vollzeitpflegekraft einzustellen. Die Fahrt nach Altenberg hatte ihn daher auch große Überredungskunst gekostet.

»Ich musste ihr versprechen, dass du mich nach der Probe nach Hause fährst«, gestand er.

»Das versteht sich ja wohl von selbst«, sagte Julian. »Immerhin wohnen wir zusammen.«

»Wolltet ihr denn nicht alle heute Abend noch weggehen?«

Julian zeigte auf seine verschwitzte Sportkleidung. »So ganz bestimmt nicht. Ich muss mich erst einmal duschen und umziehen.

Und außerdem treffen wir uns später ohnehin beim Leitner Wirt. Also praktisch zu Hause«, fügte er mit einem Grinsen hinzu.

Bernbacher drohte ihm scherzhaft mit dem Finger. »Das lass nicht deine Mutter hören. Und sei leise, wenn du spätabends nach Hause kommst. Du weißt, auf diesem Gebiet hat sie Ohren wie ein Luchs.«

Julians Miene verdüsterte sich. »Nicht nur auf diesem Gebiet. Sie ist total übervorsichtig und besorgt.«

»Du weißt, warum das so ist«, sagte Bernbacher leise.

»Ja, Opa. Ich weiß. Tut mir leid.«

Der alte Mann tätschelte aufmunternd Julians Arm. »Ist schon gut. Dir muss nichts leidtun. Versuch einfach, sie ein bisschen besser zu verstehen.«

Julian drehte sich zu Sebastian um, der bisher schweigend hinter ihnen gegangen war.

»Basti, du bist doch später auch dabei, oder?«

Sebastian zuckte zusammen. »Wie? Was? Äh, ja ... ja, klar.«

Julian musterte ihn einen Augenblick fragend, ehe er sich wieder an seinen Großvater wandte. Sie waren mittlerweile am Haupteingang angekommen, den sich die Sporthalle mit dem gegenüberliegenden Hallenbad teilte. Von dort strömte gerade eine größere Gruppe junger Männer heraus und Julian musste aufpassen, dass sein Großvater von niemandem gestoßen wurde. Das Gehen auf dem schneebedeckten Weg bereitete ihm sichtlich Mühe. Seine Schritte verlangsamten sich.

»Wollen Sie sich auch bei mir einhalten?«, fragte Sebastian. »Nicht, dass Sie mit dem Stock noch abrutschen.«

Bernbacher schüttelte den Kopf. »Nein, vielen Dank. Es geht schon. Nur der Schnellste bin ich halt nicht mehr.«

Julian blieb kurz stehen, damit Bernbacher sich etwas ausruhen konnte.

»Deine Mama dürfte uns jetzt nicht sehen.«

»Ein bisschen leichtsinnig war dein kleiner Ausflug schon. Wie hast du es überhaupt bis in die Sporthalle geschafft?«

Bernbacher lächelte. »Dorothee hat mich direkt vor den Haupteingang gefahren. Dort hat die Kassiererin vom Schwimmbad gerade eine Raucherpause gemacht und mir angeboten, mich nach drinnen zu begleiten. Außerdem hatte ich Glück. Der Steuerberater hat gerade auf Dorothees Handy angerufen.«

Mehr musste Josef Bernbacher nicht sagen. Wenn es nach ihrem Sohn und ihrem Schwiegervater etwas gab, das Dorothee Bernbacher am Herzen lag, dann war es das familieneigene Sägewerk, dessen Geschicke sie seit vielen Jahren leitete.

»Wenn sie nur immer etwas zu tun hat«, murmelte Julian.

Endlich hatten sie den Parkplatz erreicht. Aus einem der abgestellten Wagen dröhnte laute Musik.

»Da fallen einem doch die Ohren ab«, schimpfte Bernbacher und ließ Julians Arm los. »Das letzte Stück schaffe ich auch allein. Danke.«

Julian wollte einen kurzen Moment protestieren, aber der entschlossene Gesichtsausdruck seines Großvaters sagte ihm, jetzt besser nicht zu widersprechen.

Vorsichtig ging Josef Bernbacher die Reihe der geparkten Autos entlang. Er hasste nichts so sehr, wie ständig auf die Hilfe anderer Leute angewiesen zu sein. Wütend über sich und seinen gebrechlichen Körper bohrte er die Gehhilfe tiefer in den Schnee.

Julian sah sich suchend nach Sebastian um und entdeckte ihn einige Meter entfernt mit einem groß gewachsenen jungen Mann sprechen.

»Die Wasserballer haben heute Abend auch Training. Deshalb ist hier so viel los«, bemerkte Josef Bernbacher. »Das neben Sebastian ist doch der Bauer Simon, oder?«

Doch bevor Julian antworten konnte, heulte der Motor eines Wagens auf und ein schwarzer BMW schoss rückwärts aus der gegenüberliegenden Parklücke. Das Auto geriet auf dem schneeglatten Asphalt sofort ins Schleudern.

»Julian, Vorsicht!«, schrie Sebastian.

Doch Julian war unfähig, sich auch nur einen Millimeter zu bewegen. Wie angewurzelt stand er neben seinem Großvater und starrte auf die Rücklichter, die immer näher kamen ...

# Kapitel 3

Einen halben Meter vor Julian und Josef Bernbacher hielt der Wagen schließlich an. Schnee wirbelte auf. Julian konnte die feinen Kristalle auf seiner Haut spüren.

»Um Gottes Willen!«, entfuhr es Josef Bernbacher. Sein linkes Bein begann zu zittern und er musste sich am Kofferraum von Julians Wagen festhalten.

Sein Enkel bewegte sich nicht und starrte noch immer wie gebannt auf das Heck des Autos vor ihm. Doch plötzlich ging ein Ruck durch seinen Körper.

»Spinnt denn der!«, schrie er und rannte Richtung Fahrerseite. Laute Musik dröhnte aus dem Wageninneren.

Doch bevor er die Tür aufreißen konnte, wurde die Seitenscheibe heruntergelassen. Zwei graugrüne Augen blickten ihm entgegen.

»Jetzt hätte ich doch beinahe den ersten Vortänzer überfahren«, sagte der rothaarige junge Mann am Steuer, und ein spöttisches Grinsen breitete sich über seinem sommersprossigen Gesicht aus.

»Peter, was soll das?«, schrie Julian. »Spinnst du jetzt vollkommen?«

Aus den Augenwinkeln sah er, dass Peters waghalsiges Manöver nicht unentdeckt geblieben war und sich bereits eine kleine Menschenmenge auf dem Parkplatz versammelt hatte.

»Ich muss euch irgendwie übersehen haben«, sagte Peter, und sein Grinsen verstärkte sich noch. »Jetzt hätte ich um ein Haar verhindert, dass du an Fasching deine kostbaren Beinchen schwingen kannst. Dann wären wir schon zwei, die zuschauen müssen.«

»Ich hab dir schon tausendmal gesagt, wie leid es mir tut, dass du nicht dabei sein kannst. Aber ich kann nichts dafür.«

Peters Grinsen verschwand so schnell, wie es gekommen war. »Nein, du kannst natürlich nichts dafür. Du hast nur dafür gesorgt, dass meine Mutter mich betrunken vor dem Haus gefunden hat.«

Julian beugte sich zu Peter hinab. »Wenn du im Vorgarten deiner Mutter einschläfst, ist das nicht mein Problem. Kein Mensch hat dich damals gezwungen, so viel zu trinken und dann nach Hause zu fahren.«

»Du kannst dich rausreden, so viel du willst«, zischte Peter. »Wenn du mich an dem Abend bei dir hättest übernachten lassen, wäre nichts passiert. Aber dafür war sich der feine Herr ja zu schade.«

»Julian, was ist denn los? Ist alles in Ordnung?«, rief Josef Bernbacher in diesem Moment.

Julian drehte sich zu ihm um. »Ja, Opa. Alles gut. Ich komm gleich.« Er wandte sich wieder zu Peter. »Du weißt ganz genau, dass das nicht der Grund ist. Hör endlich auf ...«

»Nein? Aber wenn der Sebastian nicht nach Altenberg zurückfahren kann, wird für ihn im Hause Bernbacher gleich der rote Teppich ausgerollt.«

Blitzschnell griff Julian durch das geöffnete Fenster und packte Peter am Kragen seiner Jacke. »Auch wenn es dich einen feuchten Kehricht angeht, wer bei uns zu Hause ein- und ausgeht, noch einmal zum Mitschreiben: Sebastian hat ein einziges Mal bei uns übernachtet. Aber nicht, weil er zu betrunken war, um nach Altenberg zurückzufahren, sondern weil es draußen spiegelglatt war. Hast du Vollpfosten das jetzt endlich verstanden?«

Peter befreite sich aus Julians Griff. »Ich hab sehr gut verstanden. Ich hätte einmal, nur ein einziges Mal, deine Hilfe gebraucht, aber du warst dir dafür natürlich zu schade. Das war schon zu Schulzeiten nicht anders. Immer hast du dich für etwas Besseres gehalten.«

»Das ist kompletter Unsinn.«

»Nein, ist es nicht. Und das weißt du ganz genau. Aber eines Tages wirst du für deinen Hochmut bezahlen. Das verspreche ich dir!«

Ehe Julian etwas erwidern konnte, legte er den Vorwärtsgang ein und fuhr mit aufheulendem Motor davon. Die Räder gruben sich dabei tief in den Schnee, der in alle Richtungen aufstob.

Julian stolperte nach vorne. Reflexartig versuchte er sich irgendwo festzuhalten, doch sein Griff ging ins Leere. Der schneebedeckte Boden kam immer näher, als er im letzten Moment von zwei kräftigen Händen aufgefangen wurde.

»Was ist denn hier los?«, fragte Sebastian außer Atem. Wie aus dem Nichts war er neben Julian aufgetaucht.

»Alles in Ordnung.« Ungehalten befreite sich Julian aus Sebastians Griff. »Vollidiot!«, rief er dann dem davonbrausenden Wagen hinterher.

»Gar nichts ist in Ordnung. Er hat dich bedroht. Ich hab es ganz genau gehört«, erwiderte Sebastian.

»Von wem wirst du bedroht?«, fragte Josef Bernbacher. Er stand plötzlich direkt hinter seinem Enkel.

»Musste das jetzt sein«, zischte Julian in Sebastians Richtung.

»Und ob das sein musste. Was zum Donnerwetter geht hier vor?«, polterte Josef Bernbacher los, ehe Sebastian antworten konnte. »Das war doch dieser Peter Seidel. Warum überfährt er uns beinahe und stößt irgendwelche Drohungen gegen dich aus?«

Julian verdrehte genervt die Augen. »Er hat mich nicht bedroht. Er ist einfach wütend, weil er nicht mehr mittanzen darf. Und das meinte er, mir noch einmal in aller Deutlichkeit sagen zu müssen.«

Bernbacher musterte seinen Enkel scharf. »Lüg mich nicht an. Er hätte uns beide um ein Haar überfahren. Am liebsten würde ich auf der Stelle die Polizei rufen, damit sie sich dieses Früchtchen vorknöpft.«

»Opa, bitte. Es reicht, wenn Mama aus jeder Mücke einen Elefanten macht. Peter ist einfach zu schnell aus der Parklücke gefahren und ins Schleudern gekommen. Lass uns jetzt einsteigen und nach Hause fahren. Es schauen schon alle.«

Noch immer hatten sich einige Schaulustige auf dem Parkplatz versammelt und sahen neugierig in ihre Richtung.

Josef Bernbacher schien einen Moment mit sich zu ringen. »Also gut. Aber darüber ist das letzte Wort noch nicht gesprochen«, brummte er.

»Komm, lass uns fahren«, sagte Julian. »Ich hab keine Lust, noch länger von allen angestarrt zu werden.« Sebastian zögerte. »Ich muss mit Simon noch etwas besprechen. Wir sehen uns später im Wirtshaus.«

Als Julians Wagen vom Parkplatz rollte, sah Sebastian ihm besorgt hinterher. Auch wenn Julian alles getan hatte, um vor seinem Großvater den Vorfall herunterzuspielen, Sebastian hatte er damit nicht täuschen können. Ihre Blicke waren sich nur kurz begegnet, doch Sebastian hatte ganz deutlich die Angst in Julians Augen gesehen.

---

»Simon, warte!«

Sebastian packte seinen Rucksack und rannte los. Simon Bauer hatte bereits den Weg zur Bushaltestellte eingeschlagen und war gerade mit den Kopfhörern seines iPhones zugange.

»Was ist denn noch? Wir sehen uns doch sowieso später im Wirtshaus.«

Simon, der Sebastian um einen halben Kopf überragte, zog sich seine Wollmütze tiefer in die Stirn. Nach den tropisch anmutenden Temperaturen im beheizten Hallenbad war die Kälte hier draußen umso deutlicher zu spüren. Die Nacht war sternenklar und ein kalter Ostwind pfiff ihnen um die Ohren. Simons Zehen fühlten sich bereits jetzt wie Eiszapfen an. Er wollte nicht stehen bleiben, sondern schleunigst zurück ins Warme.

»Ich muss aber noch kurz mit dir reden«, erwiderte Sebastian. »Wir können ja zusammen zur Haltestelle gehen.«

»Na gut«, murmelte Simon und fischte mit klammen Fingern eine Zigarettenpackung aus seiner Jackentasche. »Magst auch eine?«

»Nein, danke.«

Er brauchte drei Versuche, bis die Zigarette endlich brannte.

»Scheißkälte«, sagte er, ehe er genüsslich daran zog. »Wenn es irgendetwas gibt, das ich am Schäfflertanz nicht mag, dann ist es die Jahreszeit. Aber das ist wirklich das Einzige«, fügte er grinsend hinzu.

»Hm.«

Eine Weile gingen sie schweigend nebeneinander her.

»Ich frag mich, wo der Seidel seinen Führerschein gemacht hat. So ein Depp. Das war ganz schön knapp.« Simon blies kleine Rauchkreise in die Luft.

»Schon. Aber vielleicht …« Mitten im Satz hielt Sebastian inne.

»Vielleicht was?«

»Vielleicht war es kein Versehen. Der Peter ist immer noch sauer auf Julian, weil er nicht mehr bei uns mittanzen darf.«

»Wegen der Sache damals? Und jetzt denkst du, er wollte Julian absichtlich überfahren?«, fragte Simon entgeistert.

Sebastian nickte zaghaft.

Simon musterte ihn eine Weile. Dann brach er in schallendes Gelächter aus. »So ein Schmarrn. Der Seidel kann einfach nicht Auto fahren. Es ist doch allgemein bekannt, dass der nicht der Hellste ist.«

»Ja, schon …«

»An Julians Stelle hätte ich diesen Chaoten aus dem Auto gezogen, ihm ordentlich die Meinung gegeigt und dann zu Fuß heimgehen lassen«, fuhr Simon fort und trat schwungvoll gegen eine leere Coladose, die auf dem Gehsteig lag. Fast lautlos glitt sie über den schneebedeckten Asphalt.

»Hm, wenn du meinst. Der Josef hat sich auf alle Fälle ziemlich erschrocken.« Simon stippte die Asche seiner Zigarette in den Schnee. »Hat er bei eurer Probe zugeschaut? Wie lief's denn so?«

»Ganz gut. Wird Zeit, dass es endlich losgeht.«

Auf Simons Gesicht breitete sich ein spitzbübisches Lächeln aus. »Und ob. Das werden die besten fünf Tage unseres Lebens. Lukas und ich haben uns schon so einiges überlegt.«

Simon Bauer führte die Gruppe der Kasperl und Clowns an, die die Schäffler während ihrer Tänze begleiteten und bei den umstehenden Zuschauern nicht nur Geld einsammelten, sondern auch für allerhand Unterhaltung sorgten. Vor allem die kleinen Schminktöpfe, mit denen sie durch das Publikum gingen, um Nasen und Wangen der Anwesenden zu färben, waren berühmt-berüchtigt.

Die Rolle des ersten Kasperls war Simon dabei wie auf den Leib geschneidert. Schon vor sieben Jahren hatte er das Kasperlkostüm der Schäfflertracht vorgezogen. Sebastian hätte sich nie getraut, die Dinge so offen beim Namen zu nennen, wie Simon dies tat, wenn er sich am Ende eines jeden Tanzes nach dem Auftritt des Reifenschwingers auf das Fass stellte und sein Schnapsglas zu einer Rede über den Gastgeber und das anwesende Publikum erhob. Trotz seiner scharfen Zunge, die auch vor dem Bürgermeister und anderen Honoratioren nicht Halt machte, schaffte er es immer wieder, dass ihm niemand ernsthaft böse sein konnte.

»Hm. Klingt gut.«

Simon nahm einen weiteren Zug von seiner Zigarette. »Der Gesprächigste bist du heute aber auch nicht. Wolltest du nicht mit mir reden?«

Sebastian spielte nervös am Gurt seines Rucksacks. »Ja, schon. Aber nicht über den Schäfflertanz.«

»Sondern?«

»Über Valentina.«

Simon blieb abrupt stehen. Seine gute Laune war wie weggeblasen. »Wie kommst du jetzt ausgerechnet auf meine Schwester?«

Sebastian schluckte. »Ich ... ich hab sie heute zufällig in Altenberg gesehen. Ist ihre Kur schon zu Ende?«

Simon sah Sebastian finster an. »Das geht niemanden etwas an. Auch dich nicht.«

In diesem Moment waren sie an der Bushaltestelle angekommen, wo bereits Roswitha Förster, die Besitzerin des Neukirchner Gemischtwarenladens, wartete.

Die geht mir jetzt gerade noch ab, dachte Sebastian beim Anblick der stämmigen Mitfünfzigerin, die sich ihre Mütze aus dem Gesicht schob, um die Neuankömmlinge besser begutachten zu können.

Wenn es jemanden in Neukirchen gab, der über jeden Klatsch und Tratsch Bescheid wusste und nicht minder eifrig an seiner Verbreitung beteiligt war, dann Roswitha Förster. Nicht umsonst nannte Armin Weingartner sie schlicht die »größte Ratschn weit und breit«.

Sebastians Hoffnung, dass sie Simon und ihn womöglich nicht erkannt hatte, wurde sogleich zunichte gemacht.

»Grüß euch«, kam es prompt hinter dem dicken Wollschal hervor. »Na, seid's schon aufgeregt? Bald ist es ja so weit.«

Simon nickte nur, sagte aber nichts.

»Grüß Gott, Frau Förster«, antwortete Sebastian und zwang sich ein kleines Lächeln ab. Dann stellte er sich direkt vor Simon. »Ich will dich nicht über Valentina ausfragen. Ich will nur wissen, wie es ihr geht«, sagte er leise.

Simon trippelte fröstelnd auf und ab und vergrub seine Hände tief in den Jackentaschen.

»Am Faschingssonntag seid's beim Pfarrer Hartl. Und bei der Leitner Anna tanzt ihr am Rosenmontag, gell«, ertönte es in diesem Moment hinter Sebastians Rücken. »Ich hab das Programm direkt neben meiner Kasse hängen, damit ich keinen Tanz in Neukirchen verpasse.«

Normalerweise hätte Simon spätestens jetzt einen frechen Spruch geliefert und die gute Frau innerhalb kürzester Zeit um den kleinen Finger gewickelt. Aber seit der Name seiner Schwester gefallen war, schien er vollkommen neben sich zu stehen.

Sebastian holte tief Luft. »Ja, Frau Förster. Wir tanzen dieses Jahr ein paarmal in Neukirchen. Wird bestimmt super«, sagte er laut und wandte sich wieder an Simon. »Bitte.«

Simon malte mit seinem rechten Stiefel ein großes »V« in den Schnee. Dann sah er Sebastian direkt an. »Es geht ihr nicht so gut. Braucht halt alles seine Zeit.«

»Wie läuft's denn in den Proben?«, fragte Roswitha Förster und kam einige Schritte näher. »Ist bestimmt nicht leicht, sich die ganzen Schritte zu merken.«

Noch einmal drehte Sebastian sich um. »Alles bestens«, sagte er. »Aber jetzt müssen Simon und ich noch etwas besprechen.«

Roswitha Förster musterte ihn argwöhnisch.

»Eine Überraschung«, fügte er mit gesenkter Stimme hinzu.

Ihre rehbraunen Augen funkelten. »Eine Überraschung«, wiederholte sie. »Ja, dann … dann lass ich euch das mal in Ruhe besprechen.« Sie verharrte noch einen Augenblick, ehe sie sich mit einem verschwörerischen Zwinkern umdrehte.

Simon wartete, bis sie sich einige Meter von ihnen entfernt hatte. »Jetzt darfst dir aber etwas einfallen lassen«, sagte er und lächelte flüchtig. Dann wurde er wieder ernst. »Seit gestern ist sie zu Hause. Wir versuchen es einfach mal.«

In diesem Moment bog der Linienbus um die Straßenecke.

»Na endlich! Eine Kälte ist das heute wieder«, rief Roswitha Förster und nahm ihren Einkaufskorb, den sie auf der Bank abgestellt hatte. »Passt gut auf euch auf, gell?«

Beide nickten folgsam und ließen ihr beim Einstieg bereitwillig den Vortritt.

»Bloß weit weg von der«, flüsterte Simon.

»Servus, ihr zwei«, ertönte es plötzlich aus dem hinteren Teil des Busses.

Simons Gesichtszüge entspannten sich, während er die Sitzreihen entlangging. »Servus, Lukas.«

Wie Simon gehörte auch Lukas Obermeier zur Gruppe der Kasperln und war stets eifrig bemüht, in die Fußstapfen seines großen Vorbildes zu treten. Altenberg würde sich über die Faschingstage auf einiges gefasst machen müssen, so viel stand für Sebastian bereits fest.

»Bestellst du Valentina schöne Grüße?«, fragte er rasch, denn es war offensichtlich, dass Simon nicht mehr länger über seine Schwester reden wollte.

Simon drehte sich noch einmal um. »Ja, mach ich.«

Sein Blick wanderte ins Leere.

»Der Albtraum ist noch lange nicht vorbei. Für keinen von uns«, fügte er bitter hinzu.

---

»Und was machen wir jetzt?«, fragte Tabea und hakte sich bei ihrem Vater unter.

Cornelius hob die beiden Einkaufstüten in seiner rechten Hand. »Nachdem wir über eine Stunde tatkräftig den Münchner Einzelhandel unterstützt haben, würde ich vorschlagen, zur Abwechslung etwas Kultur auf die Tagesordnung zu setzen.«

Tabeas Augen weiteten sich. »Kultur?«

Cornelius lachte. »Ja, Kultur. Aber keine Angst. Ich schleppe dich nicht in ein Museum. Lass dich einfach überraschen.«

Eigentlich war Tabea mit ihrer Mutter zum vormittäglichen Stadtbummel verabredet gewesen. Aber da Ramona, wie immer vor einer Reise, alles tat, um mit der Anzahl der gepackten Koffer einen Eintrag ins »Guinness Buch der Rekorde« zu schaffen und somit keine Zeit für den geplanten Mutter-Tochter-Ausflug hatte, war Cornelius bereitwillig eingesprungen.

»Das ist das Mindeste, was du für deine Tochter tun kannst«, hatte Ramona ihn mit vorwurfsvollem Unterton verabschiedet, ehe sie ihn resolut aus dem Schlafzimmer schob.

Obwohl das Abendessen mit David Kronenburg schon zwei

Tage her war, hatte sie ihm immer noch nicht verziehen. Entsprechend unterkühlt war die Stimmung im Hause Cornelius, ein Umstand, der nicht nur den Vierbeinern unter den Bewohnern äußerst missfiel.

Tabea freute sich über die unerwartete Einkaufsbegleitung und war, anders als ihre Mutter, bester Laune. Übermütig schleppte sie ihren Vater von einem Geschäft in das nächste. Wie immer war sie sehr elegant gekleidet: roter Mantel, schwarze Stiefel, die blonden Locken unter der dazu passenden schwarzen Mütze versteckt.

Bisher hatten sie es beide vermieden, David Kronenburg und das Abendessen auch nur mit einer Silbe zu erwähnen. Cornelius war es ganz recht so.

»Gleich sind wir da«, sagte er, während sie durch die verschneite Fußgängerzone schlenderten.

Cornelius liebte Münchens Innenstadt an einem Vormittag wie diesem. Januar und Februar waren die einzigen Monate im Jahr, in denen kaum Touristen unterwegs waren und die Stadt zur Abwechslung fast nur den Münchnern gehörte. Von diesen waren um die Tageszeit noch nicht allzu viele mit ihren Einkäufen beschäftigt, so dass sie beide ungehindert an den Schaufenstern und Cafés entlanggehen konnten.

Vor ihnen wurden der Marienplatz und das Rathaus sichtbar. Auch hier hatten sich nur wenige Touristen versammelt. Cornelius führte Tabea an zwei japanischen Gruppen vorbei, die aufmerksam den Ausführungen ihrer Fremdenführer lauschten, und blieb schließlich vor dem Schaufenster eines Modegeschäfts stehen.

»So, hier wären wir schon.«

Tabea grinste. »Von wegen Kultur. Hat Mama dir verraten, dass mir die schwarze Handtasche da vorne so gefällt? Sie würde perfekt zu meinem Mantel passen.«

Cornelius warf einen flüchtigen Blick in die Auslage und einen noch flüchtigeren auf den exorbitant hohen Preis, der laut Auszeichnung für das gute Stück verlangt wurde, ehe er seine Tochter an den Schultern nahm und sie Richtung Rathausturm drehte.

»Das ist die falsche Richtung, mein Schatz. Hier vorne spielt die Musik – im wahrsten Sinne des Wortes.«

Tabea starrte zuerst das neugotische Gebäude auf der gegenüberliegenden Seite und dann ihren Vater verständnislos an.

»Papa, das ist das Rathaus. Das kenne ich nun wirklich.«

Cornelius lachte. »Das bestreite ich auch nicht. Aber wann hast du dir zum letzten Mal das Glockenspiel angehört?«

»Das Glockenspiel?«, rief Tabea entgeistert. »Das ist doch nur etwas für Touristen.«

»Das ist durchaus auch etwas für uns Münchner. Schließlich ist es unser Rathaus. Pass auf. Gleich ist es so weit.«

In diesem Moment schlug es elf Uhr. Wie auf ein Kommando drehten sich alle auf dem Marienplatz versammelten Menschen zum Turm des Rathauses. Die Mitglieder der japanischen Reisegruppen zückten begeistert ihre Fotoapparate und hielten sie nach oben. Auch Cornelius wartete gespannt. Kaum war der letzte Glockenschlag verklungen, setzte eine Melodie ein.

»Das ist ja ganz nett, aber wollen wir nicht weitergehen«, drängelte Tabea nach einigen Minuten und versuchte ihren Vater unauffällig in Richtung Taschengeschäft zu ziehen.

»Warte. Das Beste kommt doch erst noch«, sagte Cornelius und zeigte auf die bunten Figuren, die in zwei Erkern des Rathausturmes untergebracht waren.

Nach einigen Sekunden begannen sich die Figuren des oberen Erkers langsam im Kreis zu drehen. Fanfarenbläser, Herolde, Fahnenträger und Ritter zogen dabei am herzoglichen Brautpaar vorbei. Ein begeistertes Raunen ging über den Platz, und noch mehr Fotoapparate wurden nach oben gehalten. Tabea sah sich eine Weile kopfschüttelnd um, ehe sie sich schließlich mit einem lauten Seufzer in Richtung des Turmes drehte.

»Hast du dir unseren Rathausturm schon einmal genauer angesehen?«, fragte Cornelius leise.

Tabea atmete geräuschvoll ein. Als Tochter eines Geschichtsprofessors mit Leib und Seele wusste sie bereits, was jetzt auf sie zukommen würde. In der Hoffnung, keinen allzu langen Vortrag über sich ergehen lassen zu müssen und ihrem erklärten Ziel Handtaschenkauf bald ein entscheidendes Stück näher zu kommen, blickte sie ihren Vater aufmerksam an.

»Im oberen Teil des Erkers ist ein Ritterturnier dargestellt, das im 16. Jahrhundert zur Vermählung von Herzog Wilhelm V. auf dem Marienplatz abgehalten wurde«, begann Cornelius. »In der unteren Etage wird der Schäfflertanz gezeigt.«

»Schäfflertanz«, sagte Tabea. »Wegen dem fährst du doch nach Neukirchen?«

Cornelius nickte. »Die Altenberger Schäffler führen, wie übrigens auch die Münchner, alle sieben Jahre ihren Tanz auf. Die Musik, zu der sie dabei tanzen, ist genau die, die du gerade hörst.«

Die Figuren im zweiten Erker mit den roten Jacken und grünen Hüten hatten sich jetzt ebenfalls in Bewegung gesetzt.

»Drehen die sich dann auch im Kreis und halten so ein grünes Ding in der Hand?«, fragte Tabea wenig begeistert.

»Die drehen sich nicht nur einfach im Kreis«, antwortete Cornelius indigniert. »Das ist ein äußerst komplizierter Reiftanz mit einer festen Figurenfolge. Die Altenberger Schäffler tanzen mit großer Geschwindigkeit und unglaublicher Präzision. Das ist wie Hochleistungssport.«

Tabea holte ein Taschentuch aus ihrem Mantel und putzte sich die Nase. »Aha. Woher weißt du denn, wie die Altenberger Schäffler tanzen?«

»Anna Leitner hat mir eine DVD der Tanzaufführungen von vor sieben Jahren geschickt. Ich habe mir die Münchner Schäffler auch schon ein paarmal angesehen, aber die Altenberger machen das wirklich ausgezeichnet. Mit so viel Schwung und Tempo, die brauchen sich vor den Münchnern nicht zu verstecken. Ganz im Gegenteil. Und das grüne Ding, wie du es nennst, ist übrigens ein Buchsbogen.«

»Und warum tanzen sie nur alle sieben Jahre?«, fragte Tabea, die jetzt doch ein bisschen neugierig geworden war.

»Dazu gibt es mehrere Vermutungen. Unter anderem soll die Pest alle sieben Jahre verstärkt aufgetreten sein und die Schäffler, also die Fassbinder, in ihrer bunten Zunftkleidung mit Tanz und Musik die verängstigten Bürger zurück ins Leben geholt haben«, dozierte Cornelius. »Allerdings ist der Münchner Schäfflertanz erst für Anfang des achtzehnten Jahrhunderts durch Quellen nachweisbar. Seine Verbindung zur Pest ist daher wohl eher eine Legende. Die Zahl sieben gilt in der Mythologie als Glückszahl, weshalb die Vermutung nahe liegt, die Aufführungen werden aus diesem Grund alle sieben Jahre wiederholt.«

Aus den Augenwinkeln sah Cornelius, dass ein Ehepaar und zwei ältere Frauen neben seiner Tochter stehengeblieben waren und seine Ausführungen ebenfalls mit großem Interesse verfolgten. Für einen kurzen Moment fühlte er sich wieder in den Hörsaal der Universität zurückversetzt. Er am Rednerpult und vor ihm die Sitzreihen mit seinen Studenten. Nicht immer waren alle so aufmerksam und interessiert gewesen wie die kleine Gruppe, die jetzt neben Tabea stand. Cornelius räusperte sich kurz, ehe er fortfuhr.

»Seit Mitte des achtzehnten Jahrhunderts wird der Schäfflertanz alle sieben Jahre zur Faschingszeit aufgeführt, wobei durchaus auch weniger dramatische Gründe diesem Rhythmus zugrunde liegen können: Der Schäfflertanz war nicht der einzige Handwerksbrauch und die Zünfte hatten wahrscheinlich einen auf herzogliche Anordnung beruhenden Zeitplan. Schließlich sollten öffentliche Feste nicht überhandnehmen. Der Plan wurde beibehalten, als andere Organisationen nicht mehr auftraten. Durch wandernde Schäfflergesellen gelangte der Tanz dann auch über die Grenzen Münchens hinaus.«

In diesem Augenblick blieben die Figuren stehen. Die Melodie spielte noch einige Minuten weiter, ehe auch sie schließlich verstummte. Das Ehepaar und die beiden Frauen nickten ihm lächelnd zu.

»Willst du dich nicht als Fremdenführer bewerben? Du weißt so viel über Geschichte und kannst richtig gut erzählen«, sagte Tabea, nachdem sie wieder allein waren. »Die vier waren ganz begeistert. Ich natürlich auch!«

Cornelius lachte. »Danke für das Kompliment. Aber wenn ich mich mit Geschichte nicht auskennen würde, hätte ich meinen Beruf verfehlt. Komm doch mit nach Neukirchen und schau dir die Altenberger Schäffler an. Anna hat bestimmt noch ein Zimmer für dich frei.«

»Ach, Papa. Reiftanz, Buchsbogen … Das Ganze klingt ja wirklich interessant. Aber ich glaube, das ist dann doch nichts für mich.«

»Schade. Ich bin mir sicher, es würde dir gefallen.«

»Du kannst die Aufführungen ja filmen und dann schauen wir sie uns mit Mama zusammen zu Hause an.« Tabea schielte verstohlen in die Schaufensterauslage hinter sich. »Was machen wir denn jetzt? Für Mittagessen ist es noch zu früh.«

Cornelius blickte den beiden Frauen hinterher, die soeben in der nächsten Seitenstraße Richtung Sendlinger Tor verschwanden.

»Was hältst du davon, wenn wir auf den Alten Peter steigen? Das hast du doch früher immer so gern gemacht.«

Tabea starrte ihn erneut entgeistert an. »Papa! Früher, mit zwölf oder dreizehn. Jetzt bin ich fünfundzwanzig. Also, Ideen hast du manchmal. Außerdem ist es dort oben um diese Jahreszeit bestimmt eiskalt.«

»Wir sind doch warm angezogen«, murmelte Cornelius enttäuscht. »Aber wenn du nicht willst …«

Tabea musterte ihn eine Weile schweigend. Dann lächelte sie. »Warum eigentlich nicht. Wer als Erster oben ist, darf danach das Restaurant aussuchen, einverstanden?«

# Kapitel 4

E rster!«, rief Tabea triumphierend, als sie nach genau drei-
hundertsechs Stufen die Aussichtsplattform des Kirchturms
erreicht hatte.

»Ich wusste gar nicht mehr, wie anstrengend Treppensteigen
sein kann«, keuchte Cornelius, der kurz hinter ihr ins Freie trat.
»Was für eine grandiose Aussicht. Dafür hat sich die Mühe wirklich gelohnt.«

Da der dichte Nebel der letzten Tage heute ausnahmsweise der
Sonne Platz gemacht hatte, hatte man nicht nur einen beeindru-
ckenden Ausblick auf die Millionenstadt, sondern konnte im Sü-
den sogar die schemenhaften Umrisse der Alpen erkennen. Trotzdem war es empfindlich kalt und ein eisiger Wind fegte um den
Turm. Außer ihnen war niemand auf der Plattform.

»Wie klein von hier oben alles ist«, sagte Tabea, während sie
den Kragen ihres Mantels aufstellte. »Schau, da vorne sind die
Universität und das Siegestor.« Ihr behandschuhter Finger zeigte Richtung Schwabing. »Vermisst du die Uni eigentlich?«, fragte sie.

»Die Exkursionen und die Arbeit mit den Kollegen und den
Studenten schon hin und wieder. Was ich gar nicht vermisse, sind
die Berge an Verwaltungsarbeit, die es jedes Semester zu erledigen gab. Und den Kollegen im Zimmer nebenan«, fügte er mit
Nachdruck hinzu.

Tabea lachte. »Ich weiß auch nicht, warum Mama sich das
immer antut. Ein Urlaub mit diesem Wichtigtuer und der alten
Schreckschraube wäre das Letzte, worauf ich Lust hätte.«

»Du sprichst mir aus der Seele.«

Langsam gingen sie die vier Seiten der Plattform entlang. »Da
ist das Nymphenburger Schloss«, rief Tabea.

Das Häusermeer unter ihnen schien kein Ende zu nehmen.

»Dort vorne irgendwo liegt Gräfelfing.«

»Wo Mama gerade den fünfzehnten Koffer packt«, erwiderte Tabea lachend.

»Die Reisevorbereitungen deiner Mutter waren mir schon immer ein Rätsel.«

Tabea wurde ernst. »Ist sie eigentlich noch böse auf dich?«

Cornelius vermied es, seine Tochter direkt anzuschauen, und konzentrierte sich auf einen fixen Punkt am Horizont.

»Warum sollte sie böse auf mich sein?«, fragte er betont harmlos.

»Weil sie vorgestern alles getan hat, um David den Abend so angenehm wie möglich zu machen. Und du alles, damit er von einem Fettnäpfchen ins nächste tritt. Glaubst du, ich habe das nicht bemerkt? Du hast ihn ganz schön auflaufen lassen.«

»Bist du jetzt auch wütend auf mich?«, fragte Cornelius.

Tabea lehnte sich gegen das Geländer und sah ihren Vater stirnrunzelnd an. »Eigentlich sollte ich es sein. Kannst du ihn nicht wenigstens ein ganz kleines bisschen sympathisch finden? Mir liegt wirklich viel an ihm und ich will nicht, dass wir uns seinetwegen ständig in den Haaren liegen.«

Nein, diesen unausstehlichen Schnösel würde er niemals im Leben sympathisch finden, auch kein winzig kleines bisschen, hätte Cornelius am liebsten gerufen. Doch ein Streit mit seiner Tochter war das Letzte, was er wollte.

»Ich kann es ja versuchen«, erwiderte er deshalb.

Tabea lächelte. »Das ist doch immerhin ein Anfang. Und wenn du David erst einmal besser kennst, wirst du ihn bestimmt mögen. Er findet dich übrigens klasse. So ganz anders, als er sich einen Geisteswissenschaftler vorgestellt hat.«

»Wie hat sich denn unser Wirtschaftsfachmann einen Geisteswissenschaftler vorgestellt?«

»Ach, Papa. Jetzt sei doch nicht schon wieder eingeschnappt. Alle seine Freunde haben entweder Jura, Betriebswirtschaft oder Medizin studiert. Er kann sich halt nur schwer vorstellen, dass man auch mit Geschichte Geld verdienen kann.«

Cornelius spürte ein unangenehmes Pochen in seiner rechten Schläfe. »Wir wären ein ziemlich armes Land, wenn wir nur noch Juristen, Betriebswirte und Ärzte ausbilden würden. Auch mit einem geisteswissenschaftlichen Studiengang kann man sehr viel erreichen. Und ob er es glaubt oder nicht: Auch ich kann einen Computer bedienen und lese den Wirtschaftsteil der Zeitung.«

»So war das doch nicht gemeint. Ich glaube allmählich, du *willst* alles, was er sagt, falsch verstehen. David ist einfach ein sehr rational denkender Mensch. Die Analyse eines Monet-Bildes ist nicht unbedingt das, was er unter Arbeit versteht.«

»Was soll das denn nun wieder heißen?«, fragte Cornelius lauernd. »Das klingt ganz so, als ob du dein Kunstgeschichtestudium aufgeben sollst.«

Tabea ging langsam weiter. »Ich soll überhaupt nichts. David befürchtet einfach, dass ich damit später keinen ordentlichen Job finde. Schließlich kann nicht jeder Universitätsprofessor werden.«

»Nein. Aber wenn man sich geschickt anstellt, kann man mit jeder Ausbildung und jedem Studium etwas im Leben erreichen!«

Tabea lächelte. »Keine Angst, Papa. Ich weiß, ich habe es Mama und dir nicht immer leicht gemacht. Aber Kunstgeschichte ist genau das, was mich interessiert. Das habe ich auch David gesagt. Und jetzt lass uns nach unten gehen. Ich habe nämlich Hunger.«

---

Eine Viertelstunde später standen sie wieder vor dem kleinen Kassenhäuschen am Turmeingang.

»Wollen wir in das Restaurant gegenüber dem Rathaus gehen?«, fragte Tabea. »Dann kannst du dir auch die Schäfflerfiguren noch einmal ansehen.«

»Gerne. Als Sieger unseres kleinen Turmlaufes bist du selbstverständlich eingeladen. Und auf dem Rückweg können wir ja diese Handtasche noch einmal genauer ins Visier nehmen.«

»Mit dir macht einkaufen fast noch mehr Spaß als mit Mama.«

»Ja, weil ich nie nein sagen kann. Das ist sehr schlecht für deine Erziehung.«

»Dafür ist es jetzt ohnehin zu spät. Aber was hältst du davon: Wir Geisteswissenschaftler müssen ab und zu einfach zusammenhalten.«

In diesem Moment waren sie am Eingang des Restaurants angekommen, das sich im fünften Stock eines Gebäudes am Rathausplatz befand.

»Ich muss noch schnell für Mama etwas in der Parfümerie besorgen. Fahr du doch schon hoch und reserviere einen schönen Platz für uns«, sagte Tabea und drückte Cornelius einen Kuss auf die Wange.

Als er im fünften Stock aus dem Aufzug stieg, wurde er sogleich von einer elegant gekleideten Dame mit akkurater Hochsteckfrisur und einer schwarz umrandeten Brille in Empfang genommen. Mit einem zuckersüßen Lächeln erklärte sie ihm, dass tatsächlich noch ein Tisch am Fenster frei sei. Folgsam ging er hinter ihr her.

»Bitteschön«, sagte sie und zeigte auf den Platz.

Während er seinen Mantel auszog, ließ Cornelius den Blick durch das Restaurant schweifen. Nur drei weitere Tische waren noch belegt. Plötzlich hielt er in seiner Bewegung inne.

Keine fünf Meter von ihm entfernt saß David Kronenburg … händchenhaltend mit einer attraktiven Frau mit üppiger Lockenmähne. Beide waren so miteinander beschäftigt, dass sie Cornelius nicht bemerkten.

Sein Gehirn arbeitete auf Hochtouren. Was sollte er jetzt tun? Hingehen und diesem Schnösel den Champagner über den Kopf gießen, den er soeben seiner Begleitung einschenkte? Oder ihn am Kragen packen und so lange durchschütteln, bis ihm sein Dauergrinsen verging? Cornelius verspürte große Lust, dem vertrauten Stelldichein hier und jetzt den Garaus zu machen. Sollten die anderen Gäste ruhig mitbekommen, was für ein Hallodri sich hinter dem Designeranzug verbarg. Aber dann musste er an Tabea denken. Von seiner Tochter war bisher Gott sei Dank nichts zu sehen.

»Wollen Sie mir nicht Ihren Mantel geben?«, fragte die Dame mit der Hochsteckfrisur und ihr zuckersüßes Lächeln verstärkte sich noch.

»Äh … nein. Mir ist gerade eingefallen, ich … ich habe einen wichtigen Termin vergessen. Bitte entschuldigen Sie«, murmelte Cornelius und drängte sich an ihr vorbei zum Ausgang.

Hektisch drückte er mehrmals hintereinander auf den Aufzugknopf. Schließlich konnte er nicht mehr warten und rannte kurzerhand die Stufen hinunter. Vollkommen außer Atem kam er im Erdgeschoss an. Hoffentlich war er nicht zu spät.

»Papa, was machst du denn hier?«, hörte er in diesem Augenblick die Stimme seiner Tochter.

Tabea war gerade dabei, in den Aufzug zu steigen.

»Alles voll«, stieß er hervor und stellte sich entschlossen zwischen seine Tochter und die halb geöffnete Aufzugtür. »Im ... im Restaurant ist heute eine Firmenveranstaltung.«

»Oh, das ist aber schade. Davon steht hier gar nichts.«

»Macht doch nichts. Was hältst du dafür von einem bayerischen Mittagessen?«

Tabeas Augen begannen zu leuchten. »Hm, Schweinebraten mit Kartoffelknödel. Das hatte ich schon ewig nicht mehr. Das ist eine gute Idee.«

»Na, dann nichts wie los«, rief Cornelius und nahm seine Tochter bei der Hand. »Gleich hier um die Ecke ist ein sehr gutes Restaurant.«

»Warte einen Moment, Papa«, sagte Tabea plötzlich.

»Was ist denn?« Nervös schielte Cornelius zum Aufzug.

»Jetzt ist es gleich zwölf Uhr. Lass uns zuerst zum Rathaus vorgehen. Dann können wir uns noch einmal das Glockenspiel anhören. Und du kannst mir noch ein bisschen über die Schäffler erzählen.«

---

Bettina Schneider stand am Fenster und legte ihre Hände auf den warmen Heizkörper. Seit sie am Morgen aufgestanden war, fror sie. Daran hatten auch eine heiße Dusche, zwei Tassen Kaffee und der Kachelofen in der Küche nichts ändern können. Der Winter war noch einmal zurückgekehrt und hatte Hof und Garten in eine weiße Prachtlandschaft verwandelt. Sie konnte das Lachen ihrer Kinder bis in das Wohnzimmer hören. Schon den ganzen Vormittag bauten sie hinter dem Haus an einem Iglu und wurden nicht müde, mit ihren kleinen Händen Schnee heranzuschaffen, aufzuschichten und glatt zu klopfen.

Doch es waren nicht die eisigen Temperaturen, die Bettina frieren ließen. Die Kälte, die sie verspürte, kam von ihr selbst, kam tief aus ihrem Innersten und hatte sich in ihrem ganzen Körper ausgebreitet. Und ganz egal, wie oft sie sich an den Ofen setzte und ihre Hände wärmte, diese Kälte würde sich nicht vertreiben lassen. Ihr Sohn Bernhard tanzte gerade um das halb fertige Iglu und winkte ihr ausgelassen, als er sie am Fenster stehen sah. Seine Augen strahlten und die Wangen waren vor Aufregung und Kälte gerötet. Sein Anblick versetzte Bettina einen schmerzhaften Stich. Wie von unsichtbaren Marionettenfäden gezogen, hob sie ihre Hand und zwang sich ein Lächeln heraus.

Warum konnte sie nicht mehr unbeschwert sein und sich nicht mehr freuen? Wann hatte ihr Leben angefangen, sie so unglücklich zu machen? Ihr Leben, das ihr eine so verheißungsvolle Zukunft versprochen hatte, ihr wunderbares und perfektes Leben, um das viele sie einst so beneidet hatten und es mitunter wohl immer noch taten. Weil sie nur die Fassade kannten, die sie seit Jahren versuchte aufrecht zu erhalten, aber nicht die Welt dahinter. Die Welt, die sie jeden Tag quälte und innerlich erfrieren ließ.

Bettinas Blick blieb an den *Altenberger Nachrichten* hängen, die aufgeschlagen vor ihr auf dem Wohnzimmertisch lagen. Wie schon in den vergangenen Tagen waren auch in dieser Ausgabe einige Seiten dem vorherrschenden Thema Schäfflertanz gewidmet. Heute gab es für den Leser eine Rückschau auf die Aufführungen der letzten Jahrzehnte. Doch die Berichte dazu interessierten Bettina nicht. Ihre Aufmerksamkeit galt nur dem Foto, das ihr am Morgen förmlich entgegengesprungen war, nachdem sie durch die Zeitung geblättert hatte. Wie ein drohendes Mahnmal schien das Bild sie daran erinnern zu wollen, wie naiv und dumm sie gewesen war und vor welchem Scherbenhaufen sie jetzt stand. Als ob sie es auch nur eine Sekunde vergessen könnte.

Sie musste sich fast zwingen, es noch einmal anzusehen. Stolz und fröhlich lachten die jungen Männer mit den roten Jacken und den grünen Hüten in die Kamera. Vierzehn Jahre war die Aufnahme alt. Ihre Hand strich über das Foto, bis sie bei einem groß gewachsenen blonden Mann stehen blieb. Wie gut er damals ausgesehen hatte ... Schlank, durchtrainiert und mit einem umwerfenden Lachen, das nicht nur ihr Herzklopfen bereitet hatte.

Sie kannte kein Mädchen, das sich nicht gewünscht hätte, Georg Schneiders Freundin zu sein. Aber er hatte sich für sie entschieden, und sie hatte ja gesagt. Sie waren jung und verliebt und irgendwie musste es einfach so sein. Sie schienen wie füreinander geschaffen. Ihre Eltern waren nicht sofort Feuer und Flamme für ihre Hochzeitspläne gewesen, sie konnten mit einem angehenden Juristen nicht unbedingt etwas anfangen. Dann lieber ein Landwirt mit einem eigenen Hof, wenn es schon kein selbständiger Unternehmer sein sollte. Aber Bettina war sich immer sicher gewesen, dass Georg nur am Anfang einer vielversprechenden Karriere als Anwalt stand, und hatte das gequälte Lachen ihrer Mutter während der Hochzeit einfach übersehen.

Dann kam ihr Sohn Bernhard und mit ihm kamen Blähungen, Babygeschrei und viele schlaflose Nächte. Nächte, die sie meistens alleine an seinem Bettchen verbrachte, denn Georg brauchte seinen Schlaf und seine Kraft für das erste Staatsexamen. Schließlich lautete das erklärte Ziel Prädikatsexamen – zumindest, wenn es nach Bettina ging. Sie musste sich eingestehen, dass sie bis heute nicht wusste, welche Ambitionen Georg eigentlich hegte und was er von ihrem gemeinsamen Leben erwartete. Zu klar und deutlich schien der Weg zu sein, der für sie alle vorgezeichnet war. Sie würde eines Tages die Ehefrau eines erfolgreichen Anwalts mit eigener Kanzlei sein. Eine andere Vorstellung existierte für Bettina überhaupt nicht. Genützt hatten ihre Anstrengungen jedoch allesamt nichts, und ihre Pläne waren frommes Wunschdenken geblieben. Nur mit Mühe und Not schaffte Georg das Examen schließlich im zweiten Anlauf, Lichtjahre entfernt von irgendwelchen Prädikaten. Gefeiert wurde danach trotzdem … und bis zur Bewusstlosigkeit getrunken.

Dann wurde Antonia geboren. Wieder ein Grund, ausgelassen zu feiern, und obwohl erneut sie es war, die sich die Nächte um die Ohren schlug und sich auch um Bernhard kümmerte, schob Georg Referendariat und zweites Staatsexamen erst einmal auf die lange Bank. Nie würde Bettina den Tag vergessen, an dem sie ihren Vater bat, Georg eine Aufgabe in der elterlichen Baufirma zu übertragen. Sie wusste genau, was ihr Vater in diesem Augenblick dachte, hatte sich doch genau das bewahrheitet, was ihre Eltern insgeheim immer befürchtet hatten.

Georg, den Anwalt, würde es nämlich nicht geben. Erfahren hatte sie es am Morgen nach einem Saufgelage, als ihr Mann verkatert am Frühstückstisch saß und erklärte, das Kapitel Jurastudium sei für ihn hiermit beendet.

Dafür gab es jetzt Georg, das Chefanhängsel, das von ihrem Vater zähneknirschend in die Firma aufgenommen und mit all den Aufgaben betraut wurde, bei denen er keinen größeren Schaden anrichten konnte. Natürlich wurde es nach außen hin anders verkauft und er den Kunden stolz als der neue Juniorchef präsentiert. Auch wenn der eine oder andere nicht so dumm war, wie ihr Vater es gerne gesehen hätte, und schnell kapierte, was hinter der Hochglanzfassade tatsächlich los war.

Und es gab Georg im Vollrausch. Denn gefeiert und getrunken wurde munter weiter. Anlässe, einen zu heben, gab es schließlich genügend, und wenn es zur Abwechslung keinen gab, suchte man sich eben einen. Irgendwann hatte Bettina aufgehört, die Nächte zu zählen, in denen sie wach im Bett gelegen und auf seine Rückkehr gewartet hatte, bis er schließlich im Morgengrauen ins Schlafzimmer getorkelt kam und sich – nach Alkohol und Zigaretten stinkend – neben sie fallen ließ. Falls er es überhaupt so weit schaffte. Nicht selten fand sie ihn am nächsten Tag inklusive unappetitlicher Hinterlassenschaft vor der Toilette auf dem Badezimmerfußboden oder auf der Wohnzimmercouch, wo er laut schnarchend seinen Rausch ausschlief.

Noch einmal warf sie einen Blick auf das Zeitungsfoto und sah dann hinaus auf den Gehsteig, wo Georg gerade dabei war, den über Nacht gefallenen Schnee zu räumen. Von dem gut aussehenden jungen Mann war schon lange nichts mehr übrig. Die einst strahlenden blauen Augen waren müde und von zahlreichen Fältchen umgeben, die Haut war fahl und schwammig, an Wangen und Nase schimmerten die Adern bläulich durch. Unter seinem Anorak zeichnete sich deutlich der Ansatz eines Bauches ab. An diesem jämmerlichen Bild vermochten auch die blonden Strähnen und der vermeintlich jugendliche Haarschnitt nichts zu ändern.

In diesem Moment drehte Georg sich um und Bettina spürte ihr Blut in Wallung geraten. Wie oft hatte sie ihn schon gebeten, nicht vor den Kindern zu rauchen. Und dann schaffte er es nicht einmal während des Schneeräumens, auf eine Zigarette zu verzichten. Ihre Hand schnellte Richtung Fensterscheibe, um wütend daran zu klopfen. Doch mitten in der Bewegung hielt sie inne. Müde, ausgelaugt, nicht willens, sich wieder mit ihm auseinanderzusetzen.

Zu viele kräftezehrende Streitgespräche lagen hinter ihr. Stumm beobachtete sie, wie er den Zigarettenstummel auf der Zaunleiste ausdrückte und dann auf die Straße warf, nur um sich Sekunden später die nächste Zigarette anzuzünden.

Ihren Eltern hatte sie nicht lange etwas vormachen können. Dafür hatte schon Georg selbst gesorgt, als er sich bei Bernhards Taufe so volllaufen ließ, dass er nur mit Mühe davon abgehalten werden konnte, vor allen Gästen auf den Tisch zu steigen.

»Lass dich scheiden«, lautete der nimmermüde Kanon ihrer Mutter nicht erst seit diesem Vorfall.

Aber davon hatte Bettina nichts hören wollen. Statt sich von Georg zu trennen, wurde sie erneut schwanger, in dem festen Glauben, mit Antonias Geburt würde sich alles zum Guten wenden. Dabei war die Katastrophe längst perfekt und nicht mehr aufzuhalten.

Bettina ging in die Küche und setzte sich wieder an den warmen Kachelofen. Ihre Hände waren immer noch eiskalt. Das Haus, in dem sie seit der Hochzeit wohnten, hatten ihre Eltern für sie gebaut, das Sorgerecht für die Kinder wäre durch Georgs Eskapaden reine Formsache – nichts wäre leichter für Bettina gewesen, als ihn einfach vor die Tür zu setzen. Und dennoch wollte ihr dieser Schritt nicht gelingen. Was sollte sie Bernhard und Antonia erzählen, wenn ihr Vater plötzlich nicht mehr bei ihnen wohnte?

Doch tief in ihrem Inneren musste sie sich eingestehen, dass es nicht nur das Wohl ihrer Kinder war, das sie von einer Scheidung abhielt. Vor ihren Eltern und aller Welt zugeben zu müssen, dass sich der Traummann als böser Albtraum entpuppt hatte, dass sie ihre hochgejubelte und von vielen neidisch beäugte Ehe krachend gegen die Wand gefahren hatten, dass Georg der größte Fehler ihres Lebens war, allein der Gedanke daran machte Bettina ganz krank.

Sie würde nicht einknicken, sie würde durchhalten ... bis zum bitteren Ende.

---

Er spürte jeden einzelnen Blick. Nicht wie Nadelstiche, wie spitze Dolche bohrten sie sich unter seine Haut. Obwohl er die meiste Zeit mit dem Rücken zum Wohnzimmerfenster stand, wusste Georg, dass Bettina dort war und ihn beobachtete.

Geringschätzung, Abneigung, Widerwille. Sie hatte ihre Gefühle noch nie gut vor ihm verbergen können. Wahrscheinlich wäre sie erstaunt, wenn sie erfuhr, wie viel er in den großen dunklen Augen lesen konnte. Nur das schlimmste aller Gefühle fehlte noch – Mitleid.

Mitleid darüber, was er aus seinem Leben gemacht oder, um ihre Sicht der Dinge wiederzugeben, was er *nicht* daraus gemacht hatte. Mitleid über die vielen vertanen Chancen, die verpasste Karriere, die armselige Gestalt, die er in ihren Augen abgab. Warum hatte sie ihn nicht einmal, nur ein einziges Mal, gefragt, wie er sich sein Leben vorstellte, welche Pläne er für die Zukunft geschmiedet hatte?

Zugegeben, es waren nicht viele. Georg wollte einfach nur leben. Die Zeit, die einem blieb, war kurz genug. Sollten sie andere mit Siebzig-Stunden-Wochen und endloser Pflichterfüllung verbringen. Sein eigener Vater war ihm immer ein warnendes Beispiel gewesen: Mit Anfang fünfzig erlitt er mitten in einer Verwaltungsratssitzung einen tödlichen Herzinfarkt. Voller Tatendrang und Pläne für die Zukunft. Nichts hatte er sich bis dahin gegönnt, keinen Wunsch erfüllt. Immer nur gearbeitet und wie am Schnürchen funktioniert und alles Angenehme und Schöne auf später verschoben. Bis es dieses später von einer Sekunde auf die andere nicht mehr gab und die eine Chance, die man Leben nennen durfte, plötzlich vertan war. Georg hatte keine großen Ansprüche. Nichts, wofür man ein Jurastudium und ein Prädikatsexamen brauchte und erst recht keinen nervtötenden Schwiegervater, der einem ständig auf die Finger sah und rund um die Uhr kritisierte.

Zugegeben, das Jurastudium hatte er sich selbst eingebrockt. Es hatte sich anfangs gut angehört, seine Mutter war zufrieden und lag ihm nicht länger in den Ohren und bis es ans Eingemachte ging, hatte er einige durchaus erholsame Jahre an der Universität verbracht. Dann kam das erste Examen und mit ihm der Moment, an dem es ernst wurde und er eigentlich längst den Absprung geschafft haben wollte. Aber dafür war es mittlerweile zu spät, stand doch schon unwiderruflich fest, dass er eines Tages Anwalt werden und seine eigene Kanzlei eröffnen würde.

Weil Bettina es so wollte. Er vielleicht auch, ganz am Anfang, als er unerfahren und naiv gewesen war und noch dachte, das Studium mit dem gleichen minimalen Aufwand zu bewältigen wie einst seine Schullaufbahn, die er mit diversen Ehrenrunden und einer geradezu unverschämten Portion Glück abgeschlossen hatte. Doch dieser Minimalaufwand reichte nicht annähernd aus, wie er schon bald ernüchtert feststellen musste. Warum sich also weiterhin mit etwas quälen, dem man nicht gewachsen war? Warum einem Ziel hinterherjagen, das man ohnehin nie erreichen würde?

Weil Aufgeben in Bettinas Familie nicht geduldet wurde. Und erst recht kein Versagen. Die Leute könnten ja reden. Taten sie ohnehin, auch wenn sein Schwiegervater es mit aller Macht zu ignorieren versuchte. Sein Rezept war dabei äußerst simpel: Solange man nicht über sie sprach, existierte die Schmach nicht. Und je länger man sie totschwieg, umso größer die Chance, sie womöglich ganz loszuwerden. Georg wusste, dass Bettinas Vater ihn lieber heute als morgen vor die Tür seiner kostbaren Baufirma gesetzt hätte. Was sollte er darin auch Großartiges leisten? Schon nach zwei Tagen hatte Georg das geradezu übermächtige Verlangen verspürt, seinen Schwiegervater zu packen und ihn samt seiner nörgelnden Alten in den Betonmischer zu stecken.

Georg hielt im Schneeschippen inne, drückte seine Zigarettenkippe aus und zündete sich sofort eine neue Zigarette an. Bettina mochte es nicht, wenn er vor den Kindern rauchte. Aber das kümmerte ihn nicht. Bernhard und Antonia waren nicht dumm. Sie würden eines Tages selbst entscheiden, was gut für sie war und was nicht. Dazu brauchten sie keinen Vater als Vorbild. Und erst recht keinen wie ihn. Mittlerweile schämte Georg sich nicht einmal mehr für diese Gedanken. Seine Kinder waren da, weil Bettina sie wollte. Genau wie sie einen Anwalt und dann einen Juniorchef als Ehemann haben wollte. Ginge es nach ihm, wäre er weder Vater geworden noch würde er jetzt das Anhängsel seines Schwiegervaters spielen. Weil er für beides nicht geschaffen war.

Er hörte fröhliches Kinderlachen aus dem Garten und wie immer wurde er dabei von einer seltsamen Traurigkeit ergriffen. Bernhard und Antonia waren großartige Kinder, aber sie waren nicht seine Welt. Von Anfang an war er sich in ihrer Gegenwart überflüssig und nutzlos vorgekommen. Und Bettina hatte nichts getan, um ihm dieses Gefühl zu nehmen. Nie hatte sie ihn lange mit den beiden allein gelassen, nie wurde er bei ihrer Erziehung um Rat gefragt oder durfte an ihrem Bett sitzen, wenn sie krank waren oder nicht einschlafen konnten.

Doch Georgs Leben war mittlerweile ohnehin woanders, ganz woanders. Palmen, Meer, Strand …

Manch einer, der von seinen Plänen wüsste, würde müde lächeln und sie für grenzenlos naiv halten. Ein Traum wie aus der Fernsehwerbung, kitschig und realitätsfremd. Nichts, womit sich ein erwachsener Mann und Vater von zwei Kindern beschäftigte. Aber schon bald würde er Tausende Kilometer von Neukirchen entfernt sein und das Dorf und seine Bewohner für immer aus seinem Gedächtnis gestrichen haben. Auch seine Kinder würden dann nur noch eine verblassende Erinnerung sein.

Mochten andere über seine Träume ruhig lachen, Georg wusste es ausnahmsweise besser. Sein Plan war perfekt. Einmal, nur ein einziges Mal würde auch er etwas zu Ende bringen. Er durfte jetzt nur nicht den Mut verlieren.

Wie von einer unsichtbaren Hand gezogen, wanderte sein Blick über den verschneiten Garten zum angrenzenden Grundstück, wo Julian und Dorothee Bernbacher gerade in den Wagen stiegen. Julian schien zu spüren, dass er beobachtet wurde, denn er blieb abrupt stehen und wandte sich um. Doch ehe er Georg entdeckte, ertönten die energischen Worte seiner Mutter aus dem Wageninneren und er kletterte rasch hinter das Steuer. Für einen kurzen Moment huschte ein Lächeln über Georgs müdes Gesicht. Es war ein unheimliches Lächeln, aber nur der Schneemann, den seine Kinder am Tag zuvor gebaut hatten, konnte es sehen.

---

Bettina lehnte den Kopf an die warmen Kacheln des Ofens und schloss die Augen. Im Haus war es ganz still und in ihrem Körper begann sich langsam eine innere Ruhe auszubreiten. Eine Ruhe, nach der sie sich lange vergeblich gesehnt hatte. Wie zwei schützende Arme legte sie sich um ihre Schultern und wärmte sie. Nur einen Moment lang sich treiben lassen und alles um sich herum vergessen. Ihre Gedanken begaben sich auf Wanderschaft und obwohl sie dagegen ankämpfte, landeten sie unweigerlich dort, wo sie nicht sein sollten und wovon sie doch immer wieder geradezu magisch angezogen wurden ...

Ein lauter Ton zerriss die Stille und ließ Bettina zusammenzucken. Auf ihrem Mobiltelefon war eine Nachricht eingetroffen. Sie wusste sofort, wer der Absender war. Stundenlang hatte sie auf diesen Moment gewartet und sich gleichzeitig davor gefürchtet. Es durfte nicht sein. Immer und immer wieder jagten diese vier Worte durch ihren Kopf.

Worauf hatte sie sich nur eingelassen? Sie musste dem Ganzen ein Ende bereiten, ehe es vollkommen außer Kontrolle geriet. Wenn es dafür nicht ohnehin schon zu spät war ... Mit zitternden Händen drückte sie auf das grüne Symbol.

Ihre Augen lasen die Nachricht, lasen sie ein zweites und drittes Mal. Dann begannen sie sich langsam mit Tränen zu füllen.

# Kapitel 5

R amona!«
Gregor Cornelius riss die Haustür auf und stürmte die Treppe in den ersten Stock hinauf.

»Ramona!«

»Was ist denn los? Warum schreist du denn hier so herum?« Ramona stand in der geöffneten Schlafzimmertür, in jeder Hand ein Paar Schuhe.

»Du glaubst nicht, wen ich gerade in der Stadt gesehen habe«, stieß er atemlos hervor.

Die Miene seiner Frau verfinsterte sich. »Und du glaubst nicht, was passiert, wenn Maria die Schneepfützen entdeckt. Sie hat gestern erst geputzt. Schuhe aus!«

Cornelius blickte zuerst auf seine Stiefel und dann auf die unschöne Spur, die er auf den Stufen der Holztreppe und dem Parkettboden hinterlassen hatte.

»Jaja«, wiegelte er ab.

Das musste jetzt notgedrungen warten. Wenn Ramona und Maria erst einmal seine Neuigkeiten erfahren hatten, würden Treppe und Parkettboden ohnehin nur noch Nebensache sein.

»Setz dich am besten hin«, sagte er zu Ramona, obwohl er beim besten Willen nicht wusste, wo im Schlafzimmer noch ein freier Quadratzentimeter zu finden war. Überall türmten sich Kleiderberge und standen unzählige Koffer, Taschen und Hutschachteln.

Doch Ramona machte nicht den Eindruck, als ob sie sich auf ein längeres Gespräch einlassen wollte.

»Für diese Spielchen habe ich jetzt wirklich keine Zeit«, sagte sie. »In einer halben Stunde kommen Richard und Caroline, um mich abzuholen. Und ich habe immer noch nicht alles gepackt. Also, was ist los?«

Cornelius stellte sich direkt vor seine Frau und holte tief Luft. »Ich habe David Kronenburg gesehen.«

Ramona verdrehte die Augen. »Und deshalb machst du so ein Theater?«

»Händchenhaltend und küssend mit einer anderen Frau«, fügte Cornelius entrüstet hinzu.

Ramona trat einen Schritt zurück, stemmte ihre Arme in die Hüften und sah Cornelius prüfend an.

»Das hättest du jetzt nicht erwartet, nicht wahr? Zum Glück hat Tabea nichts davon mitbekommen. Das arme Kind.«

»Allerdings«, zischte Ramona. »Dass du jetzt auf diese hinterlistige Art und Weise versuchst, den jungen Mann schlechtzumachen, hätte ich in der Tat nicht von dir erwartet.«

»Wie? Was?«

»Ich sage es dir noch einmal: David ist der Freund unserer Tochter. *Sie* muss mit ihm auskommen, nicht du. Also, hör auf, gegen ihn zu intrigieren und dir irgendwelche wilden Geschichten auszudenken, um ihn in Misskredit zu bringen.«

Cornelius schnappte nach Luft. »Du glaubst, ich habe mir diese andere Frau *ausgedacht*?«

»Würde er sich so um Tabea bemühen, wenn es längst eine andere gäbe? Das Essen mit dir war für ihn wahrlich kein Sonntagsspaziergang und trotzdem hat er am nächsten Tag hier angerufen und sich bei mir für den schönen Abend bedankt.«

»Was für ein unerträglicher Schleimer«, murmelte Cornelius.

Ramona hob drohend ihren Zeigefinger. »Du magst ihn nicht und versuchst ihn nach allen Regeln der Kunst zu torpedieren. Aber mit der Aktion bist du zu weit gegangen. Ein Wort von dieser absurden Geschichte zu Tabea und wir zwei sind geschiedene Leute.«

---

Mit verschränkten Armen stand Cornelius am Wohnzimmerfenster und beobachtete, wie Ramona und Maria das Gepäck seiner Frau in der von Greifenberg'schen Mercedeslimousine verstauten. Der Wagen hatte bei seiner Ankunft beinahe das Mülltonnenhäuschen gerammt und parkte jetzt mitten auf dem Gehsteig. Von Caroline von Greifenberg war nur eine opulente Pelzmütze sichtbar, die aufgeregt am Heckenrand hin und her wanderte und Cornelius dabei an ein wild gewordenes Frettchen erinnerte. Der Rest der Baronin wurde von der dicht gewachsenen Hecke verdeckt. Dem Klang ihrer schrillen Stimme tat dies jedoch keinen Abbruch und Cornelius war froh, das Ganze aus sicherer Entfernung betrachten zu können.

Richard von Greifenberg war im Auto sitzen geblieben, ein Umstand, der Cornelius ebenfalls äußerst willkommen war. Er brauchte jetzt keine neugierigen Fragen und besserwisserischen Kommentare zu seiner Nichtteilnahme am adeligen Faschingstreiben. Wie er von Greifenberg kannte, würde er diese gewohnt lauthals durch die Gegend posaunen.

Die Einzige, die er vor ihrer Abreise unbedingt noch einmal sprechen wollte, war Ramona. Nach ihrer Schimpftirade hatte sie ihn kurzerhand aus dem Schlafzimmer gescheucht und die Tür mit einem lauten Knall ins Schloss fallen lassen. Auf der Treppe war ihm dann zu allem Überfluss auch noch Maria begegnet, die mit grimmiger Miene seinen Fußspuren gefolgt war und den Schrubber wie eine gefährliche Waffe in den Händen hielt.

Alles in allem kein guter Tag, wie er feststellen musste. Nur Max schien sich über seine Anwesenheit zu freuen und beobachtete mit ihm vom Fensterbrett aus das Geschehen vor dem Haus.

Schließlich waren auch das letzte Köfferchen und die beiden Hutschachteln erfolgreich im Kofferraum verstaut. Das Frettchen entfernte sich von der Hecke und verschwand aus Cornelius' Sichtfeld. Richard von Greifenberg startete den Motor, würgte ihn ab und startete ihn erneut. Cornelius ging unruhig die Fensterfront auf und ab, doch er konnte Ramona nirgendwo entdecken. Offenbar saß sie bereits im Wagen.

»Hast du wirklich gedacht, ich fahre ab, ohne mich zuvor von dir zu verabschieden?«

Cornelius drehte sich um und blickte seine Frau schuldbewusst an.

»Nach mehr als dreißig Jahren Ehe solltest du mich wirklich besser kennen«, sagte sie vorwurfsvoll, doch ihr Lächeln verriet, dass sie nicht mehr böse auf ihn war.

»Ich habe dich in den vergangenen dreißig Jahren auch selten so wütend erlebt wie vorhin«, murmelte er.

»Ich hatte auch allen Grund dazu. Versprich mir bitte, dass du den armen Jungen ab sofort in Ruhe lässt.«

»Aber wenn ich ihn doch …«

Ramonas wohlgeformte Augenbrauen schossen in die Höhe. »Gregor, bitte. Tu mir den Gefallen und halte dich aus Tabeas Beziehung heraus.«

Cornelius holte tief Luft. So einfach würde David Kronenburg nicht aus dieser Sache herauskommen. Doch ehe er etwas erwidern konnte, ertönte von draußen ein ungeduldiges Hupen.

»Ich muss mich beeilen. Richard und Caroline warten.«

Ramona drückte ihm einen flüchtigen Kuss auf die Wange. »Fahr vorsichtig und grüß Anna von mir.«

Richard von Greifenberg hupte erneut. Ramona eilte zur Haustür, wo sie sich noch einmal zu Cornelius umdrehte.

»Pass gut auf dich auf. Und keine private Mordermittlung dieses Mal, hast du mich verstanden?!«

---

Endlich war der Kirchturm von St. Ulrich in Sicht. Die beiden Treppengiebel des markanten gotischen Bauwerks waren das Erste, das Cornelius erblickte, als er hinter der Kreisstadt Altenberg auf die Bundesstraße Richtung Norden einbog. Während der Fahrt hatte sich der Himmel immer wieder verdunkelt und es schneite dicke Flocken, so dass er auf der Autobahn nur langsam vorwärtsgekommen war. Der Stau, den ein Unfall mit mehreren Fahrzeugen und der späteren Landung eines Rettungshubschraubers ausgelöst hatte, verlangte ihm und den anderen Autofahrern zudem einiges an Geduld ab. Aber kurz vor Altenberg schienen Wetter und Verkehr plötzlich ein Einsehen zu haben. Jetzt blinzelte sogar eine milchige Wintersonne zwischen den Wolkenbergen hervor. Nicht lange und er hatte die Abzweigung nach Neukirchen erreicht.

Voller Vorfreude sah Cornelius aus dem Fenster. Die Wälder und Hügel der Umgebung waren von einer dicken Schneedecke überzogen, als ob sie jemand in Watte gepackt hätte. Obwohl die Sonne noch nicht viel Kraft besaß, funkelten überall die Schneekristalle. Zwei Hasen stoben über ein Feld, hielten einen Augenblick mit gespitzten Ohren inne und verschwanden dann im Unterholz. Nicht weit entfernt fuhren Kinder mit ihren Schlitten einen Hügel hinab.

Einige Meter neben der Straße, die direkt nach Neukirchen führte, spurten drei junge Männer eine Langlaufloipe. Einer von ihnen sah kurz auf und winkte dann heftig. Cornelius brauchte einen Moment, bis er Michael Graf unter der Wollmütze und dem dicken Schal erkannte. Er lenkte seinen Wagen vorsichtig an den rechten Fahrbahnrand und grüßte den Handwerker, den er im Vorjahr im Haus seines Patensohns kennengelernt hatte, durch das Seitenfenster.

Doch bevor er es herunterlassen und mit ihm ein paar Worte wechseln konnte, wurde hinter Cornelius gehupt und er von einem dunkelblauen Porsche überholt. Der Wagen fuhr dabei so dicht an ihm vorbei, dass die beiden Seitenspiegel sich nur um Millimeter verfehlten. Obwohl der Fahrer eine Sonnenbrille trug, erkannte Cornelius Benedikt Rehberg hinter dem Steuer. Der Besitzer einer Apotheke in Altenberg war offenbar in Eile und versäumte es nicht, diesen Umstand lauthals kundzutun. Neben Rehberg saß ein dunkelhaariger Mann, ebenfalls mit Sonnenbrille. Er wandte sich abrupt ab, nachdem er die Gruppe auf der Loipe entdeckt hatte.

Michael Graf sagte etwas zu seinen Begleitern, das Cornelius nicht verstehen konnte. Dafür entdeckte er im Rückspiegel einen Schneepflug, der rasch näherkam. Er winkte der Gruppe noch einmal zu und fuhr dann weiter, um die Straße nicht länger zu blockieren.

Seit über sechzig Jahren war er mit Leib und Seele Münchner und würde Zeit seines Lebens eine Großstadtpflanze bleiben. Trotzdem war es ein vertrautes Gefühl, fast wie ein nach Hause kommen, als er jetzt das Ortsschild von Neukirchen passierte und die Hauptstraße entlangfuhr. Alles war so, wie er es von seinem letzten Aufenthalt in Erinnerung hatte.

Die Bauernhöfe zu beiden Seiten der Dorfstraße, Roswitha Försters kleiner Gemischtwarenladen und in der Ortsmitte, direkt gegenüber der gotischen Kirche mit ihren zwei Treppengiebeln und dem Friedhof, Anna Leitners stattliches Gasthaus, das Ziel von Cornelius' Reise. Genaugenommen war es seit einigen Monaten nicht nur ein Wirtshaus, sondern eine richtige Pension, aber Anna hatte das Schild mit der alten Aufschrift nicht abgenommen. Unter diesem Namen kannte jeder in der Gegend das Haus und daran sollte sich auch in Zukunft nichts ändern. Auch wenn sich in Annas Leben seit der Trennung von Johann Leitner, ihrem Ehemann, viel verändert hatte.

Während er den Wagen auf der neu geschaffenen Parkfläche neben dem Gasthof abstellte und seine Reisetasche aus dem Kofferraum hievte, musste Cornelius wieder an die Ereignisse im vergangenen Frühsommer denken. Er war an dem Ende von Annas Ehe nicht ganz unschuldig gewesen, hatte er doch einiges in Johann Leitners Leben ans Tageslicht gebracht, das dieser nur allzu gerne im Dunkeln gelassen hätte. Sein Blick wanderte zum Kirchturm von St. Ulrich und dem kleinen Friedhof, der von einer weiß getünchten, efeuumrankten Mauer eingefasst war. David Kronenburgs deplatzierter Kommentar über den Mordfall im vergangenen Jahr fiel ihm wieder ein. Noch immer ärgerte er sich maßlos über diese Taktlosigkeit, und er beschloss gleich am nächsten Tag das Grab von Sascha Eichinger zu besuchen.

»So leicht kann man nicht vergessen, nicht wahr?«, sagte jemand leise neben ihm. Cornelius war so in Gedanken versunken gewesen, dass er Annas Schritte nicht gehört hatte.

»Umso mehr freut es mich, dass Sie wieder in Neukirchen sind«, fügte sie lächelnd hinzu. »Herzlich willkommen, Herr Professor.«

Cornelius fiel sofort auf, dass Anna sich verändert hatte. Schlanker als früher, die einstmals widerspenstigen braunen Locken waren geglättet und zu einer eleganten Hochsteckfrisur gebunden und eine leichte Bräune unterstrich ihre attraktiven Gesichtszüge. Das dunkelblaue Dirndlkleid, das sie unter dem offenen Wintermantel trug, war zweifellos eine Maßanfertigung.

»Grüß Gott, Frau Leitner. Ich freue mich auch, wieder hier zu sein. Und ich muss sagen: Neuseeland hat Ihnen ausgesprochen gut getan.«

Anna wurde verlegen. »Mir ist es allmählich richtig peinlich. Die Leute denken wahrscheinlich, ich renne ständig ins Solarium.«

»Lassen Sie die Leute denken, was sie wollen. Die Hauptsache ist doch, Sie hatten eine schöne Reise. Ihre Postkarten klangen jedenfalls sehr vielversprechend.«

Das Strahlen in Annas Augen verstärkte sich. »Die hatte ich.

Auch wenn ich mich an ein Weihnachten am Strand erst noch gewöhnen muss. Der Abstand zu Neukirchen hat mir nach allem, was vergangenes Jahr passiert ist, sehr gut getan. Ich soll Sie übrigens herzlich von meinen Reisegefährten grüßen. Sie sind gestern in Sydney angekommen.«

Anna war im Spätherbst mit einem Nachbarn und seiner Tochter nach Neuseeland aufgebrochen. Während die beiden weiter durch Australien reisten, war sie vor einiger Zeit nach Neukirchen zurückgekehrt.

»Es waren unvergessliche Wochen. Aber jetzt bin ich ganz froh wieder hier zu sein. Unseren Schäfflertanz wollte ich mir nämlich nicht entgehen lassen.«

In diesem Augenblick kam ein kleiner Schneepflug den Gehsteig entlanggefahren und bog schwungvoll in Annas Einfahrt. Direkt vor Cornelius blieb er stehen.

»Servus, Anna«, sagte der Fahrer, ein groß gewachsener junger Mann mit einem schlanken Gesicht. Mehr konnte Cornelius unter seiner Mütze und dem dicken Anorak nicht erkennen.

»Servus, Sebastian, dich schickt der Himmel«, sagte Anna. »Kannst du schnell den Parkplatz und die Hofeinfahrt frei machen? Das ist übrigens Professor Cornelius aus München. Und das ist Sebastian Kofler, der zweite Vortänzer bei den Schäfflern«, fügte sie nicht ohne Stolz hinzu.

»Grüß Gott.« Sebastian nickte Cornelius kurz zu, ehe er wieder den Motor anließ und die Hofeinfahrt nach unten fuhr.

Anna blickte ihm lächelnd hinterher. »Auch wenn ich gut zurechtkomme, bin ich ganz froh, nicht alles allein machen zu müssen. Sebastian studiert in München Tiermedizin, aber in den Semesterferien und am Wochenende hilft er bei den Eichingers und bei mir ab und zu aus. Ein bisschen schüchtern und zurückhaltend, aber ein ganz Netter. Ich hab mich sehr gefreut, dass er den zweiten Vortänzer machen darf«, sagte sie, während sie Richtung Haus gingen. »Er ist ein richtiges Naturtalent.«

»Auf dem Weg hierher habe ich Michael Graf gesehen. Tanzt er eigentlich auch mit?«

»Ja, der Michi ist auch dabei. Ich hab Ihnen das Programmheft auf den Nachttisch gelegt. Da können Sie alle Namen und Aufführungstermine nachlesen. Aber jetzt zeig ich Ihnen erst einmal Ihr Zimmer.«

»Dr. Rehberg ist übrigens hinter mir gefahren. Ich war ihm wohl etwas zu langsam unterwegs«, sagte Cornelius und folgte Anna samt Koffer in den ersten Stock des Pensionsanbaus, der vor nicht allzu langer Zeit noch den Stall ihres Bauernhofes beherbergte.

Anna atmete geräuschvoll ein. »Herrn Dr. Rehberg kann man momentan nur schwerlich etwas recht machen. Seine Frau ist im Spätsommer ausgezogen und nach München zurückgekehrt. Soviel ich weiß, wollen sie sich scheiden lassen.«

»Da habe ich ja so einiges ins Rollen gebracht«, bemerkte Cornelius.

Dank seiner Einmischung war Annabelle Rehberg im Vorjahr vorübergehend ins Visier der Mordkommission geraten und auch von ihr waren schließlich Dinge an die Öffentlichkeit geraten, die vor allem ihr Mann gern im Verborgenen gelassen hätte.

Anna blieb mitten auf der Treppe stehen. »Dafür können Sie doch nichts. Annabelle Rehberg hat sich hier in Neukirchen nie zu Hause gefühlt. Und Dr. Rehberg hat den Kummer seiner Frau so lange nicht ernst genommen, bis es schließlich zu spät war und die Katastrophe schon vor der Tür stand.«

»Wohnt er denn jetzt ganz allein in dem großen Haus?«

»Nein. Marcel, sein Neffe, ist vor einigen Monaten bei ihm eingezogen.«

Annas Tonfall ließ Cornelius aufhorchen. »Finden Sie das keine gute Idee?«

»Ein verzogenes Bürschchen durch und durch, wenn Sie mich fragen. Er war jahrelang auf irgendeinem Eliteinternat in der Schweiz und tanzt seinen Eltern nur auf der Nase herum. Seinetwegen liegt Dr. Rehberg seit Wochen mit dem Schäfflerausschuss über Kreuz.«

Der Schäfflerausschuss wurde von den fünf Personen gebildet, die verantwortlich für die gesamte Organisation der Aufführungen waren. Ihnen oblagen auch die Auswahl der Tänzer, die Tanzproben und die Besetzung der einzelnen Positionen, wie Cornelius durch Annas DVD wusste.

»Warum das?«

»Marcel hatte es sich offenbar in den Kopf gesetzt, erster Vor-tänzer zu werden. Fragen Sie mich nicht, wie er auf diese Schnaps-idee gekommen ist. Daraufhin rannte Dr. Rehberg schnurstracks zum Ausschuss und wollte dem Wunsch mit einer Geldspende entsprechend Nachdruck verleihen. Aber der Ausschuss hat ihn abblitzen lassen und stattdessen, vollkommen zu recht, Julian Bernbacher die Position übertragen.«

Cornelius war die Genugtuung in ihrer Stimme nicht entgan-gen. »Woher wissen Sie das denn alles?«

Anna lächelte. »Der Schäfflerausschuss trifft sich einmal in der Woche bei mir im Gasthof.«

Dann wurde sie plötzlich ernst. »Außerdem lässt Dr. Rehberg seinem Unmut überall freien Lauf. Und Marcel nimmt ebenfalls kein Blatt vor den Mund und macht Julian schlecht, wo es nur geht. Ich bin gespannt, was als Nächstes passiert.«

# Kapitel 6

Benedikt Rehberg brachte den Porsche mit knirschenden Reifen in der schneebedeckten Einfahrt seines Hauses zum Stehen. Die Villa befand sich in der Neukirchner Siedlung, der Neubausiedlung des Dorfes, die direkt neben dem Gasthof Leitner abzweigte und mit der Architektur des ursprünglichen, vorwiegend aus Bauernhöfen bestehenden Neukirchen nicht mehr viel gemein hatte. Obwohl sie mittlerweile von zahlreichen modernen Bungalows und schmucken Einfamilienhäusern gesäumt war, bildete das im mediterranen Stil gehaltene Anwesen am Ende der Straße einen Blickfang für jeden Betrachter. Fast schon palastartig thronte das Toskanahaus neben seinen Nachbarn und ließ die Häuser um sich herum klein und unbedeutend erscheinen.

Missmutig drückte Rehberg auf die kleine Fernbedienung, die stets griffbereit in der Mittelkonsole des Wagens lag. Mit einem surrenden Geräusch schloss sich das automatische Hoftor und versperrte der Außenwelt die Sicht auf das Haus und seine Bewohner. Er hatte das Tor erst vor einigen Monaten anbringen lassen und noch immer verfluchte er jeden Tag, an dem er sich nicht früher darum gekümmert hatte. Vor allem den Tag, an dem Gregor Cornelius vor dieser Hofeinfahrt herumgeschlichen war und seine Frau Annabelle beobachtet hatte, versuchte Benedikt Rehberg seitdem beharrlich aus seinem Gedächtnis zu streichen. Doch bisher ohne Erfolg. Es war der Tag, der viele unschöne Dinge in Annabelles Leben zum Vorschein gebracht und ihrer ohnehin schon brüchigen Ehe das endgültige Aus beschert hatte. Mit Grauen dachte Rehberg an die Szenen zurück, die sich zuerst hier in der Siedlung und später im Gerichtssaal bei Annabelles Verhandlung abgespielt hatten, wo die Geschichte mit all ihren schmutzigen Details noch einmal von vorne aufgerollt wurde. Immerhin würde die Scheidung in wenigen Wochen rechtskräftig sein und der nervtötende Kleinkrieg, der sich seitdem zwischen ihnen abspielte, endlich ein Ende haben. Das hoffte er zumindest, auch wenn das Spießrutenlaufen in Neukirchen damit noch lange nicht vorbei sein würde.

»Das hast du nun davon. Aber du musstest ja unbedingt in dieses unsägliche Kaff ziehen, wo jeder jeden kennt und sich in alles einmischt.« Er konnte Annabelles Sarkasmus regelrecht hören.

Immer und immer wieder hatte sie ihm die gleichen Vorwürfe gemacht: dass *er* den Umzug von München nach Neukirchen gewollt hatte, dass *er* heimlich die Apotheke in Altenberg gekauft und die Baupläne für die Villa in Auftrag gegeben hatte. Endlose zermürbende Streitgespräche hatten ihr gemeinsames Leben in den letzten Monaten bestimmt. Bis zum Schluss hatte er diesen anklagenden Blick in ihren Augen gesehen. Selbst dann noch, als es längst an der Zeit war, ihn um Verzeihung zu bitten, für all das, was sie ihm angetan hatte. Für die Witzfigur, die sie aus ihm gemacht hatte.

Rehberg konnte es nicht leugnen: In München hätte er nach den Geschehnissen des Vorjahres leichter abtauchen und in der Anonymität der Großstadt verschwinden können. Vor ihren Familien und ihrem Freundeskreis ließen sich Annabelles Eskapaden und ihre kaputte Ehe nicht verbergen, aber alle anderen wären außen vor geblieben. Von ihren damaligen Wohnungsnachbarn kannte er nur das Klingelschild. Und die Angestellten im Supermarkt interessierten sich ebenso wenig für das Privatleben ihrer Kunden wie der Bäcker an der Ecke oder die Besitzer der Restaurants, die Annabelle und er besucht hatten.

In Neukirchen dagegen saß er mitten auf dem Präsentierteller. Ihre Villa war das auffälligste Haus in der neu gebauten Siedlung, die *Palmen Apotheke* die größte und bekannteste Apotheke in Altenberg, wo viele Neukirchner ein- und ausgingen, er selbst zudem Hauptsponsor der Neukirchner Fußballmannschaft. Und im Gasthaus Leitner tauschte man sich nicht nur über die Familie Rehberg eifrig aus, das wusste er nur zu genau.

Auf dem Land gab es kein Abtauchen. Man kannte sich gegenseitig und nahm am Leben des anderen teil. Dem konnte er sich nicht einfach entziehen. Aber er war hier in der Gegend aufgewachsen und hierher hatte er zurückkommen wollen. Deshalb würde er jetzt nicht bei der erstbesten Bewährungsprobe davonlaufen, auch wenn er momentan große Lust dazu verspürte. Mit einem Seufzer öffnete Rehberg die Wagentür und stieg aus. Sofort blies ihm ein eisiger Winterwind entgegen.

»Dieses Auto mit dem Münchner Kennzeichen ... war das der Typ vom letzten Jahr, wegen dem Tante Annabelle vor Gericht musste?«

Die Frage seines Neffen holte Rehberg unsanft aus seinen Gedankenspielen zurück. Seine ohnehin schon säuerliche Miene verdüsterte sich noch mehr.

»Ja«, sagte er gedehnt. »Das war dieser unsägliche Cornelius. Keine Ahnung, was der hier schon wieder zu suchen hat.«

»Wahrscheinlich will er sich unseren einzigartigen Schäfflertanz ansehen.« Marcels Stimme klang plötzlich, als ob er auf ein verdorbenes Stück Fleisch gebissen hätte.

Benedikt Rehberg drehte sich zu ihm um. Die dunkelbraunen, leicht gewellten Haare, das schmale, kantige Gesicht und die scharfen, aber nicht unattraktiven Gesichtszüge – Marcels Ähnlichkeit zu Rehbergs Bruder war nicht zu übersehen. Seit seine Eltern vor einem halben Jahr beschlossen hatten, ihre Praxis in Altenberg zu vermieten und als Ärzte nach Namibia zu gehen, wohnte Marcel in der Villa seines Onkels. Obwohl er zuerst alles andere als begeistert davon gewesen war, hatte Benedikt Rehberg dem Drängen seiner Schwägerin schließlich nachgegeben und Marcel bei sich aufgenommen.

Sein Neffe war anfangs ähnlich begeistert gewesen und hätte eine eigene Wohnung in Landshut, wo er an der Fachhochschule BWL studierte, dem beschaulichen Landleben durchaus vorgezogen. Aber die Aussicht, sich jeden Monat den Großteil seines Lebensunterhaltes selbst dazuverdienen zu müssen, hatte ihn schließlich den Vorschlag seiner Eltern annehmen lassen.

Obwohl es nach wie vor Momente gab, in denen ihm Marcels Anwesenheit gehörig auf die Nerven ging und sie beide selten auf einer Wellenlänge lagen, war Benedikt Rehberg mittlerweile froh, das große Haus mit jemandem teilen zu können – auch wenn es nur sein bisweilen ausgesprochen launischer Neffe war.

Seit sie auf der Rückfahrt von Altenberg an der Langlaufstrecke vorbeigekommen waren, war Marcels Laune ähnlich frostig wie die winterlichen Temperaturen. Schweigend hatte er den Rest der Fahrt auf sein Mobiltelefon gestarrt und das Gerät mit einigen wütenden Handgriffen traktiert.

»Da hat dieser Cornelius ja gleich die richtigen drei getroffen«, zischte er und knallte die Autotür hinter sich zu.

Benedikt Rehberg wusste sofort, worauf sein Neffe anspielte. Auch er hatte Michael Graf, Simon Bauer und Julian Bernbacher beim Spuren der Langlaufloipe gesehen.

»Du könntest dich ruhig etwas mehr an diversen Vereinsaktivitäten beteiligen. Wenn du nächstes Jahr im Vorstand der Altenberger Skiabteilung sitzen willst, musst du dich unbedingt mehr einbringen, anstatt wochenlang die beleidigte Leberwurst zu spielen.« Kaum hatte er die Worte ausgesprochen, wusste Benedikt Rehberg, dass sie ein großer Fehler waren.

Wutentbrannt drehte Marcel sich zu ihm um. »Du glaubst doch wohl nicht im Ernst, dass ich bei denen noch irgendwo sitzen oder auch nur einen Finger für die krumm machen werde. Das kann gerne Julian übernehmen. Übungsleiter bei den Fußballern und Langlauftrainer wird unser Multitalent doch auf Dauer nicht ausfüllen.«

»Was soll das heißen?«, fragte Benedikt Rehberg lauernd.

»Ganz einfach: dass ich nächste Woche aus dem Sportverein austreten werde und mit denen dann hoffentlich nie wieder etwas zu tun habe.«

»Wie bitte?«, rief Rehberg entgeistert. »Du lässt mich seit Wochen Himmel und Hölle in Bewegung setzen, damit du nächstes Jahr im Vorstand sitzt, nur um mir jetzt mitzuteilen, dass du aufhören willst? Weißt du eigentlich, wie ich dastehen werde?«

»Du, du, du! Dir geht es immer nur um dich«, stieß Marcel hervor. »Wie ich mich dabei fühle, ist euch doch vollkommen egal. Papa genauso wie dir.«

»Das kläre bitte mit deinem Vater. Aber *ich* werde mir, nach allem, was *ich* für dich getan habe, diesen Unsinn nicht länger anhören.« Benedikts Worte verfehlten ihre Wirkung vollkommen.

»Tu nicht immer so, als ob du dich für mich mordsmäßig ins Zeug legen würdest. Was ist denn bei den Schäfflern herausgekommen?

Dieser elende Bernbacher macht den ersten Vortänzer, obwohl du mir fest versprochen hast, dass ich den Posten bekomme.«

Benedikt Rehberg stapfte um das Auto herum und stellte sich direkt vor seinen Neffen. Das Größenverhältnis sprach damit nicht unbedingt für ihn, aber an diesem Umstand wollte er sich jetzt nicht stören.

»Jetzt hör mir einmal gut zu«, begann er. »Ich habe dir lediglich versprochen, dass ich beim Schäfflerausschuss ein gutes Wort für dich einlege. Nicht mehr und nicht weniger. Es ist nicht meine Schuld, wenn du dich seit dem letzten Schäfflertanz kaum für das Vereinsleben und den Sport engagiert hast. Du hattest sieben Jahre lang Zeit dazu. Dein Vater und ich haben dir immer gesagt, du musst mehr unternehmen, wenn du dieses Mal Vortänzer werden willst.«

»Jetzt auf einmal. Letzten Sommer hast du noch getönt, welchen Einfluss du auf den Schäfflerausschuss hättest und wie du das alles für mich regeln wirst. Von wegen! Einen Scheißdreck hast du geregelt.«

Benedikt Rehberg spürte ein unangenehmes Pochen in seiner rechten Schläfe. »Sprich nicht in diesem Ton mit mir. Wenn du dich jahrelang aus allem raushältst, während andere Verantwortung übernehmen, kannst du nicht erwarten, dass man dir sofort den roten Teppich ausrollt.«

Doch Marcels Vorwurf hatte ihn mehr getroffen, als er zugeben wollte. Sein Neffe hatte nicht unrecht. Rehberg hatte ihm im vergangenen Jahr das Vortänzeramt mehr oder weniger fest zugesagt. Aber er hatte schnell einsehen müssen, dass er sich und seine Position gewaltig überschätzt hatte. Armin Weingartner und die anderen Ausschussmitglieder hatten nicht mit sich handeln lassen.

Ganz im Gegenteil. Bei seinem Versuch, Marcel wenigstens die Position des Reifenschwingers zu verschaffen, wenn schon nicht das Vortänzeramt, hatte Weingartner ihn kurzerhand vor die Tür gesetzt und sich erbost jede weitere Einmischung und Mauschelei verboten. Von dieser Schmach wusste Marcel bis heute nichts und ginge es nach Rehberg, würde sein Neffe auch niemals etwas davon erfahren.

Wäre die unsägliche Sache mit Annabelle nicht gewesen, hätte er als Konsequenz sein Engagement als Hauptsponsor der Neu-kirchner Fußballmannschaft sofort für beendet erklärt. Sollten Weingartner und die anderen doch sehen, wo die Sportvereine zukünftig ihr Geld herbekamen. Aber dann würde jeder nur denken, er hätte sich wegen seiner gescheiterten Ehe aus dem Vereinsleben zurückgezogen. Und diesen letzten Triumph wollte Rehberg seiner Frau nicht gönnen.

Auch den Plan, die Schäffler nicht vor der *Palmen Apotheke* tanzen zu lassen, hatte er wieder verworfen. Schließlich durfte er hinter seinem ärgsten Konkurrenten, der Marienapotheke, nicht zurückstehen, die, wie immer, für den Faschingsdienstag einen Auftritt der Schäffler gebucht hatte. Am Ende kam womöglich noch das Gerücht auf, er könne sich keinen Tanz leisten.

Außerdem wurde er den Verdacht nicht los, dass das Vortänzer-amt ohnehin nur eine von Marcels Launen war und es ihm durch-aus recht geschah, zur Abwechslung einmal einen Dämpfer zu er-halten. Er wäre mit seinem Neffen schon vor Jahren ganz anders umgesprungen als sein Bruder und seine Schwägerin. Dumm nur, dass er sich jetzt mit dem Ergebnis ihrer laschen Erziehung herum-schlagen durfte, während sie im fernen Afrika weilten.

»Lass mich einfach in Ruhe«, brummte Marcel. »Julian wird schon noch sehen, was er davon hat.«

»Was willst du damit sagen?«, fragte Benedikt Rehberg scharf.

Doch in diesem Moment klingelte Marcels Mobiltelefon und sein Neffe wandte sich abrupt von ihm ab. Rehberg verharrte noch einige Sekunden neben seinem Wagen und beobachtete Marcel, der leise in sein Telefon sprach.

Marcels letzter Satz hatte ihm gar nicht gefallen und ein dump-fes Gefühl in seiner Magengegend sagte ihm, seinen Neffen in Zukunft besser im Auge zu behalten.

---

Marcel hatte sich einige Schritte vom Wagen entfernt, nachdem er auf dem Display gesehen hatte, wer der Anrufer war. Kaum hatte er auf die Verbindungstaste gedrückt, konnte er ihr lautes Schluchzen hören.

»Was ist denn los?«, fragte er ungehalten, obwohl er die Antwort auf seine Frage bereits kannte. Es dauerte einige Sekunden, bis sie sprechen konnte. Natürlich, das bekannte Thema. Wie hätte es heute auch anders sein können. Fast bereute er es, den Anruf überhaupt angenommen zu haben.

Marcel spürte die bohrenden Blicke seines Onkels im Rücken und ging in den verschneiten Vorgarten. Sofort sank er bis über die Knöchel im Schnee ein. Nur mit Mühe konnte er einen Fluch unterdrücken. Warum hatte er nicht seine Winterstiefel, sondern die neuen Turnschuhe angezogen? Krampfhaft schluckte er seinen aufkommenden Ärger hinunter und versuchte, ihr gut zuzureden. Aber wie immer war es mit ein paar Worten nicht getan. Ihr Schluchzen steigerte sich zu einem hysterischen Weinen, und er wusste, was passieren würde, wenn er sich nicht alsbald um sie kümmerte.

»Bleib, wo du bist. Ich komm so schnell ich kann.«

Als er ihre nächste Frage hörte, kehrte für einen kurzen Moment die angestaute Wut zurück und er verspürte plötzlich große Lust, sie anzubrüllen, aufzulegen, das Handy auszuschalten und sie einfach ihrem Schicksal zu überlassen.

»Ja, natürlich. Du kannst dich auf mich verlassen. Das weißt du doch«, sagte er stattdessen.

Er redete noch eine Weile mit ihr und merkte, wie sie allmählich zu weinen aufhörte. Aber es waren nicht seine Worte, die sie beruhigten, sondern die Aussicht, dass er bald zu ihr kommen würde. Er und …

Das wusste er nur zu genau. Wütend und erschöpft zugleich stapfte Marcel in die Hofeinfahrt zurück. Seine Füße fühlten sich wie Eisklötze an. Benedikt Rehberg stand noch immer neben dem Wagen.

»Hol die Schneeschaufel aus der Garage und mach dich ein bisschen nützlich«, sagte er kühl. »Der Gehsteig muss dringend geräumt werden.«

»Ich muss aber jetzt nach Landshut. Ich mach es, wenn ich wieder da bin«, erwiderte Marcel und versuchte, sich an seinem Onkel vorbeizudrücken.

Doch dieser hielt ihn am Oberarm fest.

»Von mir aus kannst du hinfahren, wo du willst. Aber zuerst räumst du den Gehsteig frei.«

»Aber …«

»Kein aber. Dein Autoschlüssel ist so lange konfisziert, bis du es erledigt hast.«

Marcel machte sich ungehalten aus der Umklammerung los. »Das ist mein Auto. Das geht dich überhaupt nichts an.«

Benedikt Rehberg musterte ihn kühl. »Und das ist mein Haus, in das du dich eingenistet hast. Wenn dir hier irgendetwas nicht passt, kannst du gerne ausziehen.«

»Nur weil ich hier wohne, bin ich kein kleines Kind mehr, das du nach Belieben herumkommandieren kannst! Ich bin volljährig und kann tun und lassen, was ich will!«

»Dann benimm dich gefälligst wie ein Erwachsener und nicht wie ein wild gewordener Fünfjähriger.«

Ohne die Antwort seines Neffen abzuwarten drehte er sich um und ging ins Haus.

Mit aller Kraft trat Marcel gegen den Reifen des dunkelblauen Porsches. Was hatte er nur verbrochen, dass alles so furchtbar schief gehen musste?, fragte er sich nicht zum ersten Mal, seit er in Neukirchen wohnte.

Dann rannte er wie von der Tarantel gestochen in den Garagenanbau, holte die Schneeschaufel und stürmte durch das Gartentor hinaus. Ohne auch nur eine Sekunde innezuhalten, begann er den Schnee vom Gehsteig zu räumen. Das meiste schmiss er einfach auf die Straße, aber sollte sein Onkel deswegen Ärger mit der Gemeinde bekommen, konnte ihm das nur recht sein.

Dieses verdammte Kaff. Tante Annabelle hatte das einzig Richtige getan und war abgehauen. Wie um alles in der Welt war er nur auf die Idee gekommen, bei seinem Onkel einzuziehen? Warum hatte er sich nicht eine Wohnung in Landshut genommen? Irgendwie hätte er das mit der Miete schon hingekriegt.

Marcel hätte nie gedacht, dass er das Internat eines Tages vermissen würde, aber momentan würde er alles dafür tun, wieder Schüler zu sein. Schließlich gab es genügend Tricks, um sich trotz strenger Lehrer und Erzieher ein angenehmes Leben zu machen. Und das Wichtigste: Er wäre weit weg von Neukirchen.

Aber er würde es denen schon noch zeigen. Diesen Kleingeistern und Landeiern. Was fiel ihnen eigentlich ein, sich so aufzuspielen? Sein Onkel mochte ja schnell einknicken. Mit Marcel Rehberg legte man sich jedoch nicht ungestraft an. Und der Erste, der das zu spüren bekommen würde, war Julian Bernbacher.

---

Das Zimmer, wie Anna es bescheiden nannte, hatte die Größe einer Ferienwohnung und gefiel Cornelius außerordentlich gut. Über einen Garderobenvorraum, von dem ein weiß gefliestes Badezimmer mit imposanter Eckbadewanne abzweigte, gelangte man durch einen Torbogen in das Wohnzimmer. Unter der Dachschräge standen ein cremefarbenes Sofa und ein dazu passender Sessel, die beide sehr gemütlich aussahen. Was Cornelius aber noch vor dem modernen Flachbildschirm und der Schokolade auf dem Couchtisch ins Auge stach, war das Bücherregal an der Längsseite des Raumes.

»Die Bücher stammen aus einem Landshuter Antiquariat, das leider vor Kurzem schließen musste. Es sind einige sehr interessante Geschichtsbücher aus unserer Region dabei, unter anderem über den Schäfflertanz«, erklärte Anna und reichte Cornelius ein Buch mit dunkelgrünem Einband. »Ich dachte mir, das könnte Ihnen vielleicht gefallen.«

Der Balkon auf der Südseite des Hauses zeigte in Richtung Neubausiedlung. Ganz am Ende der Straße konnte Cornelius das Toskanahaus der Rehbergs erkennen. Und sogar die Spitze des Rathausturms von Altenberg glänzte in der schwachen Nachmittagssonne. Den Abschluss des Apartments bildete ein helles Schlafzimmer mit französischem Bett und einem begehbaren Kleiderschrank mit einer großen Spiegelfront. Cornelius staunte nicht schlecht. Der Leitnerhof war nicht mehr wiederzuerkennen, stellte er fest, als er einige Zeit später von seinem Zimmer zurück in die Gaststube ging. Während sie gemeinsam eine Tasse Kaffee tranken, erfuhr er, dass Anna nach Johanns Auszug nicht lange gezögert und den Großteil ihrer Felder und die Landmaschinen kurzerhand verkauft hatte.

»Mit dem Wirtshaus hab ich schon genug zu tun. Da kann ich mich nicht auch noch um die Bewirtschaftung eines Bauernhofs kümmern. Die Viehhaltung hatten wir ja schon vor einigen Jahren eingestellt und mir fiel es, ehrlich gesagt, nicht schwer, den Rest ebenfalls zu verkaufen. Außerdem wollte ich immer eine eigene kleine Pension haben. Der Johann hat sich stets dagegen gewehrt und gemeint, das wäre ein Schmarrn, der sich nicht lohnen würde. Aber auf Johanns Meinung muss ich ja jetzt nicht mehr hören.«

Nein, dachte Cornelius, nachdem Anna hinter den Tresen zurückgekehrt war, auf Johann Leitner musste sie glücklicherweise nicht mehr hören. Und wie er Annas Gastfreundschaft und ihr Geschick kannte, würde die Pension schon bald über die Ortsgrenzen hinaus bekannt sein.

Auch die Gaststube hatte sich verändert, aber das war in erster Linie der Jahreszeit geschuldet. Während im Sommer auf jedem Tisch selbst gepflückte Blumen gestanden hatten, waren es jetzt bunte Faschingsfiguren. An den Lampenschirmen baumelten Luftschlangen und kleine Lampions und neben den Fenstern mit den rot-weiß karierten Vorhängen hingen nicht die polierten alten Werkzeuge, die Cornelius in Erinnerung hatte, sondern Faschingsmasken, Leihgaben eines passionierten Sammlers aus Altenberg, wie Anna ihm erklärt hatte. Cornelius begann das Programmheft durchzulesen, das er auf seinem Nachttisch gefunden hatte, und blickte erst auf, als der Lärmpegel um ihn herum zunahm. An einem der Ecktische hatten fünf Männer im mittleren Alter Platz genommen. Anna schien bereits zu wissen, was sie trinken wollten, denn zwei Minuten später kam sie mit einem voll beladenen Tablett an den Tisch und verteilte die Gläser.

Cornelius erinnerte sich, den einen oder anderen im vergangenen Jahr im Gasthaus Leitner gesehen zu haben, ein Name wollte ihm jedoch nicht einfallen. Nachdem sie sich kurz zugeprostet hatten, holte einer von ihnen zwei Aktenordner hervor und legte sie auf den Tisch. Obwohl Cornelius nicht die Absicht hatte zu lauschen, kam er nicht umhin, einige Wortfetzen ihrer Diskussion aufzuschnappen. Offenbar ging es um die Organisation des bevorstehenden Schäfflertanzes. Nach zehn Minuten unterbrach die Ankunft eines älteren Mannes mit silbergrauem Haar und einem Gehstock für kurze Zeit ihr Gespräch. Er grüßte in die Runde und ließ sich auf dem Stuhl nieder, den einer der Männer eilig vom Nebentisch herangezogen hatte.

»Möchten Sie noch einen Kaffee?«, fragte Anna, die dem älteren Mann ein Glas Wasser gebracht hatte und dann zu Cornelius an den Tisch weitergegangen war.

»Sehr gerne. Vielen Dank.«

Anna wies mit dem Kopf in Richtung Ecktisch. »Das ist übrigens unser Schäfflerausschuss.«

»Dann richten Sie den Herren doch bitte aus, dass ihr Programmheft sehr interessant ist. Aber jetzt werde ich erst einmal diese Rarität hier genauer unter die Lupe nehmen«, sagte Cornelius und zeigte dabei auf das Buch mit dem grünen Einband, das er in die Gaststube mitgenommen hatte.

Wie immer, wenn es um ein geschichtliches Thema ging, war Cornelius schon bald so in seine Lektüre vertieft, dass er alles andere um sich herum vergaß. Fast zwei Stunden las er in dem Buch, als er plötzlich eine tiefe Stimme neben sich hörte.

»Darf ich mich kurz zu Ihnen setzen?«

# Kapitel 7

Cornelius blickte in ein wettergegerbtes Gesicht, aus dem ihn wachsame blaue Augen, eingerahmt von zahlreichen Lachfältchen, freundlich ansahen. Eilig legte er das Buch zur Seite und stand auf.

»Bitte entschuldigen Sie den Überfall. Frau Leitner hat mir erzählt, wer Sie sind, und Ihre Grüße ausgerichtet. Da wollte ich mich kurz bei Ihnen vorstellen«, fuhr der alte Mann fort. »Josef Bernbacher.«

Seine Finger waren lang und schmalgliedrig. Dennoch war sein Händedruck erstaunlich kräftig, wie Cornelius feststellte.

»Gregor Cornelius. Bitte nehmen Sie doch Platz.«

Josef Bernbacher ließ sich langsam auf den angebotenen Stuhl nieder.

»Wenn ich lange sitze, werde ich immer etwas unbeweglich«, seufzte er. »Seit meinem Schlaganfall will mein Körper einfach nicht mehr so, wie ich will.«

Cornelius setzte sich ihm gegenüber. »Das tut mir sehr leid. Und trotzdem arbeiten Sie im Schäfflerausschuss mit? Da gibt es momentan bestimmt viel zu organisieren.«

»Im Ausschuss bin ich schon seit einigen Jahren nur noch in beratender Funktion tätig, wie es so schön heißt. Irgendwann muss man auch die Jüngeren zum Zug kommen lassen. Eigentlich bräuchten sie mich gar nicht mehr, aber ich glaube, der Armin Weingartner hat Angst, ich weiß ohne meine Schäffler nichts mehr mit mir anzufangen«. Dabei zeigte er auf einen kräftigen breitschultrigen Mann mit kurzen braunen Haaren, der gerade bei Anna Leitner am Tresen stand.

Cornelius runzelte die Stirn. »Weingartner? Ich kenne eine Konditorei in Altenberg, die so heißt. So einen guten Schokoladenkuchen wie dort habe ich in ganz München nicht gefunden.«

»Das wird den Armin freuen. Die Konditorei und das Café gehören nämlich ihm. Sie sollten in den nächsten Tagen unbedingt einmal dort vorbeischauen. Er hat nämlich eine Schäfflertorte kreiert. Und wie ich von Anna gehört hab, sind Sie eigens für den Schäfflertanz aus München angereist.«

»Ja, Frau Leitner hat mich in ihre Pension eingeladen. Ich bin schon sehr gespannt und will mir so viele Aufführungen wie möglich ansehen.« Cornelius zögerte kurz, stellte die Frage dann aber doch. »Hat Herr Weingartner mit seiner Befürchtung eigentlich recht?«

Josef Bernbacher lächelte. »Ich hänge schon sehr an meinen Schäfflern und gar nicht mehr mitreden zu dürfen, würde mir bestimmt schwerfallen. Seit ich als Siebenjähriger das erste Mal als Taferlbub dabei war, hat der Schäfflertanz zu meinem Leben und meiner Familie einfach dazugehört. Jetzt bin ich siebenundsiebzig und kann immer noch nicht ganz loslassen.«

»Frau Leitner erzählte mir, ein gewisser Julian Bernbacher ist dieses Jahr der erste Vortänzer. Sind Sie mit ihm verwandt?«

»Julian ist mein Enkel«, sagte Josef Bernbacher leise. Trotzdem war der Stolz in seiner Stimme nicht zu überhören.

»Tatsächlich? Darauf müssen wir unbedingt anstoßen«, rief Cornelius. »Wozu darf ich Sie einladen?«

Bernbacher wehrte verlegen ab, aber Cornelius ließ seine Einwände nicht gelten.

»Also gut. Dann nehme ich ein Bier«, gab der alte Mann sich schließlich geschlagen. »Aber ein alkoholfreies. Wenn meine Schwiegertochter herausfindet, dass ich Alkohol getrunken hab, gibt es Ärger«, fügte er augenzwinkernd hinzu.

»Sie werden Julian ohnehin noch kennenlernen«, sagte er, nachdem Cornelius bei Anna zwei alkoholfreie Bier bestellt hatte. »Er präpariert gerade mit ein paar Jungs die Langlaufloipe und nimmt mich später nach Hause mit.«

»Dann habe ich ihn bereits gesehen«, erwiderte Cornelius und berichtete von seiner kurzen Begegnung am Straßenrand.

Schon bald waren sie in ein angeregtes Gespräch vertieft. Josef Bernbacher war der Seniorchef des imposanten Sägewerks, das sich am westlichen Ortsausgang von Neukirchen befand. Wie sich herausstellte, ereignete sich sein Schlaganfall im vergangenen Jahr kurz vor Cornelius' Ankunft in Neukirchen. Das erklärte auch, warum sie sich bisher nicht über den Weg gelaufen waren.

»Erst Ende Juli bin ich aus der Reha entlassen worden. Da sind Sie und Ihre Frau leider schon wieder in München gewesen. Aber ich weiß, dass die Polizei nur durch Ihre Hilfe den Mörder von Sascha Eichinger verhaften konnte.«

Jetzt wurde Cornelius sichtlich verlegen.

»Nein, nein, Herr Professor. Das darf ruhig gesagt werden. Sie glauben gar nicht, wie viel es den Eichingers bedeutet, dass die Person, die ihrem Sohn das angetan hat, zur Rechenschaft gezogen wurde.«

»Dasselbe hat Frau Leitner heute auch schon gesagt. Trotzdem ist es für Saschas Familie nicht mehr als ein schwacher Trost«, erwiderte Cornelius.

»Aber auch das hilft. *Heilen* kann diesen Schmerz ohnehin niemand. Er bleibt ein Leben lang, ganz egal, wie viel Zeit vergeht.«

Sein trauriger Unterton ließ Cornelius aufhorchen. »Das klingt, als sprechen Sie aus Erfahrung?«

Bernbacher nickte. »Mein Sohn ist vor fünfundzwanzig Jahren bei einem Autounfall tödlich verunglückt. Fünfundzwanzig Jahre, und dennoch vergeht kein Tag, an dem ich nicht an ihn denke. Besonders jetzt. Er war nämlich auch Schäffler. Zuerst Tänzer und dann Reifenschwinger ... so wie ich.« Die Stimme des alten Mannes zitterte plötzlich und er nahm hastig einen Schluck aus seinem Bierglas.

Cornelius verfluchte innerlich seine eigene Taktlosigkeit und Neugier. Aber bevor er sich entschuldigen konnte, sprach Bernbacher weiter.

»Julian und die Arbeit im Sägewerk haben mir und meiner Schwiegertochter damals sehr geholfen. Vor allem, nachdem ein paar Jahre später auch noch meine Frau an Krebs gestorben ist. Ich weiß nicht, wie ich das Ganze ohne meinen Enkel überstanden hätte. Er hat mich wieder nach vorne schauen und den Lebensmut nicht verlieren lassen.«

»Ihr Unternehmen ist mir schon letztes Jahr aufgefallen. Hat Ihnen die Handwerkskammer nicht sogar eine Auszeichnung verliehen?« Cornelius meinte sich an eine Schlagzeile in den *Altenberger Nachrichten* erinnern zu können.

Bernbacher trank einen weiteren Schluck aus seinem Bierglas.

»Die gebührt in erster Linie meiner Schwiegertochter. Woher Dorothee die Energie und den Ehrgeiz nimmt, ist mir manchmal selbst ein Rätsel. Sie hat ursprünglich bei uns in der Buchhaltung gearbeitet. So haben mein Sohn und sie sich auch kennengelernt. Nach seinem Tod hat sie dann angefangen, mich in der Firmenleitung zu unterstützen. Eine bessere Geschäftsführerin könnte ich mir gar nicht wünschen. Seit kurzem exportieren wir sogar nach Osteuropa und Norwegen. Das haben wir nur Dorothee zu verdanken.

»Sie können wirklich stolz auf Ihr Unternehmen sein«, stellte Cornelius fest.

»Ich bin sehr froh, dass auch Julian sich für den Betrieb interessiert. Aber ich hätte es genauso akzeptiert, wenn er etwas anderes machen würde. Man kann Kindern nicht das eigene Leben auferlegen und sie zwingen, den Weg weiterzugehen, den man selbst einmal eingeschlagen hat.«

Bernbachers liberale Einstellung überraschte Cornelius. Als Seniorchef eines Familienunternehmens hätte er ihn anders eingeschätzt. Er musste an seine eigene Tochter denken. Tabea würde sich nie in ein Korsett elterlicher Vorstellungen zwängen lassen, nicht dass Ramona und er es jemals versucht hätten. Er hatte es sowohl an der Universität als auch in ihrem Freundeskreis schon zur Genüge erlebt: Eltern, die ihren Kindern mit aller Macht ihre eigenen Vorstellungen aufzwingen wollten und dabei die Wünsche und Begabungen ihrer Sprösslinge geflissentlich übersahen. Bei Bernbachers schien die Situation jedoch eine andere zu sein.

»Haben Sie auch Kinder?«, fragte Josef Bernbacher.

»Ja, eine Tochter. Tabea studiert im dritten Semester Kunstgeschichte.«

Die vergangenen Jahre hatten für Ramona und ihn nicht nur in Bezug auf Tabeas Privatleben so manche Überraschung parat gehalten. Nach Ausflügen in Richtung Modedesign und Marketing sollte es nun also Kunstgeschichte sein. Manch einer mochte ihm und Ramona spätestens an dieser Stelle vorwerfen, nicht streng genug mit ihrer Tochter gewesen zu sein. Cornelius hätte dem sofort zugestimmt. Aber er war ebenso davon überzeugt, dass Strenge Tabea erst recht gegen sie aufgebracht hätte und sie ihren

Weg gehen würde, auch wenn er mit einigen Hindernissen und Umwegen verbunden war. Und wie sie ihm auf dem Turm des Alten Peter glaubhaft versicherte, würde sie ihr Studium durchziehen. Leider schien sie diese konsequente Haltung seit Kurzem auch in ihrem Privatleben und ganz besonders im Fall von David Kronenburg zu offenbaren.

»Darf ich Sie morgen Nachmittag zu uns ins Sägewerk einladen? Wir veranstalten dort einen kleinen Sektumtrunk für Freunde der Familie und unsere Geschäftspartner. Meine Schwiegertochter hat nämlich Geburtstag.«

Bernbachers Worte rissen Cornelius aus seinen Gedanken.

»Äh ... Wie bitte? ... Ja. Ja, vielen Dank. ... Ich komme sehr gerne.«

In diesem Moment ging die Tür zur Gaststube auf und Michael Graf sowie ein groß gewachsener junger Mann kamen herein und lenkten Bernbachers Aufmerksamkeit vorübergehend von Cornelius ab. Beide trugen Langlaufkleidung und ihre Wangen und Nasenspitzen waren von der Kälte gerötet. Cornelius versuchte sich an die Porträts im Programmheft zu erinnern.

»Der junge Mann bei Herrn Graf ist aber nicht Ihr Enkel, oder?«

Bernbacher lachte. »Nein. Das ist der Bauer Simon, unser erster Kasperl. Simon, Michael, grüß euch. Wo habt ihr denn den Julian gelassen?«

Michael Graf lächelte, als er den Gast neben Josef Bernbacher erkannte.

»Grüß Gott, Herr Cornelius. Das ist aber eine Überraschung.«

Simon Bauer lugte neugierig über Michael Grafs Schulter, ehe beide zu Cornelius und Josef Bernbacher an den Tisch kamen.

»Julian kommt gleich. Er wollte noch kurz mit Lisa telefonieren«, sagte Michael Graf.

Simon Bauer schlug sich in einer dramatischen Geste gegen die Brust. »*Grande amore*, Sie verstehen.«

Cornelius musste lachen. »Bitte nehmen Sie doch Platz. Darf ich Sie beide zu etwas einladen?«

»Da sag ich nicht nein«, erwiderte Simon Bauer wie aus der Pistole geschossen, setzte sich auf den Stuhl neben Cornelius und reichte ihm die Hand. »Ich bin übrigens der Simon.«

Der spontane junge Mann gefiel Cornelius und innerhalb kürzester Zeit war der ganze Tisch in ausgelassener Stimmung.

»Morgen Abend ist Generalprobe und am Faschingsfreitag geht es endlich los«, erzählte Michael. »Der erste Tanz ist vor dem Altenberger Rathaus.«

»Nimm den Mund beim Bürgermeister nicht zu voll, gell«, sagte Bernbacher mit erhobenem Zeigefinger in Simons Richtung.

Dieser verdrehte nur die Augen, erwiderte jedoch nichts. Anna Leitner kam mit einer neuen Runde Getränke an den Tisch und verteilte die Gläser.

»Der Friseursalon von Tanja ist für das Schminken der Kasperl zuständig. Tanja hat sich schon ganz tolle Masken ausgedacht«, sagte Michael Graf begeistert. »Sie hat sich übrigens für die Meisterprüfung angemeldet.«

»Dieses hübsche Gesicht verdient auf alle Fälle eine ganz besondere Maske«, warf Simon Bauer ein, während er auf sich selbst zeigte und eine Strähne seines halblangen Haares aus der Stirn strich.

Lachend stellte Anna ein gefülltes Glas vor ihm auf den Tisch. »Ich bin schon zweimal Modell für Tanja gesessen«, sagte sie. »Sie ist die Einzige, die meine Locken zähmen kann.«

Die Tür zur Gaststube wurde erneut geöffnet. Josef Bernbacher drehte sich um. »Julian. Na, endlich. Das wurde jetzt aber auch Zeit.«

Cornelius blickte auf. Schon als er Julian Bernbachers Foto im Programmheft gesehen hatte, war ihm die verblüffende Ähnlichkeit aufgefallen. Während Julian jetzt direkt auf sie zukam, stand Cornelius für einen kurzen Moment wieder in der Hofeinfahrt der Eichingers und sah Sascha vor sich.

Großgewachsen, schwarzes, kurz geschnittenes Haar, feine Gesichtszüge, dazu tief blaue Augen und ein strahlendes Lachen, das sofort eine gewisse Aura zu verbreiten vermochte ... Auch Julian Bernbacher trug Langlaufkleidung und seine Wangen glühten förmlich von der Kälte.

»Tut mir leid, Opa. Ich hab eben noch mit der Lisa telefoniert. Wartest du schon lange?«

»Ist schon in Ordnung. Setz dich her und trink was mit uns. Das ist übrigens Professor Cornelius aus München.«

»Grüß Gott. Endlich lernt der Opa Sie persönlich kennen. Seit letztem Jahr sind Sie hier in Neukirchen nämlich eine richtige Berühmtheit«, erwiderte Julian und reichte Cornelius lächelnd seine rechte Hand.

---

Der Wagen stand mit ausgeschaltetem Motor auf dem Parkplatz vor der Altenberger Sporthalle. Für gewöhnlich war die Musik immer bis zum Anschlag aufgedreht und brachte das Auto förmlich zum Beben. Aber heute kam kein Ton aus den überdimensionalen Lautsprecherboxen. Obwohl es im Wageninneren allmählich unangenehm kalt wurde, machte Peter Seidel keine Anstalten, den Motor anzulassen und loszufahren. Regungslos saß er hinter dem Steuer und fixierte das dunkle Gebäude vor sich. Die letzten Schwimmer hatten es vor über einer halben Stunde verlassen. Keiner hatte seinem Wagen dabei besondere Aufmerksamkeit geschenkt, alle waren an ihm vorbeigehastet, froh, der Kälte so schnell wie möglich zu entkommen. Kurz danach hatten der Bademeister und die Kassiererin abgesperrt und waren ebenfalls gefahren. Seitdem war Peter allein auf dem Parkplatz – allein mit sich und seinen Gedanken.

Noch vor ein paar Monaten hatte er das Gebäude zweimal in der Woche durch die gläserne Eingangstür betreten, war beim Kassenhäuschen des Hallenbads rechts abgebogen und den langen schmalen Gang zu den Umkleideräumen der alten Sporthalle entlanggelaufen. Seit es auf der gegenüberliegenden Seite die moderne und wesentlich größere Halle gab, wurde die alte nur noch selten benutzt. Instinktiv hatte Peter an den ungeliebten Sportunterricht in seiner Schulzeit denken müssen und war froh gewesen, dass diese Zeiten hinter ihm lagen. So sehr er die Sporthalle und ihre Umkleideräume damals gehasst hatte, so gerne war er in den vergangenen Monaten dort gewesen.

Obwohl er anfangs Mühe gehabt hatte, sich die einzelnen Schrittfolgen und Figuren zu merken, und Armin Weingartner ein strenger Lehrer war, der jeden noch so kleinen Fehler bemerkte, wollte Peter seit der ersten Probe nur eines – ein Schäffler sein. Unermüdlich hatte er die Tanzschritte geübt. Zu Hause in seinem

Zimmer, versteckt hinter dem Lieferwagen, wenn er unterwegs war und Ware ausfuhr, im Kühlhaus der Metzgerei, in das er sich an den Nachmittagen vor den Proben heimlich schlich. Die Musik und die Schritte waren seine ständigen Begleiter. Schließlich wollte er alles richtig machen, wenn es an Fasching endlich so weit sein sollte. Jetzt waren es noch drei Tage bis zum Eröffnungstanz am Altenberger Rathaus, doch dieser würde, wie auch alle anderen Aufführungen, ohne ihn stattfinden.

Obwohl Peter sich anfangs geschworen hatte, kein Wort mehr mit seiner Mutter zu reden, um sie täglich dafür büßen zu lassen, was sie ihm mit ihrem Verbot angetan hatte, hatte er nur wenige Tage durchgehalten. Ihre traurigen Augen, aus denen schon lange jeglicher Glanz verschwunden war, die grauen Haarsträhnen, die in den letzten Jahren immer mehr geworden waren, ihre gebückte Haltung, die ihm fast körperlich wehtat; irgendwann hatte er vor dieser Übermacht an Kummer und Schmerz einfach kapituliert.

Sie war es nicht, die es zu strafen galt, das hatte das Schicksal schon zur Genüge getan. Wut und Enttäuschung an ihr auszulassen, war Peter plötzlich wie ein furchtbarer Frevel erschienen. Die hatte jemand anderes viel mehr verdient als seine Mutter, die ihn ja doch nur beschützen wollte. Aus Angst ihn zu verlieren, wie alle anderen, die ihr jemals etwas bedeutet hatten. Mochte er es noch so vehement abstreiten und sich aus den Vorwürfen herauswinden, Julian war der wahre Schuldige. Er hätte alles verhindern können.

Julian Bernbacher – seit Peter denken konnte, wollte er so sein wie Julian. Selbst jetzt, da er ihn aus tiefstem Herzen verabscheute. Schon als Jugendlicher vermochte Julian auf sein Umfeld eine ganz besondere Faszination auszuüben, der auch Peter sich nicht entziehen konnte. Wie Motten eine Lichtquelle umkreisten, hatten sie sich alle um ihn geschart. Die Mädchen himmelten ihn an. Für ihn und die anderen Jungs war er der Inbegriff des coolen durchtrainierten Sportlers, der, ohne ein Streber zu sein, auch noch im Unterricht glänzte, stets die modernsten Klamotten trug, zum Snowboarden nach Kanada und zum Windsurfen nach Südafrika fliegen durfte und dem scheinbar alles gelang, was er anging.

Obwohl sich ihre Wege nach der Grundschule getrennt hatten, hatte Peter ihn nie aus den Augen verloren. Dafür sorgten schon die diversen Zeitungsartikel, die in schöner Regelmäßigkeit über Julian berichteten. Julian Bernbacher, das Multitalent schlechthin: Ski- und Snowboardlehrer im Winter, Tennis- und Schwimmtrainer im Sommer, Jahrgangsbester an der Universität, Jungunternehmer, und dabei immer dieses Lachen, diese Lässigkeit und diese Coolness, die Peter so verabscheute und gleichzeitig so bewunderte.

Dass er eine der beiden Vortänzerpositionen bekommen würde, lag förmlich auf der Hand. Selbst Peter hätte für Julian gestimmt, wenn man ihn um seine Meinung gefragt hätte. Er ertappte sich sogar dabei, wie er Julian während der Proben heimlich beobachtete und versuchte, seinen Stil zu kopieren. Ohne Erfolg natürlich, denn Julian verinnerlichte die Schrittfolgen wie kein Zweiter.

In seiner Gegenwart fühlte Peter sich stets wie ein kleines, unbedeutendes Nichts. Anders als Julian hatte er sich stets durch die Schule gequält und musste froh sein, die Ausbildung zum Metzger geschafft zu haben. Er war einer, den man in der Menge übersah, weil er nichts an sich hatte, wofür sich ein zweiter Blick gelohnt hätte. Ein Holzklotz, der sich auch nach dem fünften Mal die Schritte noch nicht richtig merken konnte und bei dem die Bewegungen immer etwas schwerfällig und unbeholfen wirkten. Eben einer, für den es sich nicht lohnte, etwas zu riskieren, schon gar nicht, wenn man Julian Bernbacher hieß.

»Verdammter Scheißkerl.« Peter schlug mit der Faust auf das Lenkrad ein. Während Julian und die anderen fünf einmalige Tage vor sich hatten, würde er außen vor sein, wieder einmal den Kürzeren ziehen. Wie so oft in seinem Leben.

Missmutig sah er aus dem Seitenfenster hinaus auf den dunklen Parkplatz. Dort, wo Julian vor einigen Tagen noch gestanden hatte, Zentimeter vom Heck seines Wagens entfernt. Starr vor Schreck, Angst in den tiefblauen Augen, aus denen plötzlich jegliches Strahlen gewichen war.

Es war nur ein kurzer Moment gewesen, aber er hatte sich sehr gut angefühlt. Ein Moment des Triumphs. Peters Blick wanderte zu seiner Armbanduhr und dann zu dem Gegenstand auf dem Beifahrersitz. Er hatte lange genug gewartet. Schließlich gab es heute Abend noch einiges zu erledigen.

Er band sich ein schwarzes Halstuch über Nase und Mund, zog sich die Kapuze seines Anoraks über den Kopf und schlüpfte in die Handschuhe. Dann öffnete er mit einer energischen Bewegung die Autotür und stieg aus. Der Schnee knirschte unter seinen Schuhen. Sofort schlug ihm eisige Kälte entgegen, aber sie konnte ihm nichts anhaben. Kälte hatte ihn noch nie gestört. Leise schloss er die Wagentür und sah sich prüfend um. Keine Menschenseele weit und breit. Nichts und niemand, der ihn jetzt noch aufhalten konnte.

# Kapitel 8

E s war schon spät, als Julian und Josef Bernbacher schließlich aufbrachen. Simon Bauer hatte den Tisch bestens unterhalten und Cornelius wusste nicht, wann er das letzte Mal so oft und so herzlich gelacht hatte. Er freute sich schon sehr auf seine Auftritte an den kommenden Tagen. Während Julian seinem Großvater in den Mantel half, fiel Cornelius sein Mobiltelefon ein, das noch immer in der Mittelkonsole seines Wagens lag. Wahrscheinlich hatte Ramona schon ein paar Mal versucht ihn zu erreichen, denn sie hatten für den späten Nachmittag ein Telefonat vereinbart.

»Ich begleite Sie nach draußen. Mein Handy liegt im Auto und ich muss dringend meine Frau zurückrufen«, sagte er deshalb.

Josef Bernbacher stützte sich auf seinen Gehstock und auf Julians Arm ab. »Schade, dass sie erst am Aschermittwoch nach Neukirchen kommt. Die Aufführungen hätten ihr bestimmt gefallen.«

Cornelius dachte an Ramonas knappen und wenig begeisterten Kommentar über die Schäfflertänze, wollte Bernbacher aber nicht seine Illusion rauben. »Ja, ganz bestimmt. Leider hatte sie für die Veranstaltung in Kitzbühel schon vor Wochen fest zugesagt.«

Cornelius hatte seinen Wintermantel im Zimmer gelassen und bereute die Entscheidung, kaum dass er hinter Josef Bernbacher und den anderen die Stufen vor dem Eingang des Gasthofs hinabging. Der Nachthimmel war wie leer gefegt und sternenklar. Es war klirrend kalt, beim Ausatmen bildete sich weißer Nebelhauch.

»Das werden heute Nacht bestimmt zweistellige Minusgrade«, sagte Bernbacher. »Morgen ist Vollmond. Diese Winternächte sind immer ganz besonders eisig.«

Unsicher tastete er sich einige Schritte vorwärts. Julian verstärkte den Griff an seinem Unterarm. »Mein Auto steht da hinten. Gleich hast du es geschafft.«

»Keine Angst, Herr Bernbacher. Der Basti hat super geräumt. Und falls Sie wirklich ausrutschen, fang ich Sie einfach auf«, bemerkte Simon Bauer, der direkt hinter Josef Bernbacher ging.

»Damit wir dann beide im Schnee liegen, du Kasperl du.«

Simon Bauer grinste. »Immer doch.«

In diesem Augenblick hörte Cornelius, wie Michael Graf neben ihm scharf die Luft einzog. »Was ist das denn?«

Vier Augenpaare folgten seinem entgeisterten Blick, der auf die parkenden Autos gerichtet war.

»Um Gottes Willen!«, entfuhr es Josef Bernbacher und er blieb abrupt stehen. »Julian, dein Auto.«

Cornelius, dem durch Simon Bauers groß gewachsene Gestalt die Sicht verdeckt wurde, schob sich vorsichtig an ihm vorbei. Die Lampe auf der gegenüberliegenden Hofseite war durch den Bewegungsmelder ausgelöst worden und in ihrem gelblich-weißen Licht waren die Fahrzeuge deutlich zu erkennen.

Neben Cornelius' eigenem Auto stand ein dunkelblauer BMW, den Reaktionen der Anwesenden nach zu urteilen offenbar Julians Wagen. Seine Windschutzscheibe war mit einer rostbraunen Farbe beschmiert. Das war es zumindest, was Cornelius im ersten Augenblick dachte. Dann sah er nochmals genauer hin und stellte fest, dass es sich bei der vermeintlichen Farbe um Blut handelte. Um das Blut der Ratte, deren Körper und der davon abgetrennte Kopf gut sichtbar auf der Motorhaube des Wagens lagen.

Michael war der Erste, der aus seiner Erstarrung erwachte.

»Wer macht denn so einen Scheiß?«, rief er und rannte auf den Wagen zu. Angeekelt beugte er sich über den Körper des toten Tieres.

Simon atmete hörbar ein. »Ich wüsste da schon jemanden.«

Julian drehte sich ruckartig zu ihm um. »Was soll das heißen?«

»Das würde mich jetzt aber auch interessieren«, murmelte Cornelius.

Simon blickte unsicher in die fragenden Gesichter. »Nach dem, was neulich auf dem Parkplatz passiert ist, könnte es doch der Peter Seidel ...«

»Sei still«, unterbrach ihn Julian. »Diesen Unsinn glaubst du doch wohl selbst nicht. Hilf lieber meinem Opa.«

»Warten Sie, ich mache das schon«, warf Cornelius ein und bot Josef Bernbacher seinen Arm, den dieser schwer atmend ergriff. Der alte Mann war blass geworden und Cornelius spürte, wie er zitterte.

»Ich sag doch nur, weil der Basti neulich so eine komische Bemerkung über den Peter gemacht hat«, verteidigte sich Simon.

»Hör jetzt auf damit«, fuhr Julian ihn an. »Und der Basti hält auch besser den Mund, wenn so ein Mist dabei herauskommt.«

Suchend sah er sich um. Dann stapfte er zum Mülltonnenhäuschen, das nur wenige Meter entfernt stand, öffnete die blaue Papiertonne und holte einige Lagen Zeitungspapier heraus. Darin wickelte er den Körper und den Kopf der toten Ratte ein.

»Ich frag bei der Anna nach einem Eimer Wasser und einem Schwamm.« Michael Graf, der das Tier mit einer Mischung aus Abscheu und Faszination begutachtet hatte, eilte zurück in den Gasthof.

»Vielleicht sollten wir besser die Polizei holen«, sagte Cornelius.

»Der Meinung bin ich allerdings auch«, erwiderte Bernbacher. »Das hab ich dir schon auf dem Parkplatz gesagt.«

Julian sah aufgebracht von einem zum anderen. »Ich werde wegen so einem Schmarrn doch nicht die Polizei rufen. Damit sich morgen ganz Neukirchen das Maul darüber zerreißt.«

Dann drehte er sich um, lief zu den Mülltonnen zurück und warf das Zeitungspapier samt seinem unappetitlichen Inhalt in die schwarze Restmülltonne. Mit einem lauten Knall ließ er den Deckel zufallen.

»Ich weiß ja nicht, was sich auf dem Parkplatz ereignet hat, aber ich könnte mir vorstellen, dass die Polizei diesen Vorfall hier durchaus ernst nimmt«, sagte Cornelius leise zu Josef Bernbacher.

Julian, der seine Worte nicht gehört hatte, rannte plötzlich zu einem der Schneehaufen am Rande des Parkplatzes und begann, wie entfesselt Schneebrocken auf die Windschutzscheibe und Motorhaube seines Wagens zu werfen.

»Jetzt wart halt, bis der Michi mit dem Wasser kommt«, rief Simon, doch Julian hörte nicht auf ihn.

»Hilf mir lieber, anstatt hier schlaue Reden zu schwingen.«

Zögernd streifte sich Simon seine Handschuhe über. Sein Gesichtsausdruck, als er die blutverschmierte Windschutzscheibe begutachtete, sprach Bände.

Bernbacher drehte sich zu Cornelius und erzählte ihm flüsternd, was sich einige Tage zuvor auf dem Parkplatz der Sporthalle ereignet hatte.

»Und bevor er weggefahren ist, hat Peter Julian auch noch gedroht. Sebastian hat es ganz genau gehört. Aber der Bub ist so stur und lässt nicht mit sich reden.«

Die letzten Worte flüsterte Josef Bernbacher nicht mehr. Er war mittlerweile nicht weniger aufgebracht als sein Enkel, und Cornelius musste unweigerlich an seine angeschlagene Gesundheit denken.

»Ich bin mir sicher, Herr Bernbacher, es wird sich alles aufklären. Wollen Sie nicht lieber in die warme Gaststube zurückgehen?«

Bernbacher straffte seine Schultern. »Nichts für ungut, Herr Professor, aber jetzt fangen Sie nicht auch noch an, mich wie einen alten Tattergreis zu behandeln.«

Cornelius murmelte hastig eine Entschuldigung. Ehe er Bernbacher noch einmal einen Anruf bei der Polizei vorschlagen konnte, kam Michael Graf mit einem Eimer heißem Wasser zurück, dicht hinter ihm Anna Leitner.

»Was ist denn hier passiert?« Alarmiert sah sie auf Julians Windschutzscheibe, wo sich der Schnee mittlerweile so hoch türmte, dass von den Blutspuren nichts mehr zu sehen war.

Simon holte tief Luft, doch Julians drohender Blick war ihm Warnung genug.

»Irgendjemand hat Julian eine tote Maus aufs Auto gelegt«, sagte er deshalb schnell. »Nicht weiter schlimm.«

Annas Gesichtszüge entspannten sich. »Dann kann ich zurück in die Gaststube? Ich bin nämlich allein heute Abend und drinnen ist ganz schön was los.«

»Natürlich, Frau Leitner. Machen Sie sich keine Sorgen. Die Jungs haben hier alles im Griff«, beruhigte Cornelius sie.

Er wusste immer noch nicht, was sich zwischen diesem Peter Seidel und Julian Bernbacher in der Vergangenheit abgespielt hatte, aber offenbar war es genug, um Peter jetzt so einiges zuzutrauen. Vielleicht würde ihm ja Anna später mehr darüber erzählen können. Vor Julian wollte er den Namen besser nicht mehr erwähnen.

Schweigend reinigten die drei jungen Männer die Windschutzscheibe und es dauerte nicht lange, bis von der blutigen Hinterlassenschaft der Ratte nichts mehr zu sehen war.

»Wenn das die Dorothee erfährt«, seufzte der alte Bernbacher, während Cornelius ihm beim Einsteigen half.

Julian, der gerade die Fahrertür öffnen wollte, hielt abrupt in seiner Bewegung inne.

»Die Mama darf auf keinen Fall etwas davon erfahren. Und Lisa auch nicht. Haben wir uns da verstanden?« Ehe sein Großvater etwas erwidern konnte, drehte er sich um.

»Michi, Simon, wartet«, rief er. »Das gilt auch für euch: Diese Sache hier bleibt unter uns. Ist das klar? Ich hab keine Lust, morgen von Hinz und Kunz darauf angesprochen zu werden. Schon gar nicht jetzt!«

Simon und Michael blickten schweigend zwischen Julian und Cornelius hin und her, murmelten dann aber etwas, das wie eine Zustimmung klang.

Julian versuchte sich an einem aufmunternden Lachen. »So ein Dummejungenstreich jagt mir bestimmt keine Angst ein. Da muss schon mehr passieren«, sagte er. »Denkt an die nächsten Tage. Wir lassen uns davon doch nicht die Aufführungen verderben.«

Hoffentlich behält Julian recht, dachte Cornelius, als er kurze Zeit später allein auf dem Parkplatz stand.

Warum nur hatte er dann ein Gefühl in der Magengegend, das ihm so gar nicht behagen wollte?

---

»Guten Morgen, Herr Professor. Haben Sie gut geschlafen?«

Anna Leitner kam gerade aus der Küche, als Cornelius am nächsten Morgen die Gaststube betrat. Auch heute trug sie ein elegantes Dirndlkleid und nichts an ihrem strahlenden Lachen verriet, dass es am Vorabend im Gasthof noch lange hoch her gegangen war und eine kurze Nacht hinter ihr lag.

»Ja, vielen Dank. Die Matratze ist ausgezeichnet.«

»Ich hab den Ecktisch für Sie frei gehalten. Kaffee kommt sofort. Oder trinken Sie morgens lieber Tee?«

»Nein. Kaffee ist perfekt.«

Noch drei weitere Tische waren besetzt. An einem saß ein älteres Ehepaar, das aufmerksam in einem Fremdenführer über Landshut las. Der korpulente Mann mit dünnem Haar und müden Augen am Tisch daneben erinnerte Cornelius spontan an einen Versicherungsvertreter auf der Durchreise. Warum, vermochte er nicht zu sagen. Vielleicht, weil der Mann sich so gar nicht an seiner Umgebung erfreuen wollte, sondern missmutig in seiner Kaffeetasse rührte, während verschiedene Unterlagen und ein Mobiltelefon griffbereit neben ihm lagen.

Am Tisch, an dem sich am Vorabend der Schäfflerausschuss getroffen hatte, saß eine vierköpfige Frauengruppe, die, ihrer angeregten Unterhaltung nach zu urteilen, offenbar an einem Kochkurs in Altenberg teilnahm.

Neben der blank polierten Theke war ein kleines Buffet aufgebaut, das Anna eben kritisch unter die Lupe nahm.

Cornelius nickte in die Runde, ehe er zu seinem Tisch ging. Wie Josef Bernbacher vorausgesagt hatte, war die Nacht bitterkalt gewesen. Auf den Fensterscheiben hatten Eisblumen ihre zarten Spuren hinterlassen, als hätte jemand mit einem feinen Pinsel Blütenmuster gezeichnet.

In den frühen Morgenstunden hatte es noch einmal geschneit, aber jetzt strahlte die Sonne vom tief blauen Himmel und Cornelius freute sich auf seinen geplanten Spaziergang durch das Dorf.

»Haben Sie Ihre Frau gestern noch erreicht?«, fragte Anna und stellte eine Kanne Kaffee auf seinen Tisch.

»Ja, gegen elf Uhr hat sie mich endlich zurückgerufen. Sie hatten auf dem Weg nach Kitzbühel eine Autopanne und sind erst spätabends dort angekommen.«

Ramonas Anreise hatte sich in der Tat etwas schwierig gestaltet. Auf der Autobahn kam plötzlich Rauch aus der Motorhaube, was nicht nur große Aufregung bei allen Beteiligten auslöste, sondern sie dazu zwang, an den Standstreifen zu rollen und dort bei eisiger Kälte auf die Pannenhilfe zu warten. Diese ließ sich über eine Stunde Zeit und hatte dann keine allzu guten Nachrichten. Der Wagen musste abgeschleppt werden, was eine weitere Stunde in Anspruch nahm. Ramona war bei ihrer Ankunft im Hotel in den thermischen Zustand eines Eiszapfens verwandelt.

»Hoffentlich hat sie sich nicht erkältet«, sagte Anna mitfühlend.

»Sie waren gestern Abend aber auch ganz schön leichtsinnig. Ohne Mantel in der Kälte herumzulaufen. Was war denn da draußen eigentlich los?«

»Nichts Besonderes. Lediglich eine tote Maus«, erwiderte Cornelius nach kurzem Zögern und schenkte sich eine Tasse Kaffee ein.

Anna verschränkte die Arme vor der Brust und musterte ihn mit hochgezogenen Augenbrauen. »Jetzt kommen Sie mir nicht wieder mit dieser albernen Mausgeschichte. Da steckt doch noch etwas anderes dahinter.«

Ihre haselnussbraunen Augen erinnerten ihn plötzlich frappierend an Ramonas.

»Was halten Sie davon«, schlug er vor. »Ich hole mir von Ihrem wunderbaren Buffet etwas zu frühstücken und Sie setzen sich zu mir und trinken eine Tasse Kaffee, einverstanden?«

Anna sah sich in der Gaststube um, wo die Frauengruppe gerade unter lautem Gelächter und Stühlerücken aufbrach. Auch der Versicherungsvertreter packte seine Unterlagen und sein Mobiltelefon und verabschiedete sich mit einem kurzen Kopfnicken von ihr.

»Gerne. Sie sind ohnehin mein letzter Frühstücksgast für heute«, sagte sie und nahm sich eine leere Tasse vom Nebentisch.

In diesem Moment ging die Tür zur Gaststube auf und Carola Schäfer, Anna Leitners Schwester, stürmte herein. Sie war so aufgeregt, dass sie beinahe mit dem älteren Ehepaar zusammengestoßen wäre, das gerade auf dem Weg nach draußen war, und Cornelius zuerst gar nicht bemerkte.

»Grüß dich, Anna. Geht es dir wieder gut?«

»Wieder gut?«, echote Anna stirnrunzelnd.

Mit besorgter Miene ging Carola einige Schritte auf ihre Schwester zu. Als sie Cornelius neben Anna entdeckte, blieb sie überrascht stehen.

»Grüß Gott, Herr Professor. Sie sind ja schon angekommen? Schön, Sie wiederzusehen.«

Ohne eine Antwort abzuwarten, wandte sie sich wieder an ihre Schwester und tätschelte ihr mitfühlend den Oberarm. »Das war bestimmt kein schöner Anblick. Du Arme.«

»Was war kein schöner Anblick? Und warum sollte es mir nicht gut gehen? Wovon redest du?«, fragte Anna sichtlich irritiert.

»Wovon ich rede? Von der geköpften Ratte auf Julians Auto.

Gestern Abend, hier vor dem Wirtshaus! Und der Peter Seidel soll sie dorthin gelegt haben!«

»Geköpfte Ratte?« Annas alarmierter Blick wanderte zwischen ihrer Schwester und Cornelius hin und her.

»Das wollte ich Ihnen gerade erzählen«, murmelte Cornelius. Er musterte Carola Schäfer. »Woher wissen *Sie* denn eigentlich davon?«

Annas Schwester strich sich resolut eine Locke aus der Stirn. »Ich war heute Morgen beim Friseur und da hat es mir die Tanja Rohrbach erzählt. Hast du denn gar nichts davon mitbekommen?«

Annas inzwischen vorwurfsvoller Blick blieb an Cornelius hängen. »Schon. Aber mir haben die Herrschaften irgendetwas von einer toten Maus erzählt.«

»Weil wir Sie nicht beunruhigen wollten. Und weil Julian uns ausdrücklich darum gebeten hatte, den Vorfall nicht an die große Glocke zu hängen. Lange hat es ja nicht gehalten«, seufzte Cornelius.

»Ich werde es bestimmt nicht weitertratschen«, erwiderte Carola Schäfer. Sie klang leicht eingeschnappt. »Ich wollte mich nur nach meiner Schwester erkundigen, weil ich mir Sorgen gemacht habe.«

»So war das doch nicht gemeint, Frau Schäfer«, versuchte Cornelius sie zu beschwichtigen.

Das Letzte, was er jetzt wollte war, sich vor den beiden Frauen als Moralapostel aufzuspielen. Dennoch erstaunte es ihn immer wieder, wie schnell eine Bitte, etwas *nicht* weiterzuerzählen, genau ins Gegenteil ausartete. Dabei war er sich sicher, dass Michael Graf seiner Freundin Tanja Rohrbach die Geschichte unter dem Siegel der absoluten Verschwiegenheit anvertraut hatte. Unter dem gleichen Siegel hatte Tanja sie dann Carola Schäfer heute Morgen im Friseursalon weitererzählt. Und Annas Schwester war bestimmt nicht die einzige Kundin. Bis zum Abend würde wahrscheinlich ganz Neukirchen davon wissen und genau das eingetreten sein, was Julian auf alle Fälle vermeiden wollte.

Plötzlich kam ihm ein Gedanke. »Hat es denn hier im Dorf schon einmal einen ähnlichen Vorfall gegeben?«

»Hier nicht, aber vor zwei Jahren hat in Ebersbach einer das Gleiche mit Vögeln angestellt«, erzählte Carola Schäfer. »Den armen Tieren die Federn ausgerissen, sie geköpft und dann auf irgendwelchen Autos abgelegt. Die Polizei hat ihn nie erwischt.

Erinnerst du dich daran, Anna? Vielleicht treibt er ja jetzt in Neukirchen sein Unwesen.«

»Das ist gut möglich«, murmelte Anna Leitner. »Ich kann mir nämlich nicht vorstellen, dass der Peter so etwas macht. Das würde er seiner Mutter niemals antun. Die Frau Seidel hat schließlich schon genug mitmachen müssen.«

»Ich eigentlich auch nicht«, sagte Carola. Sie holte tief Luft. »Aber die Tanja meinte, der Simon hätte gesagt …«

»Dann erzählt der Simon eben einen Schmarrn«, fiel Anna ihr ins Wort. »Denk daran, wie sich damals alle über den Sascha das Maul zerrissen haben. Und am Ende war es nichts weiter als eine große Lüge. Die Leute wissen gar nicht, was sie anderen mit ihrem Gerede antun können.« Anna war auf einmal ganz weiß im Gesicht und ihre Stimme zitterte.

Carola Schäfer sah sie erschrocken an. »Anna, reg dich doch bitte nicht so auf. In spätestens zwei Tagen haben die Leute das Ganze ohnehin schon wieder vergessen.«

»Beim Sascha hat es auch niemand vergessen. Bis wir es eines Tages nicht mehr gutmachen konnten. Und darüber rege ich mich auf, solange ich will.« Mit Tränen in den Augen wandte Anna sich ab.

»Ich werde Herrn Bernbacher und Julian noch einmal ins Gewissen reden und sie bitten, den Vorfall bei der Polizei anzuzeigen«, sagte Cornelius rasch. »Wahrscheinlich ist Julian längst nicht der Einzige, dem so etwas passiert ist.«

Carola Schäfer nickte. »Das ist eine gute Idee. Auf Sie hört er bestimmt, Herr Professor. Je eher das Ganze aufgeklärt ist, umso besser. Ich kann mir nämlich auch nicht vorstellen, dass der Peter etwas damit zu tun hat.«

Unsicher schaute sie dann zu ihrer Schwester, die immer noch mit dem Rücken zu ihr stand und weinte.

»Machen Sie sich um Anna keine Sorgen. Ich kümmere mich um sie«, flüsterte Cornelius.

»Alles gut. Um mich muss sich niemand kümmern«, erwiderte Anna in diesem Moment und schnäuzte geräuschvoll in ein Taschentuch. Dann drehte sie sich zu Cornelius und ihrer Schwester um.

»Sag deinen beiden Zwergen, morgen nach dem Frühstück hab ich Zeit zum Schlittenfahren.«

Carola Schäfer lächelte erleichtert. Ihre Kinder würden sich darüber freuen. »Das mache ich. Die zwei reden schon die ganze Woche von nichts anderem. Jetzt muss ich aber weiter. Anna, ich ruf dich später an. Und Ihnen, Herr Professor, wünsche ich einen schönen Aufenthalt, wir sehen uns sicher noch.«

»Davon gehe ich aus«, sagte Cornelius. Er war froh, dass das Thema geköpfte Ratte vorerst vom Tisch war.

Vorerst ...

# Kapitel 9

Nachdem ihre Schwester gegangen war, lehnte sich Anna Leitner seufzend zurück. »Hoffentlich hat Julian nach gestern Abend überhaupt noch Lust zum Tanzen. Ich kann allmählich an nichts anderes mehr denken als an diese geköpfte Ratte. Wer macht denn so etwas?«

»Sie sagten, Sie sind sicher, dieser Peter Seidel hätte nichts damit zu tun. Kennen Sie ihn und seine Familie denn näher?«, fragte Cornelius vorsichtig.

»Näher kennen wäre zu viel gesagt«, erwiderte Anna. »Peter hat während seiner Lehre als Metzger ab und zu bei uns in der Küche ausgeholfen und sich etwas dazuverdient. Sein Vater und sein Bruder sind vor einigen Jahren bei einem Autounfall ums Leben gekommen, was seine Mutter vollkommen aus der Bahn geworfen hat. Sie hat ihm verboten, weiter bei den Schäfflern mitzutanzen. Und dafür gibt er Julian die Schuld.«

»Hm ...« Cornelius biss nachdenklich in sein Honigbrot.

»Ich war zu der Zeit gerade in Neuseeland und hab die ganze Geschichte erst hinterher erfahren«, fuhr Anna leise fort. »Peter hat sich eines Abends hier im Gasthof so betrunken, dass er nicht mehr nach Ebersbach zurückfahren konnte. Anstatt ihn mit zu sich zu nehmen, hat Julian ihn zum Auto geschafft und dort einfach sitzen gelassen. Peter ist dann sturzbetrunken nach Hause gefahren, was seine Mutter natürlich gar nicht lustig fand. Sie hat ihn noch am gleichen Tag gezwungen, bei den Schäfflern aufzuhören, weil dort ihrer Meinung nach nur Säufer und Rowdys zugange wären.«

»Aber warum gibt er ausgerechnet Julian die Schuld? An dem Abend waren doch bestimmt noch andere mit von der Partie?«

»Das weiß ich nicht. Ich hab es, wie gesagt, erst Wochen später erfahren. Ich wollte Peters Mutter anrufen und mich für meine Aushilfe entschuldigen, denn normalerweise torkeln die Leute nicht sternhagelvoll aus meinem Gasthaus. Aber sie hat mich nicht einmal ausreden lassen und sofort aufgelegt. Mir tut der ganze Vorfall so unsagbar leid. Vor allem für Peter.«

»Der junge Mann ist doch kein Baby mehr. Es hat ihn bestimmt niemand gezwungen so viel zu trinken.«

»Trotzdem … es ist in meinem Gasthof passiert«, seufzte Anna. »Wie hat denn Julian eigentlich auf die Ratte reagiert?«

»Um den müssen wir uns, glaube ich, keine Sorgen machen. Er hat gestern nicht den Eindruck gemacht, als sei er leicht einzuschüchtern.«

»Ein echter Bernbacher eben«, bemerkte Anna trocken. »Wobei: Genau genommen ist er das ja nicht.«

Cornelius sah sie fragend an.

»Dorothee war damals schon mit Julian schwanger, als sie den Klaus Bernbacher kennengelernt hat. Aber weder er noch der alte Bernbacher haben daraus ein Geheimnis gemacht. Julian wurde gleich nach seiner Geburt adoptiert und damit war die Sache erledigt. Der Josef ist ganz vernarrt in ihn. Kein Wunder, nachdem er den eigenen Sohn so früh verloren hat.«

»Davon hat er mir gestern erzählt. Ein bemerkenswerter Mann, dieser Josef Bernbacher. Er hat mich übrigens zum Geburtstagsempfang seiner Schwiegertochter eingeladen. Haben Sie einen Tipp, was ich Frau Bernbacher als Geschenk mitbringen könnte?«

Anna winkte ab. »Fragen Sie mich was Leichteres, Herr Professor. Ich bin auch eingeladen und hab mich für eine Flasche Champagner aus der Schlosskellerei in Landshut entschieden. Nicht sehr originell, aber was soll man jemandem schenken, der ohnehin alles hat?« Sie lächelte Cornelius aufmunternd an. »Mit Blumen können Sie auf alle Fälle nichts falsch machen. Ich fahre später zum Einkaufen nach Altenberg und nehme Ihnen gerne einen Strauß mit.«

»Das wäre nett. Hoffentlich hat sie nichts dagegen, wenn ich plötzlich auf diesem Empfang auftauche. Sie kennt mich ja überhaupt nicht.«

»Ganz im Gegenteil. Je mehr Leute heute da sind, umso besser wird es ihr gefallen.« Anna zwinkerte ihm vielsagend zu.

»Das heißt, Frau Bernbacher feiert gerne im großen Stil?«

»Dorothee Bernbacher macht alles gerne im großen Stil«, erwiderte Anna und lehnte sich zurück. »Verstehen Sie mich nicht falsch. Ich mag die Dorothee, und was sie in den Jahren, seit sie hier in Neukirchen ist, auf die Beine gestellt hat, ist einfach großartig. Sie ist eine fantastische Geschäftsfrau, neben der wir alle alt aussehen.«

»Sie ganz gewiss nicht, Frau Leitner. Was Sie in so kurzer Zeit aus dem Bauernhof gemacht haben, finde ich großartig.«

Anna lachte. »Ihr Kompliment in allen Ehren, aber in einer Sache hatte der Johann recht: Die Pension lohnt sich finanziell nicht wirklich. Da mache ich mir nichts vor. Unsere Gegend ist keine typische Urlaubsregion, die Unmengen von Übernachtungsgästen anlockt. Ohne das Gasthaus könnte ich nicht davon leben. Dorothee Bernbacher dagegen hat ein kleines Sägewerk in ein international aufgestelltes Unternehmen verwandelt. Während Josef sich nach dem Tod seines Sohns immer mehr aus der Geschäftsleitung zurückgezogen hat, hat sie die Zügel in die Hand genommen und richtig Gas gegeben. Bei Bernbachers werden keine kleinen Brötchen mehr gebacken. Und das gilt mittlerweile auch für ihre Feste. Je mehr Gäste und je größer das Ganze, umso besser. Sie werden erstaunt sein, wen wir dort heute Nachmittag alles antreffen werden.«

---

Bettina Schneider stand vor dem Schlafzimmerspiegel und starrte auf die blasse Frau, die ihr aus großen dunklen Augen entgegensah. Sie war schon immer schlank gewesen und hatte sich auch nach der Geburt von zwei Kindern keine Sorgen um ihre Figur machen müssen. Aber in den letzten Wochen war sie regelrecht mager geworden. Zögernd tastete sie über den Knochen ihres Schlüsselbeins, der unnatürlich stark hervortrat. Auch ihre Wangenknochen zeichneten sich deutlich ab und ließen ihr ohnehin schon schmales Gesicht hart und verhärmt wirken.

Manchmal hasste sie ihr Spiegelbild so sehr, dass sie sich überwinden musste, nicht nach dem nächstbesten Gegenstand zu greifen und ihn in die Scheibe zu donnern. Doch das würde an ihrer Situation nicht das Geringste ändern, denn es war nur das perfekte Abbild ihrer ganz persönlichen, ureigensten Katastrophe. Das perfekte Abbild ihres Lebens.

Abrupt wandte sie sich ab und blickte auf die Kleider, die sie zuvor auf ihrem Ehebett ausgebreitet hatte. Ehebett – das bloße Wort ließ Übelkeit in ihr aufsteigen. Mittlerweile war sie um jede Minute froh, die sie allein darin verbringen konnte. Auch letzte Nacht war Georg erst in den frühen Morgenstunden nach Hause getorkelt. Irgendwo in Altenberg hatte die Faschingsfeier des Schützenvereins stattgefunden. Bettina konnte sich nicht daran erinnern, wann Georg das letzte Mal sein Gewehr aus dem Keller geholt oder an Meisterschaften teilgenommen hatte. Wahrscheinlich auch besser so. Mit seiner Zielgenauigkeit durfte es nicht mehr allzu weit her sein, und sie wollte sich gar nicht vorstellen, was er mit einer Waffe in der Hand alles anrichten würde. Sie vermutete, dass er ohnehin nur noch Mitglied war, weil ihm die Vereinsfeierlichkeiten weitere Gelegenheiten boten, sich volllaufen zu lassen. So wie letzte Nacht.

Bevor er einige Minuten mit dem Schloss an der Eingangstür gekämpft hatte, hatte er sich noch eine letzte Zigarette auf der Terrasse hinter dem Haus angezündet. Bettina konnte die Glut durch das Schlafzimmerfenster sehen, hatte aber keine Anstalten gemacht, ihm zu verstehen zu geben, dass sie noch wach war. Angespannt hatte sie seine Schritte im Haus verfolgt und war froh, als diese schließlich Richtung Wohnzimmer abdrifteten.

Du Heuchlerin, meldete sich die vertraute Stimme in ihrem Kopf. Du bist nicht viel besser als er. Ganz im Gegenteil. Während sie sich seit Wochen hinter Lügen verschanzte, tat Georg nichts im Verborgenen. Aber sie konnte nicht anders. Neben ihren Kindern war ihr Geheimnis das Einzige, das sie am Leben hielt und nicht aufgeben ließ. Obwohl es keine Zukunft hatte.

Bettina nahm ihr Mobiltelefon und las noch einmal die Nachricht, die er ihr gestern Nacht nach ihrem Treffen geschickt hatte. Sie konnte immer noch nicht begreifen, dass ausgerechnet *er* ihr diese Zeilen schrieb. Nein, dass *sie* überhaupt so weit gegangen war und es zugelassen hatte. Dass sie jede Sekunde in seiner Gegenwart genoss und sich wie neugeboren fühlte.

Sie hatten sich nur kurz gesehen, unten am Zaun, wo ihr Garten auf den kleinen Feldweg traf. Genau dort, wo er ihr das erste Mal gesagt hatte, was er für sie empfand. Es war Herbst gewesen, ein milder sonniger Tag. Sie hatte gerade einige Sträucher zugeschnitten, als er mit seinem Mountainbike vorbeikam und anhielt. Ihre Blicke waren sich davor schon oft begegnet, seit sie eines Tages im Eiscafé zufällig zusammengestoßen waren. In Altenberg, wenn sie sich beim Einkaufen über den Weg liefen, in der Kirche, wo sie das Gefühl hatte, er setzte sich genau so, dass er sie sehen konnte. Bis zu diesem einen Tag im Herbst war sie den wunderbaren Augen beharrlich ausgewichen. Weil es nicht sein konnte, nicht sein durfte.

Aber an dem Tag war alles anders. Es gab nur sie beide und kein Davonlaufen, kein Verstecken. Er hatte es einfach ausgesprochen. Laut und deutlich, ohne Angst. Hatte ihr Gesicht in seine Hände genommen und sie geküsst. Dann war er aufgestiegen und weitergefahren. Einen Tag später waren sie sich dort erneut begegnet. Obwohl es im Garten nichts mehr zu tun gab, hatte sie bei den Sträuchern gestanden und an ihnen herumgezupft. Sich selbst eine dumme Kuh geschallt und versucht, ihre Gefühle im Keim zu ersticken, und gleichzeitig gehofft, dass er wieder vorbeikommen würde. Und er kam wieder.

Noch einmal las sie jetzt seine Nachricht. Dann legte sie das Mobiltelefon zur Seite und drehte sich zu ihrem Spiegelbild. Das Gesicht, das ihr entgegensah, war immer noch blass. Aber in den Augen entdeckte sie plötzlich einen Glanz, der zuvor noch nicht dagewesen war. In zwei Stunden würden sie sich sehen. Auf dem Geburtstagsempfang von Dorothee Bernbacher.

Eigentlich hatte Bettina nicht hingehen wollen, hatte den ganzen Tag nach einer Ausrede gesucht, um diesem Schaulaufen zu entgehen. Aber jetzt verspürte sie auf einmal Aufregung und Vorfreude. Sie würden sich nur aus der Ferne sehen. Vielleicht würden sie auch kurz miteinander sprechen, natürlich nur über Belangloses, so wie sie sich auch mit anderen Gästen unterhalten würde. Trotzdem würden ihr diese Minuten mehr Kraft geben als alles andere.

Mit einem Lächeln auf den Lippen griff sie nach dem halblangen schwarzen Kleid, das sie seit der Schwangerschaft mit Antonia nicht mehr getragen hatte. Eigentlich nicht das Passende für einen Sektempfang am Nachmittag. Andererseits konnte man in der Gegenwart von Dorothee Bernbacher gar nicht elegant genug gekleidet sein. Außerdem *wollte* sie gut aussehen.

Sorgfältig bürstete sie die brünetten Haare und steckte sie mit einer Spange zurück. Als ihre Hand zur Wimperntusche wanderte, wurde die Schlafzimmertür geöffnet. Bettina spürte, wie ihr kalt wurde. Reflexartig zog sie ihre Hand zurück.

Müde, blutunterlaufene Augen musterten sie argwöhnisch. »Für wen donnerst du dich denn so auf?«, fragte Georg heiser.

»Mein Vater hat bereits zweimal angerufen und gefragt, wo du bleibst. Ist es jetzt auch schon zu viel verlangt, dass du pünktlich ins Büro gehst?«, fragte sie, ohne auf seine Frage einzugehen.

Sie hasste nichts so sehr wie die Kontrollanrufe ihres Vaters und seine sich regelmäßig daran anschließende Predigt über die Unzulänglichkeiten ihres Ehemannes. Als ob sie dafür jemals eine Erinnerung gebraucht hätte.

»Seine Deppenjobs kann er auch einem anderen aufs Auge drücken. Also, wofür der ganze Aufzug hier?«

Bettina war Georgs wachsende Aggression nicht entgangen. Trotzdem drehte sie sich nicht um, sondern sprach nur mit seinem Spiegelbild.

»Heute Nachmittag findet der Geburtstagsempfang von Dorothee Bernbacher statt. Hast du das schon wieder vergessen?«

Georg ließ ein verächtliches Schnauben hören. »Die Schnepfe mit ihrem großkotzigen Getue geht mir gerade noch ab.«

»Dann bleib zu Hause. In dem Zustand brauchst du dort sowieso nicht zu erscheinen.«

Das ganze Schlafzimmer stank mittlerweile nach Alkohol und Nikotin. Georg ging zwei Schritte auf seine Frau zu. »Warum? Bin ich dir etwa peinlich?«

Plötzlich packte er sie am Oberarm und riss sie unsanft herum. Seine ganze Haltung strahlte etwas Bedrohliches aus und für einen kurzen Augenblick hatte sie Angst, er würde zuschlagen. Doch dann straffte sie ihre Schultern und musterte ihn eindringlich. Sekundenlang standen sie sich gegenüber und starrten sich einfach nur schweigend an. Dann winkte er genervt ab, drehte sich auf dem Absatz um und ließ die Tür ins Schloss fallen.

»Du bist mir egal, Georg«, sagte Bettina nach einigen Sekunden laut in die Stille hinein. »Von mir aus säufst du dich zu Tode. Je eher, desto besser.«

---

»Los, los, los. Die Kanapees sollten schon längst fertig sein. Und die Wurstplatten müssen auch noch gelegt werden. Auf geht's!«

Alfons Bichler stürmte an Peter Seidel vorbei und klopfte energisch auf die Arbeitsplatte, an der Peter und ein weiterer Geselle die Bestellung für Dorothee Bernbachers Geburtstagsempfang vorbereiteten. Peter war so in Gedanken versunken, dass er sichtbar zusammenzuckte, was den Metzgermeister nur noch mehr verärgerte. Mit hochrotem Kopf, die Arme in die Seiten gestemmt baute er seine massige Gestalt vor Peter auf.

»Was ist denn heute los mit dir? Wenn du in diesem Schneckentempo weiterarbeitest, bist du am Faschingssonntag noch nicht fertig«, bellte er.

»Ich beeile mich ja schon«, murmelte Peter und streute rasch Kresse auf die kreisförmigen Toastscheiben.

»Dann geh das nächste Mal früher ins Bett. Schlafmützen kann ich hier nicht gebrauchen.«

Bichlers Worte erinnerten Peter unfreiwillig an die vergangene Nacht und er spürte, wie ihm abwechselnd heiß und kalt wurde. Der Metzgermeister machte jedoch keine Anstalten weiterzugehen, sondern beobachtete jede seiner Bewegungen mit Argusaugen, was Peter nur noch nervöser machte. Kanapees zuzubereiten stand auf der Liste seiner unliebsamen Aufgaben ohnehin ganz weit oben. Das war nicht die Arbeit eines Metzgers, sondern reine Folter. Zuerst mussten zig Toastscheiben ausgestochen werden, was ihn stets an das vorweihnachtliche Plätzchenbacken seiner Mutter erinnerte und ihm das ungute Gefühl gab, irrtümlich in Armin Weingartners Konditorei gelandet zu sein. Dann wurden die Miniaturkreise mit irgendwelchen, in winzige Kleinteilchen zugeschnittenen Zutaten belegt, die an seinen Fingern kleben blieben und sich nicht dort platzieren ließen, wo sie vorgesehen waren. Satt machten die Teile sowieso nicht, da konnte man noch so viel davon essen und sie noch so kunstvoll drapieren. Was bei seinen Kanapees allerdings weniger der Fall war.

Mit einem verächtlichen Seufzer nahm Bichler jetzt eines davon und betrachtete es kopfschüttelnd. »Mit diesen verhunzten Dingern brauchen wir bei der Bernbacher gar nicht erst aufzutauchen. Wenn du dich jetzt nicht sofort zusammenreißt, kannst du am Nachmittag die Kühlhäuser wischen und ich nehme jemand anderen zum Catering mit!«

Peter sah ihn alarmiert an. »Bitte nicht. Ich … muss … möchte das heute Nachmittag unbedingt machen. Sie können sich auf mich verlassen. Versprochen.«

Bichler blickte verärgert zwischen Peter und den Kanapees hin und her. Einen Schönheitspreis würden sie damit nicht gewinnen, aber er verspürte wenig Lust, sich selbst darum zu kümmern. Letztendlich war es nebensächlich, wie sie aussahen – Dorothee Bernbacher würde auch dieses Mal etwas zu beanstanden haben. Das war bisher immer der Fall gewesen, ganz egal, wie sorgfältig und ausgefallen er die von ihr bestellten Platten hatte legen lassen.

»Dann streng dich jetzt endlich an. In einer halben Stunde komm ich wieder und wenn sie dann immer noch nicht besser sind, weißt du, wo du den Rest des Tages verbringen wirst«, brummte er und warf das unter einem Berg aus Kresse verschwindende Kanapee zurück auf das Brett.

Peter ignorierte beharrlich das Grinsen seines Arbeitskollegen und arbeitete mit gesenktem Kopf und hochkonzentriert, als hinge sein Leben davon ab. Wenn sie darüber entschieden, dass er heute Nachmittag zu den Bernbachers mitfahren durfte, *mussten* sie ihm gelingen.

Er kannte das Sägewerk und das dahinter liegende Wohnhaus nur von außen, denn bisher hatten immer andere Alfons Bichler zu den Caterings von Julians Mutter begleitet. Aber er war schon oft daran vorbeigefahren und hatte sich ausgemalt, wie es wohl aussehen würde, das Zuhause von Julian Bernbacher.

Und heute würde er endlich dort sein. Ganz nah …

# Kapitel 10

Cornelius brach nach dem Frühstück zu einem Spaziergang durch das Dorf auf. Vor der Pension blieb er einen Augenblick stehen und atmete tief durch. Auf der Hauptstraße hatte der Schneepflug ganze Arbeit geleistet, doch am Straßenrand und in Annas Vorgarten türmten sich die Schneeberge. Die Sonne schien vom tiefblauen Himmel. Trotzdem war die Luft eiskalt und brannte in seinen Lungen. Zu seiner Rechten hörte Cornelius plötzlich ein kratzendes Geräusch und entdeckte Sebastian Kofler, der mit einer großen Schaufel den Schnee vom Parkplatz und der Zufahrt räumte.

»Guten Morgen«, rief Cornelius, doch er erhielt keine Antwort.

Er wiederholte seinen Gruß, eine Spur lauter dieses Mal, aber wieder reagierte Sebastian nicht. In diesem Moment bemerkte Cornelius die beiden dünnen Kabelstränge, die unter Sebastians Mütze hervorkamen und in seiner linken Anoraktasche verschwanden.

Plötzlich stutzte Cornelius. Er hatte zuvor schon den Eindruck gehabt, Sebastian bewegte sich sehr unorthodox, aber jetzt war es eindeutig. Sebastian ging nicht, er *tanzte*. Es dauerte eine Weile, bis Cornelius begriff. Er wurde gerade Augenzeuge eines Schäfflertanzsolos – eines Solotanzes mit Schneeschaufel, um genau zu sein. Doch auf einmal schien Sebastian zu bemerken, dass er beobachtet wurde, denn er hielt plötzlich inne und drehte sich um. Hastig zog er an einem der Ohrstöpsel. Seine Wangen wurden von einer dunklen Röte überzogen.

»Entschuldigung, ich hab Sie gar nicht kommen hören. Wollen Sie mit dem Auto herausfahren?«

»Nein. Lassen Sie sich von mir nicht stören.«

Sebastian wurde noch eine Spur röter. »Stehen Sie schon lange hier?«

»Lange genug, um zu sehen, welch hervorragender Tänzer Sie sind.«

In diesem Augenblick öffnete Anna Leitner eines der Fenster im Erdgeschoss. »Grüß dich. Warum benutzt du denn nicht den Schneepflug?«

»Der ist nicht angesprungen. Simon schaut in sich gerade an.«

»Kannst du mir bitte mit den Getränkekisten helfen? Die neue Lieferung ist gerade angekommen.«

»Ja, klar.« Rasch lehnte Sebastian die Schneeschaufel an die Hauswand und lief die Treppen hinauf. »Auf Wiedersehen, Herr Cornelius.«

Anna hatte nicht übertrieben, dachte Cornelius. Sebastian war ein Naturtalent. Von seinem Wesen und der äußeren Erscheinung ganz anders als Julian, aber wahrscheinlich gerade deshalb seine perfekte Ergänzung.

Beim Gedanken an Julian fiel sein Blick unfreiwillig auf den Parkplatz. Nichts deutete jetzt mehr auf den blutigen Fund des Vorabends hin. Dennoch verspürte Cornelius erneut ein seltsames Gefühl in der Magengegend.

Warum legte jemand, wenige Tage vor dem Schäfflertanz, dem ersten Vortänzer ein totes Tier auf das Auto? War es wirklich nur ein geschmackloser Scherz, der jeden hätte treffen können? Julians Wagen war der letzte in der Reihe gewesen. Warum hatte man sich dann nicht Cornelius' Auto ausgesucht oder das des Versicherungsvertreters? Oder den Wagen von Michael Graf? Auch er hatte nicht direkt an der Straße geparkt, falls es dem Täter darum ging, nicht gesehen zu werden. *Täter …*

Cornelius musste über sich selbst den Kopf schütteln. Die Geschehnisse des Vorjahres schienen ihm allmählich eine klare Sicht auf die Dinge zu vernebeln. Eine tote Ratte bedeutete noch lange keine Wiederholung dessen, was mit Sascha Eichinger passiert war. Und erst recht nicht, dass er anfangen sollte, hier und jetzt Detektiv zu spielen.

---

Simon Bauer fluchte leise vor sich hin. Seit einer halben Stunde versuchte er schon, den Schneepflug zu starten, aber auch jetzt heulte der Motor nur einmal kurz auf, ehe er wieder ausging. Dabei hatte alles nach einer durchgebrannten Sicherung ausgesehen.

»Verdammter Mist.« Genervt warf Simon den Schraubenzieher in den Werkzeugkoffer neben sich und zündete sich eine Zigarette an.

»Du sollst doch nicht so viel rauchen, Bruderherz«, sagte in dem Moment jemand hinter ihm.

Simon wirbelte herum und hätte beinahe die Zigarette fallen gelassen. Der Schnee in der Einfahrt hatte Valentinas Schritte gedämpft und er hatte sie nicht kommen hören. Er rang sich ein Lächeln ab, obwohl ihm beim Anblick der zierlichen Gestalt in dem viel zu großen Anorak eher zum Weinen zumute war.

»Was machst du denn hier draußen?«, fragte er heiser.

»Ein bisschen Luft schnappen. Die Sonne scheint so schön heute.«

Simon konnte sich gerade noch die Frage verkneifen, ob sie auch wirklich warm genug angezogen war. Stattdessen zeigte er mit dem Kopf in Richtung Schneepflug. »Dann kannst mir ja helfen, den Flitzer wieder flott zu kriegen.«

Früher hatte sie ihm oft über die Schulter geschaut, wenn er an alten Autos herumgeschraubt hatte. Simon war mächtig stolz auf Valentina gewesen, kannte er doch kein Mädchen, dass so wissbegierig und gleichzeitig so talentiert war wie seine eigene Schwester. Auch sie schien sich jetzt daran zu erinnern.

»Das hab ich ja schon ewig nicht mehr gemacht. Von wem ist denn der überhaupt?«

Simon drückte seine Zigarette im Schnee aus. »Von der Anna Leitner. Ich hab ihn vorhin bei ihr abgeholt.«

»Deshalb warst du heute schon so früh unterwegs. Was fehlt ihm denn?«

»Er springt nicht mehr an. Basti hat mich angerufen. Ich soll dir übrigens schöne Grüße bestellen«, sagte er so beiläufig wie möglich.

»Hm.« Valentina malte mit ihrem rechten Winterstiefel kleine Kreise in den Schnee und vergrub ihre Hände noch tiefer in den Anoraktaschen.

Simon wusste, dass er mit seiner nächsten Frage gefährliches Terrain betreten würde. »Willst ihn nicht mal anrufen und mit ihm reden?«

Ihr Kopf ging ruckartig in die Höhe. »Was soll ich ihm denn sagen?«

Simon zuckte mit den Schultern. »Vielleicht, dass du dich über seine Grüße freust. Der Rest kommt dann schon.«

»Der Rest? Welchen Rest meinst du?« Ihre Stimme klang plötzlich unnatürlich schrill. »Dass ich keine Crackbraut bin, die sich ständig etwas einwirft? Dass ich bis heute nicht weiß, was damals passiert ist? Ist das der Rest?«

»Ach Tinchen, so war das doch nicht gemeint«, seufzte Simon. »Wir machen uns doch nur Sorgen um dich und wollen, dass es dir wieder gut geht. Der Basti genauso wie die Mama, der Papa und ich.«

»Das weiß ich doch. Aber jedes Mal, wenn ich an den Basti denke, muss ich sofort an den Abend denken und daran, was dieses Teufelszeug mit mir angestellt hat.«

»Valentina, nicht …«

»Doch, Simon. Das ist für mich noch lange nicht vorbei. Ich hab mich unmöglich benommen. Ich hab versucht, mich vor ihm auszuziehen, und ihn angemacht wie eine billige Prostituierte. Dann hab ich zwei Barhocker umgeschmissen, den halben Tresen leer geräumt und bin mitten auf der Tanzfläche kollabiert.«

Simon sah seine Schwester alarmiert an. »Woher weißt du das alles? Ich dachte, du kannst dich an nichts erinnern.«

»Ich hab letzte Woche nach der Therapiestunde mit dem Barkeeper vom *Night Fever* gesprochen. Denn eines hab ich gelernt: Es hilft mir nichts, wenn ich ständig in Watte gepackt werde und alle so tun, als wäre nichts passiert.«

»Warum hast du mir denn nicht Bescheid gesagt? Ich hätte dich doch begleitet.«

»Genau deshalb hab ich nichts gesagt. Ich musste das allein machen, ohne Mama und Papa und auch ohne dich.«

»Und geht es dir jetzt besser?«

»Ja und nein. Mir war auch vorher schon klar, dass ich mich wie ein durchgeknallter Zombie aufgeführt haben muss. Ich hab einfach gehofft, er könne sich an irgendetwas erinnern. Was ich gemacht hab, bevor dieses Zeug angefangen hat zu wirken. Aber ich bin ihm erst aufgefallen, als ich auf den Tresen klettern wollte und der Basti mich festgehalten hat.« Valentina sah ihrem Bruder direkt in die Augen. »Er hat eigentlich nur meine schlimmsten Befürchtungen bestätigt: Ich war im Drogenrausch, Simon. Und Basti hat alles mit ansehen müssen.«

Simon ging auf sie zu und fasste sie an beiden Schultern. »Ich weiß. Wir alle wissen es. Trotzdem ist er ins Krankenhaus gefahren, hat dort tagelang mit uns gewartet, bis du wieder aufgewacht bist, und fragt jedes Mal, wenn er mich sieht, wie es dir geht. Und genau wie wir ist er fest davon überzeugt, dass du dieses Zeug nicht freiwillig genommen hast.«

»Bei Mama und Papa bin ich mir manchmal nicht so sicher. Ich glaube, insgeheim haben sie Angst, dass ich …«

Valentina sprach den Satz nicht zu Ende, doch Simon hatte auch so verstanden. Entsetzt starrte er sie an. »Dass du Drogen nimmst? Nein! Alle, die dich kennen, wissen, dass du so etwas nie machen würdest. Mama und Papa haben keine Sekunde daran gezweifelt. Und deine Freunde auch nicht. Nur ein Dummkopf würde so etwas behaupten.«

Valentinas Augen füllten sich mit Tränen. Dabei hatte sie sich fest vorgenommen, vor Simon nicht zu weinen. »Ich schäme mich einfach so sehr.«

»Für das, was an dem Abend passiert ist, musst du dich nicht schämen. Vor niemandem. Auch vor Basti nicht.«

Valentina lehnte ihren Kopf erschöpft gegen Simons Brust. »Ich hab damals im Krankenhaus gesagt, ich will ihn nicht mehr sehen und er soll weggehen und mich in Ruhe lassen.«

»Ich weiß. Und deshalb müsst ihr endlich miteinander reden. Nur reden, Tinchen. Mehr nicht«, sagte er leise und legte seine Arme um ihre schmalen Schultern.

»Der Barkeeper hat mir auch erzählt, du warst schon dreimal dort und hast ihn und die anderen Gäste über den Abend ausgefragt«, flüsterte sie.

Simons Gesichtszüge versteinerten regelrecht. »Ich will den Teufel finden, der dir das angetan hat.«

»Du bist immer da und machst mir Mut, wofür ich dir unglaublich dankbar bin. Aber hör auf damit, Simon. Bitte! Du verrennst dich nur in etwas, das nichts bringt. Die Polizei hat doch auch nichts herausgefunden.«

Wer sich auf die Polizei verlässt, ist verlassen, dachte Simon. Laut aber sagte er: »Aber nur, wenn du mir versprichst, dich nicht länger in dein Schneckenhaus zu verkriechen und wieder mehr unter Leute zu gehen.« Spontan hatte er eine Idee. »Komm doch heute Nachmittag mit zu den Bernbachers.«

Valentina hob den Kopf. »Auf den Geburtstagsempfang?«

»Warum denn nicht? Julian hat schon ein paarmal nach dir gefragt. Nach dem Theater gestern freut er sich bestimmt, wenn du mitkommst.« Simon hätte sich am liebsten die Zunge abgebissen, aber es war zu spät.

»Was denn für ein Theater?«, fragte Valentina sofort.

»Nichts Schlimmes. Nur ...«

»Nur was?« Valentinas graublaue Augen durchbohrten ihn fast.

»Nichts. Alles in Ordnung.«

Abrupt befreite sie sich aus seiner Umarmung. »Ihr sollt mich nicht immer schonen und so tun, als wäre ich aus Zucker. Das macht es für mich auch nicht leichter.«

»Aber so war das doch gar nicht gemeint. Julian wollte es einfach nicht Hinz und Kunz unter die Nase reiben.«

»Ich bin ja wohl kaum Hinz und Kunz! Raus mit der Sprache. Was ist passiert?«

Simon verdrehte genervt die Augen. »Also gut.« In wenigen Worten erzählte er seiner Schwester, was sich am Vorabend auf dem Parkplatz der Pension ereignet hatte.

Valentina wurde blass. »Eine geköpfte Ratte? Das ist doch ein Scherz, oder? Warum habt ihr denn nicht die Polizei verständigt?«

»Weil Julian es nicht wollte. Außerdem ... es war eklig, ja. Aber was hätte denn die Polizei Großartiges gemacht? Wer weiß, ob die bei so einer Lappalie überhaupt gekommen wäre.«

»Lappalie? Ich halte das für keine Lappalie. Und das ausgerechnet so kurz vor den Aufführungen.« Valentina hielt inne. »Meinst du, es hat etwas *damit* zu tun?«

Simon zögerte. »Ich ... ja, kann sein. Vielleicht.«

Stockend erzählte er ihr von seinem Verdacht.

Die Augen seiner Schwester wurden immer größer. »Wenn du dir so sicher bist, dass Peter etwas damit zu tun hat, dann hättet ihr erst recht die Polizei rufen müssen. Wer weiß, was der Typ als Nächstes plant.«

»Was heißt hier, ich bin mir sicher. Er war halt der Erste, der mir nach der Geschichte vor der Sporthalle eingefallen ist. Beweisen kann ich es ihm nicht.«

»Darum kümmert sich dann schon die Polizei. Aber dazu muss sie erst einmal gerufen werden. Ich verstehe wirklich nicht, wie Julians Opa so ruhig bleiben konnte.«

Simon schüttelte den Kopf. »Das sah nur so aus. Die Sache hat den alten Bernbacher ganz schön mitgenommen, wenn du mich fragst. Deshalb hat Julian auch so getan, als wäre nichts Großartiges passiert.«

»Hast du es Basti heute Morgen erzählt?«, wollte Valentina wissen.

»Ja. Er war es doch, der letzte Woche davon angefangen hat. Aber sicher ist er sich halt auch nicht. Der Seidel ist manchmal ein Depp. Trotzdem können wir es uns alle nicht so recht vorstellen.« Simon fuhr sich nervös durch die Haare. »Hoffentlich verplappert Basti sich heute Nachmittag nicht. Michi und ich mussten Julian hoch und heilig versprechen, niemandem von der Ratte zu erzählen.«

»Wenn seine Mutter davon erfährt, darf er morgen ohne Leibwächter nicht mehr aus dem Haus«, erwiderte Valentina trocken. »So viel steht fest.«

Simon musste plötzlich grinsen. »Ein Grund mehr, heute Nachmittag mitzukommen. Du hattest schon immer einen guten Einfluss auf den Basti und mich. Und denk an die Häppchen und den Champagner!«

»Spinner.« Valentina lachte und boxte ihren Bruder übermütig in die Seite. Doch sofort wurde sie wieder ernst. »Ich glaube, ich packe das noch nicht. Die vielen Leute und das ganze Gerede, sobald sie mich sehen.«

»Überleg es dir«, sagte Simon sanft. »Wir müssen nicht lange bleiben. Wenn es dir zu viel wird, fahren wir sofort nach Hause.«

»Also gut, ich denk darüber nach. Aber jetzt geh ich wieder rein und leg mich noch ein bisschen hin. Die frische Luft macht müde.«

Simon sah ihr hinterher und spürte, wie seine Augen zu brennen anfingen. Hastig wandte er sich ab und beugte sich wieder über den Motor des Schneepflugs.

Müde ... es war keine zwei Stunden her, dass Valentina heute Morgen aufgestanden war. Für die Ärzte waren diese Erschöpfungszustände nichts Außergewöhnliches. Auch die Weinkrämpfe und die Antriebslosigkeit nicht. Für Simon bedeuteten sie einen nicht enden wollenden Albtraum.

Valentina war für ihn immer der Inbegriff von Energie und Lebensfreude gewesen. Zupackend, fröhlich, den Kopf voller Ideen und Pläne für die Zukunft. Sie wollte Lehrerin werden, hatte mit Begeisterung studiert und ihrem ersten Examen entgegengefiebert. Heute konnte er sich beim besten Willen nicht vorstellen, wie das kleine zarte Wesen, das gerade die Haustür öffnete, jemals eine Prüfung durchstehen und vor einer Schulklasse auftreten sollte.

Früher hätte er seine Schwester nicht zweimal bitten müssen, ihn irgendwohin zu begleiten. Aber das war Valentina vor dem Abend im *Night Fever*, bevor sie dort wegen einer Überdosis Ecstasy zusammengebrochen war und tagelang im Koma gelegen hatte. Obwohl es jetzt sieben Monate her war, konnte sich Simon noch an jedes Detail dieses Abends erinnern, als wäre es erst gestern gewesen.

Bastis Anruf, die Fahrt ins Krankenhaus, die endlose Warterei vor der Intensivstation, die Verzweiflung im Gesicht seiner Eltern und immer wieder die gleiche quälende Frage: Warum? Warum, Valentina?

Die Ärzte waren in ihrer Prognose sehr zurückhaltend gewesen. Niemand hatte gewusst, ob seine Schwester jemals wieder aufwachen und in welchem Zustand sie sich dann befinden würde. Ob ihr Gehirn Schaden genommen hatte und ihre Motorik eingeschränkt war. Die Liste der Defizite, die ihr Körper hätte davontragen können, war schier endlos.

Doch Valentina hatte sich ins Leben zurückgekämpft. Mehr als ein halbes Jahr Krankenhaus und Therapie lagen hinter ihr. Seit einer Woche war sie wieder zu Hause. Für Simon das größte Geschenk überhaupt. Auch wenn die junge Frau, die er gerade im Arm gehalten und getröstet hatte, von seiner Schwester, wie er sie kannte, noch Lichtjahre entfernt war. Und womöglich für immer sein würde.

Bis heute wusste niemand, wie Valentina an die Drogen gekommen war. Sie hatte mit Basti an der Bar gestanden, ihr Glas vor sich auf dem Tresen. Eine Befragung der anderen Gäste hatte zu keinem Ergebnis geführt. Aber auf die Polizei vertraute Simon schon lange nicht mehr. In den Augen der Beamten war Valentina lediglich eine der jungen Frauen, die ihren Alltag für ein paar Stunden vergessen und den besonderen Kick erleben wollten. Und dabei unglücklicherweise über das Ziel hinausgeschossen war. Da mochten seine Eltern noch so sehr darauf beharren, dass ihre Tochter niemals freiwillig Drogen nehmen würde.

Auch wenn Valentina dagegen war, würde er weitersuchen. Und eines Tages würde er denjenigen finden, der ihr Leben mit einem Handstreich zerstört hatte. Dessen war sich Simon sicher.

Ihn finden … und ihn vernichten.

# Kapitel 11

Am frühen Nachmittag kehrte Cornelius von seinem Rundgang durch das Dorf in die Pension zurück, wo Anna und ein großer Blumenstrauß bereits auf ihn warteten. Gemeinsam machten sie sich auf den Weg zu Dorothee Bernbachers Geburtstagsfeier.

»Ich hab den Kindern versprechen müssen, dass Sie morgen Vormittag bei unserem kleinen Schlittenausflug dabei sind«, sagte Anna. »Ich hoffe, Sie sind damit einverstanden?«

Cornelius musste an die illustre Gesellschaft denken, in der seine Frau sich momentan befand. Die Gesichter der von Greifenbergs, wenn sie von seinen profanen Freizeitaktivitäten erfuhren, konnte er sich lebhaft vorstellen.

»Das ist eine sehr gute Idee«, erwiderte er mit breitem Lachen.

Nach einer Viertelstunde Fußmarsch zweigte eine schmale Straße nach rechts ab. Die Privatstraße, um die es sich laut einem Hinweisschild handelte, war Cornelius bisher nicht aufgefallen. Sie endete nach knapp hundert Metern an einem Lagerhaus. Direkt nach der Einmündung kamen sie an zwei lang gestreckten Gebäuden mit weit nach unten hängenden Dachschindeln vorbei. Cornelius vermutete bereits die ersten Ausläufer des Sägewerks, und tatsächlich tauchte in diesem Moment der Kundenparkplatz zu ihrer Rechten auf.

Er bot sicher Platz für mehr als fünfzig Autos und bildete das Zentrum des Firmengeländes, an das sich die Wirtschaftsgebäude und Lagerhallen anschlossen und die Zufahrten zu weiter entfernt liegenden Firmenarealen abzweigten. Doch noch mehr als das Sägewerk der Bernbachers interessierten Cornelius die anderen Gäste.

Anna Leitner hatte nicht übertrieben, was ihre Anzahl betraf. Der Straßenrand war gesäumt von zahlreichen Autos. Auch der Firmenparkplatz war so gut wie voll. Gerade stellte sich ein dunkelblauer Porsche in eine der wenigen verbliebenen Lücken. Dass bereits ein anderer Wagen diese anvisiert und den Blinker gesetzt hatte, schien den Fahrer nicht übermäßig zu stören. Während der andere hupte und wütend hinter der Windschutzscheibe gestikulierte, stieg Benedikt Rehberg mit gleichgültiger Miene aus dem Porsche. Neben ihm ein mürrisch dreinblickender junger Mann, dem von Rehberg sogleich ein überdimensionaler Geschenkkorb in die Hände gedrückt wurde.

»Was macht denn Dr. Rehberg hier?«, fragte Cornelius. »Ich dachte, er ist wegen der Sache mit seinem Neffen nicht gut auf die Bernbachers zu sprechen?«

»Ich sagte doch, Sie werden sich noch wundern, wen wir hier alles treffen«, erwiderte Anna Leitner leise und nickte den beiden Männern freundlich zu. »Der junge Mann ist übrigens sein Neffe, Marcel Rehberg.«

Benedikt Rehberg erwiderte ihren Gruß mit einem knappen Kopfnicken, wandte sich jedoch ab, als er Annas Begleiter erkannte. Soweit Cornelius es durch die Folie sehen konnte, in die der Korb eingewickelt war, hatte sich die Miene seines Neffen noch mehr verdüstert. Schweigend und ohne Anna Leitner zu beachten stapfte er hinter seinem Onkel über den Parkplatz.

»Ich glaube, er will allen zeigen, wie wenig ihm die Trennung von seiner Frau ausmacht.« Anna schüttelte den Kopf. »Manchmal tut er mir richtig leid, weil er so verzweifelt versucht, alles zu überspielen. Ihr Blick wanderte zu Marcel. »Bei seinem Neffen erstaunt es mich allerdings schon, dass er hier auftaucht. Seit Julian als erster Vortänzer feststeht, verliert er kein gutes Wort mehr über den Schäfflertanz und alle, die daran teilnehmen. Und von denen wird er heute jede Menge treffen.«

Wie zur Bestätigung entdeckte Cornelius in diesem Moment Simon Bauer, der zwischen den geparkten Autos entlanglief. Cornelius wollte ihm zuwinken, doch irgendetwas an dem jungen Mann ließ ihn innehalten. Ernst, fast schon gehetzt sah Simon sich einige Male um, ehe er die Kapuze seines Anoraks tiefer in die Stirn zog und weiter über den Parkplatz hastete – allerdings nicht in Richtung des Wohnhauses, sondern weg von dem geschäftigen Treiben und den ankommenden Gästen. An der Schmalseite des Gebäudes am gegenüberliegenden Ende des Parkplatzes drehte er sich noch einmal um und verschwand dann aus Cornelius'

Sichtfeld. Anna, die von zwei Frauen in ein Gespräch verwickelt worden war, hatte nichts davon mitbekommen.

Obwohl ihm das Sägewerk der Bernbachers schon im Vorjahr aufgefallen war, wurde Cornelius erst jetzt das Ausmaß des Geländes bewusst. Parallel zu den Gebäuden an der schmalen Privatstraße stand ein weiterer lang gezogener Bau. Cornelius kniff die Augen zusammen, um das Schild neben dem Eingangstor zu entziffern. Er glaubte das Wort »Trockenanlage« zu lesen. Etwas weiter nach hinten versetzt entdeckte er einige der schneebedeckten Hölzer, die darauf warteten, weiterverarbeitet zu werden. Daneben stand ein kranartiges Gefährt mit einem langen Greifarm, der Cornelius an den Tentakel einer Kracke erinnerte. Trotz der Kälte nahm er jetzt auch deutlich den Geruch von Holz und Sägespänen wahr.

Die sorgfältig geräumte Zufahrt führte an einem modernen Gebäudetrakt vorbei, in dem sich die Büros der Verwaltung und zwei Konferenzräume befanden, wie Cornelius durch die hohen Fenster erkennen konnte. Dahinter lag eine schneebedeckte Freifläche, die das Wohnhaus der Familie vom übrigen Gelände abtrennte. Nur vereinzelt waren einige Sträucher gepflanzt worden.

Von Anna wusste Cornelius, dass das weiß verputzte Haus aus dem 19. Jahrhundert stammte und ursprünglich als Dorfschule diente. Im ersten Stock verlief ein mit filigranen Schnitzereien versehener Holzbalkon, der im Sommer bestimmt üppig mit Blumen geschmückt war. Alle Fenster hatten dunkelgrün gestrichene Fensterläden. Die Architektur des Hauses bildete einen eigenartigen Kontrast zu dem modernen Verwaltungsgebäude, dennoch gefiel Cornelius die Mischung aus Alt und Neu.

Direkt hinter dem Verwaltungsgebäude stand eine junge Frau in einem dicken Winteranorak und schwarzen Stiefeln und wies die Gäste zu einem ebenfalls geräumten Fußweg, der an der Rückseite entlangführte und an dessen Seiten in regelmäßigen Abständen brennende Fackeln im Schnee steckten.

»Die Feier findet im Wintergarten statt«, sagte sie mit einem galanten Lächeln.

Cornelius und Anna folgten ihrem Hinweis und bald waren leise Pianomusik und gedämpfte Stimmen zu hören. Schließlich erreichten sie einen gläsernen Anbau, wo ihnen von einem Kellner die Tür geöffnet wurde.

»Hab ich zu viel versprochen?«, flüsterte Anna.

Der Wintergarten entpuppte sich als großzügiger Glaspavillon, der mit zahlreichen, in weiße Hussen gehüllten Stehtischen ausgestattet war. Um die meisten von ihnen hatten sich bereits Gäste gruppiert. Cornelius entdeckte Armin Weingartner und die anderen Mitglieder des Schäfflerausschusses. Auch Pfarrer Felix Hartl befand sich unter den Anwesenden.

Die Tische waren mit violetten Kerzen, dazu passenden Ziersteinen und kunstvollen Drahtkugeln dekoriert worden. Schwarz gekleidete Kellner balancierten voll beladene Tabletts durch den Raum und boten eifrig Getränke und Häppchen an. Am anderen Ende des Pavillons stand neben einer cremefarbenen Sitzecke ein Flügel, an dem ein junger Pianist sein Können demonstrierte.

»Lassen Sie uns zuerst unsere Mäntel loswerden und die Dame des Hauses begrüßen«, schlug Cornelius vor.

»Hallo, Herr Cornelius.« Julian Bernbacher schob sich mit einem entschuldigenden Lächeln und der Andeutung einer Verbeugung an zwei älteren Damen vorbei.

»Herzlich willkommen. Schön, dass Sie da sind«, sagte er, als er schließlich vor Anna und Cornelius stand.

»Ihr Großvater hat mich gestern ganz spontan eingeladen«, antwortete Cornelius.

»Das hat er mir schon erzählt. Meine Mutter freut sich sehr, Sie kennenzulernen.«

Sein Blick wanderte zu Cornelius' Blumenstrauß und Annas Geschenktüte. »Ihre Jacken dürfen Sie gerne mir geben. Das Geburtstagskind finden Sie dort vorne und das Büffet steht im kleinen Foyer. Wir sehen uns dann später.«

»Ein bisschen blass um die Nase ist er ja schon«, sagte Anna leise, als sie sich in der Reihe der Gratulanten anstellten. »Ich glaube, die Geschichte von gestern Abend nagt mehr an ihm, als er zugeben will.«

»Den Eindruck habe ich auch. Ich versuche auf alle Fälle später noch einmal mit seinem Großvater zu sprechen«, erwiderte Cornelius und blickte sich weiter aufmerksam um.

An einem der Stehtische entdeckte er Sebastian Kofler. Neben ihm stand eine sehr zierliche junge Frau, die unter all den ausgelassenen und fröhlichen Gästen seltsam verloren wirkte. Als ob sie nur durch Zufall auf dieser Geburtstagsfeier gelandet wäre.

»Das ist nun wirklich eine Überraschung«, murmelte Anna Leitner. »Valentina Bauer, die Schwester von Simon Bauer. Sie war in den letzten Monaten sehr krank und ist überhaupt nicht mehr unter die Leute gegangen.«

Cornelius sah sie fragend an. Leise erzählte Anna Cornelius, was sich vor einigen Monaten in einer Landshuter Diskothek ereignet hatte.

»Wie furchtbar. Und wie mutig von ihr, trotz allem hier und heute zu erscheinen«, erwiderte Cornelius.

»Allerdings. Ich frage mich nur, wo ihr Bruder steckt.«

»Darf ich Ihnen ein Glas Sekt anbieten?«, fragte in diesem Augenblick ein Kellner und streckte ihnen ein Tablett entgegen.

»Sehr gerne. Schließlich wollen wir mit Frau Bernbacher ja auch anstoßen«, antwortete Cornelius.

Plötzlich durchzuckte ihn ein Gedanke und er wandte sich noch einmal zu Valentina Bauer um. Auch die junge Frau sah jetzt in seine Richtung und ihrem Gesicht war deutlich abzulesen, dass sie angestrengt nachdachte.

Ein lautes Klirren ließ Cornelius aufschrecken. Ein Gast war mit einem der Kellner zusammengestoßen und zwei Sektgläser waren dabei zu Bruch gegangen. Während der Kellner sich mehrmals entschuldigte und eilig die Scherben einsammelte, blieb der Gast, ein Mann mit aufgedunsenem Gesicht und fahler Haut, mitten im Raum stehen und betrachtete gleichgültig das aufgeregte Geschehen um sich herum. Eine brünette Frau in einem eleganten schwarzen Kleid näherte sich von hinten und berührte ihn sanft am Ellbogen.

Cornelius konnte nicht verstehen, was sie sagte, doch der Mann schüttelte sie nur unwirsch ab, ehe er sein Sektglas mit einem Zug leerte. Als er es auf dem Stehtisch neben sich abstellen wollte, schwankte er so stark, dass er sich festhalten musste und dabei beinahe den Tisch umgerissen hätte.

»Na Georg, haben wir ein bisschen zu viel getankt«, rief ein junger Mann, was bei den anderen Gästen spontanes Gelächter auslöste.

Nur die Frau im schwarzen Kleid lachte nicht. Ganz im Gegenteil. Sie war nahe daran, in Tränen auszubrechen.

»Dass der sich nicht schämt«, zischte Anna Leitner. »Die arme Bettina.«

»Er ist ja sturzbetrunken«, stellte Cornelius fest.

Anna bedachte Georg Schneider mit einem vernichtenden Blick. »Das ist der Georg meistens. Aber normalerweise bleibt seiner Frau so ein Auftritt erspart.« Sie beugte sich näher zu Cornelius. »Die Schneiders wohnen direkt hinter den Bernbachers. Der Georg war früher so ein sportlicher und attraktiver Mann. Ich kann mich gut an die Hochzeit der beiden erinnern. Aber in den letzten Jahren ging es nur noch bergab mit ihm. Saufen, rauchen und sich in Wirtshäusern herumtreiben, mehr bringt der nicht mehr zustande. Ohne die Bettina und ihr Geld könnte er schon längst einpacken.«

»Warum lässt sie sich denn nicht scheiden?«

Anna zuckte mit den Schultern. »Das frage ich mich schon lange. Vielleicht wegen der Kinder. Antonia und Bernhard gehen erst in den Kindergarten.«

»Hoffentlich führt er sich zu Hause nicht so auf«, murmelte Cornelius.

Während der Kellner die Scherben aufkehrte, hatte sich Georg Schneider ein weiteres Glas genommen und es erneut auf einen Zug ausgetrunken. Jetzt torkelte er langsam Richtung Büffet. Seine Frau schien er bei alledem vollkommen vergessen zu haben. Zögernd blieb Bettina stehen. Die pure Verzweiflung stand ihr mittlerweile ins Gesicht geschrieben.

Kurz vor dem Ausgang zum Foyer konnte Georg Schneider nur mit Mühe eine weitere Kollision mit einem der Kellner vermeiden. Unsicher trat er einen Schritt zur Seite und stieß direkt mit Simon Bauer zusammen, der soeben in den Wintergarten kam. Simon, fast einen Kopf größer, musterte ihn kurz, packte ihn dann entschlossen am Oberarm und schob ihn energisch nach draußen. Alles ging so schnell, dass Georg Schneider keine Zeit zum Protestieren blieb. Mit gesenktem Kopf lief Bettina den beiden hinterher.

Cornelius atmete auf. »So kann man das Ganze natürlich auch regeln.«

»Auf den Simon ist wenigstens Verlass. Die jungen Burschen hier finden das ja auch noch lustig«, sagte Anna. Dann straffte sie auf einmal ihre Schultern und holte tief Luft. »Wie gut die Dorothee heute wieder aussieht.«

Cornelius hatte nicht bemerkt, dass nur noch ein Gast vor ihnen stand, der sich soeben von Julians Mutter verabschiedete. Er räusperte sich kurz, ehe er einen Schritt nach vorne trat, um sich bei Dorothee Bernbacher vorzustellen und ihr zum Geburtstag zu gratulieren.

Während sie die Glückwünsche und den Blumenstrauß entgegennahm, musterte Cornelius seine Gastgeberin unauffällig. Für eine Frau war sie ziemlich groß. Sie trug ein dunkelblaues Kleid, das ihre schlanke Figur an den richtigen Stellen betonte. Ihr langes schwarzes Haar war zu einer eleganten Hochsteckfrisur gebunden, die Augenbrauen zu perfekten Halbmonden gezupft. Die Perlenohrringe passten exakt zur Haarspange und zum Armband an ihrem rechten Handgelenk.

Seine blauen Augen hatte Julian zweifelsohne von seiner Mutter, wie auch die wohlgeformten Gesichtszüge. Ihre waren nicht ganz so weich wie die ihres Sohnes, und die vollen, dunkelrot geschminkten Lippen konnten den harten Zug, der sich um ihren Mund eingegraben hatte, nicht ganz verbergen. Ihr Händedruck war energisch und ließ keinen Zweifel daran aufkommen, wer in Firma und Familie den Ton angab.

»Wie schön, Sie endlich kennenzulernen.«

Ihre Stimme klang tief und rau und sie lachte sehr herzlich. Etwas zu herzlich für Cornelius' Geschmack, aber das gehörte wohl zum Erscheinungsbild der erfolgreichen Geschäftsfrau.

»Mein Schwiegervater spricht seit gestern Abend nur noch von Ihnen. Und das will so kurz vor dem Schäfflertanz etwas heißen«, fügte sie hinzu.

Obwohl Cornelius schon zehn Blumensträuße auf dem Tisch hinter ihr entdeckte, bedankte sie sich überschwänglich für sein Geschenk. Ihr Blick wanderte prüfend durch den Raum und sofort eilte ein Kellner herbei und kümmerte sich um den Strauß.

Nachdem sie miteinander angestoßen hatten, war sich Cornelius immer noch nicht sicher, ob er Dorothee Bernbacher sympathisch fand oder nicht. Eines wusste er dagegen ganz genau: Sie war keine Frau, die man zum Feind haben wollte.

Ein dunkelrot lackierter Fingernagel wies in Richtung Pianospieler. »Meinen Schwiegervater finden Sie dort in der Sitzecke. Das lange Stehen ist einfach zu viel für ihn.«

Cornelius hatte verstanden: Seine Aufwartung war hiermit beendet und er sollte den Platz für den nächsten Gratulanten freimachen. Er gab Anna zu verstehen, dass er sich zu Josef Bernbacher setzen wollte, und bahnte sich langsam den Weg durch den Pavillon.

An einem der Tische entdeckte er Michael Graf, der mit seiner Freundin Tanja Rohrbach in ein Gespräch vertieft war. Simon Bauer gesellte sich zu ihnen. Offenbar war es ihm gelungen, Georg Schneider ohne weitere Zwischenfälle hinauszubegleiten. In einer Sitzecke saß Josef Bernbacher allein vor einem Glas Wasser und betrachtete gedankenverloren die Gäste um sich herum. Cornelius hob grüßend die Hand, doch der alte Mann reagierte nicht. Erst jetzt bemerkte Cornelius, dass seine Augen auf einen ganz bestimmten Punkt gerichtet waren, der sich irgendwo hinter Cornelius befinden musste. Er konnte Bernbachers Blick nicht recht deuten. Er strahlte Traurigkeit und gleichzeitig vollkommene Glückseligkeit aus. Bernbacher schien überhaupt nicht mehr im Raum anwesend zu sein. Als ob der alte Mann etwas sehen konnte, das allen anderen verborgen blieb. Ein Lächeln umspielte plötzlich seine Lippen und seine müden Schultern richteten sich wie von einer unsichtbaren Kraft gezogen auf.

Cornelius war schon geneigt, sich umzudrehen, doch auf einmal ging ein Ruck durch Bernbachers Körper.

»Grüß Gott, Herr Professor. Das ist ja schön, Sie zu sehen. Setzen Sie sich doch zu mir.«

# Kapitel 12

Tanja Rohrbach beobachtete Gregor Cornelius aus den Augenwinkeln und war froh, dass er nicht zu ihnen an den Tisch kam. Sie mochte den Professor aus München eigentlich sehr gern, aber seine Anwesenheit ließ sie jedes Mal an die dramatischen Ereignisse des Vorjahres und Saschas Ermordung denken.

Als ob er ahnte, was gerade in ihr vorging, legte Michael Graf einen Arm um sie und zog sie sanft an sich. Doch plötzlich verstärkte sich der Druck an ihrer rechten Schulter.

»Muss der hier auftauchen«, murmelte Michael Graf.

Tanja musterte ihn fragend. Sie hätte schwören können, Gregor Cornelius hatte bei ihrem Freund einen ganz besonderen Stein im Brett. Sie folgte seinem finsteren Blick, der jedoch nicht auf den Professor gerichtet war, sondern auf die Person, die jetzt mit einem spöttischen Grinsen auf die kleine Gruppe zukam.

Sofort verspürte Tanja Wut in sich aufsteigen, wie so oft in letzter Zeit, wenn sie Marcel Rehberg begegnete. Gemocht hatte sie dieses eingebildete Früchtchen ohnehin noch nie. Aber seit er bei der Vergabe der Vortänzerposten den Kürzeren gezogen hatte, war seine Gesellschaft schlichtweg unerträglich, ließ er doch keine Gelegenheit ungenutzt, Julian und die anderen in den Dreck zu ziehen. Tanja ahnte nichts Gutes und sie wurde nicht enttäuscht.

»Welch erlesener Kreis sich um diesen Tisch versammelt hat«, begann Marcel. »Jetzt fehlt eigentlich nur noch einer.«

»Das bist aber ganz bestimmt nicht du«, erwiderte Simon Bauer unbeeindruckt. »Also schleich dich.«

Marcels Grinsen verstärkte sich nur und er tat, als ob er sich suchend umsah. »Aber wie ich Julian kenne, macht er für Mutti brav den Diener. Oder füttert er gerade den alten Tattergreis?«

Es ging so schnell, dass Tanja überhaupt nicht reagieren konnte. Innerhalb von einer Sekunde hatte Michael sie losgelassen, sein Sektglas so fest auf den Tisch gestellt, dass es umkippte, und Marcel Rehberg unsanft am Kragen gepackt.

»So sprichst du nicht von Herrn Bernbacher«, stieß er hervor.

»Michi, lass ihn.« Simon ging einen Schritt auf Michael zu und fasste ihn beschwichtigend am Arm. »Das ist der doch gar nicht wert.«

Michael Graf schüttelte Simons Hand unwirsch ab und verstärkte seinen Griff an Marcels Hemdkragen.

»Simon hat recht. Bitte, Michi, denk an deine Bewährung und lass ihn los«, sagte Tanja eindringlich. Sie blickte sich ängstlich um.

Die Gäste am Nebentisch musterten die Auseinandersetzung neugierig. Marcel Rehberg befreite sich aus der Umklammerung und stieß Michael Graf von sich.

»Das wird dir noch leidtun«, zischte er. »Du gehörst nicht zum Schäfflertanz, sondern in den Knast. Da hast du schon letztes Jahr hingehört.«

»Es reicht. Verschwinde von hier.« Drohend baute sich Simon vor Marcel Rehberg auf.

»Du hast mir überhaupt nichts zu sagen. Ich bin hier Gast wie jeder andere.« Marcel machte eine abfällige Geste in Michael Grafs Richtung. »Aber bei dem Gesocks, das sich hier herumtreibt, gehe ich freiwillig.«

»Dann geh doch endlich. Niemand hat dich an unseren Tisch gebeten«, fauchte Tanja und berührte ihren Freund sanft am Arm. »Hör nicht auf ihn.«

Sie hatte große Angst, er könnte etwas Unüberlegtes tun. Er war vor Wut ganz weiß im Gesicht und seine Hände hatten sich zu Fäusten geballt.

Marcel Rehberg grinste hämisch. »Muss ein Altenberger Schäffler nicht einen tadellosen Leumund haben? Warum tanzt dann einer mit, der mit einem Bein im Knast steht?«

»Weil uns so einer tausendmal lieber ist als einer, der meint, sich das Vortänzeramt erkaufen zu können. Talentfreiheit wird auch durch viel Geld nicht wettgemacht. Und Julian kannst du in hundert Jahren nicht das Wasser reichen. Da mag dein Onkel mit noch so vielen Geldscheinen winken.«

Simon Bauer hatte die Arme vor der Brust verschränkt und sehr ruhig und leise gesprochen, aber in einer Weise, die Marcel klar machte, dass darüber nicht mehr zu diskutieren war. Doch er war noch nicht fertig. Noch nicht ganz …

»Von so einer Gurkentruppe, in der Vorbestrafte und Muttersöhnchen mittanzen, will ich gar kein Vortänzer sein. Und du kümmerst dich besser um deinen Drogenjunkie zu Hause, als hier große Reden zu schwingen.«

Woher Julian plötzlich kam, vermochte Tanja nicht zu sagen. Wie aus heiterem Himmel stand er auf einmal da, drängte sich zwischen Marcel und Simon und fing im letzten Moment Simons Faustschlag ab, ehe dieser Marcel Rehberg mitten im Gesicht treffen konnte. Julian sah Simon fest in die Augen. »Ich glaube, du gehst jetzt besser nach draußen, bevor es hier eskaliert.«

Seine Hände hatten sich wie Schraubstöcke um Simons Handgelenke gelegt. Ohne ihn loszulassen drehte Julian sich dann zu Marcel Rehberg um.

»Und du verschwinde ein für allemal von hier oder du wirst mich noch kennenlernen«, sagte er eisig.

Marcel taxierte Julian mit einem Blick, der Tanja das Blut in den Adern gefrieren ließ. Der pure Hass schoss aus seinen dunklen Augen. Sekundenlang starrte er Julian einfach nur an. Dann machte er auf dem Absatz kehrt, stieß rüde einen Kellner zur Seite und rannte wortlos nach draußen.

---

»Was ist denn da vorne los?«, fragte Josef Bernbacher.

Cornelius, Armin Weingartner, der sich zu ihnen auf die Couch gesetzt hatte, und Bernbacher hatten sich gerade über die bevorstehende Generalprobe am Abend unterhalten, als der Lärmpegel um sie herum auf einmal merklich abnahm und sich die Leute neugierig nach einem der Stehtische umdrehten.

Cornelius tat es ihnen gleich. Offenbar waren Julian Bernbacher und Simon Bauer in eine Auseinandersetzung verwickelt, denn Julian hatte Simon an den Handgelenken gepackt.

Jetzt erst bemerkte Cornelius Marcel Rehberg. Er stand direkt neben den beiden und starrte Julian wutentbrannt an. Dann drehte er sich abrupt um, stieß dabei fast mit einem Kellner zusammen, und stürmte nach draußen. Julian ließ Simons Arme los, sagte etwas zu ihm und Michael, der Cornelius nicht verstehen konnte, rannte Marcel Rehberg hinterher.

»Julian, was ist hier los?«, fragte Josef Bernbacher, der sich vom Sofa erhoben hatte, laut.

Julian sah in die Richtung, in die Marcel verschwunden war. Es war offensichtlich, dass er jetzt nicht bei Josef Bernbacher stehen bleiben und mit ihm diskutieren wollte. Doch er hatte die Rechnung ohne seinen Großvater gemacht.

»Julian!«, wiederholte der alte Mann streng.

»Nichts ist los, Opa. Alles in Ordnung«, stieß er hervor.

»Das sah gerade aber noch ganz anders aus.«

»Marcel hat den Michi dumm von der Seite angemacht. Und dann hat er auch noch eine blöde Bemerkung über Valentina fallen gelassen. Simon wäre fast ausgerastet.«

»Und deshalb bleibst du jetzt hier. Es reicht schon, wenn einer beinahe mit dem Prügeln anfängt. Was glaubst du, was deine Mutter sagt, wenn du auf ihrer Geburtstagsfeier eine Schlägerei anzettelst?«

»Marcel geht es doch gar nicht um Michi und Simon. Mich will er fertig machen. Und das lass ich mir nicht länger gefallen!«

»Das regelt ihr aber nicht hier und nicht jetzt. Kümmer dich lieber um die Lisa. Ich hab sie vorhin ganz allein am Büffet stehen sehen.« Bernbachers Stimme duldete keinen Widerspruch.

Das schien auch bei Julian angekommen zu sein. Er warf seinem Großvater einen missbilligenden Blick zu, ehe er, immer noch kochend vor Wut, in die entgegengesetzte Richtung verschwand.

»Da bin ich ja gespannt, in welcher Verfassung er heute Abend in der Probe aufschlägt«, seufzte Armin Weingartner.

»Der beruhigt sich schon wieder«, erwiderte Bernbacher gelassen, nachdem er sich zurück auf die Couch gesetzt hatte. »Ich frage mich allerdings, was der Marcel hier zu suchen hat und wie lange dieser Kleinkrieg noch weitergehen soll.«

»Er ist mit seinem Onkel gekommen«, warf Cornelius ein. »Frau Leitner und ich sind den beiden auf dem Parkplatz begegnet.«

»Diese ganze Rehberg-Sippschaft geht mir so auf die Nerven.« Weingartner senkte verschwörerisch die Stimme. »Ihnen kann ich es ja erzählen.«

Cornelius wehrte mit einer verlegenen Geste ab.

»Marcel wollte unbedingt erster Vortänzer werden. Weiß der Geier, wie er auf diese Idee gekommen ist. Sebastian, Julian, Simon, Michael und die anderen sind immer da, wenn die Sportvereine sie brauchen. Skifreizeit, Sportabzeichen, Tennismeisterschaft, die Langlaufloipe, das macht sich alles nicht von allein. Aber die Vereinsarbeit hat den Marcel nie interessiert. Sein Onkel meinte dann tatsächlich, mit ein paar Geldscheinen winken zu müssen. Da war bei mir erst recht der Ofen aus.« Weingartner ließ sich sein Sektglas von einem Kellner auffüllen und trank es mit einem Zug bis zur Hälfte aus. »Zumal sich Marcels tänzerisches Können sichtbar in Grenzen hält«, fügte er nicht ohne Genugtuung hinzu.

Cornelius wollte Anna Leitner nicht verraten und erzählte deshalb nicht, was er von ihr über Marcel Rehberg erfahren hatte.

»Was mich am meisten an der ganzen Sache ärgert, ist, dass dieses verzogene Früchtchen seitdem jeden schlecht macht, der etwas mit dem Schäfflertanz zu tun hat«, fuhr Armin Weingartner fort.

»Das stimmt. Vor allem auf den Michi hat er es abgesehen«, warf Bernbacher mit grimmiger Miene ein.

»Wegen der Schwarzarbeit?«, fragte Cornelius.

Michael Graf hatte ihm im Vorjahr davon erzählt und er hatte den jungen Handwerker schließlich überzeugen können, ein umfangreiches Geständnis bei der Polizei abzulegen.

Bernbacher nickte. »Das hat sich natürlich wie ein Lauffeuer herumgesprochen. Es stimmt schon: Ein Schäffler sollte eigentlich einen tadellosen Lebenslauf haben. Aber ich kenne die Grafs seit vielen Jahren. Michis Vater hat damals als Lehrling bei uns im Sägewerk angefangen. Der Michi ist ein prima Kerl, der einmal, ein einziges Mal, eine große Dummheit begangen hat.«

»Du hast dich für den Buben ganz schön ins Zeug gelegt«, sagte Weingartner. »Nicht jeder im Schäfflerausschuss wollte ihn anfangs wieder dabei haben. Aber er ist ein hervorragender Tänzer und außerdem mit der unleidigen Geschichte schon genug gestraft. Da muss man nicht auch noch ständig nachtreten. Ich hab es bis heute nicht bereut, dass wir uns *für* den Michi entschieden haben. Und erst recht nicht, für Julian als ersten Vortänzer.«

»Marcel Rehberg sieht das offenbar anders«, murmelte Cornelius und musste unfreiwillig an den blutigen Fund vom Vorabend denken.

---

»Wenn ich den das nächste Mal erwisch, brech ich ihm alle Knochen«, stieß Michael Graf hervor.

»Dabei helfe ich dir gerne«, murmelte Simon.

»Hört sofort mit diesem Schmarrn auf«, zischte Tanja Rohrbach. »Das hilft Valentina auch nicht. Und ich hab keine Lust, dich im Gefängnis zu besuchen.«

»Aber ich kann doch nicht …«

»Pst, da ist Julians Mutter«, unterbrach ihn Simon.

Dorothee Bernbacher kam geradewegs auf sie zugesteuert. Ihr Blick verhieß nichts Gutes. Simon nahm hastig einen Schluck aus seinem Sektglas und versuchte, einen neutralen Gesichtsausdruck zu wahren.

»Gab es hier gerade irgendwelche Unstimmigkeiten?«, fragte sie und sah prüfend zwischen Michael und Simon hin und her.

»Unstimmigkeiten?«, echote Simon. »Nein, hier ist alles in Ordnung. Coole Party übrigens.« Mit einem, wie er hoffte, überzeugenden Lächeln prostete er Dorothee Bernbacher zu.

Ihre linke Augenbraue zuckte. »Danke«, erwiderte sie gedehnt. »Wo ist Julian eigentlich? Ich dachte, er wäre hier bei euch.«

Simon tat so, als würde er unter dem Tisch nach Julian suchen. »Also, hier ist er nicht.«

Dorothee Bernbacher zwang sich ein kleines Lächeln heraus, das ihre Augen jedoch nicht erreichte. »Vielen Dank, Simon. Das sehe ich selbst.«

Dann drehte sie sich kommentarlos um und ging weiter.

»Die Alte könnte sich echt etwas entspannen«, murmelte Simon. »Julian hier, Julian da. Er ist doch kein Baby mehr. Ich an seiner Stelle wäre schon längst ausgezogen.«

Michael nickte. »Ich auch.«

Tanja schüttelte den Kopf. »Ihr beide redet euch leicht. Wisst ihr eigentlich, wie jung sie Witwe geworden ist? Sie hat Julian schließlich ganz allein großziehen müssen. Und dazu noch die Verantwortung für die Firma übernommen.«

»Sie will es doch nicht anders«, sagte Michael Graf. »Apropos Alter: Weiß eigentlich jemand, wie alt sie heute wird?«

Simon Bauer grinste. »Das brauchst sie nicht fragen. Die feiert doch seit mindestens zehn Jahren ihren vierzigsten.«

Tanja hakte sich bei ihrem Freund unter. »Lasst uns ans Büffet gehen, bevor wir noch endgültig bei ihr in Ungnade fallen.«

Simon stellte sein Glas auf den Tisch. »Das lasse ich mir nicht zweimal sagen. Ich hab übrigens den Seidel im Foyer rumlaufen sehen. Sollen wir ihm wegen gestern Abend ein bisschen auf den Zahn fühlen?«

»Du fühlst niemandem auf den Zahn«, erwiderte Tanja, ehe Michael Graf antworten konnte. »Sonst haben wir beide bald ein ernstes Problem.«

Simon sah grimmig in Richtung Büffet. »Ich würde ja schon gerne wissen, ob er mit der Sauerei irgendetwas zu tun hat. Ich schau mich mal nach ihm um.«

»Aber sieh zu, dass Julian nichts davon mitbekommt«, sagte Michael. »Ich glaube, er hat den Seidel noch gar nicht gesehen.«

»Wo warst du eigentlich vorhin die ganze Zeit?«, fragte er Simon beim Hinausgehen.

»Ich … musste noch kurz etwas erledigen«, sagte Simon rasch und war froh, als Michael keine weiteren Fragen stellte.

----

»Was ist denn heute los mit dir?« Sanft strich Lisa Mühlfellner über Julians Wange. »Du bist schon den ganzen Tag so komisch.«

Julian war wutentbrannt ins Foyer gestürmt, hatte zwei Gläser Sekt hinuntergestürzt, ehe er mit einem dritten Glas in der Hand an ihr vorbei in den Garderobenraum gerannt war, wo er sich schließlich schwer atmend gegen die Wand gelehnt hatte. So standen sie seit nunmehr zehn Minuten.

»Schmarrn. Ich bin nicht komisch«, sagte er unwirsch.

»Doch. Seit heute Morgen bist du hypernervös und kurz angebunden. Außerdem siehst du echt nicht gut aus.«

»Vielen Dank.«

»So war das doch nicht gemeint. Ich mach mir doch nur Sorgen um dich. Seit wann schüttest du eigentlich ein Glas nach dem anderen in dich hinein?«

»Mir geht diese ganze Feier einfach furchtbar auf die Nerven. Den ganzen Tag Hände schütteln und grinsen hält doch kein normaler Mensch aus. Und den Rehberg brauche ich jetzt auch wie einen Kropf.«

Alarmiert sah Lisa ihn an. »Marcel? Ist der etwa hier?«

»Ja.« Mit einem lauten Knall stellte Julian das Sektglas auf den Garderobentisch und verschränkte die Arme vor der Brust.

Lisa betrachtete ihn eine Weile schweigend. »Kann es sein, dass nicht Marcel und auch nicht die Geburtstagsfeier der Grund für deine schlechte Laune sind, sondern du wegen dem Schäfflertanz so nervös bist?«, fragte sie vorsichtig.

»Nein. Ja. Kann sein. Was weiß denn ich«, stieß Julian hervor.

Lisa zog ihn vorsichtig an sich. »Lampenfieber ist doch nichts, wofür man sich schämen muss. Das gehört dazu. Ich bin mir sicher, wenn ihr Freitagmittag vor dem Rathaus steht, wird alles gut gehen.«

Ein kleines Lächeln huschte über sein Gesicht. »Wenn du das sagst …«

»Ich weiß es einfach«, flüsterte sie und küsste ihn.

»Lässt du mich noch kurz allein? Nur fünf Minuten, dann komm ich zu dir und den anderen.«

Lisa nickte. »Okay. Aber das hier nehme ich mit«, sagte sie und griff nach dem Sektglas.

Julian wartete, bis Lisa durch die Tür zum Foyer verschwunden war, und ging dann langsam Richtung Toiletten. Prüfend öffnete er die Tür zur Herrentoilette. Er war allein. Endlich. Er wollte jetzt niemanden sehen und mit niemandem sprechen. Auch mit Lisa nicht.

Aus dem Spiegel im Waschraum sah ihm ein blasses Gesicht mit dunklen Augenringen entgegen. Das unvorteilhafte Licht aus den beiden Neonröhren verstärkte den Eindruck nur noch. Dass seine Mutter bis jetzt nichts bemerkt hatte, war nur der beispiellosen Hektik zu verdanken, die seit den frühen Morgenstunden in ihrem Haus geherrscht hatte. Ihre bohrenden Fragen brauchte er jetzt noch weniger als Marcel Rehbergs unverhofftes Auftauchen.

Lisa hat recht, dachte Julian und schloss die Tür der hintersten Kabine ab. Er war komisch. Aber das hatte nichts mit dem Schäfflertanz und seinem Lampenfieber zu tun.

Mit zitternden Händen tastete er in seiner Hosentasche nach dem Brief, den er schon den ganzen Tag mit sich herumtrug. Wie ein Stück Blei fühlte er sich an. Der Brief war an ihn adressiert gewesen. Sein Inhalt: eine selbst gebastelte Todesanzeige, *seine* Todesanzeige. Nur das Todesdatum hatte man offen gelassen. Stattdessen stand »Früher als du denkst« hinter dem kleinen Kreuz.

Noch während er auf die wenigen Zeilen starrte, verschwamm der Text plötzlich vor Julians Augen. Seine Ohren fingen zu summen an und er spürte, wie ihm übel wurde. Würgend und hustend beugte er sich über die Toilette. Außer dem Sekt und zwei Kanapees hatte er den ganzen Tag nichts hinuntergebracht. Trotzdem krampfte sich sein Magen schmerzhaft zusammen und für einen kurzen Moment hatte er das Gefühl, seine Knie knickten ein.

Zitternd tastete er nach dem Toilettenpapier. Als er auf den Spülknopf drückte, hörte er, wie die Tür zum Waschraum geöffnet wurde. Irgendjemand hatte die Toilette betreten. Obwohl das Wasser durch den Spülkasten rauschte, war Julian sich sicher, dass die andere Person in keine Kabine gegangen, sondern im Vorraum stehen geblieben war.

»Hallo?«, fragte er heiser.

Er erhielt keine Antwort. Vorsichtig richtete er sich auf. Sein Rücken schmerzte und sein Hals fühlte sich rau an. Das Rauschen der Spülung wurde allmählich leiser und verstummte schließlich ganz. Im Vorraum war es vollkommen still. Dennoch spürte Julian, dass er nicht allein war. Mit zittrigen Händen griff er zum Türentriegler, beschloss dann aber, in der Kabine zu bleiben. Noch immer gab sich die Person im Waschraum nicht zu erkennen.

Er hielt den Atem an.

Auf einmal waren Schritte zu hören. Jemand ging langsam über den Fliesenboden und blieb direkt vor seiner Kabine stehen.

Julian schlug das Herz bis zum Hals …

130

# Kapitel 13

Kontrollier noch einmal das Büffet«, sagte Alfons Bichler und scheuchte Peter Seidel ungeduldig vor sich her. »Eine der Käseplatten muss auf alle Fälle ausgetauscht werden.«

Sie hatten die kleine Teeküche, die sich neben den Konferenzräumen befand, in Beschlag genommen und unermüdlich Platten nach draußen getragen. Doch jedes Mal, wenn Peter gehofft hatte, eine kurze Pause einlegen und sich im Gebäude umsehen zu können, kam Bichler mit einer neuen Aufgabe an. Enttäuscht hatte Peter gleich nach ihrer Ankunft feststellen müssen, dass der Geburtstagsempfang nicht im Wohnhaus der Bernbachers stattfand, sondern im Wintergarten, der die Rückseite des Verwaltungsgebäudes bildete. Julian selbst hatte er bisher nur ein paar Sekunden gesehen. Er hatte hektisch zwei Gläser Sekt hintereinander geleert und war dann mit Lisa im Schlepptau Richtung Garderobenraum verschwunden. Lisa war kurze Zeit später zurückgekommen – allein.

Peter stellte die fast leere Käseplatte in der Teeküche ab. Sein Chef unterhielt sich gerade mit Dorothee Bernbacher, die offenbar mit irgendetwas nicht zufrieden war. Umso besser, dann würde Bichler die nächsten Minuten abgelenkt sein.

Auf Zehenspitzen schlich Peter aus der Küche. Lisa wartete noch immer im Foyer. In diesem Moment kam Simon Bauer aus dem Wintergarten und steuerte das Büffet an. Als er Peter entdeckte, verfinsterte sich seine Miene und er legte den Teller, den er schon in der Hand hatte, wieder zurück auf den Stapel.

Plötzlich hörte der Pianist zu spielen auf und irgendjemand klopfte gegen sein Sektglas. Offenbar sollte gleich eine Rede zu Ehren der Gastgeberin gehalten werden. Zwei Kellner eilten mit vollbeladenen Tabletts an Simon und Lisa vorbei.

»Kommst du mit zu den anderen?«, fragte Lisa lächelnd und ging einen Schritt auf ihn zu. »Mit Julian ist gerade nicht so viel anzufangen.«

Simon zögerte und blickte über ihre Schulter hinweg an die Stelle, wo Peter Seidel soeben noch gestanden hatte. Doch der Platz war leer.

---

»Kannst du mir mal sagen, was dein Auftritt gerade sollte?«, herrschte Benedikt Rehberg seinen Neffen an.

Während seines Gesprächs mit dem Bürgermeister hatte Rehberg aus den Augenwinkeln verfolgt, was sich keine zehn Meter von ihm entfernt zusammengebraut hatte. Zu seinem großen Missfallen war er nicht der Einzige, der von Marcels Streitereien etwas mitbekommen hatte. Mehr als einmal begegnete er an den anderen Tischen vorwurfsvollen Blicken und verständnislosem Kopfschütteln.

Schließlich hatte er sich beim Bürgermeister entschuldigt und war seinem Neffen hinterhergeeilt. Jetzt stand Marcel rauchend vor dem Eingang zum Verwaltungsgebäude und sah seinen Onkel finster an.

»Was kann ich dafür, wenn dieser Vollpfosten mir eine reinhauen will.«

»Du wirst schon das Entsprechende gesagt haben. Kannst du Julian und die anderen nicht endlich einmal in Ruhe lassen? Die Leute reden doch schon über uns.«

Marcel musterte ihn abfällig. »Das ist deine größte Sorge, nicht wahr? Dass diese Dorftrottel schlecht von dir reden.«

»Nicht in diesem Ton«, rief Benedikt Rehberg und das unangenehme Pochen machte sich wieder in seiner rechten Schläfe bemerkbar.

»Dann halt nicht«, murmelte Marcel und drängte sich an ihm vorbei.

Doch Benedikt Rehberg hielt ihn am Arm fest. »Du gehst nicht mehr zurück. Wir fahren jetzt nach Hause. Ich hole unsere Mäntel und solange wartest du hier.«

Marcel schmiss die Zigarettenkippe in den Schnee. »Du glaubst doch wohl nicht im Ernst, ich bleibe hier draußen in der Kälte stehen.«

»Dann holst du die Mäntel. Aber in zwei Minuten bist du zu-

rück. Andernfalls kannst du sofort deine Sachen packen und ausziehen.«

»Auf die Toilette werd ich aber wohl noch gehen dürfen?«

---

Valentina stand am Büffet und betrachtete das Sammelsurium an
Leckereien, das kunstvoll auf Silberplatten und Etageren drapiert
war. Obwohl alles sehr einladend wirkte, verspürte sie keinen Ap-
petit.

Ihre Anwesenheit auf diesem Empfang war eine riesengroße
Schnapsidee gewesen. Für einen Moment hatte sie tatsächlich geglaubt, es würde ihr guttun, nach der langen Zeit wieder unter Leute zu gehen und für ein paar Stunden abgelenkt zu sein. Vor allem
aber hatte sie Simon nicht enttäuschen wollen. Simon, der alles tat,
um ihr das Leben erträglicher zu machen, und dabei tapfer seinen
eigenen Kummer und seine Verzweiflung hinunterschluckte.

Doch von dem Moment an, in dem sie aus Simons Auto gestiegen war, hatte sie alles furchtbar angestrengt. Eine bleierne Müdigkeit begann sich in ihr auszubreiten und ihr Kopf schmerzte so
stark, dass sie jede einzelne Haarwurzel zu spüren glaubte. Jetzt
wünschte sie sich nur weit weg von all den Leuten, ihren neugierigen Blicken und dem Lärm, den ihre Stimmen und ihr Gelächter
verursachten. Zurück in ihr Zimmer, wo sie sich unter die Bett-
decke verkriechen, alles ausblenden und ihre Ruhe haben konnte.

»Soll ich dich nach Hause bringen?«

Obwohl sie wusste, dass sie Sebastian nicht täuschen konnte,
rang sie sich ein kleines Lächeln ab. »Nein, alles gut. Es ist nur ein
bisschen viel auf einmal.«

Wenn es einen Menschen gab, mit dem sich Valentina gerne
unterhalten hätte, dann Sebastian. Es gab so vieles, was sie ihm erzählen und erklären wollte, Missverständnisse, die es endlich aus
dem Weg zu räumen galt, aber ihre Lippen waren wie vernagelt.

Während sie schweigend ihre Sektgläser in den Händen hielten,
hatte sie immer wieder seine fragenden Blicke gespürt. Irgendwann hatte sie vorgeschlagen, an das Büffet zu gehen, nur um irgendetwas zu sagen und das Schweigen zwischen ihnen für einen
kurzen Moment zu brechen.

Jetzt standen sie beide vor dem Büffet und wieder begann sich eine lähmende Stille auszubreiten. Außer ihnen war nur noch ein Gast im Foyer. Die anderen ließen gerade Dorothee Bernbacher mit einem Ständchen hochleben. Valentina war froh, jetzt nicht Teil dieses Trubels sein zu müssen.

»Ich schau mal, wo Simon ist.«

Valentina hielt Sebastian am Arm fest. »Nein. Lass ihn ruhig ein bisschen Spaß haben. Ich bin froh, wenn er nicht die ganze Zeit um mich herumschwirrt.«

Der Gast, der sich zuvor mit Anna Leitner unterhalten hatte, bediente sich einige Meter von ihnen entfernt am Dessertbüffet.

»Weißt du, wer das ist?«, fragte sie leise.

Sebastian folgte ihrem Blick. »Das ist ein Professor aus München. Cornelius heißt er, glaub ich. Er wohnt bei Anna in der Pension.« Nervös drehte er den Teller in seiner Hand. »Möchtest … möchtest du auch etwas essen?«

Stumm schüttelte Valentina den Kopf.

Sie musste sich auf einmal sehr zusammenreißen, um nicht in Tränen auszubrechen. Ihre Finger krampften sich um den Tellerrand, doch irgendetwas in Sebastians Blick hinderte sie daran, sich umzudrehen und wegzulaufen. Sekundenlang sahen sie sich einfach nur an.

»Was ich im Krankenhaus gesagt hab …«

»Wegen dem Abend damals …«

Sie hatten gleichzeitig zu sprechen begonnen.

Sebastian schluckte. »Du zuerst.«

Valentina klammerte sich noch immer an ihrem Teller fest. »Nein, du.«

»Okay«, flüsterte er. »Also, an dem Abend, als du …«

Mitten im Satz hielt er inne und holte tief Luft.

»Riechst du das auch?«

Valentina sah ihn irritiert an. »Nein, was …?«

Sebastian atmete noch einmal tief ein. »Hier brennt doch etwas.«

Jetzt nahm auch Valentina einen schwachen Brandgeruch wahr. »Du hast recht. Wahrscheinlich haben sie in der Küche etwas anbrennen lassen.« Sie zögerte kurz. »Aber die kochen hier doch gar nichts.«

Sebastian schüttelte den Kopf. »Das kommt nicht aus der Küche.«

Hektisch wandte er sich um und rannte dann am Büffet entlang. »Hier ist auch nichts.«

Auch der Professor aus München schien etwas bemerkt zu haben, denn er hob rümpfend die Nase und sah fragend in ihre Richtung.

»Das kommt aus dem Garderobenraum!«, rief Sebastian in diesem Moment und schob sich an Valentina vorbei.

Er stürmte zur Tür und riss sie auf. Doch außer unzähligen Wintermänteln und Jacken, die sauber aufgereiht an mehreren Garderobenständern hingen, war nichts zu erkennen. Trotzdem wurde der Brandgeruch immer durchdringender und der ganze Raum war wie von einer feinen Nebelschicht durchzogen.

In diesem Moment entdeckte Sebastian die Rauchschwaden, die unter der Tür, die zu den Herrentoiletten führte, hervorquollen. Und jetzt hörte er auch eine Stimme. Leise und undeutlich, aber sie kam eindeutig aus der Toilette.

»Wir brauchen einen Feuerlöscher. Auf der Toilette brennt es!«, schrie er.

»Kann ich irgendwie helfen?«

Der Professor aus München war plötzlich neben Valentina aufgetaucht, die immer noch mit angstgeweiteten Augen im Türrahmen stand und sich nicht von der Stelle rührte. Wie eine Statue schien sie regelrecht mit dem Boden verhaftet zu sein.

»Los, Valentina, beweg dich«, brüllte Sebastian. »Da ist noch jemand drin.«

In diesem Augenblick ging ein Ruck durch ihren Körper. »Feuerlöscher, ja natürlich«, murmelte sie und eilte davon.

»Was haben Sie vor?«, rief Cornelius.

Sebastian drängte sich an ihm vorbei. Am Büffet schnappte er sich eine Stoffserviette, tauchte sie in das Schmelzwasser der Eiswürfelschüssel und hielt sich das nasse Tuch schützend vor Mund und Nase.

Entgeistert starrte Cornelius ihn an. »Sie wollen doch nicht etwa dort hinein? Das ist viel zu gefährlich.«

»Aber da ist noch jemand drin.«

Ehe Cornelius reagieren konnte, rannte Sebastian durch den Garderobenraum direkt zu den Herrentoiletten. Der Rauch kam jetzt in immer dichteren Schwaden unter der Tür hervor und hatte bereits den gesamten Vorraum vernebelt.

Cornelius warf einen Blick zu den geschlossenen Türen des Wintergartens, hinter denen man Dorothee Bernbacher gerade noch einmal lauthals hochleben ließ. Offenbar hatte dort bisher niemand den Brand bemerkt.

Und wo blieb Valentina? Cornelius war sich nicht sicher, ob die verängstigte junge Frau es schaffte, einen Feuerlöscher aufzutreiben. Sollte er einfach in den Wintergarten laufen und laut um Hilfe rufen? Aber irgendetwas hielt ihn davon ab, seine Stellung hier aufzugeben.

Sebastian zögerte nicht lange und riss mit einem Ruck die Tür zur Herrentoilette auf. Dichter Qualm strömte ihm entgegen und Sebastians Augen fingen sofort zu tränen an. Trotzdem stürzte er sich, das wassergetränkte Tuch vor Mund und Nase gepresst, in die grau-weiße Wand, die sich vor ihm auftürmte.

Er brauchte einige Sekunden, bis er sich zurechtfand und den Brandherd entdeckte. Die Flammen schossen aus dem Metalleimer für die gebrauchten Papierhandtücher, der neben den Waschbecken an der weiß gefliesten Wand befestigt war. Er war bereits zur Hälfte geschmolzen und hatte eine groteske Form angenommen. Der Brandgeruch wurde immer stechender.

»Hallo! Ist da wer?«

Die Antwort kam zusammen mit einem erstickten Husten aus der letzten Kabine.

»Ich bin hier!«

Sebastian spürte Panik aufsteigen.

»Julian?«

Er lief die Reihe der Toilettenkabinen entlang, bis er vor dem letzten Abteil stand. Verzweifelt rüttelte er am Türgriff, doch die Tür war fest verschlossen.

»Julian, ich bin es, Basti! Sperr die Tür auf!«

Erneut drang lautes Husten aus der Toilettenkabine.

»Es … es geht nicht«, rief Julian. »Irgendetwas klemmt.«

Da der Waschraum durch einen kleinen Mauervorsprung von

den Toiletten abgetrennt war, hatte sich der Rauch im hinteren Bereich nicht so stark ausgebreitet, wie Sebastian zuerst befürchtet hatte. Trotzdem wurde es höchste Zeit, Julian aus seiner prekären Lage zu befreien.

Der Türgriff und die Verkleidung des Schlosses waren aus grünem Plastik und sahen nicht sehr stabil aus.

»Geh zur Seite, Julian!«, brüllte er.

Aus der Kabine kam keine Antwort.

»Hast du mich verstanden, Julian? Du sollst zur Seite gehen.«

Außer einem erstickten Röcheln war nichts zu hören. Sebastian schickte ein kurzes Stoßgebet zum Himmel. Wenn Julian jetzt ohnmächtig geworden war und direkt vor der Tür lag, saß er in der Falle.

Er zögerte den Bruchteil einer Sekunde, ehe er mit seinem rechten Fuß gegen die Tür trat. Nichts bewegte sich. Sebastian trat erneut mit voller Wucht dagegen. Es krachte und wie in Zeitlupe schwang die Tür nach innen auf.

»Los, raus hier.«

Sebastian stürzte in die Kabine, packte Julian, der sich an die Wand neben den Spülkasten gepresst hatte, am Handgelenk und zog ihn hinter sich her.

»Hier, nimm das.« Hastig reichte er ihm seinen provisorischen Mundschutz.

Julian zögerte, doch Sebastian drückte ihm das feuchte Tuch einfach in die Hand. »Nimm es!«

Er selbst hielt sich schützend den Unterarm vor das Gesicht und zerrte Julian hinter sich her Richtung Tür.

Seine Lungenflügel brannten und seine Augen tränten so stark, dass er sie einen Moment schließen musste. Er geriet ins Straucheln und wäre beinahe gestolpert. Durch den dichten Qualm war die Tür zum Garderobenraum nur schemenhaft zu erkennen. Sebastian glaubte Stimmen zu hören. Seine Finger klammerten sich um Julians Handgelenk und er rannte einfach weiter. An der Türschwelle wären er und Julian fast mit Simon kollidiert, der einen Feuerlöscher trug und sie geistesgegenwärtig nach draußen zog.

Das Licht der Deckenlampen im Garderobenraum kam Sebastian gleißend hell vor. Seine Augen schmerzten und für einen kurzen Augenblick hatte er Angst einzuatmen. Doch die Luft, die er dann einsog, war nicht mehr von beißendem Qualm durchsetzt, sondern frisch und kalt. Hinter ihm ertönte ein lautes Zischen. Aber bevor er sich umdrehen konnte, spürte er, wie seine Knie nachgaben und es um ihn herum dunkel wurde.

———————

Cornelius konnte Sebastian gerade noch auffangen. Vorsichtig und unter dem Gewicht des jungen Mannes schnaufend setzte er ihn auf dem Fußboden ab. Julian hatte sich erschöpft gegen die Wand gelehnt. Er war kalkweiß im Gesicht und atmete schwer.

Durch die geöffnete Toilettentür drang das zischende Geräusch eines Feuerlöschers. Cornelius erhaschte einen Blick auf Simon Bauer, der den weißen Schaum stoßweise in den Abfalleimer sprühte.

Keine zwei Minuten nachdem Sebastian in der qualmenden Toilette verschwunden war, war Valentina nicht nur mit einem Feuerlöscher, sondern auch mit ihrem Bruder im Schlepptau aufgetaucht. Simon hatte nicht lange gezögert und war, Cornelius' Warnung ignorierend, direkt in den Waschraum gerannt.

Jetzt stolperte er hustend aus der Toilette.

»Alles in Ordnung. Der Brand ist gelöscht«, sagte er und riss auch das zweite Fenster des Garderobenraums weit auf. Klare, kalte Winterluft strömte herein.

Cornelius schlug Sebastian ein paarmal kräftig auf die Wangen und es dauerte nicht lange, bis der junge Mann wieder zu sich kam.

»Was … was ist passiert?«, stammelte er.

Noch immer war er sehr blass.

»Sie waren kurzzeitig ohnmächtig. Wir sollten auf alle Fälle einen Arzt rufen«, sagte Cornelius.

»Dr. Brandl ist vorne im Pavillon. Ich hol ihn«, rief Simon und rannte los.

Valentina kniete sich neben Julian und Sebastian. »Was war denn da drinnen los?«

Fast gleichzeitig richteten sich drei Augenpaare auf Julian, der bisher kein Wort gesagt hatte.

»Ich weiß es nicht. Ich war auf der Toilette und plötzlich roch es nach Rauch«, stieß er heiser hervor.

»Waren Sie allein?«, wollte Cornelius wissen.

Julian zögerte den Bruchteil einer Sekunde. »J-ja. Irgendjemand muss zuvor seine Zigarette in den Abfalleimer geworfen haben«.

»Aber hier ist überall Rauchverbot«, wandte Valentina ein.

»Ja, und? Jemand wird draußen geraucht haben und hat seine Kippe dann im Mülleimer entsorgt.«

»Ich hätte sie einfach in den Schnee geworfen«, murmelte Valentina.

»Was willst du damit sagen?«, fragte Julian keuchend.

»Nichts. Ich dachte doch nur ...«

»Und warum hast du die Tür nicht aufgemacht?«, unterbrach Sebastian sie.

»Das hab ich dir doch gesagt. Es ging nicht. Irgendwie hat das Schloss geklemmt.«

»Wie geklemmt?«, frage Valentina.

»Ja, geklemmt halt. Der Türentriegler ließ sich nicht mehr bewegen. Ich hab's ja dauernd versucht, aber es ging nicht.«

»Und warum hast du mich nicht vom Handy aus angerufen?«

»Weil es oben in meinem Zimmer liegt. Du weißt doch, wie allergisch meine Mutter darauf reagiert. Soll das jetzt ein Verhör werden?«

»Jetzt beruhigen Sie sich alle wieder«, schaltete Cornelius sich ein. »Es ist ja zum Glück nichts Schlimmeres passiert.«

Einen Augenblick herrschte tatsächlich Ruhe.

Valentina sah stirnrunzelnd zwischen den beiden jungen Männern hin und her.

»Da stimmt doch etwas nicht«, begann sie nach kurzem Zögern. »Erst die tote Ratte auf Julians Auto, jetzt brennt es auf der Toilette, während du ...«

»Woher weißt du von der toten Ratte?«, krächzte Julian.

Sein Blick wanderte weiter zu Cornelius, doch der hob nur abwehrend die Hände.

»Simon hat es uns erzählt«, sagte Sebastian leise. »Er hat sich nach gestern Abend einfach Sorgen um dich gemacht.«

»Um mich muss sich niemand Sorgen machen«, stieß Julian hervor. »Und jetzt hört endlich mit diesem Schmarrn auf, bevor meine Mutter noch etwas mitbekommt.«

In diesem Moment näherten sich eilige Schritte aus dem Foyer und Simon Bauer sowie ein Mann Ende vierzig, der sich knapp als Dr. Brandl vorstellte, betraten den Garderobenraum. Der Arzt kniete sich neben Julian auf den Boden.

Cornelius erhob sich und trat an eines der geöffneten Fenster. Dort atmete er tief ein und aus. Noch immer hing ein schwacher Brandgeruch in der Luft. Valentina stellte sich neben ihn. Eiskalte Luft strömte herein und sie strich sich fröstelnd über die Oberarme.

Der Gedanke, der Cornelius schon im Wintergarten gekommen war, kehrte plötzlich zurück. »Wir beide kennen uns, nicht wahr?«

Valentina nickte. »Ja. Ich hab vor zwei Jahren mit meinem Hauptseminar aus Regensburg an einer Projektwoche der Universität München teilgenommen. Sie haben damals die Arbeitsgruppe *Mittelalterliche Geschichte* geleitet.«

»Und Sie haben einen ganz ausgezeichneten Vortrag über die Kindheit im Mittelalter gehalten. Jetzt erinnere ich mich wieder.«

»Damals …« Die junge Frau schluckte einmal, ehe sie ihm die Hand reichte. »Ich bin Valentina Bauer.«

Cornelius nahm die schmale Hand in seine. »Schön, Sie wiederzusehen. Tut mir leid, dass ich Sie nicht sofort erkannt habe.«

»Das macht nichts. Es … es ist ja auch viel Zeit vergangen.«

Zeit, die vor allem bei Valentina Bauer ihre Spuren hinterlassen hatte, dachte Cornelius und versuchte, sein Gegenüber nicht zu neugierig zu mustern.

Er hatte sie als engagierte Vortragerin in Erinnerung, von der der Regensburger Kollege nur Gutes zu berichten wusste. Jetzt stand eine schmale und blasse Frau neben ihm, die nervös mit ihren Händen spielte und sich immer wieder umsah, als fürchtete sie die Blicke der anderen.

»Und dann begegnen wir uns ausgerechnet hier in Neukirchen«, sagte Cornelius.

In diesem Augenblick stürmte Dorothee Bernbacher an ihnen vorbei.

»Julian«, rief sie panisch und kniete sich neben ihren Sohn auf den Boden. »Was um Himmels willen ist hier passiert?«

»Kommen Sie«, sagte Cornelius leise zu Valentina Bauer. »Lassen Sie uns nach nebenan gehen.«

Vor dem Garderobenraum hatte sich bereits ein kleiner Menschenauflauf gebildet, den Simon Bauer jedoch energisch abwehrte.

»Hier gibt es nichts zu sehen. Nur ein brennender Abfalleimer.«

»Herr Bauer hat recht«, sagte Cornelius laut, während er sich und Valentina den Weg zurück in das Foyer bahnte. »Eine Zigarette hat den Abfalleimer auf der Herrentoilette in Brand gesetzt. Aber jetzt ist alles wieder in Ordnung.«

Seine Augen begegneten denen Valentinas und er wusste, dass sie in diesem Moment von seinen Worten genauso wenig überzeugt war wie er selbst.

---

»Da bist du ja endlich«, rief Benedikt Rehberg. »Warum hat das denn so lange gedauert?«

Wortlos reichte ihm Marcel seinen Mantel, lief um den Porsche herum und stellte sich neben die Beifahrertür. »Kannst du nicht aufsperren? Mir ist kalt.«

»Du kannst auch zu Fuß nach Hause gehen. Vielleicht lernst du dann endlich einmal, dich anständig zu benehmen.« Rehberg schlüpfte in seinen Mantel. »Heute bist du eindeutig zu weit gegangen. Diesen Nachmittag werde ich nicht so schnell vergessen.« Wütend startete er den Motor.

»Da bist du nicht der Einzige«, murmelte Marcel Rehberg, ehe er sich abwandte, um scheinbar interessiert die schneebedeckte Landschaft zu betrachten.

# Kapitel 14

W as für ein Tag«, entfuhr es Cornelius, ehe er sich erschöpft auf das Sofa seines Gästezimmers fallen ließ.

Kurze Zeit später klopfte es an der Tür und Anna streckte ihren Kopf herein. »Herr Bernbacher hat gerade angerufen. Schöne Grüße und ich soll Ihnen ausrichten, mit Julian und Sebastian ist alles in Ordnung.«

Dorothee Bernbacher hatte entgegen der Einschätzung von Dr. Brandl darauf bestanden, die beiden in die Notaufnahme des Landshuter Klinikums zu fahren. Julians ebenso lautstarker wie vergeblicher Protest war bis in das Foyer zu hören gewesen, in das sich Cornelius mit Valentina zurückgezogen hatte. Dem Getuschel der anderen Gäste war zu entnehmen, dass Mutter und Sohn nicht das erste Mal unterschiedlicher Meinung waren und sich Dorothee Bernbacher schließlich durchsetzte.

Allerdings kam Julian in diesem Moment nicht nur die Altenberger Stadtkapelle zu Hilfe, deren Mitglieder sich im Wintergarten versammelt hatten, um Dorothee Bernbacher ein Ständchen zu spielen, sondern auch die Ankunft des Präsidenten der Handwerkskammer, der seine Glückwünsche zum Geburtstag der Firmenchefin in diesem speziellen Fall persönlich übermitteln wollte.

Während Dorothee Bernbacher noch zwischen mütterlicher Fürsorge und unternehmerischen Pflichten schwankte, erlöste sie Armin Weingartner aus dem Dilemma, indem er sich kurzerhand anbot, die Fahrt nach Landshut zu übernehmen. Julians Erleichterung war nicht zu übersehen. Nur mit Mühe hatte er danach eine völlig aufgelöste Lisa Mühlfellner davon überzeugen können, bei seiner Mutter in Neukirchen zu bleiben. Valentina hatte es sich jedoch zu Cornelius' Erstaunen nicht ausreden lassen, das Trio zu begleiten.

»Wenn sich jemand im Landshuter Klinikum auskennt, dann ja wohl ich«, hatte sie kurz und knapp erklärt und dabei den giftigen Blick, mit dem Julians Freundin ihre Aussage quittierte, ebenso wie die Einwände ihres Bruders geflissentlich ignoriert.

»Geht es Herrn Bernbacher denn auch wieder besser?«, wollte Cornelius wissen.

Anna lächelte. »Ja, alles gut. Es war einfach ein bisschen viel für den Josef.«

Auf dem Weg zurück in den Pavillon war Cornelius auf Josef Bernbacher getroffen. Den alten Mann hatte man in der Aufregung um den Brand und den hohen Besuch aus Landshut vollkommen vergessen. Er zitterte am ganzen Körper und war so blass, dass Cornelius sofort Dr. Brandl herbeiholte. Aber erst nachdem Bernbacher sich selbst ein Bild der Lage gemacht und mit Julian und Sebastian gesprochen hatte, konnte der Hausarzt ihn überreden, sich vom allgemeinen Trubel zurückzuziehen und ein leichtes Beruhigungsmittel zu nehmen.

Anna und Cornelius hatten Josef Bernbacher zum Wohnhaus begleitet, wo Anna ihn fürsorglich auf das Sofa im Wohnzimmer gebettet hatte, ehe auch sie den Heimweg antraten.

»Brauchen Sie noch etwas, Herr Professor?«, fragte Anna jetzt.

»Nein, vielen Dank. Ich werde mit meiner Frau telefonieren und dann ins Bett gehen. Gute Nacht, Frau Leitner.«

»Gute Nacht. Und grüßen Sie Ihre Frau von mir.«

Gedankenverloren betrachtete Cornelius das Display des Mobiltelefons. Ob in Kitzbühel an diesem Tag nur annähernd so viel passiert war wie in Neukirchen? Aber das würde er gleich erfahren.

»Ramona?«, fragte er vorsichtig, nachdem er von einem rasselnden Husten am anderen Ende der Leitung begrüßt wurde.

»Ja, ich bin es«, sagte sie matt. »Ich weiß allerdings nicht, wie lange ich, respektive meine Stimmbänder, durchhalten.«

»Was ist denn passiert?«

»Frag nicht«, seufzte sie. »Caroline und ich waren mit einer dieser Pferdekutschen unterwegs und mitten im Wald ist an der Kutsche irgendetwas gebrochen und wir konnten nicht weiterfahren. Und natürlich kein Handynetz weit und breit. Es hat über zwei Stunden gedauert, bis die vom Hotel uns endlich abgeholt haben. Jetzt bin ich krank. Kein Wunder, nachdem ich gestern schon die halbe Nacht im Freien verbracht habe.«

»Du Arme. Soll ich kommen und dich abholen?«

»Nein, nein. Im Hotel haben sie alle ein schlechtes Gewissen und überschlagen sich förmlich in ihrer Fürsorge um uns. Außerdem will ich Caroline nicht allein lassen. Sie hat hohes Fieber und Richard kann sich gerade nicht um sie kümmern, weil er für das Charity-Rennen am Faschingssonntag trainiert.«

»Wofür? Wie schlecht muss es um eine Hilfsorganisation stehen, wenn sie sich gezwungen sieht, zu derartigen Mitteln zu greifen.«

Er hörte seine Frau geräuschvoll einatmen. »Spar dir deinen Sarkasmus. Erzähl mir lieber von deinem Tag in Neukirchen. Ich hoffe, es sind keine weiteren geköpften Ratten aufgetaucht?«

»Nein.«

»Und wie war die Geburtstagsfeier bei dieser Sägewerksbesitzerin?«

Während er von den Geschehnissen des Nachmittags berichtete, bemühte er sich, seiner Stimme keinen zu dramatischen Tonfall zu verleihen. Nachdem er geendet hatte, herrschte ungewohntes Schweigen am anderen Ende der Leitung.

»Ramona?«

»Ich bin noch da. Ich überlege nur gerade, was in deinem Kopf vorgeht.«

»Was soll denn da vorgehen?«

»Das frage ich dich. Du denkst doch, irgendjemand hat es auf den armen Jungen abgesehen, oder?«

»Ich denke gar nichts. Es sind eben nur sehr viele Zufälle auf einmal. Erst diese tote Ratte, dann der Vorfall heute Nachmittag. Und vergangene Woche wäre Julian auch noch beinahe überfahren worden.«

»Tu mir einen Gefallen, Gregor: Wenn du wirklich denkst, der Junge ist in Gefahr, dann geh morgen zur Polizei.«

»Was soll ich denen denn sagen? Bisher gibt es keinerlei Beweise für einen Anschlag«, erwiderte Cornelius.

»Anschlag? Das klingst ja so, als würden Terroristen ihr Unwesen in Neukirchen treiben.« Ramonas Antwort ging nahtlos in lautes Husten über. »Die Beweise wird die Polizei dann schon finden. Dafür ist sie schließlich da. Fang bloß nicht wieder mit dem Kriminalisieren an.«

»Ich kriminalisiere überhaupt nicht«, rief Cornelius empört.

»Das hast du letztes Jahr auch gesagt. Und was ist dabei herausgekommen?«

Ein neuerlicher Hustenanfall seiner Frau ersparte ihm eine Antwort und führte zu einem raschen Ende des Telefonats, wofür Cornelius in diesem Fall gar nicht mal so undankbar war.

---

Neukirchen war zu dieser späten Stunde wie ausgestorben. Die Nacht war sternenklar und die Temperatur auf fast zwanzig Grad unter null gesunken. Eine klirrend kalte Vollmondnacht, in der trotz der schwachen Straßenbeleuchtung mühelos alles zu erkennen war. Die dunkel gekleidete Gestalt zögerte einen Augenblick, beschloss dann aber, ohne Taschenlampe weiterzugehen, und steckte sie rasch in ihre Jackentasche zurück.

Sie wusste, wohin sie wollte, und kannte den Weg. Leise stapfte sie durch den tiefen Schnee. Der Wind frischte plötzlich auf und trieb ihr die Tränen in die Augen. Mit der behandschuhten Linken wischte sie sich über das Gesicht. Dann zog sie den Reißverschluss ihrer Jacke noch etwas höher.

Unter Julians Fenster verharrte sie einen Moment und blickte nach oben. Die Rollläden waren heruntergelassen. Alles war dunkel und ruhig, wie auch im Rest des Hauses. Niemand aus der Familie Bernbacher war zu dieser späten Stunde noch wach.

Ihr Ziel befand sich auf der Rückseite des Wohnhauses. Auch dort spendete der Vollmond so viel Licht, dass der provisorische Carport und die beiden Autos darunter gut zu erkennen waren. Ihre Windschutzscheiben waren mit aluminiumbeschichteten Folien abgedeckt. Julians dunkelblauer BMW stand auf der vom Haus abgewandten Seite. Die Gestalt ging ein paar Schritte darauf zu, hielt dann aber abrupt inne. Sollte sie es tatsächlich wagen? Für einen kurzen Moment schien ihr eigener Plan sie zu überwältigen.

Die Finger ihrer rechten Hand umklammerten den Gegenstand, den sie schon die ganze Zeit mit sich herumgetragen hatte. Mit ihm würde sie ihren wohl durchdachten Plan in die Tat umsetzen. Immer und immer wieder hatte sie ihn in den vergangenen Stunden durchgespielt. Die linke Hand tastete nach der Taschenlampe in ihrer Jackentasche. Obwohl die Luft so kalt war, dass ihre Nasenflügel schmerzten, atmete sie ein paarmal tief ein und aus. Die Kälte beruhigte sie und ihre rasenden Gedanken. Jetzt gab es kein Zurück mehr.

Sie schaltete die Taschenlampe ein, denn für ihr Vorhaben würde sie trotz des Vollmondes die Hilfe des künstlichen Lichts benötigen. Den Bruchteil einer Sekunde traf sie der kleine Lichtstrahl dabei mitten im Gesicht.

Vorsichtig legte sie die Taschenlampe auf den Boden, den Strahl direkt auf das Wagenrad gerichtet. Erst die eine Seite, dann die andere. Sie arbeitete ruhig und zügig. Ihre Hände wussten genau, was sie zu tun hatten. Zufrieden richtete die Gestalt sich schließlich auf. Dann schaltete sie die Taschenlampe aus, nahm den Gegenstand und schlich auf dem Weg davon, auf dem sie gekommen war.

Hätte sie sich noch einmal umgedreht, hätte sie die glimmende Zigarette auf der anderen Seite des Gartenzauns entdeckt.

So aber blieb Georg Schneider allein mit sich und seinen alkoholumnebelten Gedanken, die noch nicht recht verstanden, was sich gerade vor seinen Augen abgespielt hatte.

––––––––––

»Guten Morgen, Herr Cornelius. Darf ich mich kurz zu Ihnen setzen?«

Cornelius blickte von den *Altenberger Nachrichten* auf und direkt in das Gesicht von Valentina Bauer.

Sie war so leise in die Gaststube gehuscht, dass er ihre Schritte nicht gehört hatte. Überrascht und erfreut zugleich deutete er auf den freien Stuhl. »Ja, natürlich. Bitte nehmen Sie Platz.« Er faltete die Zeitung zusammen und legte sie zur Seite.

Valentina schlüpfte aus einem viel zu großen schwarzen Anorak und hing ihn über die Stuhllehne. »Ich wollte Sie aber nicht bei Ihrer Lektüre stören.«

Lachend winkte er ab. »Die kann ruhig etwas warten.«

Auch an diesem Morgen war er der letzte Frühstücksgast. Anna Leitner, von den Stimmen im Gastraum überrascht, eilte aus der Küche. Ihre Miene hellte sich sogleich auf. »Grüß dich, Valentina.

146

Schön, dich zu sehen. Magst du etwas trinken? Oder frühstücken? Ich hab das Büffet noch nicht abgebaut.«

»Gefrühstückt hab ich schon. Aber gerne etwas zu trinken.«

»Ich kann dir einen Tee machen. Oder auch einen koffeinfreien Kaffee.«

Valentina betrachtete mit geschürzten Lippen die Thermoskanne, die auf Cornelius' Tisch stand.

»Das ist Kaffee mit Koffein«, erklärte er.

»Dann nehme ich davon eine Tasse. Mein erster richtiger Kaffee seit fast acht Monaten«, fügte sie hinzu.

Anna verschwand wieder in der Küche. Langsam, fast schon andächtig, goss Valentina die Milch aus einem kleinen Kännchen in die schwarze Flüssigkeit und rührte um.

»Darauf müssen wir anstoßen«, sagte Cornelius.

Ihr blasses Gesicht, der dicke Pullover, in den sie auch zweimal hineingepasst hätte, die kleinen schmalen Hände. Dennoch hatte sich irgendetwas an der jungen Frau verändert.

Die Augen, schoss es Cornelius durch den Kopf, als ihre Tassen mit einem leisen Klirren aneinander stießen. In den großen graublauen Augen war ein Anflug von Lebendigkeit, den er am Vortag noch nicht gesehen hatte.

Eine Weile redeten sie über belanglose Dinge, den langen und kalten Winter, Annas neue Pension und die gemeinsame Projektwoche, auf der sie einander das erste Mal begegnet waren.

»Die Arbeit mit Ihnen war so schön unkompliziert, so gar nicht, wie man es von einem Professor erwarten würde«, sagte Valentina. »Also, nicht dass Sie das jetzt falsch verstehen. Ich meinte ... also, ich wollte sagen ...« Eine tiefe Röte überzog ihre Wangen.

Cornelius lachte. »Sie sind nicht die Erste, die mir unprofessorale Eigenschaften zuschreibt. Selbst an meinem eigenen Lehrstuhl eilte mir dieser Ruf mitunter voraus. Aus dem Mund meiner Studenten und Dozenten habe ich diese Beschreibung aber stets als Kompliment aufgefasst.«

Aus dem Mund des Dekans und anderer Lehrstuhlinhaber hatte ihn diese Kritik bisweilen verärgert, manchmal auch richtiggehend gekränkt. Aber darüber wollte er sich jetzt vor Valentina nicht auslassen.

»So war es auch gemeint«, murmelte sie verlegen.

»Ich kann Sie beruhigen: Auch in München laufen komplizierte und anstrengende Vertreter meiner Spezies durch die universitären Gänge und Hörsäle«, sagte Cornelius betont heiter. Dann wurde er plötzlich ernst. »Ich freue mich zwar, so eine angenehme Frühstücksunterhaltung zu führen, aber Sie sind doch nicht hierhergekommen, um mit mir über meine Lehrstuhlführung zu sprechen?«

Valentina spielte nervös mit dem Henkel ihrer Tasse und vermied es, ihn anzusehen. Cornelius ließ ihr Zeit. Er spürte, dass sie etwas auf dem Herzen hatte. Suchte sie seinen akademischen Rat? Oder wollte sie am Ende über die schicksalshafte Nacht in der Diskothek und die desaströsen Folgen für ihr Leben sprechen?

Valentina räusperte sich. »Nein, Sie haben recht. Ich bin wegen Julian hier und wegen dem, was in den letzten Tagen passiert ist.« Sie hob den Kopf und sah Cornelius direkt in die Augen. »Ich mache mir große Sorgen um ihn. Und ich weiß, Sie denken dasselbe wie ich: Irgendjemand hat es auf ihn abgesehen.«

Cornelius lehnte sich zurück. Diese Äußerung hatte er nicht erwartet. »Es stimmt. Mir behagen diese Vorfälle durchaus nicht. Aber außer bloßen Vermutungen haben wir nichts in der Hand.«

»Simon denkt, dieser Peter Seidel könnte etwas damit zu tun haben. Offenbar hat er Julian letzte Woche vor der Sporthalle beinahe überfahren.«

»Davon habe ich auch gehört. Aber Julian hat sofort abgeblockt und wurde richtig wütend, als Simon ihn erwähnt hat. Kennen Sie Peter Seidel denn?«

Valentina schüttelte den Kopf. »Nur aus Simons Erzählungen. Wenn er tatsächlich dahinter steckt und sich an Julian rächen will, wird er keine Ruhe geben. Ich hab Angst, dass bald etwas wirklich Schlimmes passiert.«

»Vielleicht sollten wir besser die Polizei einschalten. Ich wollte eigentlich gestern Abend noch mit Herrn Bernbacher darüber sprechen, aber es ging ihm nicht sehr gut und ich wollte ihn nicht noch zusätzlich aufregen.«

»Julian wird uns den Kopf abreißen, wenn wir ohne sein Wissen zur Polizei gehen.«

»Hat er denn im Auto noch irgendetwas gesagt?«

»Basti und ich sollten den Mund halten, damit der Armin nichts davon mitbekommt. Und den Peter sollten wir in Ruhe lassen. Er versucht mit allen Mitteln so zu tun, als wäre nichts passiert. Dabei hab ich seine Angst ganz genau gespürt.«

Cornelius betrachtete sie aufmerksam. »Sie kennen ihn gut.«

»Wir waren fast zwei Jahre zusammen. Letzten Sommer haben wir uns getrennt«, sagte sie. »Aber wir mögen uns immer noch und sind gute Freunde. Ich glaube, Julian hat Peter gegenüber ein schlechtes Gewissen und will deshalb keine große Sache daraus machen. Basti hat in der Notaufnahme so eine Andeutung gemacht. Trotzdem hat Peter noch lange nicht das Recht, Julian Angst einzujagen und ihn in Gefahr zu bringen.«

Cornelius räusperte sich. »Es gibt aber auch uns nicht das Recht, einen Schuldigen auszumachen und jemanden vorzuverurteilen, nur weil irgendjemand glaubt, voreilige Schlüsse ziehen zu müssen. Der Schuss kann ganz schnell nach hinten losgehen.«

»Ich weiß«, sagte Valentina leise. »Deshalb wäre es mir ja lieber, Julian ginge selbst zur Polizei. Die wird dann hoffentlich herausfinden, wer hinter alldem steckt, und auf ihn aufpassen.«

»Soll ich noch einmal mit ihm reden?«

»Ich hatte gehofft, Sie würden es vorschlagen. Auf mich hört er ja doch nicht. Und seine Mutter erst recht nicht. Ihr war ich immer ein Dorn im Auge.«

»Es ist bestimmt nicht leicht, der Sohn von Dorothee Bernbacher zu sein.«

»Nein. Ich hab nie verstanden, wie Julian das aushält. Ständig mischt sie sich in sein Leben ein. Natürlich ist nur das Beste gut genug für ihn. Im Gegenzug hängt die Messlatte immens hoch. Vor den anderen spielt er den Coolen und Lässigen. Aber wenn man ihn besser kennt, weiß man, wie sehr ihn die Situation zu Hause unter Druck setzt und dass er viele Dinge nur seiner Familie und besonders seiner Mutter zuliebe macht.«

»Der Schäfflertanz gehört aber nicht dazu, oder?«

Valentina lachte. »Nein, den macht er wirklich gern. Sein Opa ist so stolz auf ihn. Der Josef ist eine Seele von Mensch. Aber gegen seine Schwiegertochter hat er keine Chance. Ohne Dorothee wäre das Sägewerk nach dem Tod von Julians Vater langsam aber sicher den Bach hinuntergegangen. Mein Vater hat mir erzählt, dass der Josef damals monatelang nicht mehr im Büro war und sich nur noch seinem Enkel gewidmet hat. Dorothee dagegen hat die Ärmel hochgekrempelt und die Firma wieder auf Vordermann gebracht.«

»Jeder geht anders mit seiner Trauer um. Dorothee Bernbacher hat sich dafür entschieden, ihren Kummer durch Arbeit zu ersticken. Das dürfen Sie ihr nicht zum Vorwurf machen.«

Valentina rührte nachdenklich in ihrer Kaffeetasse. »Das werfe ich ihr auch nicht vor. Aber die Art und Weise, wie sie mit Julian umgeht, stört mich. Außerdem bin ich mir sicher, dass Julian seinen Vater vermisst. Mehr als er zugeben will.«

»Und trotzdem glauben Sie, dass Julian ausgerechnet auf *mich* hören wird?«

»Gerade weil Sie ein Außenstehender sind und nichts mit seiner Familie zu tun haben«, beharrte Valentina. »Außerdem …«

»Ja?«

»Sie haben letztes Jahr Sascha Eichingers Mörder überführt. Das hat Julian sehr beeindruckt. Wenn Sie ihm jetzt ins Gewissen reden, kommt er vielleicht zur Vernunft und geht zur Polizei.«

Cornelius runzelte die Stirn. »Damals haben auch der Zufall und das Glück eine große Rolle gespielt. Ihr Vertrauen in mich in allen Ehren, aber ich fürchte, Sie überschätzen mich. Julian und ich kennen uns doch kaum.«

»Bitte, Herr Cornelius. Ein Versuch ist es wert. Danach können wir uns immer noch anders entscheiden.«

»Also gut«, seufzte Cornelius. »Weil Sie es sind. Aber heute Vormittag muss ich erst einmal Schlittenfahren gehen. Das habe ich Frau Leitner fest versprochen.«

Valentina lächelte. »Umso besser. Julian und Simon drehen ohnehin ein paar Runden auf der Langlaufloipe beim Schlittenberg. Dann können Sie gleich dort mit ihm reden.« Sie stand auf und schlüpfte in ihren Anorak.

»Ich sehe schon, aus der Sache komme ich nicht mehr heraus«, murmelte Cornelius. »Was ist mit Ihnen?«, wollte er dann wissen. »Kommen Sie nicht mit?«

»Ich kann leider nicht. Donnerstags hab ich immer Psychotherapie. Der Basti hat mir angeboten, mich jetzt dann nach Landshut zu fahren.« Sie lächelte schief.

»Soso ... der Basti«, sagte Cornelius schmunzelnd und stand ebenfalls auf.

»Nicht was Sie denken«, wehrte sie ab. »Ich hab im Moment genügend mit mir selbst und dem Chaos in meinem Leben zu tun. Da ist kein Platz für jemand anderen.«

---

Armin Weingartner stand in der Backstube und beobachtete gedankenverloren die Teigknetmaschine. Obwohl er das frühe Aufstehen seit über zwanzig Jahren gewohnt war, fühlte er sich an diesem Vormittag wie gerädert.

Kein Auge hatte er in der vergangenen Nacht zugetan. Immer wieder hatte er an die Generalprobe des Schäfflertanzes denken müssen und daran, wie furchtbar schief alles, aber wirklich alles, am Vorabend gegangen war.

Nachdem die Ärzte im Klinikum Entwarnung gegeben hatten, wollten Julian und Sebastian unbedingt an der Probe teilnehmen. Weingartner hatte sie zwar in die Sporthalle nach Altenberg mitgenommen, dort aber nicht mit sich reden lassen und sie kurzerhand zu Zuschauern degradiert. Zwei Tage vor den Aufführungen konnte er nicht riskieren, dass seine Vortänzer, beide ohnehin noch recht blass um die Nase, womöglich ausfielen. Ihre Proteste beharrlich ignorierend hatte er versucht, mit der verbleibenden Gruppe einige Figuren zu proben. Allerdings hatte er schon nach zehn Minuten resigniert feststellen müssen, dass es ohne Julian und Sebastian keinen rechten Sinn machte.

Schließlich hatte er ihnen erlaubt, wenigstens beim Metzgersprung mitzumachen, dem Element, das bis zuletzt die größten Schwierigkeiten bereitet hatte. Beim Verteilen der Buchsbögen bemerkte er entnervt, dass sich das weiß-blaue Band, das kunstvoll in die Bögen eingeflochten war, bei manchen gelöst hatte und in einem wirren Knäuel nach unten hing. Nachdem sie die Bänder provisorisch wieder aufgewickelt hatten und jeder nach einigem Hin und Her schließlich auf Position stand, meldeten sich plötzlich die beiden Fassbinder zu Wort. Ihre Aufgabe bestand darin, während des Tanzelements im Takt der Musik auf ein Fass zu klopfen, einer Aufgabe, der sie jedoch nicht nachkommen konnten. Der Grund dafür war ebenso simpel wie unbegreiflich: Ihre Hämmer waren verschwunden.

Weingartner glaubte seinen Ohren nicht zu trauen. Doch auch nach mehrmaligem Suchen in der Umkleidekabine und den diversen Abstellkammern blieben die guten Stücke verschwunden. Nach einer halben Stunde erklärte er deshalb die Probe kurzerhand für beendet.

Entsprechend ratlos und schlecht gelaunt war er zu Hause angekommen. Dort entdeckte er immerhin vier alte Hämmer in seinem eigenen Schäfflerfundus, und die für die Kostüme zuständige Schneiderin sicherte ihm am Telefon zu, sich gleich am nächsten Tag um die ramponierten Bänder zu kümmern.

Nicht mehr als ein schwacher Trost angesichts der drohenden Blamage, dachte er jetzt, nachdem er schon die halbe Nacht damit zugebracht hatte, sich auszumalen, was während der Aufführungen alles schief gehen würde.

Durch die geöffnete Tür zum Laden hörte er das Telefon klingeln. Weingartner schenkte ihm keine Beachtung, denn wie immer würde seine Frau das Gespräch annehmen. Doch gerade als er die Teigknetmaschine abschalten wollte, stand sie auf einmal im Türrahmen. Alle Farbe war aus ihrem sonst so rosigen Gesicht gewichen und ihre Lippen zitterten unkontrolliert.

»Armin«, stieß sie tränenerstickt hervor. »Der Obermaier Willi hat angerufen. Er kommt gerade von einem Feuerwehreinsatz. Es ist etwas ganz Schreckliches passiert.«

# Kapitel 15

Cornelius sah einen dunklen BMW aus Neukirchen herausfahren, ehe er sich wieder Annas Neffen und Nichte und ihren beiden Freunden zuwandte. Wie sich herausgestellt hatte, handelte es sich bei Antonia und Bernhard um die Kinder von Bettina Schneider, die gemeinsam mit ihrer Mutter einen Ausflug auf den Schlittenhang unternommen hatten. Alle vier hatten Cornelius sofort mit Begeisterung in Beschlag genommen.

Gerade drohte an der Zwergenfront jedoch eine kleine Auseinandersetzung, wer als Nächstes mit Cornelius den Hang hinunterfahren und sich von ihm wieder nach oben ziehen lassen durfte. Antonia war ebenso wie Bernhard davon überzeugt, jetzt an der Reihe zu sein, und untermauerte diese Überzeugung, indem sie sich ihrem Bruder mit einem Schneeklumpen von der Größe eines Kürbiskopfes näherte.

Das war der Moment, in dem Cornelius hinter sich einen ohrenbetäubenden Knall hörte. Schon bevor er sich umdrehte, wusste er es. Es war dieses ganz bestimmte Geräusch, das nur ein Autounfall verursachen konnte. Er wusste gleichzeitig, dass er es für den Rest seines Lebens nicht mehr vergessen würde. Und das sollte auch für das Bild gelten, das sich ihm bot, als er schließlich auf die Straße blickte. Im selben Moment hörte er Bettina Schneider und Anna Leitner neben sich entsetzt aufschreien.

»Passen Sie auf die Kinder auf«, stieß er hervor, bevor er losrannte.

Nach einigen Metern kam er auf dem schneebedeckten Hang ins Straucheln. Er ruderte wild mit den Armen, um die Balance zu halten, und in letzter Sekunde konnte er einen Sturz verhindern. Doch auch eine schmerzhafte Landung im Schnee hätte ihn nicht davon abhalten können, wieder aufzustehen und weiterzulaufen. Die eiskalte Luft stach in seinen Lungen, als er endlich unten an der Straße ankam.

Sein erster Blick fiel auf das verbeulte Kennzeichen. LA-JB …

Julian Bernbachers Initialen waren ihm schon auf dem Parkplatz des Gasthauses aufgefallen. Cornelius spürte, wie sich seine Kehle zuschnürte. Aus diesem Wrack, das sich förmlich um den Baumstamm gewickelt hatte, würde niemand mehr lebend herauskommen.

»Basti!«

Der Schrei hallte über den gesamten Hang und ging ihm durch Mark und Bein. Cornelius wirbelte herum und sah Julian Bernbacher vom entgegengesetzten Ende der Langlaufloipe auf das Auto zulaufen, dicht hinter ihm Simon Bauer. »*Der Basti hat mir angeboten, mich jetzt dann nach Landshut zu fahren.*«

Die Worte durchzuckten Cornelius wie ein Blitz. Nicht Julian Bernbacher, sondern Sebastian Kofler hatte am Steuer des dunkelblauen BMW gesessen. Er war es, der gerade vor ihrer aller Augen verunglückt war. Und mit ihm womöglich Simon Bauers Schwester Valentina.

Cornelius wurde übel und er zwang sich, weiterzulaufen. Er musste vor Julian und Simon dort sein. Er musste wissen, welches Grauen sie in diesem Wrack erwartete.

Die Erleichterung, die er beim Anblick des leeren Beifahrersitzes verspürte, verschwand so schnell, wie sie gekommen war. Dennoch stand eines fest: Valentina hatte nicht neben Sebastian gesessen.

»Julian, warten Sie!«

Vergeblich versuchte Cornelius, sich dem jungen Mann in den Weg zu stellen. Doch Julian stürmte einfach an ihm vorbei. Am Auto angekommen, rüttelte er panisch an der Fahrertür, aber sie hatte sich so verkeilt, dass sie sich nicht öffnen ließ.

»Warum tun Sie denn nichts?«, brüllte er, bevor er um den Wagen herumlief und sein Glück an der Beifahrertür versuchte.

Diese ging nach einigen Versuchen tatsächlich auf. Simon, der Julian hinterhergelaufen war, versuchte ihn davon abzuhalten, in das Wageninnere zu klettern, wurde von Julian aber rüde weggestoßen.

»Lass mich!«

Durch das Fenster an der völlig demolierten Fahrerseite liefen unzählige Risse, aber wie durch ein Wunder war sie nicht geborsten. Entsetzt blickte Cornelius auf die blutüberströmte Gestalt hinter dem Lenkrad, an der Julian jetzt mit zitternden Fingern nach einem Puls tastete. Die Airbags waren aufgegangen und hingen schlaff nach unten. Auch sie hatten Sebastian nicht schützen können. Nicht bei diesem Aufprall.

Vorsichtig löste Julian den Gurt aus der Halterung und versuchte Sebastian dann mit bloßen Händen aus den zerfetzten Überresten von Stahl, Glas und Kunststoff herauszuziehen. Doch sein Körper ließ sich nicht bewegen.

»Hilf mir doch, verdammt noch mal«, schrie er Simon an.

»Ich rufe den Notarzt.« Hastig holte Cornelius sein Telefon aus der Jackentasche. Zum Glück hatte er es ausnahmsweise einmal eingesteckt.

Während er der Polizei den Unfall meldete, wanderte sein Blick über das angrenzende Feld, wo neben einem zerfetzten Reifen und einem Teil der Stoßstange auch ein größerer Gegenstand lag. Erst bei genauerem Hinsehen erkannte er, dass es sich um den Motorblock handelte, der durch die Wucht des Aufpralls herausgeschleudert worden war.

Sebastian musste direkt gegen den Baumstamm gerast sein, von dem sogar ein Teil der Rinde abgeplatzt war. Anders konnte sich Cornelius dieses Bild der Zerstörung nicht erklären.

Simon war es mittlerweile gelungen, Julian aus dem Auto zu ziehen. »Du kannst Basti jetzt nicht helfen. Die Feuerwehr muss ihn herausschneiden.«

Verzweifelt versuchte sich Julian aus Simons Griff zu befreien, doch dieser hielt ihn eisern fest.

»Feuerwehr und Notarzt sind gleich da«, sagte Cornelius.

»Aber wir müssen doch irgendetwas tun. Wir können ihn doch nicht einfach so verbluten lassen!«, schrie Julian.

Er war kreidebleich und zitterte am ganzen Körper. Immer wieder versuchte er sich aus Simons Griff zu befreien. Der packte ihn plötzlich an beiden Schultern und blickte ihm fest in die Augen.

»Wir können für Basti nichts mehr tun«, sagte er leise.

———————

Cornelius stand mit Julian und Simon einige Meter vom Unfallort entfernt und beobachtete schweigend das Geschehen. Obwohl er bis auf die Knochen durchgefroren war, war er geblieben. In der Pension hätte er ohnehin keine ruhige Minute gehabt.

Sebastian Kofler war noch am Leben, als Notarzt und Krankenwagen eintrafen und ihn im Wageninneren notdürftig versorgten. Es dauerte eine gefühlte Ewigkeit, bis es der Feuerwehr endlich gelang, den Schwerverletzten aus den Trümmern des Wagens herauszuschneiden und ihn auf eine Trage zu betten. Auch ein Rettungshubschrauber war auf dem Feld neben der Unfallstelle gelandet.

»Warum fliegen die denn nicht endlich los? Basti muss doch ins Krankenhaus«, stieß Julian hervor und machte einige Schritte in Richtung der Ärzte und Sanitäter, die sich, von einer orangefarbenen Plane abgeschirmt, über den Verletzten gebeugt hatten.

Ihren Bewegungen nach zu urteilen musste Sebastian gerade reanimiert werden. Also hatte sein Herz aufgehört zu schlagen …

»Die Ärzte tun, was sie können, Julian«, sagte Cornelius und hielt ihn am Arm fest. »Bleiben Sie hier bei mir und lassen Sie die Profis ihre Arbeit machen.«

Cornelius waren die betroffenen Gesichter der Feuerwehrleute nicht entgangen. Neben Neukirchen waren auch die Feuerwehren aus Altenberg und Ebersbach ausgerückt, wie er den Schriftzügen an ihren Einsatzwägen entnommen hatte. Er war sich sicher, dass viele der jungen Männer Sebastian Kofler persönlich kannten und nicht weniger entsetzt waren als er selbst.

Der Einsatzzug aus Ebersbach hatte die Straße abgesperrt und die Umleitung des Verkehrs übernommen, während die Altenberger und Neukirchner Feuerwehrleute die herumliegenden Teile des Wagens einsammelten und mit der Bergung des Wracks begannen. Zum Glück hatte der Wagen nicht Feuer gefangen. Für Sebastian hätte es kein Entrinnen mehr gegeben.

Obwohl Neukirchen und Ebersbach seit jeher eine innige Feindschaft verband, arbeiteten beide Dörfer jetzt Hand in Hand. Fast beneidete Cornelius sie darum, etwas tun zu können, und nicht, wie er selbst, zur Untätigkeit verdonnert, am Rande des Geschehens zu stehen.

Auch zwei Polizeistreifen waren angekommen. Ein Polizist unterhielt sich mit einem Mann und einer Frau in Langlaufkleidung und machte sich eifrig Notizen. Ein weiterer Beamter sprach mit den Feuerwehrkommandanten. Ihre Mienen waren ernst.

Cornelius' Augen wanderten suchend über den Schlittenhang, wo sich bereits die ersten Schaulustigen versammelt hatten und neugierig das Geschehen auf der Landstraße verfolgten. Doch Anna Leitner und Bettina Schneider konnte er nirgendwo entdecken.

Plötzlich durchzuckte ihn ein Gedanke.

»Valentina!«, rief er. »Sebastian wollte mit Valentina nach Landshut fahren.«

Sie saß wahrscheinlich immer noch wartend zu Hause, nichts ahnend, welche Tragödie sich in der Zwischenzeit abgespielt hatte.

Simon, der bisher stumm neben Cornelius gestanden hatte und eine Zigarette nach der anderen rauchte, drehte sich ruckartig um. »Was sagen Sie da? Davon hat sie mir ja gar nichts erzählt.«

»Wir haben erst gestern Abend ausgemacht, dass Basti mein Auto nimmt«, murmelte Julian geistesabwesend.

Simon schmiss seine Zigarettenkippe in den Schnee. »Ich ruf meine Schwester an«, sagte er und entfernte sich einige Meter von ihnen.

Julian reagierte nicht. Cornelius hatte ihm angeboten, einen der Sanitäter zu holen, doch Julian hatte nur entschieden den Kopf geschüttelt.

In diesem Moment verabschiedete sich der Polizeibeamte von den Feuerwehrleuten und kam auf sie zu. Direkt vor Julian blieb er stehen.

»Grüß Gott. Die Feuerwehr sagte mir, Sie seien der Halter des verunglückten Wagens?«

»Ja«, sagte Julian mechanisch. »Der Wagen ist ein Leasingfahrzeug und auf unser Sägewerk zugelassen. Josef Bernbacher GmbH. Ich bin Julian Bernbacher.«

Der Beamte notierte sich Julians Angaben. »Sie kennen auch den Fahrer des Wagens?«

Julian blickte ihn irritiert an. »Ja, natürlich. Das ist Sebastian Kofler, ein Freund von mir. Ich hab ihm das Auto geliehen, weil er heute damit nach Landshut fahren wollte.« Plötzlich erstarrte er.

»Oh Gott, Bastis Mutter! Sie müssen Frau Kofler anrufen und ihr Bescheid sagen. Sie weiß noch nicht, was passiert ist.«

Der Polizist sah von seinen Notizen auf. »Machen Sie sich darüber keine Sorgen. Wir werden Herrn Koflers Angehörige verständigen.«

»Sie ist Altenpflegerin und arbeitet im Seniorenheim in Altenberg. Sie müssen sie anrufen. Jetzt!«

Der Beamte musterte Julian einen Moment prüfend, holte dann aber doch sein Funkgerät hervor.

»Und Sie sollten dringend Ihre Mutter anrufen, Julian, und ihr Bescheid sagen, dass mit Ihnen alles in Ordnung ist«, sagte Cornelius.

»Ja, gleich«, erwiderte Julian teilnahmslos. »Sie ist heute in München bei einem neuen Kunden. Da ist ihr Handy sowieso ausgeschaltet.«

Aus den Augenwinkeln sah Cornelius, wie der Notarzt und die Sanitäter die Trage mit Sebastian zum Rettungshubschrauber trugen. Offenbar waren die Reanimierungsversuche erfolgreich verlaufen. »Ich glaube der Hubschrauber startet gleich. Das ist doch ein gutes Zeichen.«

Der Polizeibeamte wandte sich ihnen wieder zu. »Wer sind denn eigentlich Sie?«, fragte er Cornelius.

»Gregor Cornelius. Ich war wie Herr Bernbacher und Herr Bauer in der Nähe des Unfallorts und habe den Notarzt verständigt.«

Der Beamte schien davon wenig beeindruckt zu sein. »Aha. Haben Sie auch gesehen, wie es zu dem Unfall kam?«

»Nein, tut mir leid. Zum Unfallhergang kann ich keine Aussage machen. Ich stand mit dem Rücken zur Straße und habe nur einen lauten Knall gehört. Das ist alles.«

»Dann dürfen Sie jetzt nach Hause gehen. Geben Sie meinem Kollegen dort vorne bitte Ihre Personalien. Wir melden uns bei Ihnen, falls wir Sie noch brauchen.«

Cornelius warf einen besorgten Seitenblick auf Julian, der wie hypnotisiert auf den Hubschrauber starrte. »Ich möchte Herrn Bernbacher jetzt nur ungern allein lassen.«

In diesem Moment setzten sich die Rotorblätter des Rettungshubschraubers mit lautem Geknatter in Bewegung.

»Also gut«, sagte der Beamte, nachdem sich der Geräuschpegel wieder gelegt hatte. »Dann wird mein Kollege Sie jetzt beide zu Herrn Bernbacher nach Hause bringen und mit Ihnen dort warten, bis die Kriminalpolizei eintrifft.«

»Kriminalpolizei? Warum Kriminalpolizei?« Julian schüttelte verständnislos den Kopf.

Der Polizist straffte die Schultern. »Die Feuerwehr hat bei der Bergung des Unfallwagens einige gelockerte Radmuttern festgestellt. Das muss im Moment noch nichts heißen, dennoch wird sich die Kriminalpolizei der Sache annehmen.«

Julians Gesicht wurde aschfahl. »Gelockerte Radmuttern? Wollen Sie damit etwa andeuten, jemand wollte Basti umbringen?«

---

Die Türglocke kam Cornelius wie eine Erlösung vor. Seit über einer Stunde saßen sie mit einem uniformierten Polizisten im Wohnzimmer der Bernbachers und warteten auf die Ankunft der Kriminalpolizei.

»Ich mache auf«, bot Cornelius an, aber der Polizeibeamte war bereits aufgestanden.

»Ich hole meinen Großvater«, sagte Julian und ging ebenfalls aus dem Wohnzimmer.

Cornelius setzte sich wieder auf das Sofa und schloss für einen Moment die Augen. In welchen Albtraum hatte sich dieser sonnige Wintertag innerhalb kürzester Zeit verwandelt?

Julian war bei ihrer Ankunft schon nach einem Satz in Tränen ausgebrochen, sodass Cornelius Josef Bernbacher die Unfallnachricht überbrachte. Der alte Mann starrte Cornelius zuerst an, als habe er ihn nicht richtig verstanden. Plötzlich fing die Hand, die den Gehstock hielt, zu zittern an, und Cornelius und der Polizist, der sie begleitet hatte, konnten ihn gerade noch stützen und zum Sofa bringen. Nachdem Julian ihm mehrmals versichert hatte, ihn beim Eintreffen der Kriminalpolizei sofort zu holen, willigte Bernbacher schließlich ein, sich in seinem Zimmer etwas auszuruhen. Der Polizeibeamte schlug vor, den Hausarzt der Bernbachers zu konsultieren, aber davon wollte Bernbacher nichts wissen.

Julian hatte es danach vergeblich bei Dorothee Bernbacher auf dem Handy versucht. Wie er vorausgesagt hatte, war nur ihre Mobilbox zu erreichen. So zurückhaltend Cornelius in seinen Sympathiebekundungen für Julians Mutter auch war, so gerne hätte er sie hier und jetzt in Neukirchen gewusst.

Doch ihnen war nichts anderes übrig geblieben, als zu dritt im Wohnzimmer zu sitzen und zu warten. Cornelius hatte sich verstohlen umgesehen. Es war ein heller Raum mit einem offenen Kamin und hohen Fenstern. Die Möbelstücke waren sorgfältig aufeinander abgestimmt und Cornelius vermutete die stilsichere Hand eines Innenarchitekten hinter der Einrichtung.

Eine bleierne Stille hatte sich über alle Anwesenden ausgebreitet, die nur von Simon Bauers Anruf durchbrochen wurde. Er hatte sich sofort auf den Weg zu Valentina gemacht, und Cornelius konnte angesichts der einsilbigen Antworten Julians nur erahnen, in welcher Verfassung Simons Schwester jetzt war. Aber die Sorge um Valentina Bauer quälte Cornelius nicht so sehr wie die Frage, die er sich immer wieder stellte, seit der Beamte die Radmuttern erwähnte hatte.

*Hätte ich es verhindern können?*

Je länger er darüber grübelte, umso sicherer war er, diese Frage mit »ja« beantworten zu müssen. Warum war er nicht Ramonas Rat gefolgt und hatte die Polizei informiert? Auch auf die Gefahr hin, damit gegen Julians Willen zu handeln. Würde sein Zögern Sebastian am Ende mit dem Leben bezahlen müssen?

Cornelius hörte Stimmen im Flur, Sekunden später wurde die Tür zum Wohnzimmer geöffnet. Ein groß gewachsener Mann Mitte dreißig mit kurzen blonden Haaren und wachsamen blauen Augen marschierte in das Zimmer. Beim Anblick von Cornelius blieb er so abrupt im Türrahmen stehen, dass sein Kollege hinter ihm beinahe auf ihn aufgelaufen wäre. Sein Gesichtsausdruck verriet deutlich, dass er den Ort nicht mit der Person vereinbaren konnte, die er gerade vor sich auf dem Sofa erblickte.

»Was machen Sie denn hier?«, entfuhr es ihm.

Cornelius stand vom Sofa auf. »Grüß Gott, Herr Thorwald. Es freut mich auch, Sie wiederzusehen.«

---

»Hallo, Herr Cornelius. Das ist ja eine Überraschung«, meldete sich der etwas kleinere Kollege neben Hauptkommissar Robert Thorwald zu Wort und schob sich energisch an seinem Vorgesetzten vorbei, der immer noch wie angewurzelt im Türrahmen stand. Er schien nicht fassen zu können, auf wen er im Hause Bernbacher getroffen war.

Mit einem breiten Grinsen gab Florian Weber Cornelius die Hand, ehe er sich auf einen der Fernsehsessel fallen ließ.

»Der ist aber bequem.«

Ein Ruck ging durch Robert Thorwald. Er schloss die Tür etwas lauter als nötig, setzte sich neben Weber in den zweiten Sessel und sah Cornelius an.

»Grüß Gott, Herr Cornelius«, sagte er gedehnt.

Cornelius musste unwillkürlich lächeln. »Ich kann mir vorstellen, wie begeistert Sie sind, mich hier anzutreffen. Aber ich kann Sie beruhigen: Ich bin nur geblieben, weil Herr Bernbacher mich darum gebeten hatte.«

»Kennen Sie die Familie Bernbacher näher?«

»Nein. Ich bin auf Urlaub in Neukirchen und habe Herrn Bernbacher und seinen Enkel vor zwei Tagen im Gasthaus Leitner kennengelernt. Heute war ich zufällig in der Nähe des Unfallorts.«

Die Miene des Hauptkommissars verdüsterte sich. »Zufällig …«

Was er von diesem Zufall hielt, sollte Cornelius nicht mehr erfahren, denn in diesem Augenblick betrat Josef Bernbacher, auf seinen Gehstock und den Unterarm seines Enkels gestützt, den Raum.

Cornelius erschrak bei seinem Anblick. Der alte Mann ging stark nach vorne gebeugt, seine Hände zitterten und er war ganz grau im Gesicht. Vorsichtig half Julian seinem Großvater, neben Cornelius Platz zu nehmen, ehe er sich selbst setzte.

Auch Robert Thorwald war Bernbachers schlechte Verfassung nicht entgangen.

»Grüß Gott«, sagte er. »Ich bin Hauptkommissar Robert Thorwald, mein Kollege, Kommissar Florian Weber, Kriminalpolizei Landshut. Vielleicht ist es besser, wenn ich mich momentan nur mit Ihrem Enkel unterhalte. Wir können auch zu einem späteren Zeitpunkt miteinander sprechen.«

Bernbacher schüttelte resolut den Kopf. »Nein, auf gar keinen Fall. Ich muss wissen, was hier los ist.«

Thorwald nickte kurz, ehe sein fragender Blick weiter zu Cornelius wanderte, wo er einige Sekunden verharrte.

»Und mir wäre auch sehr daran gelegen, wenn Professor Cornelius hier bleiben könnte«, fügte Bernbacher mit Nachdruck hinzu. »Er ist ein enger Freund der Familie.«

»Nach zwei Tagen … interessant«, sagte Thorwald leise. Er holte einen Schreibblock aus seiner Jackentasche und blätterte zweimal geräuschvoll um. »Meinetwegen.« Er räusperte sich. »Wie Sie von den Kollegen am Unfallort wissen, wurden bei der Bergung des Fahrzeugs mehrere lockere Radmuttern entdeckt. Der Wagen wird gerade von unserer Kriminaltechnik genauer untersucht. Das endgültige Ergebnis dieser Untersuchung steht noch aus, weshalb ich momentan nur ungern spekulieren möchte. Dennoch verdichten sich die Anhaltspunkte, dass es sich um keinen herkömmlichen Autounfall handelt, sondern die Radmuttern die Ursache dafür sind.«

»Neben den Aussagen der Feuerwehrleute gibt es die Zeugenaussage eines Langläufers, die unsere Theorie bestätigt«, schaltete sich Florian Weber in das Gespräch ein. »Der Zeuge hat eindeutig gesehen, wie sich unmittelbar vor dem Unfall das rechte Hinterrad löste. Der Wagen geriet ins Schleudern, drehte sich und prallte schließlich gegen den Baum.«

»Das ist alles meine Schuld«, flüsterte Julian.

»Was wollen Sie damit sagen?«, fragte Robert Thorwald. »Haben Sie heute Morgen Ihre Reifen gewechselt?«

Julian schluckte. In seinen Augen glitzerte es verdächtig. »Nein, aber …« Er stockte.

»Aber was?«, hakte Thorwald nach.

»Ich … ich hätte es wissen müssen. Nach allem, was bisher geschehen ist, hätte ich wissen müssen, dass irgendwann ein Unglück passiert!«, platzte es aus Julian heraus. Tränen liefen ihm über das blasse Gesicht.

Thorwald und Weber musterten ihn aufmerksam. Doch Julian sprach nicht weiter. Josef Bernbacher legte seine Hand auf die seines Enkels.

162

»Du kannst nichts dafür, Julian«, sagte er leise.

Cornelius wandte sich an die beiden Kommissare, die zunehmend irritiert wirkten. »Entschuldigen Sie, wenn ich mich einmische. Sie müssen wissen, es hat in den letzten Tagen einige … Vorkommnisse gegeben, die darauf schließen lassen, dass …«, er suchte nach den richtigen Worten, »… dass es jemand womöglich auf Julian Bernbachers Leben abgesehen hat.«

Thorwald setzte sich ruckartig auf. »Vorkommnisse? Welche Vorkommnisse? Und warum haben Sie nicht längst die Polizei benachrichtigt?«

»Weil …«, begann Cornelius hilflos.

Robert Thorwalds Frage war durchaus berechtigt. Warum hatte er sich nicht an die Polizei gewandt? Mochte die Ratte noch eine Lappalie gewesen sein, hätte man ihn nach dem Brand nicht mehr einfach wegschicken können. Warum hatte er den aufkeimenden Verdacht immer wieder zu ersticken versucht, anstatt einfach seinem Gefühl zu folgen, das ihm von Anfang an signalisiert hatte, das etwas nicht stimmte und es mehr war als eine bloße Aneinanderreihung von Zufällen?

»Weil ich es nicht wollte«, sagte Julian in Cornelius' Überlegungen hinein. »Weil ich nicht glauben konnte, dass es tatsächlich jemand auf mich abgesehen hat. Und weil ich es vollkommen übertrieben fand, zur Polizei zu gehen.«

»Und weil ich es versäumt hab, mich gegen meinen Enkel durchzusetzen«, sagte Josef Bernbacher. Seine Stimme zitterte. »Jetzt mache ich mir selbst die allergrößten Vorwürfe, das dürfen Sie mir glauben.«

Thorwald und Weber wechselten einen raschen Blick.

»Dann wird es jetzt höchste Zeit, uns zu erzählen, was sich hier in den letzten Tagen ereignet hat«, sagte Robert Thorwald.

# Kapitel 16

L assen Sie mich kurz zusammenfassen«, begann Robert Thorwald und studierte noch einmal die Notizen, die er sich während Julians Bericht gemacht hatte.

Cornelius hatte die meiste Zeit schweigend daneben gesessen. Nur zweimal hatte er versucht, sich zu Wort zu melden, sich damit allerdings sofort den strafenden Blick des Hauptkommissars eingehandelt.

»Vergangene Woche ist Peter Seidel vor der Sporthalle in Altenberg mit seinem Auto ungebremst aus einer Parklücke auf Sie zugerast, hätte Sie beinahe überfahren und …«

»Das war ein Versehen«, unterbrach ihn Julian. »Er hat das nicht mit Absicht gemacht.«

»Lass die Polizei jetzt endlich ihre Arbeit machen«, sagte Josef Bernbacher leise.

»Inwieweit es sich dabei um Absicht oder ein Versehen handelt, werden unsere weiteren Ermittlungen zeigen«, fuhr Thorwald ungerührt fort. »Ich fasse momentan lediglich die Fakten zusammen. Dennoch hat Herr Seidel durchaus ein Motiv, Ihnen zu schaden, da er Sie für sein Ausscheiden aus der Schäfflertanzgruppe verantwortlich macht.«

»Und er hat Julian bedroht. Sebastian stand direkt neben ihm und hat es ganz genau gehört«, warf Josef Bernbacher ein.

Thorwald räusperte sich. »Das haben Sie bereits gesagt und ich hab es mir entsprechend notiert. Gibt es zu diesem Vorfall auf dem Parkplatz noch weitere Anmerkungen?«

Als keiner der Anwesenden etwas sagte, beugte sich Thorwald über seine Notizen und las weiter.

»Vorgestern Abend haben Sie gegen zweiundzwanzig Uhr auf dem Parkplatz des Gasthauses Leitner eine geköpfte Ratte auf Ihrer Motorhaube und eine blutverschmierte Windschutzscheibe vorgefunden. Gestern Nachmittag hat, während Sie auf der Herrentoilette waren, der Abfalleimer im Waschraum plötzlich Feuer gefangen. Zudem hatte sich das Türschloss verklemmt, was Sie daran hinderte, die Kabine zu verlassen. Ist so weit alles richtig?«

»Ja. Außerdem ...« Julian warf einen raschen Seitenblick auf Cornelius. »Es tut mir leid, Herr Cornelius. Sie haben mich das gestern schon gefragt, aber ich hab Sie angelogen.«

Kommissar Thorwald sah von seinen Notizen auf.

»Herr Cornelius wollte wissen, ob ich allein in der Toilette war.«

»Und waren Sie?«

»Nein. Die Tür zum Garderobenraum ging plötzlich auf und jemand blieb im Waschraum stehen. Das kam mir irgendwie komisch vor. Ich hab laut ›Hallo‹ gerufen, aber die Person hat nicht geantwortet.«

»Können Sie sich an irgendwelche Geräusche erinnern? Das Klicken eines Feuerzeugs oder das Abbrennen eines Streichholzes?«

»Nein.«

»Was haben Sie dann gemacht?«, fragte Weber.

»Ich bin mir ziemlich blöd vorgekommen und bin einfach in der Kabine geblieben. Auf einmal hab ich Schritte gehört. Und dann war da so ein seltsames Knacken am Türgriff. Aber nach einigen Sekunden hat die Person sich umgedreht und ist wieder nach draußen.«

»Und die Person hat die ganze Zeit nichts gesagt?«

»Nein, gar nichts.«

»Haben Sie trotzdem eine Idee, wer das gewesen sein könnte? Haben Sie etwas gesehen? Schuhe vielleicht? Oder etwas gerochen? Ein bestimmtes Parfum oder Aftershave, das Sie kennen?«

»Ich hab nur den Atem gehört. Es war ...«, Julian zögerte kurz, »... unheimlich.«

»Warum hast du das denn nicht gleich gesagt?«, fragte Josef Bernbacher.

»Ich wollte nicht, dass ihr euch Sorgen macht. Alle waren so aufgeregt, weil es gebrannt hat und ich dachte, wenn ich jetzt auch noch damit komme ...«

»Haben Sie gleich, nachdem die Person weg war, versucht, die Kabine zu verlassen?«, wollte Thorwald wissen.

»Nein. Mir ging es gestern nicht sehr gut. Irgendetwas mit dem

Magen. Ich ... ich musste mich mehrmals übergeben. Auf einmal hab ich dann den Rauch gerochen. Ich wollte raus aus der Kabine, aber der Türentriegler hat sich nicht mehr bewegen lassen.«

»Ist das alles oder gibt es noch etwas, das Sie bisher verschwiegen haben?« Thorwalds blaue Augen durchleuchteten Julian förmlich.

Julians Unterlippe fing zu zittern an.

»Sie dürfen vor der Polizei jetzt nichts mehr verheimlichen, Julian. Nur dann kann sie denjenigen finden, der Sebastian das angetan hat«, sagte Cornelius in die Stille hinein. Zu seiner Überraschung wurde er von Robert Thorwald dieses Mal nicht gemaßregelt. Er nickte Julian vielmehr aufmunternd zu.

Langsam griff Julian in seine linke Gesäßtasche und holte ein zusammengefaltetes Blatt Papier hervor.

»Das war gestern Morgen in der Post«, sagte er mit erstickter Stimme.

Florian Weber holte ein Paar Gummihandschuhe aus seiner Jackentasche, zog sie über und faltete das Papier auseinander.

Fünf Augenpaare starrten auf die selbst gebastelte Todesanzeige, die jetzt mitten auf dem Wohnzimmertisch lag.

---

»Warum hast du denn nichts gesagt um Himmels willen?«, rief Josef Bernbacher. Sein Atem ging plötzlich stoßweise und er lehnte sich erschöpft in das Sofa zurück.

»Ich hol schnell etwas zu trinken«, murmelte Julian und eilte nach draußen.

Fast schien es Cornelius, als sei er froh, dem Kreuzverhör für einen kurzen Moment entkommen zu sein.

»Wahrscheinlich wollte er Sie und Ihre Schwiegertochter nicht beunruhigen«, sagte er vorsichtig.

»Welche Ängste der Junge ausgestanden haben muss! Dafür lasse ich mich gerne beunruhigen. Und Dorothee auch. Wofür hat man denn eine Familie«, erwiderte Bernbacher, ehe er von einem Hustenanfall durchgeschüttelt wurde.

»Vorwürfe bringen jetzt überhaupt nichts«, sagte Thorwald. »Wichtig ist, dass Sie und Ihr Enkel uns lückenlos über alles in Kenntnis setzen, was bisher passiert ist.«

Julian kam mit einer Wasserflasche und mehreren Gläsern zurück.

»Haben Sie den Briefumschlag noch, Herr Bernbacher?«, fragte Thorwald.

»Ja, ich glaube schon. Meine Mutter stand plötzlich bei mir im Büro und ich hab den Brief schnell in meiner Hosentasche versteckt. Aber der Umschlag müsste noch in der Kiste für die Papiervernichtung liegen. Meine Mutter möchte nicht, dass Post in das Altpapier wandert.« Julian schenkte seinem Großvater ein Glas Wasser ein. »Unsere Sekretärin ist seit über zwei Wochen krank, deshalb kümmere ich mich momentan um die Post«, fuhr er fort. »Gestern war es wegen des Geburtstags meiner Mutter besonders viel. Ich bin sie einmal kurz durchgegangen und hab zuerst die Briefe, die an mich adressiert waren, herausgenommen und aufgemacht.«

»War der Umschlag mit der Hand beschriftet?«

»Nein, mit dem Computer. Ich dachte zuerst, es wäre Post von der Uni. Ich hab mich vor einiger Zeit um eine Doktorandenstelle beworben. Erst danach ist mir aufgefallen, dass er keinen Absender hatte.«

»Wie sieht es mit dem Abfalleimer aus? Ist in der Toilette irgendetwas verändert worden?«, fragte Thorwald.

Julian zuckte mit den Schultern. »Das weiß ich nicht. Ich war seit gestern Nachmittag nicht mehr dort.«

Er schenkte sich selbst ein Glas Wasser ein und trank einen kleinen Schluck. »Basti und ich sind nach dem Brand mit Armin ins Krankenhaus und von dort weiter zur Schäfflerprobe gefahren. Abends hab ich meine Freundin nach Hause gebracht, bin noch eine halbe Stunde bei ihr geblieben und dann hierher zurückgefahren. Meine Mutter hat gerade mit meiner Tante in Kanada telefoniert. Ich wollte nicht warten, bis sie fertig ist und bin gleich ins Bett gegangen.«

»Wie haben Sie Ihre Freundin nach Hause gebracht?«

»Mit meinem Auto.«

»Haben Sie an Ihrem Auto irgendwelche Veränderungen bemerkt? Hat es im Inneren des Wagens gerappelt oder haben Sie am Lenkrad etwas gespürt?«

»Nein, nichts. Es war alles wie immer. Einmal musste ich ziemlich stark bremsen, weil die Katze von Frau Förster über die Straße gelaufen ist. Das Auto hat ohne Probleme angehalten.«

»Auf dem Hinweg oder auf dem Rückweg?«

Julian überlegte. »Das war auf dem Hinweg. Aber auch zurück ist mir nichts aufgefallen.«

Thorwald beugte sich nach vorne. »Wo steht Ihr Wagen, wenn Sie zu Hause sind?«

»Hinter dem Haus unter einer provisorischen Überdachung. Wir wollten eigentlich eine neue Garage bauen lassen und haben die alte im Herbst abgerissen. Aber dann hat uns der frühe Wintereinbruch einen Strich durch die Rechnung gemacht.«

»Haben Sie an Ihren Reifen eigentlich Felgenschlösser angebracht?«

»Nur bei den Sommerreifen. Die Felgen für die Winterreifen sind nichts Besonderes.«

»Und hinter dem Haus hat Sebastian Kofler heute Vormittag den Wagen abgeholt?«

Julian schluckte. »Dort hab ich ihn zumindest gestern Abend abgestellt.«

»Haben Sie und Sebastian sich heute denn nicht hier getroffen?«

»Nein, ich hab ihm schon gestern Abend nach der Schäfflerprobe den Schlüssel gegeben. Heute Vormittag war ich mit Simon zum Langlaufen verabredet.«

»Simon?«

»Simon Bauer. Ein guter Freund von mir.«

Josef Bernbacher stellte sein Wasserglas lautstark auf der Tischplatte ab. »Ich hab Sebastian noch gesehen. Er hat geklingelt und gesagt, er würde jetzt Julians Auto abholen. Kurze Zeit später hab ich ihn vom Hof fahren sehen.«

»Was ich allerdings nicht ganz verstehe …«, begann Julian.

»Ja?«

»Warum war Basti Richtung Altenberg unterwegs? Die Bauers wohnen neben Pfarrer Hartl. Das ist mitten in Neukirchen.«

»Vielleicht hat er zu Hause etwas vergessen und ist noch einmal zurückgefahren«, mutmaßte Cornelius.

Thorwald bedachte ihn mit einem strafenden Blick. »Sollte dieser Umstand für die Ermittlungen relevant sein, werden wir ihm zu gegebener Zeit nachgehen.«

Dann wandte er sich an Florian Weber. »Versuch bitte, diesen Briefumschlag aufzutreiben. Und wir brauchen die Spurensicherung. Sie wird auch von Ihnen die Fingerabdrücke nehmen«, sagte er zu Julian Bernbacher. »Außerdem sollen sie sich die Herrentoilette vornehmen und den Parkplatz hinter dem Haus hier. Und den Parkplatz und die Mülltonne beim Gasthaus Leitner. Herr Bernbacher, wie heißt Ihre Freundin und wo wohnt sie?«

»Lisa Mühlfellner. Sie wohnt in der Neukirchner Siedlung, fast ganz am Ende der Straße. Neben dem Toskanahaus von Dr. Rehberg.«

»Rehberg?«, entfuhr es Cornelius laut.

Auch Josef Bernbachers Kopf war ruckartig nach oben gegangen.

Thorwald runzelte die Stirn. »Das ist doch dieser Apotheker aus Altenberg? Warum sorgt sein Name hier für eine derartige Aufregung?«

Julian bedachte seinen Großvater und Cornelius mit finsteren Blicken. »Weil Marcel Rehberg und ich uns nicht sehr gut verstehen«, murmelte er dann.

»Marcel? Ist das Dr. Rehbergs Sohn?«

Julian sog geräuschvoll die Luft ein. »Nein, sein Neffe. Er wohnt seit einigen Monaten hier in Neukirchen bei Dr. Rehberg.«

»Und warum verstehen Sie beide sich nicht so gut?«, fragte Thorwald genervt. Er hatte es langsam satt, Julian jede Information aus der Nase ziehen zu müssen.

»Marcel Rehberg wollte erster Vortänzer bei den Schäfflern werden, aber der Schäfflerausschuss hat sich vergangenen Herbst schließlich für meinen Enkel entschieden«, sagte Josef Bernbacher knapp.

»Marcel tanzt seitdem nicht mehr mit und ist ziemlich sauer auf alle, die beim Schäfflertanz dabei sind. Vor allem auf mich«, fügte Julian hinzu.

Thorwald drehte sich wieder zu Florian Weber, der mittlerweile aufgestanden war und telefonierte. »Die Spurensicherung soll auch bei den Mühlfellners vorbeifahren und den dortigen Gehsteig untersuchen. Sie haben doch vor dem Haus geparkt, oder?«

»Ja. Glauben Sie wirklich, jemand hat dort mein Auto manipuliert?«, fragte Julian.

»Ohne das Ergebnis der Spurensicherung glaube ich gar nichts. Aber die Entfernung von der Neukirchner Siedlung bis hierher ist nicht weit. Womöglich haben Sie die gelockerten Radmuttern auf dieser kurzen Strecke gar nicht bemerkt.«

Thorwald überflog noch einmal seine Notizen, stand auf und redete leise mit Florian Weber, der sich dann, das Telefon immer noch am Ohr, mit einem Kopfnicken verabschiedete.

Thorwald ließ sich wieder auf den Sessel fallen. »Und Sie erzählen mir jetzt minutiös, was sich gestern nach dem Brand hier abgespielt hat, Herr Bernbacher.«

Doch ehe Julian zum Luftholen kam, flog die Wohnzimmertür auf und Dorothee Bernbacher stand mitten im Raum. Schwarzes Businesskostüm, dezenter Perlenschmuck, Laptoptasche, perfektes Make-up. Hätte man sie Cornelius als Vorstandsvorsitzende eines DAX-Unternehmens vorgestellt, hätte er es auf der Stelle geglaubt. Wie drei Schuljungen, die gerade bei einer Dummheit erwischt wurden, sahen er, ihr Sohn und ihr Schwiegervater zu ihr auf. Nur Robert Thorwald schien von ihrem Auftritt unbeeindruckt zu sein. Langsam erhob er sich.

»Was geht hier vor?«, zischte sie. »Warum laufen wildfremde Leute telefonierend durch mein Haus? Und was hat ein Streifenwagen mitten auf dem Firmengelände zu bedeuten?«

»Kriminalhauptkommissar Robert Thorwald. Der Kollege, der Ihnen draußen begegnet ist, ist mein Kollege, Kommissar Florian Weber.«

Dorothee Bernbacher musterte ihn feindselig. »Das beantwortet nicht meine Fragen.«

Aus den Augenwinkeln nahm Cornelius eine Begegnung war. Julian war ebenfalls aufgestanden.

»Irgendjemand hat die Räder meines Wagens manipuliert«, sagte er mit eisiger Stimme. »Basti liegt deshalb schwer verletzt im

Krankenhaus und niemand weiß, ob er durchkommt. Beantwortet das deine Fragen?«

---

»Haben Sie nicht vielleicht doch jemandem davon erzählt, dass Sie Sebastian Kofler am Vormittag Ihr Auto leihen würden?«, fragte Robert Thorwald. »Denken Sie bitte noch einmal ganz genau nach.«

Julian trank sein Wasserglas aus, stellte es aber nicht auf den Tisch zurück. Dorothee Bernbacher, die sich in den frei gewordenen Sessel neben den Kommissar gesetzt hatte, sah für einen kurzen Moment so aus, als ob sie anstelle ihres Sohnes antworten wollte. Doch dann strich sie sich nur eine imaginäre Haarsträhne aus dem Gesicht.

Cornelius konnte nicht sagen, was sie in der letzten halben Stunde mehr aus der Bahn geworfen hatte: Julians unterkühlte Begrüßung oder die Tatsache, dass ihr Sohn offenbar in Lebensgefahr schwebte. Ungläubig, dann offen entsetzt war sie Robert Thorwalds Ausführungen gefolgt. Als er ihr die Folie zeigte, in die Florian Weber die selbst gebastelte Todesanzeige gesteckt hatte, wurde sie aschfahl im Gesicht.

Cornelius hatte plötzlich Mitleid mit ihr. Trotz des perfekten Äußeren und der Distanziertheit, die sie stets ausstrahlte, war auch sie nur eine Mutter, die Angst um ihren Sohn hatte.

»Ich denke, Herr Cornelius kann jetzt nach Hause gehen«, sagte Thorwald in die Stille hinein.

»Das denke ich nicht«, entgegnete Josef Bernbacher. »Und ich wäre Ihnen sehr dankbar, wenn wir hier zügig weitermachen könnten.«

Er hatte ganz ruhig gesprochen, dennoch duldeten seine Worte keinen Widerspruch. Als hätte sich ein Echo des Firmenpatriarchen in die Stimme zurückgeschlichen, der er vor langer Zeit gewesen sein musste.

Seine Schwiegertochter und der Hauptkommissar waren klug genug, darauf nichts zu erwidern, auch wenn ihren Gesichtern abzulesen war, wie gerne sie Cornelius vor die Tür gesetzt hätten.

Obwohl Julian ihm schon ausführlich Rede und Antwort gestanden hatte, wollte Robert Thorwald ihn offenbar noch einmal über jede Minute des vorherigen Tages ausfragen. Cornelius spürte, dass der junge Mann, der nervös das leere Glas zwischen seinen Händen drehte, allmählich am Ende seiner Kräfte war.

»Also ich habe nichts von dieser Aktion gewusst«, warf Dorothee Bernbacher ein. »Und ich wäre auch nicht damit einverstanden gewesen. Immerhin handelt es sich um ein Firmenfahrzeug.«

»Deshalb hab ich dir auch nichts davon erzählt.« Erneut war eine Kälte in Julians Stimme, die Cornelius erstaunte.

»Denken Sie noch einmal in aller Ruhe nach«, sagte Thorwald, ohne auf den verbalen Schlagabtausch zwischen Mutter und Sohn einzugehen.

»Valentina wollte heute nicht mit Simon, sondern mit dem Bus zu ihrer Psychotherapie nach Landshut fahren. Das hat sie uns beim Warten in der Notaufnahme erzählt. Basti war danach ein bisschen komisch. In der Schäfflerprobe hat er mir gesteckt, wie gerne er sie fahren würde, aber der Wagen seiner Mutter sei momentan in der Inspektion. Ich hab ihm spontan vorgeschlagen, mein Auto zu nehmen. Das hat von den anderen garantiert niemand mitbekommen. Die hatten ja alle Probe. Nur uns beide hat der Armin nicht mittanzen lassen.«

»Wissen Sie, warum Valentina Bauer zur Psychotherapie geht?«, fragte Thorwald.

Julian sah ihn irritiert an. »Warum ist das wichtig? Sie hatte vergangenen Juli einen Zusammenbruch.«

»Einen Nervenzusammenbruch?«

»Nein. Sie ist in einer Landshuter Disko mit einer Überdosis Ecstasy zusammengebrochen.«

»Hat sie schon länger Drogenprobleme?«

»Valentina hatte noch nie Drogenprobleme! Glauben Sie etwa, sie hat dieses Scheißzeug absichtlich genommen? Irgendjemand hat es ihr heimlich verabreicht!«

Dorothee Bernbacher sog geräuschvoll die Luft ein, erwiderte aber nichts.

Julians Miene verdüsterte sich. »Ich weiß, du bist bei diesem Thema anderer Meinung. Aber dir hat sie ja nie etwas recht machen können.«

Thorwald stutzte. »Valentina Bauer und Sie kennen sich näher?«

»Wir waren fast zwei Jahre zusammen. Aber das ist schon eine Weile her«, murmelte Julian.

Thorwald machte sich rasch einige Notizen.

»Und auch Herr Weingartner hat von Sebastians Fahrt nach Landshut nichts mitbekommen?«

»Armin? Nein, ganz bestimmt nicht. Der hatte genug zu tun. Die Probe verlief total chaotisch.« Julian stellte das leere Glas auf den Tisch zurück. »Basti wollte das Auto zuerst gar nicht annehmen. Ich hab ihn regelrecht dazu überreden müssen.« Seine Stimme zitterte plötzlich.

»War es eigentlich das erste Mal, dass Sie ihm Ihr Auto geliehen haben?«, fragte Thorwald rasch.

Julian warf einen kurzen Blick zu seiner Mutter. »Ja«, sagte er knapp.

»Haben Sie Ihrer Freundin davon erzählt?«

»Nein. Lisa ist auf Valentina nicht sehr gut zu sprechen. Sie ist eifersüchtig, weil wir trotz unserer Trennung gute Freunde sind. Ich hatte keine Lust auf endlose Diskussionen. Nicht nach einem Tag wie gestern.«

Cornelius konnte sich des Gefühls nicht erwehren, dass Julians Antwort mehr an seine Mutter als an den Kommissar gerichtet war.

»Haben Sie es gewusst?«, wandte sich Thorwald an Josef Bernbacher.

»Nein. Ich bin gestern Abend früh schlafen gegangen. Erst als Sebastian heute Morgen hier geklingelt hat, um das Auto abzuholen, hab ich es erfahren.«

»Wie sind Sie gestern eigentlich von der Schäfflerprobe nach Hause gekommen?«

»Wir sind beide mit dem Bus gefahren. Danach hab ich Lisa nach Hause gebracht. Den Rest kennen Sie.«

»Und warum hat Sebastian Sie nicht schon gestern Abend nach Neukirchen begleitet und das Auto abgeholt?«

»Weil ich dachte, ich brauche den Wagen heute Morgen noch. Ich hab mir bis nach Fasching Urlaub genommen und wollte eigentlich die Fackeln und die Dekoration nach Landshut zurückbringen. Aber dann ...«, erneut geriet Julian ins Stocken, »dann hab ich verschlafen und als ich aufgewacht bin, war es schon zu knapp.«

»Haben Sie jemandem von dieser geplanten Fahrt nach Landshut erzählt?«, fragte Thorwald.

Julian runzelte die Stirn. »Meine Mutter und Lisa wussten davon. Und Simon. Deshalb hab ich mich mit ihm ja erst für halb elf verabredet.«

»Wann haben Sie und Simon dieses Treffen ausgemacht?«

»Gestern Nachmittag, während der Geburtstagsfeier.« Julian hielt inne. »Sie denken, irgendjemand hat es gehört und hat die Radmuttern gelockert, weil er dachte, ich würde heute Morgen mit dem Auto nach Landshut fahren?«

# Kapitel 17

Cornelius war froh, endlich an die frische Luft zu kommen. Es war mittlerweile Nachmittag geworden und die Sonne verschwand langsam hinter einem dunklen Wolkenberg. Der Wetterbericht hatte noch einmal Neuschnee angekündigt und der Wolkenfront nach zu urteilen würde es eine Menge werden. Trotzdem wollte er das kurze Stück zu Annas Pension zu Fuß gehen. Das würde ihm helfen, seine Gedanken zu sortieren und wieder einen klaren Kopf zu bekommen.

Am Verwaltungsgebäude begegnete er zwei Männern in weißen Ganzkörperanzügen. Einer von ihnen trug eine große durchsichtige Plastikfolie, in der sich die Überreste des Abfalleimers befanden, der andere einen Koffer und eine Folie mit einem Briefumschlag. Offenbar hatten sie das Corpus Delicti noch vor dem Reißwolf retten können. Sie nickten Cornelius kurz zu und gingen dann zu einem Zivilfahrzeug, das direkt neben dem Eingang parkte.

Die Polizeimaschinerie ist angeworfen, dachte Cornelius.

Während er mit den anderen noch im Wohnzimmer saß, hatte er durch eines der Fenster auch hinter dem Wohnhaus weiß gekleidete Gestalten gesichtet. Sie hatten jede Menge Fotos gemacht und den Boden genau untersucht. Vermutlich war es die Stelle, an der Julians Wagen gestanden hatte.

Cornelius hatte Josef Bernbacher beim Abschied versprechen müssen, am Abend noch einmal vorbeizukommen – eine Bitte, die er gerne erfüllen wollte, auch wenn ihm die mäßige Begeisterung in den Augen seiner Schwiegertochter nicht entgangen war. Langsam ging er Richtung Kundenparkplatz, wo neben einigen anderen Autos auch der Wagen von Robert Thorwald stand. Der Hauptkommissar lehnte mit verschränkten Armen an der Fahrertür. Fast sah es so aus, als wartete er auf jemanden.

»Herr Cornelius«, sagte er laut. »Haben Sie noch fünf Minuten für mich?«

Florian Weber, der gerade einsteigen wollte, blieb neugierig stehen.

»Natürlich, was gibt es denn?«

Robert Thorwald blickte Cornelius einige Sekunden schweigend an.

»Ich möchte nur eines von vornherein klarstellen«, begann er schließlich. »Mischen Sie sich bloß nicht wieder in unsere Ermittlungen ein. Dass Sie heute während meiner Befragung anwesend waren, haben Sie einzig und allein Herrn Bernbacher zu verdanken. Ein zweites Mal werde ich das bestimmt nicht durchgehen lassen.«

Cornelius schnappte empört nach Luft, doch der Hauptkommissar war noch nicht fertig. »Und sollte ich Sie in den nächsten Tagen ›zufällig‹ bei Familie Seidel oder Herrn Rehberg oder irgendwo antreffen, wo wir gerade mit unseren Ermittlungen beschäftigt sind, werde ich Sie wegen Behinderung der Polizeiarbeit anzeigen. Der Fall Julian Bernbacher ist einzig und allein Sache der Kriminalpolizei. Haben Sie das verstanden?«

---

Bei seiner Rückkehr in Annas Pension hatte sich Cornelius wieder einigermaßen beruhigt, auch wenn er über Robert Thorwalds Zurechtweisung nach wie vor sehr erbost war. Doch schon kurz nachdem er das Sägewerk hinter sich gelassen hatte, meldete sich eine leise Stimme bei ihm, die sagte, dass er nach den Ereignissen des Vorjahres keine andere Reaktion erwarten durfte.

Und so sehr er sich auch bemühte, sie zu ignorieren, die Stimme wollte einfach nicht schweigen. Er hätte damals Saschas Mörder nicht auf eigene Faust überführen dürfen. Dadurch hatte er nicht nur sich selbst, sondern auch andere in Lebensgefahr gebracht. Zur Stimme im Hinterkopf gesellten sich dann auch noch Ramonas Vorwürfe. Seine Frau hatte ihm sein eigenmächtiges Handeln in jener Nacht ebenfalls lange nicht verziehen.

Als er die Tür zur Gaststube öffnete, bemerkte er erst, wie müde er war. Es war ein furchtbarer Tag gewesen. Anna Leitner und Bettina Schneider saßen an dem Ecktisch, an dem Cornelius am Morgen gefrühstückt hatte, zwei Kaffeetassen vor sich. Außer ihnen waren keine anderen Gäste da. Auf dem Tresen stand ein junger Mann in Jeans, Kapuzenshirt und Turnschuhen, der an den Lampen über dem Getränkeausschank schraubte. Er nickte Cornelius kurz zu und widmete sich dann wieder ganz seiner Arbeit.

»Herr Professor, endlich! Ich hab mir schon große Sorgen um Sie gemacht«, rief Anna, kaum, dass er die Gaststube betreten hatte.

»Alles gut, Frau Leitner. Es hat dann doch etwas länger gedauert, als ich dachte. Bitte entschuldigen Sie, dass ich Sie beide einfach stehen gelassen habe.«

Anna war von ihrem Platz aufgestanden. »Das macht doch nichts. Wissen Sie, wie es Sebastian geht?«

Cornelius zog seinen Wintermantel aus und hängte ihn an den Garderobenhaken. »Leider nein. Als ich von den Bernbachers weg bin, hat Julian gerade versucht, Sebastians Mutter zu erreichen. Ich fürchte aber, es ist sehr ernst.«

Annas Augen füllten sich mit Tränen. »Der arme Bub. Wie konnte das denn nur passieren?«

»Das ist eine sehr lange Geschichte«, seufzte Cornelius.

»Wollen Sie sich nicht setzen? Sie sehen ganz durchgefroren und erschöpft aus«, sagte Bettina Schneider. Anders als am Vortag war sie ungeschminkt und hatte ihre Haare zu einem lockeren Pferdeschwanz gebunden. Ihre auffallende Blässe und ihre dunklen Augen traten dadurch nur noch stärker hervor. Große ausdrucksstarke Augen, die ihn jetzt besorgt ansahen. In diesem Augenblick meldete sich Cornelius' Magen mit einem lauten Knurren zu Wort.

»Sie Armer, wann haben Sie denn zuletzt etwas gegessen? Ich wärme Ihnen schnell etwas auf. Das ist doch kein Zustand«, sagte Anna und stürmte Richtung Küche davon.

Bettina Schneider rückte ans Kopfende des Tisches, damit Cornelius sich setzen konnte. »Sie ist eine so nette und hilfsbereite Frau. Bei ihr fühle ich mich immer wie zu Hause.«

»Da haben Sie etwas Wahres gesagt.« Cornelius ließ sich mit einem leisen Stöhnen auf einem Stuhl nieder. »Wo haben Sie denn eigentlich Ihre Kinder gelassen?«

»Wir haben sie nach dem Unfall eingepackt und sind auf den

Ebersbacher Schlittenhang gefahren. Gott sei Dank haben sie kaum etwas davon mitbekommen. Jetzt sind sie bei den Schäfers und spielen zusammen.«

»Sie haben sehr nette Kinder«, sagte Cornelius.

Bettina Schneider lächelte. »Die beiden sind mein ein und alles. Ich hoffe, sie haben Sie auf dem Schlittenhang nicht zu sehr angestrengt?«

»Überhaupt nicht. Ich wäre gerne noch länger geblieben.«

Zwangsläufig hatte ihre Unterhaltung sie zu Sebastians Unfall geführt.

Bettina Schneider steckte sich eine lose Haarsträhne hinter das Ohr. »Ich wollte schon vor über zwei Stunden nach Hause fahren, aber ich schaffe es einfach nicht. Immer wieder höre ich diesen Knall und sehe ich das Wrack vor mir. Es tut so gut, mit Anna zu reden und nicht allein zu sein.«

Cornelius musste an ihren Ehemann denken. Georg Schneider war seiner Frau in dieser Situation bestimmt kein Trost. Ob er nach seinem gestrigen Auftritt überhaupt schon wieder nüchtern war?

»Und dann Julian … Wir haben ihn bis zu uns schreien gehört«, flüsterte Bettina.

»Ich hab den Julian noch nie so verzweifelt erlebt«, sagte Anna, die in diesem Moment wieder am Tisch erschien, und stellte ein großes Glas Mineralwasser und einen Teller auf den Tisch. »Kässpatzen. Ich hoffe, Sie schmecken Ihnen trotz allem.«

Cornelius lächelte matt. »Ganz bestimmt.« Er nahm die Gabel, ließ sie aber sofort wieder sinken und starrte auf die Tischplatte. »Sie glauben gar nicht, welche Tragödie sich heute ereignet hat.«

---

»Ich hab mich schon gefragt, was die Polizei in meiner Mülltonne zu suchen hat«, sagte Anna, nachdem Cornelius zu Ende erzählt hatte. »Sie haben mir ein Formular unter die Nase gehalten und etwas von laufenden polizeilichen Ermittlungen geredet. Richtig unfreundlich waren die.«

»Glaubt die Kripo denn wirklich, dieser Peter Seidel steckt dahinter?«, fragte Bettina Schneider kaum hörbar.

»Die glaubt momentan noch gar nichts, was ich für sehr vernünftig halte«, wiegelte Cornelius ab. »Lassen wir die Leute einfach ihre Arbeit tun.«

Anna schüttelte den Kopf. »Ich mag mir das gar nicht vorstellen. Wegen dem Schäfflertanz einen Mord begehen, das ist doch der pure Wahnsinn! Wir sind doch nicht bei der Mafia.«

»Die arme Frau Kofler. Sebastian ist ihr einziger Sohn. Wenn Bernhard einen so schweren Unfall hätte … Mir wird ganz schlecht bei dem Gedanken.« Bettina fuhr sich hastig über die Augen.

Cornelius legte das Besteck auf den leeren Teller. »Julian ist fix und fertig. Er macht sich große Vorwürfe, weil er die ganze Sache so lange nicht ernst genommen hat. Und Herr Bernbacher erst …«

»Der arme Josef. Ihm bleibt auch nichts erspart. Erst sein Sohn, jetzt die Sorge um Julian.« Seufzend stand Anna auf und räumte Cornelius' Teller ab. Plötzlich hielt sie inne. »Das hab ich ja vor lauter Aufregung ganz vergessen. Sie haben Besuch, Herr Professor. Die junge Dame müsste gleich wieder zurück sein. Sie wollte nur schnell etwas im Dorfladen besorgen.«

»Besuch? Von einer jungen Dame?«

Noch während Cornelius sprach, wurde die Tür zur Gaststube geöffnet.

»Ah, da ist ja das junge Fräulein.«

»Hallo, Papa.«

Entgeistert drehte Cornelius sich um und starrte auf die junge Frau mit den verweinten Augen und den zerzausten Haaren.

»Tabea! Was machst du denn hier?«

---

Florian Weber schmiss sich schwungvoll auf seinen Bürostuhl und schaltete den Computer ein. »Dem Cornelius hast du es aber ganz schön gegeben. Der Arme wusste am Ende gar nicht mehr, was er sagen sollte.«

Robert Thorwald stellte den Kaffeebecher, den er sich vom Automaten mitgenommen hatte, auf den Schreibtisch und hängte seine Jacke an den wackligen Garderobenständer in der Ecke.

»Hm«, war alles, was ihm momentan dazu einfallen wollte.

Auf dem Rückweg in die Dienststelle hatten sie am Klinikum gehalten, um Sabine Kofler routinemäßig zu befragen. Es war keine gute Idee gewesen, wie Thorwald schon nach wenigen Minuten hatte feststellen müssen.

Sebastians Mutter hatte eine kräftezehrende Nachtschicht im Altenheim hinter sich und war einem Zusammenbruch nahe. Eine Schwester konnte sie schließlich überreden, sich auf einer Liege etwas auszuruhen. Immerhin hatten die Kommissare zuvor noch erfahren, dass sie weder vom Brand auf der Toilette noch von Sebastians Fahrt nach Landshut etwas wusste.

»Auch wenn Sebastian Semesterferien hat, passiert es oft, dass wir uns während meiner Nachtschichten mehrere Tage am Stück nicht sehen«, hatte sie mit brüchiger Stimme erzählt. »Ich schlafe tagsüber, und Sebastian ist abends viel unterwegs. Besonders in der letzten Zeit war er häufig mit den Schäfflern zusammen.«

Sebastian war erfolgreich ein Blutgerinnsel im Gehirn entfernt worden, dennoch war sein Zustand weiterhin kritisch. Momentan lag er auf der Intensivstation im Koma und keiner der Ärzte konnte oder wollte eine Prognose abgeben.

»Bitte finden Sie den, der meinem Sohn das angetan hat«, bat Sabine Kofler die Kommissare zum Abschied eindringlich.

»Ich hab es ihm nicht gegeben, sondern wollte lediglich von vorneherein etwas klarstellen«, brummte Thorwald, während er ebenfalls seinen Computer hochfahren ließ. »Denk an letztes Jahr und seine permanente Einmischung in unsere Arbeit. Das passiert mir bestimmt kein zweites Mal.«

Robert Thorwald hatte schon seit der Abfahrt aus Neukirchen auf einen entsprechenden Kommentar seines Kollegen gewartet, aber Florian Weber hatte es offenbar vorgezogen, ihn erst im Büro darauf anzusprechen. Wahrscheinlich um sich leichter verkrümeln zu können, falls die Stimmung frostig zu werden drohte.

Weber schälte sich aus seiner Winterjacke und hängte sie achtlos über die Stuhllehne. »Er hat sich damals nicht eingemischt, Robert. Wenn wir ehrlich sind, war er einfach zufällig zur richtigen Zeit am richtigen Ort und hat am Ende die richtigen Schlüsse daraus gezogen.«

»Meinst du das Ende, als er und Amelie beinahe umgebracht worden wären?«, fragte Thorwald scharf.

Weber verdrehte die Augen, ehe er sich seinem Computer zuwandte. »Es wird höchste Zeit, dass Amelie wieder nach Deutschland zurückkommt. Vielleicht wirst du dann ja wieder normal.«

»Was soll das bitteschön heißen?«

»Dass du seit Wochen unausstehlich bist«, sagte Weber, während er seine eingegangenen E-Mails überflog. »Dafür kann niemand was, auch der Cornelius nicht. Also hör auf, deine schlechte Laune an ihm auszulassen. Er weiß ganz genau, dass er letztes Jahr einen großen Fehler gemacht hat.«

Thorwald setzte sich geräuschvoll auf seinen Stuhl. Er hasste sein Strohwitwerdasein, hasste diesen nicht enden wollenden Winter, hasste seine eigene schlechte Laune, die er deswegen hatte, und vor allem hasste er die Anfangsphase eines neuen Falls, wenn die Ermittlungen noch in alle Richtungen liefen und keine heiße Spur zu erkennen war.

»Der vorläufige Bericht der KTU ist da. Super, die Jungs haben sich echt beeilt«, rief Florian Weber über seinen Bildschirm hinweg.

Thorwald vergaß, dass er eigentlich schlecht gelaunt war. »Tatsächlich? Und?«

»Die Feuerwehr hatte recht. An beiden Hinterrädern waren die Radmuttern gelockert und es fehlen jeweils zwei der fünf Muttern. Es war also nur eine Frage der Zeit, bis der Wagen ein Rad verliert.«

Thorwald stand von seinem Stuhl auf und stellte sich an die weiße Tafel hinter seinem Schreibtisch. Es klopfte. Ein junger Kollege von der Spurensicherung öffnete die Tür und legte einen dünnen Schnellhefter auf den Tisch. »Den Rest bekommt ihr morgen Vormittag«, sagte er und verschwand so schnell wie er gekommen war.

»Jetzt wird es spannend.« Thorwald nahm den Hefter an sich.

Es vergingen zwei Minuten, in denen Florian Weber gespannt auf die ersten Ergebnisse der Spurensicherung wartete.

»Also«, sagte Thorwald schließlich. »Die Mülltonne und der Parkplatz vor dem Gasthaus Leitner waren ein Flop. Die Tonne wurde gestern geleert und auf dem Parkplatz waren keine verwertbaren Spuren mehr zu finden.«

»War ja fast zu erwarten«, murmelte Weber.

»Der Gehsteig vor dem Haus von Lisa Mühlfellner ist auch

ohne Befund. Der Abfalleimer der Herrentoilette muss noch genauer untersucht werden, ebenso die Toilettentür. Die Ergebnisse bekommen wir frühestens morgen.«

Florian Weber setzte sich auf. »Das war doch nicht alles. Jetzt rück schon raus damit.«

Thorwald grinste. »Der Carport hinter dem Haus der Bernbachers war ein Volltreffer. Zwar gibt es keine brauchbaren Fußspuren, weil heute Morgen um das gesamte Wohnhaus herum geräumt wurde. Aber die Kollegen haben in einem der Schneehaufen eine Radmutter entdeckt, die zu Julians BMW gehört.«

»Also ist das Auto dort manipuliert worden.«

»Und zwar nachdem Julian Lisa nach Hause gebracht hat. Das heißt irgendwann zwischen elf Uhr abends und sechs Uhr morgens, wenn die Frühschicht im Sägewerk anfängt.« Thorwald warf noch einmal einen prüfenden Blick auf den Bericht.

»Hätte Sebastian nicht merken müssen, dass mit dem Auto irgendetwas nicht stimmt?«, fragte Weber nachdenklich.

»Wer denkt denn bei einem leichten Rappeln gleich an das Schlimmste. Wenn er das Radio ordentlich aufgedreht hat, hat er vermutlich gar nichts gehört. Außerdem war er mit Julians Wagen überhaupt nicht vertraut. Als es dann richtig losging und der Reifen sich verabschiedete, war es zum Anhalten vermutlich schon zu spät.« Thorwald legte den Schnellhefter auf seinen Schreibtisch, stellte sich wieder an die Wandtafel und nahm einen dicken schwarzen Stift zur Hand.

Florian Weber ließ seine Handgelenke knacken. »Malstunde?«

»Mach dich nur lustig über mich.«

Robert Thorwald war im ganzen Kommissariat für seine Vorliebe zu Skizzen und Wandnotizen bekannt.

»Überhaupt nicht. Ich denke, wir starten mit einer *Timeline*?«

»Hast du Gschaftlhuber das auf deiner letzten Fortbildung gelernt? Ich nenne es Zeitachse und, ja, genau damit fangen wir jetzt an«, erwiderte Thorwald und zog eine schwarze horizontale Linie. »Auf geht's.«

»Peter Seidel fährt Julian am Mittwoch vergangener Woche beim Ausparken vor der Sporthalle beinahe über den Haufen«, begann Florian Weber. »Ob absichtlich oder nicht, wissen wir noch nicht.«

Robert Thorwald markierte den Tag mit einem Kreuz auf der Linie und schrieb »Zusammenstoß, Absicht (?)« darunter.

»Haben wir schon erste Informationen über Peter Seidel?«, fragte er.

Weber öffnete die nächste E-Mail. Katrin Abel, die neue Kollegin, hatte brav Wort gehalten. »Er ist bisher nicht vorbestraft, noch bei seiner Mutter in Ebersbach gemeldet und arbeitet in einer Altenberger Metzgerei. Katrin hat dort angerufen und erfahren, dass er heute mit seinem Chef bis zum späten Nachmittag auf einer Faschingsveranstaltung ist.« Er überflog murmelnd ein paar Zeilen. »In den sozialen Netzwerken im Internet ist er nicht aktiv. Und vor drei Jahren sind sein Vater und sein Bruder bei einem Verkehrsunfall ums Leben gekommen. Das ist alles.«

»Also hat er nicht dreihundert Freunde auf *Facebook*, die wir befragen müssen«, stellte Thorwald zufrieden fest.

Weber, der um die Abneigung seines Chefs für diese Netzwerke wusste, grinste. »Du bist tatsächlich nicht das einzige Fossil auf diesem Planeten.«

»Machen wir lieber hier weiter«, sagte Thorwald und klopfte mit dem Stift auf die Wandtafel.

»Vorgestern findet Julian Bernbacher gegen zweiundzwanzig Uhr vor dem Gasthaus Leitner eine geköpfte Ratte auf der blutverschmierten Windschutzscheibe seines Wagens.«

Thorwald markierte auch diesen Tag mit einem Kreuz und notierte das Wort »Ratte«. »Ruf die Kollegen vom Streifendienst an. Die sollen sich dort umhören. Vielleicht hat jemand aus der Nachbarschaft oder ein Pensionsgast an dem Abend etwas Verdächtiges gesehen.«

Während Florian Weber den gewünschten Anruf erledigte, überflog Robert Thorwald seine eigenen E-Mails. Eine Nachricht von Amelie war auch dabei. »Grüße und Küsse aus Sydney« stand in der Betreffzeile.

Sein Kollege hatte recht. Was er vor allem anderen hasste, war Amelies lange Abwesenheit, obwohl er das natürlich niemals zugeben würde. Erst recht nicht vor Florian Weber, der die Eigenschaft besaß, die Dinge mit wenigen Worten genau auf den Punkt zu bringen.

Jetzt legte Weber die Hand über die Sprechmuschel. »Sollen die sich auch gleich in der Nachbarschaft des Sägewerks umhören?«

»Das Wohnhaus hat doch nur einen direkten Nachbarn.« Thorwald studierte seine Notizen. »Georg und Bettina Schneider. Ja, gute Idee.«

Thorwald nahm einen Schluck des ungenießbaren Automatenkaffees und ging dann zurück an die Wandtafel.

»Gestern Morgen wird Julian seine eigene Todesanzeige per Post zugeschickt«, fuhr Weber fort, nachdem er aufgelegt hatte.

Thorwald nahm sich wieder den Schnellhefter vor. Auch die Spurensicherung hatte enorm Gas gegeben und bereits mehr Ergebnisse, als er auf der Rückfahrt zu hoffen gewagt hatte.

»Der Brief trägt eine selbst klebende Briefmarke und wurde einen Tag zuvor, also am Dienstag, im Briefzentrum Landshut abgestempelt. Die Fingerabdrücke dazu bekommen wir morgen.« Er hielt kurz inne. »Diese Erkenntnis bringt uns jetzt allerdings nicht weiter. Briefzentrum bedeutet, der Brief kann irgendwo hier in Landshut, aber auch im Landkreis in einen Briefkasten geworfen worden sein.« Er malte links von der Ratte ein weiteres Kreuz auf die Linie und notierte »Brief«.

»Und schließlich gestern Nachmittag der Brand auf der Herrentoilette«, beendete Weber seine Ausführungen.

Auch dieser Vorfall wurde auf der Zeitachse festgehalten.

»Mit ungefähr einhundertfünfzig Personen, von denen möglicherweise einer etwas gesehen hat, das uns vielleicht weiterhelfen könnte.« Weber bemühte sich gar nicht, die Ironie in seiner Stimme zu verbergen. »Das dauert, bis wir mit denen durch sind. Auch wenn wir zusätzliche Leute bekommen.«

»Vergiss nicht das Gespräch zwischen Julian und Simon, in dem sich beide zum Langlaufen verabreden und Julian die Fahrt nach Landshut erwähnt. Auch das hat während der Geburtstagsfeier stattgefunden«, sagte Thorwald und hinterließ einen Vermerk auf der Wandtafel.

Dann ließ er sich auf seinen Bürostuhl fallen. »Ich hab Dorothee Bernbacher bereits gebeten, uns eine Liste aller Gäste und Mitarbeiter zusammenstellen zu lassen.«

Beide Beamte sahen eine Weile schweigend auf die Wandtafel.

184

»Wir brauchen einen Kreuztreffer«, sagte Weber in die Stille hinein. »Eine Person, die vorgestern Abend vor dem Gasthaus Leitner herumgeschlichen ist, gestern auf der Geburtstagsfeier war und in der Nacht das Auto manipuliert hat.« Er zögerte kurz. »Peter Seidel?«

»Dorothee Bernbacher hätte gegen eine schnelle Verhaftung sicher nichts einzuwenden«, murmelte Thorwald.

Julians Mutter hatte ihm bei der Verabschiedung deutlich zu verstehen gegeben, was sie unter effektiver Polizeiarbeit verstand.

»Die soll sich wieder einkriegen. Soweit ich mitbekommen habe, wusste die gute Frau bis vor zwei Stunden überhaupt nicht, was sich in den vergangenen Tagen im Leben ihres Sohnes abgespielt hat.«

»Dafür kann sie nichts. Julian Bernbacher hat alles getan, um die Vorfälle vor seiner Mutter zu verheimlichen.«

»Mit der hat er es bestimmt nicht leicht. Sie hat mich im Flur angesehen, als käme ich direkt vom Mars.«

»Was hältst du von Marcel Rehberg?«, fragte Thorwald. »Julian sagte mir, er sei gestern überraschend mit seinem Onkel auf der Geburtstagsfeier aufgetaucht und es hätte wohl eine kleine Auseinandersetzung gegeben.«

»Wenn er nach seiner Tante kommt, ist auf alle Fälle ausreichend kriminelles Potenzial vorhanden.«

»Jetzt mal im Ernst. Es könnte doch sein, dass er Julians Wagen vor dem Haus der Mühlfellners sieht. Sich mitten auf der Straße und noch dazu unter einer Straßenlaterne daran zu schaffen zu machen, war ihm zu riskant. Aber vielleicht ist er dadurch auf die Idee gekommen, dem Wagen nachts einen kleinen Besuch abzustatten.«

»Wollen wir uns den Burschen gleich vorknöpfen?«

»Ja, aber davor will ich noch kurz mit Valentina Bauer sprechen«, sagte Thorwald und griff zum Telefonhörer. »Ich will wissen, ob sie irgendjemandem von der Fahrt nach Landshut erzählt hat.«

# Kapitel 18

E s dauerte eine Weile, ehe Tabea in zusammenhängenden
Sätzen sprechen konnte. Immer wieder wurde sie von einem
neuen Weinkrampf durchgeschüttelt. Cornelius konnte sich ohnehin lebhaft vorstellen, was in München passiert war. Geduldig
wartete er, bis seine Tochter sich etwas beruhigt hatte.

Bettina Schneider hatte sich bei Tabeas Ankunft rasch verabschiedet und auch Anna hatte sich diskret in die Küche zurückgezogen. Nur der junge Elektriker werkelte nach wie vor an der
Deckenbeleuchtung herum, schien an der Vater-Tochter-Unter-
haltung jedoch kein besonderes Interesse zu haben.

»Über eine Stunde habe ich vor Davids Büro gewartet, um ihn
zu überraschen«, schluchzte Tabea. »Und dann sehe ich ihn mit
dieser rothaarigen Tussi Arm in Arm aus dem Haus kommen.
Und mir erzählt er seit Tagen irgendetwas von Überstunden. Wer
weiß, wie lange das mit den beiden schon geht.«

»Schon eine ganze Weile«, murmelte Cornelius.

»Was meinst du?« Mit Tränen in den Augen blickte seine Tochter ihn an.

»Nichts«, sagte er rasch. »Was hast du denn dann gemacht?«

»Ihm eine geknallt. Da hat sie schön dumm geschaut. Und er auch.«

»Das hast du vollkommen richtig gemacht«, stellte Cornelius
mit Genugtuung fest.

Tabea verschränkte die Arme vor der Brust. »Das dachte ich
mir, dass du das sagst. Du hast David ja nie gemocht.«

»Das stimmt«, erwiderte er und strich ihr behutsam über die
Wange. »Aber deshalb wünsche ich dir noch lange keinen Kummer. Mir tut das alles sehr leid. Ich will einfach nur, dass du
glücklich bist. Hast du deiner Mutter schon Bescheid gesagt?«

»Ja, Mama war ganz komisch. Dauernd hat sie mich gefragt,
ob *du* schon mit mir gesprochen hättest. Nach David hat sie sich
überhaupt nicht erkundigt. Aber das kommt bestimmt von dem
ganzen Durcheinander in Kitzbühel.«

»Was denn für ein Durcheinander?«, fragte Cornelius alarmiert.

»Weißt du denn das noch gar nicht? Richard hatte einen Ski-unfall und liegt mit einem doppelten Wadenbeinbruch im Krankenhaus.«

»Nein, das wusste ich nicht. Woher denn auch? Mir sagt ja niemand etwas.«

»Das kommt davon, weil du nie dein Handy dabei hast. Ich habe es mindestens fünfzehnmal bei dir versucht«, schniefte Tabea.

»Tut mir leid. Ich habe das Telefon heute Morgen aufgeladen und dann in meinem Zimmer vergessen«, sagte Cornelius. »Ist Mama denn schon wieder zu Hause?«

»Nein, sie ist in Kitzbühel und dort will sie momentan auch bleiben. Richard ist noch nicht transportfähig und bei Caroline befürchten die Ärzte sogar eine Lungenentzündung.«

»Da braucht Mama doch unsere Hilfe. Ich werde sie gleich anrufen und danach fahren wir sofort los!«

»Ach, Papa. Das habe ich ihr doch längst angeboten. Sie meinte lediglich, wir beide würden für noch mehr Unruhe sorgen und sollten bloß in Neukirchen bleiben. Sie bekommt das wunderbar allein hin.«

»Aha.« Mehr wollte Cornelius nicht dazu einfallen. »Das heißt, du bleibst jetzt auch hier?«

Tabea putzte sich geräuschvoll die Nase. »Von München und David habe ich momentan die Nase gestrichen voll. Frau Leitner hat schon gesagt, es ist noch ein Zimmer für mich frei.«

Cornelius räusperte sich. »Soso, das ist ja interessant. Wie bist du denn überhaupt nach Neukirchen gekommen?«

»Bis Landshut bin ich mit dem Zug gefahren«, antwortete sie ausweichend.

»Und dann?«

»Per Anhalter«, sagte Tabea leise.

»Wie bitte?«, rief Cornelius. »Wie oft haben deine Mutter und ich dir gesagt, du sollst das nicht machen. Ich dachte dieses unvernünftige Alter hättest du längst hinter dir?«

»Was sollte ich denn machen? Mir ist der Bus nach Neukirchen direkt vor der Nase weggefahren. Ich habe dich doch angerufen. Aber was kann ich dafür, wenn du dein Handy nicht dabei hast. Was soll hier auf dem Land denn schon Großartiges passieren?«

»Mehr als du denkst«, murmelte Cornelius.

»Jetzt reg dich nicht so auf. Ich bin mit ihm da mitgefahren«, erwiderte sie und machte eine Kopfbewegung in Richtung Tresen.

Der Elektriker hatte mittlerweile zu arbeiten aufgehört und nickte Cornelius zu. »Grüß Gott.«

»Grüß Gott.« Cornelius runzelte die Stirn. »Irgendwoher kenne ich Sie doch.« Plötzlich fiel es ihm wieder ein. »Sie sind einer der Kasperl beim Schäfflertanz. Habe ich recht?«

Der junge Mann kletterte vom Tresen und reichte Cornelius die Hand. »Stimmt. Ich bin Lukas.«

»Danke, dass Sie meine Tochter nach Neukirchen mitgenommen haben.«

»Und weißt du, was das Beste an der ganzen Sache ist«, sagte Tabea. »Jetzt können wir uns diese Schäfflertänze doch noch gemeinsam ansehen.«

Cornelius sah seine Tochter und Lukas bekümmert an. »Ich befürchte, die Aufführungen werden nicht stattfinden. Heute Vormittag hat es hier in Neukirchen nämlich einen furchtbaren Unfall gegeben.«

---

Benedikt Rehberg stand am Küchenfenster und wartete, bis die beiden Kommissare in den Wagen gestiegen waren und wegfuhren. Erst dann drehte er sich zu Marcel um.

»Was ist?«, fragte sein Neffe herausfordernd.

»Das frage ich dich. Warum gibst du der Polizei so unverschämte Antworten?«

Rehberg nahm eine Tasse von der angewärmten Ablage der Espressomaschine und stellte sie unter den Kaffeespender. Mit mehr Kraft als unbedingt notwendig drückte er auf den Knopf.

Marcel lehnte sich lässig gegen die Kühlschranktür. »Ich war nicht unverschämt. Ich hab ihnen lediglich gesagt, was Sache ist. Mehr nicht.«

Rehberg sah zu, wie die pechschwarze Flüssigkeit langsam in die Tasse lief. »Dann hoffen wir einmal, die Polizei sieht das genauso.«

Er wusste nicht mehr, wie oft er in den letzten Tagen den Moment verflucht hatte, in dem er sich bereit erklärt hatte, Marcel bei sich aufzunehmen. Nichts als Ärger hatte er sich damit eingehandelt. In den Sportvereinen lachte man nur noch über ihn, die Nachbarn fingen zu tuscheln ab, sobald sie ihn in der Einfahrt seines Hauses erblickten, und bei der Hälfte seiner Kunden vermutete er hinter ihrem Apothekenbesuch pure Neugier. Dabei hatte er gehofft, das leidige Spießrutenlaufen endlich hinter sich gebracht zu haben. Doch anscheinend war es ihm nicht vergönnt, zur Ruhe zu kommen. Erst Annabelle, jetzt Marcel – über der Rückkehr in seine alte Heimat schien ein regelrechter Fluch zu hängen. Noch schlimmer als das Gerede der Leute war die unverschämte und abgebrühte Art seines Neffen, die ihn förmlich zur Weißglut trieb, sobald Marcel nur den Mund aufmachte.

»Warum sollte sie das nicht tun? Ich hab schließlich nicht gelogen. Du hast ihnen doch genau das Gleiche gesagt wie ich.«

Rehberg trank seinen Espresso aus. »Ich habe gesagt, dass du vorgestern Abend nach Landshut zu Freunden gefahren bist. Genauso, wie ich ausgesagt habe, dass wir gestern sehr zeitig die Geburtstagsfeier verlassen und von dem Brand nichts mitbekommen haben und du den ganzen Abend und die ganze Nacht zu Hause warst.«

Marcel zuckte mit den Schultern. »Also, wo ist dann das Problem?«

»Das Problem?« Benedikt Rehberg knallte die leere Espressotasse auf die Anrichte. »Ich habe ihnen nicht gesagt, dass du vor unserer Abfahrt eine halbe Ewigkeit gebraucht hast, um unsere Mäntel zu holen und auf die Toilette zu gehen.«

Marcel grinste nur. Erneut breitete sich ein unangenehmes Pochen in Benedikt Rehbergs rechter Schläfe aus. Auf einmal verspürte er große Lust, seinem Neffen eine Ohrfeige zu verpassen.

»Mein größtes Problem ist aber, dass ich die Polizei angelogen habe, als ich gesagt habe, du hättest letzte Nacht das Haus nicht verlassen«, sagte er drohend.

Marcels Grinsen verschwand so schnell, wie es gekommen war. »Was willst du damit sagen?«

»Ich bin gegen halb zwei aufgewacht, weil ich ein Geräusch gehört habe. Ich bin in dein Zimmer und habe dort ein leeres Bett vorgefunden. Das will ich damit sagen.«

Marcel sah seinen Onkel wütend an. »Was hast du mitten in der Nacht in meinem Zimmer verloren?«

»Die Frage ist doch vielmehr: Wo warst du mitten in der Nacht und was hast du gemacht?«

»Das geht dich einen Scheißdreck an.«

Benedikt Rehbergs Hand verselbständigte sich plötzlich und klatschte laut auf Marcels Wange. Sein Neffe blieb stocksteif vor ihm stehen und starrte ihn aus weit aufgerissenen Augen an. Rehberg erschrak selbst darüber, was er gerade getan hatte. Aber er musste die Wahrheit wissen.

»Hast du irgendetwas mit diesem manipulierten Wagen zu tun?«, fragte er schließlich.

Marcel stand immer noch wie versteinert vor ihm und reagierte nicht.

»Antworte gefälligst! Hast du letzte Nacht die Räder von Julians Wagen manipuliert?«, schrie er.

Endlich erwachte Marcel aus seiner Erstarrung. Seine Wange war stark gerötet und brannte wie Feuer. Doch er ignorierte den Schmerz.

»Und wenn schon«, stieß er schließlich hervor. »Meinetwegen kann Julian Bernbacher zur Hölle fahren.«

---

»Was hältst du von ihm?«, fragte Florian Weber.

»Marcel Rehberg? Ein eiskalter Brocken, der ohne mit der Wimper zu zucken andere über die Klinge springen lässt«, antwortete Robert Thorwald und schaltete den Scheibenwischer eine Stufe höher.

Während Benedikt Rehberg echte Bestürzung gezeigt hatte, bestand Marcel Rehbergs Reaktion auf den Autounfall und die manipulierten Radmuttern aus einem bloßen Schulterzucken.

»Aber ein Eisbrocken mit Alibi«, stellte Weber fest. »Er hatte für jedes Kreuz auf deinem Zeitstrahl eine passende Antwort. Auch wenn die Aussage seines Onkels bezüglich letzter Nacht etwas dünn ist.«

190

Benedikt Rehberg hatte ausgesagt, Marcel sei bereits vor ihm ins Bett gegangen. Er selbst würde seit einiger Zeit sehr schlecht schlafen und hätte es daher gehört, wenn sein Neffe noch einmal das Haus verlassen hätte.

»Dass Rehberg etwas unruhige Nächte hat, glaube ich ihm gerne. So fertig wie der aussieht, geht der gerade durch die Hölle. Und wie willst du Marcel das Gegenteil beweisen? Es sei denn, jemand hätte ihn zufällig beim Verlassen des Hauses gesehen.« Thorwald überholte vorsichtig den vor ihm fahrenden Schneepflug. »Die Kollegen vom Streifendienst sollen die Befragung in der Neukirchner Siedlung fortsetzen. Vielleicht haben wir Glück und jemand hat letzte Nacht tatsächlich eine Beobachtung gemacht.«

Weber griff nach seinem Telefon.

»Sag bitte auch Katrin Bescheid. Sie soll bei dieser Bekannten nachfragen, wann genau Marcel vorgestern Abend in Landshut eingetroffen ist. Außerdem schadet es nichts, noch mehr über Marcel Rehberg zu wissen. Freunde, Bekannte, Kommilitonen, das Übliche halt.«

»Was hat eigentlich Valentina Bauer erzählt?«, fragte Weber, nachdem er aufgelegt hatte.

Thorwald bremste ab und schaltete einen Gang zurück, da sie in diesem Moment das Ortsschild von Ebersbach passiert hatten. »Auch sie hat nicht gewusst, dass Sebastian sie in Julians Wagen abholen wollte. Sie ist davon ausgegangen, er würde sich dafür das Auto seiner Mutter ausleihen.«

»Ich finde Julians Entscheidung gegen einen Personenschützer übrigens äußerst unvernünftig«, stellte Weber fest. »Auch wenn er selbst keine Angst hat.«

»Allerdings«, erwiderte Thorwald und hielt mit dem Auto am Straßenrand an. »Er hat durchaus Angst. Und das nicht zu knapp. Aber gleichzeitig kann er es nicht mit seinem Gewissen vereinbaren, rund um die Uhr bewacht zu werden, während ein anderer seinetwegen mit dem Tod ringt.«

Seufzend schaltete er den Motor und die Scheinwerfer aus. »Und es ist ein weiterer Punkt, in dem er gegen seine Mutter arbeiten kann. Ich hab das Gefühl, er macht im Moment genau das, was sie nicht will.«

Weber starrte aus dem Fenster. Mittlerweile schneite es so stark, dass das Haus auf der anderen Straßenseite kaum zu erkennen war. »Immerhin ist sie einer der Hauptgründe, warum er die Zwischenfälle so lange verschwiegen hat.«

»Da hätte unser werter Professor Cornelius zur Abwechslung einmal gut daran getan, sich einzumischen und die Polizei zu verständigen. Spätestens nach dem Brand hätte allen Beteiligten klar sein müssen, wie ernst das Ganze ist«, stieß Thorwald grimmig hervor. »Ich hoffe, Julian kommt bald zur Vernunft. Bis dahin lasse ich auf alle Fälle verstärkt Streife fahren.«

»Vielleicht ist alles in einer Stunde schon kein Thema mehr«, sagte Weber mit Blick auf die gegenüberliegende Hofeinfahrt, wo ein junger Mann gerade aus einem schwarzen BMW stieg.

---

Peter Seidel und seine Mutter wohnten in einem kleinen Einfamilienhaus am westlichen Ende von Ebersbach.

Das Haus war hellgelb verputzt und machte einen gepflegten Eindruck. Unter dem spitz zulaufenden Giebel erkannte Thorwald trotz des Schneegestöbers eine kleine Nische mit einer Heiligenfigur. Im schmalen Vorgarten türmten sich die Schneemassen. Offenbar hatte man den Schnee vom Gehsteig und der Hofeinfahrt einfach dort abgeladen. Rechts neben dem Haus befand sich ein Garagenanbau, dessen braun lackiertes Tor gerade von einem jungen Mann geöffnet wurde.

»Guten Abend. Sind Sie Peter Seidel?«, fragte Robert Thorwald.

Der junge Mann ließ das Tor nach oben sausen und musterte ihn misstrauisch. »Wer will das wissen?«

Thorwald holte seinen Ausweis hervor. »Hauptkommissar Robert Thorwald, mein Kollege, Kommissar Florian Weber. Wir hätten ein paar Fragen an Sie. Könnten wir uns vielleicht drinnen mit Ihnen unterhalten?«

Peter musterte ihn und den Ausweis misstrauisch. »Welche Fragen? Ist etwas passiert?«

»Wir sind im Rahmen einer laufenden Ermittlung auf Sie gestoßen. Reine Routine«, sagte Thorwald.

»Von mir aus. Aber zuerst muss ich das Auto in die Garage fahren.«

Bereits in der kurzen Zeit, in der der BMW in der Einfahrt gestanden hatte, hatte sich eine dünne Schneeschicht auf dem Wagen gebildet. Florian Weber blickte missmutig auf die andere Straßenseite. Wenn es so weiterging, würden sie ihren Dienstwagen später freischaufeln müssen. Er hoffte, dass der Kofferraum entsprechend ausgestattet war.

Peter Seidel stieg ein und fuhr mit dem Wagen in die Garage. Thorwald fragte sich instinktiv, ob er für den Heckspoiler wohl eine Genehmigung hatte. Peter Seidel schloss das Garagentor mit einem lauten Quietschen und ging dann die wenigen Stufen zur Haustür hinauf.

»Kommen Sie herein«, sagte er knapp und schloss auf. »Hallo, Mama. Ich bin daheim«, rief er, bevor er seine Schuhe auszog und in einer kleinen Plastikwanne im Hausflur abstellte.

Thorwald musterte schuldbewusst seine eigenen Stiefel und versuchte, sie mithilfe des Schuhabtreters so gut wie möglich vom Schnee zu befreien. Weber machte es ihm nach. Peter Seidel hatte mittlerweile seine Mütze und seinen Anorak ausgezogen und an den Haken einer altmodischen Garderobe aus Nussbaumholz gehängt.

»Gehen wir ins Wohnzimmer«, sagte er und zeigte auf einen Raum am anderen Ende des Hausflurs.

In diesem Moment wurde die Tür zu seiner Linken geöffnet. Thorwald erhaschte einen kurzen Blick auf eine helle Einbauküche, ehe eine Frau in den Fünfzigern im Türrahmen erschien. Verunsichert musterte sie die kleine Menschenansammlung.

»Hallo, Mama«, sagte Peter. »Das sind zwei Herren von der Polizei, die mit mir sprechen wollen.«

Thorwald stellte sich und Weber noch einmal vor.

»Gerda Seidel«, sagte sie leise. »Ist irgendetwas passiert?«

Ein Anflug von Sorge breitete sich über ihrem Gesicht aus. Sie war blass und hatte hagere Gesichtszüge mit dünnen, leicht zusammengekniffenen Lippen. Ihr Haar, wie das ihres Sohnes rotblond, war zu einem strengen Pagenkopf geschnitten.

»Wir müssen Ihrem Sohn nur ein paar Fragen im Rahmen einer laufenden Ermittlung stellen. Reine Routine«, wiederholte Thorwald.

Gerda Seidel straffte ihre mageren Schultern. »Da wäre ich gerne dabei«, sagte sie nicht unfreundlich, aber bestimmt.

»Natürlich, das ist kein Problem. Wenn Ihr Sohn auch damit einverstanden ist?« Thorwald sah fragend zu Peter Seidel, der kurz mit den Schultern zuckte, was wohl seine Zustimmung signalisieren sollte.

Gemeinsam gingen sie in das Wohnzimmer. Peter und seine Mutter setzten sich auf eine braune Ledercouch, die ihre besten Jahre schon eine Weile hinter sich hatte. Weber und Thorwald nahmen in zwei Fernsehsesseln Platz.

»Worum geht es?«, fragte Peter Seidel.

Florian Weber, der sich Thorwalds Tafelbild in seinen Notizblock gekritzelt hatte, holte sich die Aufzeichnungen als Gedächtnisstütze hervor und legte sie so auf die Stuhllehne, dass auch Thorwald sie einsehen konnte. Ihm entging nicht, wie Gerda Seidel versuchte, ebenfalls einen Blick darauf zu erhaschen.

»Wir würden als Erstes gerne wissen, wo Sie vorgestern Abend gegen zweiundzwanzig Uhr waren«, begann der Hauptkommissar.

»Warum wollen Sie das wissen?«, fragte Peters Mutter sofort.

Thorwald linkes Augenlid zuckte leicht. »Frau Seidel, nichts für ungut, aber wir stellen hier die Fragen und Ihr Sohn antwortet darauf. Andernfalls ist dieses Gespräch hiermit beendet und wird ohne Sie auf dem Kommissariat in Landshut fortgesetzt.«

# Kapitel 19

Gerda Seidel schnappte ob dieser Zurechtweisung sichtbar nach Luft und Thorwald erwartete bereits ihre Retourkutsche. Aber dieses Mal war ihr Sohn schneller. Beruhigend legte er seine Hand auf ihren Unterarm.

»Lass gut sein, Mama.«

»Vorgestern Abend?«, wiederholte er an Thorwald gewandt.

»Ja.«

»Vorgestern … vorgestern war ich ab Viertel nach sieben zu Hause«, sagte Peter Seidel.

»Können Sie das bezeugen, Frau Seidel?«, fragte Thorwald.

Ihre Mundwinkel zuckten leicht. »Ja, das kann ich. Mein Sohn war den ganzen Abend zu Hause.«

»Und Sie sind später am Abend nicht noch einmal weggefahren?«, wollte Florian Weber wissen.

Gerda Seidel sog geräuschvoll die Luft ein, erwiderte jedoch nichts.

Peter Seidel blickte den Kommissar aus ausdruckslosen Augen an. »Nein. In der Metzgerei war viel los und ich war froh, als ich endlich meine Ruhe hatte.«

»Wie sieht es mit gestern Nachmittag aus?«, fragte Thorwald.

»Bis Mittag war ich in der Metzgerei. Danach sind mein Chef und ich nach Neukirchen ins Sägewerk gefahren. Dort war eine große Geburtstagsfeier und wir haben dafür das Catering gemacht.«

Webers Kopf ging ruckartig nach oben. Volltreffer!

Thorwald, dem Webers Reaktion nicht entgangen war, bemühte sich um einen ruhigen Tonfall. »Dann haben Sie doch sicherlich auch etwas von dem Brand mitbekommen, der dort am späten Nachmittag in der Herrentoilette ausgebrochen ist?«

»Nicht so direkt. Ich war da gerade in der Küche.«

»Julian Bernbacher hätte um ein Haar eine schwere Rauchvergiftung erlitten. Vielleicht wäre sogar noch Schlimmeres passiert, wenn man ihn nicht rechtzeitig aus der Toilette befreit hätte.«

Gerda Seidel sah ihren Sohn vorwurfsvoll an. »Davon hast du mir ja gar nichts erzählt.«

»Da gibt es auch nichts zu erzählen. Es ist ja eh nichts passiert.«

Thorwald hob seine Augenbrauen. »Dass *nichts* passiert ist, wissen Sie also? Ich dachte, Sie waren da gerade in der Küche.«

Peter fuhr sich nervös mit der Zunge über die Lippen. »War ich ja auch. Mein Chef hat mir später erzählt, was draußen los war und dass nichts Großartiges passiert ist.«

»Und Sie selbst waren nicht zufällig in der Nähe der Herrentoilette?«

»Oder sogar in der Herrentoilette drinnen?«, warf Florian Weber ein.

»Nein, war ich nicht. Wir hatten viel zu tun und ich war die meiste Zeit am Büffet oder in der Küche.«

Erstaunt stellte Thorwald fest, dass Gerda Seidels erwarteter Protest ausblieb. »Und wo waren Sie gestern zwischen elf Uhr abends und sechs Uhr morgens?«, fragte er deshalb rasch.

Peter Seidel lachte trocken auf. »Wo werde ich da schon gewesen sein? Hier war ich, in meinem Bett.«

»Was Sie ebenfalls bezeugen können, Frau Seidel?«

Gerda Seidel sah hektisch zwischen den beiden Polizisten hin und her. »Ja, natürlich. Ich hab einen sehr leichten Schlaf. Was wollen Sie meinem Sohn eigentlich die ganze Zeit unterstellen?«

Thorwald lehnte sich im Fernsehsessel zurück. »Ich unterstelle Ihrem Sohn überhaupt nichts, sondern will lediglich wissen, wo er sich zu bestimmten Zeiten aufgehalten hat. Wie würden Sie denn Ihr Verhältnis zu Julian Bernbacher beschreiben, Herr Seidel?«

Peter, der bisher vornüber gebeugt auf dem Sofa gesessen hatte, richtete sich auf. »Da gibt es nichts zu beschreiben. Ich hab mit ihm nichts zu tun.«

Thorwald musterte ihn aufmerksam. »Und was ist letzte Woche abends auf dem Parkplatz vor der Altenberger Sporthalle passiert?«

»Was soll da passiert sein?«

»Erzählen Sie es mir. Gab es da nicht einen kleinen Zwischenfall?«

»Ich bin mit dem Auto ins Schleudern gekommen, falls Sie das meinen. Aber es ist nichts passiert.«

»Abgesehen davon, dass Sie um ein Haar Julian Bernbacher überfahren hätten.«

Peter zuckte mit den Schultern. »Was kann ich dafür, wenn der so blöd in der Gegend herumsteht.«

»Was machst du denn vor der Sporthalle in Altenberg?«, entfuhr es Gerda Seidel in diesem Moment.

Peter starrte seine Mutter entgeistert an.

»Wollen Sie Ihrer Mutter nicht antworten?«, fragte Thorwald. »Mich würde es übrigens auch interessieren.«

»Warst du wegen den Schäfflern dort?«, fragte Gerda Seidel leise, als ihr Sohn nicht reagierte.

»Antworten Sie, Herr Seidel! Waren Sie wegen der Schäfflerprobe vor der Altenberger Sporthalle?«

»Ja, war ich«, presste er schließlich hervor.

»Aber warum denn?«, flüsterte sie. »Du bist doch kein …«

Wie von der Tarantel gestochen sprang Peter vom Sofa auf. »Ich bin kein Schäffler mehr, ich weiß. Und warum? Weil du dafür gesorgt hast, dass ich nicht mehr mittanzen darf«, brüllte er seine Mutter an. »Du und dieser beschissene Julian Bernbacher, ihr beide seid schuld daran.«

---

Obwohl es heftig zu schneien begonnen hatte, beschloss Cornelius am Abend, sein Versprechen zu halten und noch einmal bei Josef Bernbacher vorbeizuschauen. Tabea verspürte wenig Lust auf das Schneegestöber. Außerdem wollte sie früh schlafen gehen, sodass er sich gegen halb acht allein auf den Weg zum Sägewerk machte.

Julian öffnete ihm die Tür. »Schön, dass Sie nochmals vorbeikommen. Mein Großvater hat allerdings gerade Besuch.«

Er sah immer noch blass und mitgenommen aus und Cornelius bereute seinen Entschluss bereits. »Dann komme ich besser morgen wieder.«

»Auf gar keinen Fall. Mein Großvater freut sich, wenn Sie da sind.«

Julian ging durch eine Bogenöffnung in eine an das Wohnzimmer angrenzende Essecke. Dort stand ein ovaler Tisch, der mit Zeitungspapier bedeckt war, auf dem kleine, bunt bemalte Schäfflerfiguren aus Holz lagen. Auch Pinsel und Farbtöpfe konnte Cornelius entdecken.

»Ein Schreiner aus Altenberg macht die Turner extra für den Schäfflertanz. Wir, also die Schäffler, malen sie dann an«, erklärte Julian.

»Frau Leitner hat zwei dieser Figuren im Gasthof stehen. Wirklich eine nette Idee.«

»Ich weiß zwar nicht, wozu ich sie noch anmalen soll, aber wenn ich gar nichts mache, werde ich noch verrückt«, sagte Julian und nahm einen der Pinsel in die Hand.

»Sie werden morgen nicht tanzen?«, fragte Cornelius und setzte sich Julian gegenüber.

»Nein. Deshalb ist der Armin gerade bei meinem Großvater. Der Ausschuss hat heute die Absage der Aufführungen beschlossen. Wir können doch morgen nicht vor dem Rathaus tanzen, während Basti ... Ich kann es jedenfalls nicht.«

»Gibt es von Sebastian schon Neuigkeiten?«, fragte Cornelius.

»Mein Großvater hat mit Frau Kofler telefoniert. Das Schlimmste ist seine Kopfverletzung. Er liegt momentan im Koma und keiner weiß, ob er jemals wieder aufwacht. Ich würde ihn gerne besuchen, aber die Polizei hat mir verboten das Haus zu verlassen.«

Cornelius runzelte die Stirn. »Ich habe einen Streifenwagen am Sägewerk vorbeifahren sehen. Ist das etwa alles, was man Ihnen an Polizeischutz gewährt?«

Julians Gesichtszüge verhärteten sich. »Ich brauche keinen Polizeischutz. Auf Basti hat auch niemand aufgepasst. Soll der verdammte Feigling herkommen, der ihm das angetan hat.«

»Seien Sie trotzdem vorsichtig.«

»Ich kann mir einfach nicht vorstellen, dass Basti meinetwegen vielleicht stirbt. Ich bring doch wegen dem Schäfflertanz keinen um.«

»Selbst wenn es so ist, Julian, ist es nicht Ihre Schuld.«

»Von mir aus kann Marcel den verdammten Vortänzerposten

haben. Ich will ihn bestimmt nicht mehr. Und Peter … ich weiß, er hasst mich. Trotzdem war ich mir bis heute absolut sicher, dass er damit nichts zu tun hat.«

»Er gibt Ihnen die Schuld an seinem Ausschluss aus der Schäfflergruppe?«

Julian tauchte den Pinsel so heftig in den Topf, dass die grüne Farbe auf das Zeitungspapier spritzte. »Ja, seit Ende November ist er nicht mehr dabei. Wir haben uns damals alle beim Leitner Wirt getroffen. Irgendwann hab ich mitbekommen, dass Peter ziemlich betrunken war. Anna war zu der Zeit in Neuseeland und ihre Aushilfe hat ein Glas nach dem anderen ausgeschenkt. Auch die richtig harten Sachen. Wir waren alle nicht mehr ganz nüchtern, aber Peter war so betrunken, der konnte nicht einmal mehr geradeaus laufen. Beim Nachhausegehen fühlte sich dann keiner für Peter zuständig. Basti war an dem Abend nicht dabei, und plötzlich stand ich ganz allein mit ihm da. Ich hab ihn in sein Auto verfrachtet und zu ihm gesagt, ich würde in ein paar Stunden wieder nach ihm schauen.«

Cornelius ahnte bereits, was sich abgespielt hatte. »Aber ein paar Stunden später waren sowohl Peter als auch sein Auto verschwunden?«

Julian nickte. »Gegen halb sechs Uhr morgens bin ich zu ihm raus. Ich hab gedacht, mich trifft der Schlag, als der Wagen nicht mehr auf dem Parkplatz stand.«

»Was hat denn Ihre Mutter dazu gesagt?«

»Die hat davon nichts mitbekommen. Sie ist doch der Grund dafür, warum ich Peter überhaupt in seinem Auto gelassen hab«, stieß Julian hervor. »Seit eine Geburtstagsparty vor zwei Jahren etwas aus den Fugen geraten ist, darf hier niemand mehr übernachten.«

»Verstehe«, sagte Cornelius, obwohl er nicht wusste, was genau er sich unter der Definition »etwas aus den Fugen geraten« vorzustellen hatte.

»Ich weiß, was Sie jetzt denken. Der Kerl kann sich mit siebenundzwanzig nicht gegen seine eigene Mutter durchsetzen.« Julian lächelte matt. »Sie haben recht. Es wäre vielleicht anders, wenn wir nicht alle unter einem Dach wohnen würden. Aber so ist man nie für sich allein. Ich wollte an dem Abend einfach keine neue Diskussion vom Zaun brechen. Sie hätte doch sofort Frau Seidel angerufen und Peter abholen lassen. Und danach stundenlang auf mich eingeredet, wie unverantwortlich wir doch seien.«

Cornelius musste an seine bisherigen Begegnungen mit Dorothee Bernbacher denken. »Ich kann Sie sehr gut verstehen.«

»Seit fünfundzwanzig Jahren, seit dem Tag, an dem mein Vater gestorben ist, hat sie Angst um mich. Mein Großvater sagt, ich müsste versuchen, sie zu verstehen. Das Sägewerk und ich wären schließlich alles, was ihr noch geblieben ist.«

»Hat sie denn nie daran gedacht, noch einmal zu heiraten?«

»Nie. Mein Vater war ihre große Liebe. Daneben hatte niemand eine Chance. Ein paarmal hat sie es zwar versucht, aber alle Beziehungen waren mehr oder weniger schnell wieder vorbei. Was glauben Sie, wie oft ich mir gewünscht hab, es wäre anders. Ein neuer Mann in ihrem Leben würde sie vielleicht viele Dinge entspannter sehen lassen. Aber so richtet sie ihr ganzes Augenmerk auf meinen Großvater und mich und bemuttert uns, dass es mir fast die Luft zum Atmen nimmt.«

»Haben Sie das denn Peter nicht erklärt?«

»Natürlich. Mehr als einmal. Aber für ihn bin ich Schuld und etwas anderes will er nicht hören. Und im Grunde genommen hat er ja recht.« Julian legte den Pinsel zur Seite. »Gerade *ich* hätte ihn doch verstehen müssen. Meine Mutter ist schon anstrengend. Aber das ist nichts im Vergleich zu Frau Seidel. Sie würde Peter am liebsten einen Peilsender umhängen, damit sie weiß, wo er sich den ganzen Tag aufhält.«

»Das macht sie doch bestimmt nicht ohne Grund?«

»Vor drei Jahren sind ihr Mann und Peters älterer Bruder bei einem Autounfall gestorben. Ein betrunkener Autofahrer ist frontal in sie hineingerast. Ein paar Wochen später ist auch noch Peters Onkel an Leberzirrhose gestorben. Er war jahrelang alkoholabhängig. Und dann findet sie Peter frühmorgens sturzbetrunken und halb erfroren in ihrem Vorgarten. Wie er es mit dem Alkoholpegel ohne Unfall nach Ebersbach geschafft hat, ist mir bis heute ein Rätsel. Ich war mir sicher, dass er sowieso gleich einschläft. Sonst hätte ich ihm doch den Autoschlüssel weggenommen. Auf alle Fälle ist sie vollkommen durchgedreht und hat ihn noch am gleichen Tag abgemeldet. Mit einer Säufertruppe würde ihr Sohn nichts zu tun haben. Ich hab gedacht, ich höre nicht recht. Natürlich gehen wir nach den Proben auch einmal feiern. Aber deshalb sind wir noch lange keine Säufer. Ich hab erst einige Zeit später erfahren, dass Peters Freundin an dem Tag Schluss gemacht hat und er sich ihretwegen so hat volllaufen lassen. Das hab ich seiner Mutter auch versucht zu erklären, aber sie hat überhaupt nicht zugehört. Nicht einmal der Opa und Armin haben etwas ausrichten können.«

»Trotzdem macht Peter es sich zu einfach. Kein Mensch hat gesagt, er soll in seinem Zustand noch nach Hause fahren«, warf Cornelius ein.

»Aber verstehen Sie denn nicht: Ich war der Letzte, der an dem Abend da war. Ich hätte mich um ihn kümmern und ihn irgendwo bei uns verstecken müssen, bis er wieder halbwegs nüchtern ist. Auch auf die Gefahr hin, dass meine Mutter uns dahinter kommt.«

»Jetzt ist aber Schluss. Peter ist doch kein kleines Kind mehr. Er war schließlich erwachsen genug, sich einen Vollrausch anzutrinken. Hätte er den in seinem Auto ausgeschlafen, wäre nichts passiert.«

»Das ist ja noch nicht alles«, sagte Julian.

»Es gab noch einen weiteren Zwischenfall?«

Julian rollte die Ecke des Zeitungspapiers ein und wieder aus. »Kurz nach Neujahr waren ein paar Neukirchner Schäffler, der Basti und ich im Leitner Wirt. Beim Heimgehen waren die Straßen plötzlich spiegelglatt. Überall Blitzeis. Basti hat bei uns übernachtet und ist nicht nach Altenberg zurückgefahren. Ich weiß bis heute nicht, wie Peter davon erfahren hat, aber seitdem bin ich erst recht unten durch bei ihm.«

Cornelius verstand. »Peter musste draußen bleiben, während für Sebastian Tür und Tor geöffnet wurden.«

»Dabei war es die Idee meines Großvaters. Er war mit dem Stammtisch auch im Leitner Wirt und hat Basti verboten, nach Hause zu fahren. Meine Mutter war an dem Wochenende ohnehin in München und somit gab es keine langen Diskussionen.«

»Die beiden Situationen kann man doch überhaupt nicht miteinander vergleichen«, erwiderte Cornelius kopfschüttelnd.

»Versuchen Sie das einmal Peter zu erklären«, murmelte Julian und griff wieder nach dem Pinsel. Eine Weile malte er lustlos an der kleinen Figur weiter.

»Aber Peter ist doch volljährig. Dann braucht er keine Einwilligung seiner Mutter, um wieder bei Ihnen mitzutanzen. Warum hat er sich nicht über ihre Entscheidung hinweggesetzt?«

»Wenn man die einzige Familie ist, die der andere noch hat, ist das alles nicht so einfach. Dann geht man nicht und lässt den anderen im Streit zurück«, sagte Julian leise.

---

»Und jetzt?«, fragte Florian Weber.

Thorwald holte Handschuhe aus seiner Jackentasche. »Meinst du Peter Seidel oder unser Auto?«

»Beides«, sagte Weber, nachdem er einen Blick auf den zugeschneiten Wagen geworfen hatte.

»Beim Auto hilft nur abkehren und freischaufeln. Und ihm …«, Thorwald drehte sich kurz zum Haus der Seidels um, »… ihm können wir momentan genauso wenig nachweisen wie Marcel Rehberg.«

»Immerhin war er gestern Nachmittag auf dieser Geburtstagsfeier. Ich hab mir das heute einmal angesehen. Vom Foyer bis zu den Toiletten im Garderobenraum ist es nur ein Katzensprung. Zwei Sekunden und er ist zur Tür hinaus«, sagte Weber und öffnete den Kofferraum, um nach einem Handfeger zu suchen.

Thorwald dachte an seinen Zeitstrahl. »Ein Treffer, zwei Nieten.«

»Sein Alibi für vorgestern Abend und für gestern Nacht liefert ihm seine Mutter. Auch nicht besser als bei Marcel Rehberg. Die würde doch für ihren Sohn das Blaue vom Himmel herunterlügen«, kam es aus dem Kofferraum.

Thorwald ging mit hochgezogenen Schultern auf und ab. »Gut möglich. Was sagst du denn zu seiner Reaktion auf Sebastians Unfall?«

»Ich glaube nicht, dass sein Entsetzen vorgetäuscht war. Hast du gesehen, wie blass der auf einmal wurde?« Weber tauchte mit einem Eiskratzer in der Hand wieder auf.

»Das ist jetzt nicht dein Ernst.«

»Doch, mehr hab ich nicht gefunden.«

Thorwald unterdrückte einen Fluch und begann mit den bloßen Händen den Schnee von der Windschutzscheibe zu räumen.

»Ich hatte auch das Gefühl, er hat uns nichts vorgespielt. Genauso wenig wie zuvor bei seinem Wutanfall. Er ist seine Mutter ganz schön angegangen«, sagte er nach einer Weile.

»Vielleicht war er ja nur deshalb so entsetzt, weil ihm klar wurde, dass es heute Vormittag den Falschen erwischt hat«, erwiderte Weber, während er den Schnee vom Seitenfenster schob.

In diesem Moment sprang im Haus hinter ihnen der Bewegungsmelder an und eine Gestalt, eingepackt in einem dicken Winteranorak, kam aus der Garage, in den Händen mehrere Handfeger und Kehrschaufeln.

»Hier, versucht es mal damit«, sagte ein etwa sechzigjähriger Mann.

Neben ihm trabte ein Schäferhund, der sich sofort begeistert auf den nächsten Schneehaufen stürzte und zu graben anfing. Dankbar griffen Thorwald und Weber zu.

»Seid's von der Polizei?«, fragte der Mann und begann, die Motorhaube abzukehren.

Thorwald hielt inne. »Ist das so offensichtlich?«

Der Mann lächelte. »Exkollege. Über vierzig Jahre Streifendienst und Hundestaffel.«

Wie zur Bestätigung bellte der Schäferhund einmal, ehe er sich wieder dem Schneehaufen widmete.

»Die Cora ist mit mir in den Ruhestand gegangen. Und jetzt sorgt sie dafür, dass ich nicht einroste«, sagte er. »Auch wenn ich mir manchmal etwas Schöneres vorstellen könnte, als mitten in der Nacht im Schnee herumzustapfen.«

Thorwald hatte plötzlich eine Idee. »Waren Sie gestern und vorgestern Abend auch hier draußen?«

»Freilich. Die Madame geht mir ja sonst nicht ins Bett.«

»Haben Sie da vielleicht den Peter Seidel mit dem Auto wegfahren sehen?«

Der Mann überlegte angestrengt. »Also gestern nicht. Vorgestern …«

»Ja?«

»Vorgestern ist der Peter gegen neun noch einmal weg. Das weiß ich deshalb so genau, weil er beim Rückwärtsfahren meine Mülltonne umgeschmissen hat. Ich musste alles einsammeln und hab die *Rundschau*-Nachrichten verpasst.«

»Und er hat nicht angehalten und Ihnen dabei geholfen?«, fragte Weber beiläufig.

»Ach wo, davongebraust ist er wie ein Wilder. Wahrscheinlich hat er gar nichts davon mitbekommen. Aber ich wollte mich bei seiner Mutter nicht beschweren. Die arme Frau hat doch schon genug mitgemacht.«

»Vielen Dank«, erwiderte Thorwald und reichte ihm den Handfeger.

»Hat der Peter etwas angestellt?«

»Nein, alles in Ordnung. Wir brauchen ihn nur als Zeugen.«

»Um neun ist er hier weg, sagen Sie«, murmelte Weber.

Sein Blick traf auf den von Thorwald. Sie dachten beide das Gleiche: Wenn Peter Seidel gegen neun hier weg war, hatte er bis zehn genügend Zeit gehabt, die Ratte an Julians Wagen anzubringen.

»Sollen wir ihn gleich mitnehmen?«, fragte Weber gedehnt.

»Ich hab auch keine Lust auf eine Nachtschicht, aber ich will ihm und seiner Mutter nicht die Zeit geben, sich in aller Ruhe irgendeine Geschichte zurechtzulegen«, sagte Thorwald und ging zurück auf die andere Straßenseite. »Auf geht's.«

# Kapitel 20

Es war beinahe Mitternacht, als Cornelius sich auf den Rückweg in die Pension machte.

Josef Bernbacher und er hatten über vieles geredet ... Schäfflertänze, an denen Julians Großvater noch selbst teilgenommen hatte, seine Arbeit im Schäfflerausschuss, Cornelius' Lehrstuhltätigkeit an der Universität, Julians Kindheit und Jugend und seine erste Teilnahme am Schäfflertanz vor sieben Jahren. Nur über den Unfall am Vormittag hatten sie nicht gesprochen.

Julian war nicht lange bei ihnen geblieben und hatte sich bald auf sein Zimmer verabschiedet. Auch danach hatte Josef Bernbacher die Ereignisse der letzten Tage nicht erwähnt und Cornelius war klug genug, es ebenfalls nicht zu tun. Dass der alte Bernbacher große Angst um seinen Enkel hatte und die letzten Stunden ein wahrer Albtraum für ihn gewesen sein mussten, bedurfte nicht vieler Worte. Irgendwann hatte Dorothee Bernbacher die Tür zum Esszimmer geöffnet und vorwurfsvoll auf die Uhr gezeigt.

Cornelius beschloss, nicht über das Firmengelände zu gehen, sondern dem kleinen Feldweg in nördlicher Richtung zu folgen, der direkt an den Wohnhäusern der Bernbachers und der Schneiders vorbeiführte. Er glaubte sich zu erinnern, diesen im vergangenen Jahr auf einer Radtour benutzt zu haben. Direkt neben dem Dorfladen sollte er wieder auf die Hauptstraße gelangen.

Cornelius schlug den Kragen seines Wintermantels hoch. Es hatte mittlerweile aufgehört zu schneien. Dafür jagte ein eiskalter Wind vereinzelte Wolkenfetzen über den Himmel. Er beschleunigte und vergrub die Hände tiefer in den Manteltaschen. Seine knirschenden Schritte im Schnee waren das einzige Geräusch in der Dunkelheit.

Im Bungalow der Schneiders war nur ein Zimmer hell erleuchtet. Durch die gläserne Terrassentür erkannte Cornelius das Wohnzimmer, in dem ein Kaminfeuer brannte. Sein Lichtschein ließ die Umrisse eines Iglus, das mitten im Garten stand, sichtbar werden. Cornelius blieb einen Moment am Zaun stehen.

Plötzlich vernahm er aus den Augenwinkeln eine hastige Bewegung und blickte nach rechts. Eine Person, mit einem dunklen Anorak und einer Kapuze bekleidet, kam geduckt aus dem Gebüsch hervor und hastete den Feldweg entlang. Die Statur und der Bewegungsablauf deuteten auf einen Mann, aber Cornelius hätte es nicht beschwören können. Hatte der andere ihn gesehen und es deshalb so eilig? Sollte Cornelius sich bemerkbar machen? Was machte jemand überhaupt um diese Zeit und bei dieser Kälte hier draußen?

Die Gestalt lief weiter den schmalen Weg entlang, am Wohnhaus der Bernbachers und am Sägewerk vorbei und bog dann nach rechts ab. Für einen kurzen Moment trat sie in den Lichtkegel einer Straßenlaterne, dann wurde sie wieder von der Dunkelheit umschlossen.

Cornelius hatte keine Details erkennen können. Er wusste nur, dass er den Anorak und die Kapuze schon einmal gesehen hatte.

»So spät noch unterwegs, Herr Cornelius?«

Cornelius fuhr herum.

»Entschuldigung, ich wollte Sie nicht erschrecken.« Bettina Schneider stand mit einer Schneeschaufel in der Hand auf der anderen Seite des Gartenzauns.

Cornelius lächelte verlegen. »Alles in Ordnung, Frau Schneider. Ich habe einfach nicht damit gerechnet, jemanden zu treffen.«

»Was machen Sie denn so spät noch hier draußen?«

»Ich habe die Bernbachers besucht und bin auf dem Weg zurück in die Pension. Und Sie?«

Bettina hob die Schneeschaufel. »Ich hab noch schnell unsere Einfahrt und den Gehsteig geräumt. Wenn es in der Nacht so weiterschneit wie bis gerade eben, versinken wir morgen im Schnee.« Sie zögerte kaum merklich. »Gibt es bei den Bernbachers schon Neuigkeiten?«

»Nein, leider noch nicht. Auch von Sebastian noch nicht.«

»Die Polizei war heute bei uns und hat Georg und mich gefragt, ob wir letzte Nacht etwas gesehen haben. Weil wir doch direkt an die Bernbachers angrenzen«, fügte sie mit einer Kopfbewegung Richtung Sägewerk hinzu.

»Und?«

»Leider konnten wir nicht weiterhelfen. Wir haben beide geschlafen. Ich hatte durch den Sekt auf dem Empfang starke Kopfschmerzen und mein Mann ...« Sie zuckte nur mit den Schultern.

Hat sich seinen Rausch ausgeschlafen, dachte Cornelius. Laut aber sagte er: »Jetzt muss ich aber zusehen, dass ich nach Hause komme. Gute Nacht, Frau Schneider.«

»Gute Nacht, Herr Cornelius.«

Cornelius ging rasch weiter. Seine Füße fühlten sich allmählich wie Eisklumpen an. Am Ende des Feldwegs warf er einen kurzen Blick auf den Gehsteig und die Einfahrt der Schneiders.

Der Schnee lag zentimeterhoch.

---

»Tragischer Verkehrsunfall bei Neukirchen. Altenberger Schäfflertänze abgesagt.«

Die Schlagzeile sprang Cornelius am nächsten Morgen förmlich entgegen, als er am Frühstückstisch die *Altenberger Nachrichten* aufschlug.

»Du hattest recht: Sie sind tatsächlich abgesagt«, murmelte Tabea, die neben Cornelius saß und über den Zeitungsrand lugte.

»Julian hat es mir gestern Abend schon gesagt. Etwas anderes habe ich auch nicht erwartet«, sagte Cornelius, während er den Bericht überflog.

Der Leser erfuhr lediglich, dass es weiteren Klärungsbedarf bei der Unfallursache gab und die Kriminalpolizei eingeschaltet wurde.

»Wie geht es Julian denn?«

»Er quält sich mit Vorwürfen, weil Sebastian in seinem Auto verunglückt ist. Der Junge tut mir so leid.«

Tabea pellte nachdenklich ihr Frühstücksei. »Hat die Polizei denn schon etwas herausgefunden?«

»Julian wusste noch nichts Neues. Aber so schnell geht das nicht. Die Ermittlungen müssen jetzt erst einmal anlaufen. Die Polizei wird sich hüten, mit jedem Detail, auf das sie gestoßen sind, gleich an die Öffentlichkeit zu treten.«

»Du klingst schon wie ein richtiger Kriminalexperte. Vielleicht sollte die Polizei dich einfach mitarbeiten lassen. Du findest den Täter bestimmt schneller als sie.«

Cornelius musste an Robert Thorwalds Strafpredigt denken. »Überlassen wir die Arbeit lieber den Leuten, die wirklich etwas davon verstehen. Außerdem bin ich froh, wenn ich meine Ruhe habe«, sagte er deshalb rasch.

Tabea legte ihr Besteck zur Seite. »Willst du eigentlich hier bleiben, auch wenn die Schäfflertänze nicht stattfinden?«

»Das hat mich Anna heute auch schon gefragt. Warum nicht? Wir können uns Altenberg und Landshut anschauen oder zum Langlaufen gehen. Was immer du möchtest«, sagte Cornelius und drückte flüchtig Tabeas Hand. »Oder willst du lieber zu Mama nach Kitzbühel?«

Ramona und er hatten am Vortag nur kurz miteinander telefoniert, bevor Cornelius zu den Bernbachers aufgebrochen war. Sie hielt sich für eine schlechte Mutter und eine noch schlechtere Ehefrau und hatte sich erst beruhigt, nachdem er ihr versprochen hatte, sich David Kronenburg zur Brust zu nehmen, sobald sie alle zurück in München waren.

»Nein, sie hat mit Richard und Caroline schon genug zu tun«, sagte Tabea. »Außerdem finde ich es hier ganz schön. Hast du mir eigentlich diesen kleinen Turner gestern Nacht in mein Zimmer gestellt?«

»Ja, ich wollte dir noch eine gute Nacht wünschen, aber du hast schon fest geschlafen. Herr Bernbacher hat ihn mir gestern für dich mitgegeben.«

In den Augen seiner Tochter glitzerte es plötzlich verdächtig. »Ach, Papa …«

»Was ist denn? Gefällt er dir nicht?«

Tabea schluckte. »Doch, doch. Er gefällt mir sehr gut. Vielen Dank.«

Cornelius musterte sie besorgt. »Wie geht es dir denn heute? Hast du wenigstens gut geschlafen?«

»Ja, sehr gut sogar«, sagte sie leise. »Der Rest …«

Plötzlich entspannte sich Tabeas Miene und sie lächelte zaghaft. Lukas und Anna Leitner waren zur Tür hereingekommen und testeten gemeinsam die Beleuchtung über dem Tresen. Annas

Gesichtsausdruck nach zu urteilen war sie mit dem Ergebnis von Lukas' Arbeit offenbar sehr zufrieden.

»Die Beleuchtung hat er echt super repariert«, stellte Tabea fest.

Erstaunt registrierte Cornelius ihren aufgeweckten Tonfall. Seit wann konnte die Innenbeleuchtung einer bayerischen Gaststube Tabeas Interesse wecken? Cornelius vermutete den wahren Grund jedoch in der Person des jungen Elektrikers. Jetzt hatte auch Lukas Tabea entdeckt und kam an ihren Tisch.

»Grüß dich. Grüß Gott, Herr Cornelius.«

»Guten Morgen.«

Lukas setzte sich rittlings auf den Stuhl am Kopfende ihres Tisches. »Was machst du denn heute?«

Tabea warf einen raschen Seitenblick auf ihren Vater. »Ich weiß noch nicht ...«

»Unternehmt ruhig etwas zusammen«, sagte Cornelius. »Ich muss ohnehin noch einige Besorgungen machen.«

»Kommst mit zum Schlittenfahren?«, fragte Lukas und grinste.

»Schlittenfahren? Das ist doch wohl eher etwas für Kinder.«

»Das denkst du jetzt. Aber du kennst ja noch nicht die verschärfte Variante.«

»Ich weiß nicht, ob ich sie kennenlernen will.«

»Klar willst du. Also dann, in zehn Minuten ist Abfahrt.«

»In zehn Minuten? Das schaffe ich nicht. Ich muss mich erst noch fertig machen«, entgegnete Tabea.

»Das passt schon. So hässlich bist du jetzt auch wieder nicht«, sagte er ohne eine Miene zu verziehen.

»Wie bitte?«

Lukas stupste sie am Ellbogen. »Du verstehst auch keinen Spaß, oder? Was willst du dich denn so aufbrezeln? Wir gehen Schlittenfahren, nicht in die Disko.« Lachend stand er von seinem Stuhl auf. »Also bis gleich.«

Tabea warf ihrem Vater einen fassungslosen Blick zu, doch der vertiefte sich nur schmunzelnd in seine Zeitung.

---

»Guten Morgen«, rief Katrin Abel fröhlich und stellte zwei Kaffeebecher auf die Schreibtische von Weber und Thorwald.

Übermüdet und genervt hingen die beiden Kommissare nach einer kurzen Nacht in ihren Bürostühlen und mochten sich ihrer guten Laune nicht so recht anschließen.

»Oje. Was ist denn mit euch los?«, fragte sie und nahm auf dem Besucherstuhl Platz.

»Peter Seidel und kein Ende«, gähnte Florian Weber.

»Habt ihr ihn etwa verhaftet?«

»Nein, nur zur Vernehmung mitgenommen. Aber die hat gedauert … und sie dauert noch. Er hat die Nacht hier in Landshut verbracht und ist jetzt hoffentlich vernünftig geworden«, brummte Thorwald und griff nach dem Kaffeebecher.

»Was sagt er denn?«

»Nichts. Und falls er zur Abwechslung doch etwas gesagt hat, war es immer das Gleiche: nämlich, dass er nichts getan hat«, seufzte Weber.

Wie immer hatte es sein Kollege geschafft, die stundenlange Vernehmung in einem Satz auf den Punkt zu bringen. Trotzdem sah sich Thorwald genötigt, der Kollegin etwas ausführlicher Rede und Antwort zu stehen.

»Der Vorfall vor der Sporthalle in Altenberg sei keine Absicht gewesen. Er hätte auf dem schneebedeckten Untergrund die Kontrolle über den Wagen verloren. Leider können wir ihm nicht das Gegenteil beweisen.«

»Und davor gestanden hat er, weil er zuschauen wollte, wie die anderen aus der Schäfflerprobe kommen. So ein Schmarrn«, warf Weber ein.

Katrin Abel rutschte auf ihrem Sitz hin und her. »Vielleicht auch nicht.« Sie räusperte sich kurz. »Ich wollte als Schülerin unbedingt Cheerleader werden. Leider waren wir mehr Mädchen, als am Ende mitmachen konnten. Es gab einen internen Ausscheidungswettbewerb und ich hab es nicht geschafft.« Sie hielt einen Augenblick inne. »Danach bin ich wochenlang in die Trainingshalle gefahren und hab den anderen zugesehen. Ich wollte immer noch dabei sein und konnte einfach nicht glauben, dass ich nicht mehr dazugehöre. Und sag jetzt nicht, das ist Mädchenkram.«

»Ich sag doch gar nichts«, erwiderte Weber.

»Da könntest du schon recht haben«, entgegnete Thorwald.

»Trotzdem war Peter an dem Abend, an dem Julian die Ratte gefunden hat, noch einmal unterwegs, obwohl er und seine Mutter zuerst das Gegenteil behauptet haben. Zeitlich würde es perfekt hinkommen. Jetzt behauptet er zwar, in Landshut gewesen zu sein, aber in den Kneipen, in denen er angeblich war, kann sich niemand an ihn erinnern. Die Spurensicherung untersucht gerade seinen Wagen.«

Weber machte eine Drehung mit seinem Bürostuhl. »Und wer einmal lügt ... Seine Mutter ist auch für vorgestern Nacht die einzige Zeugin. Wer sagt uns denn, dass sie ihn nicht ein zweites Mal deckt?«

Katrin schrieb eifrig etwas in ihren Block. »Sollen wir auch in Ebersbach eine Nachbarschaftsbefragung durchführen?«

Thorwald nickte. »Ja, darum wollte ich dich gerade bitten. Was haben denn die anderen Befragungen ergeben?«

»Bisher leider alle negativ. Die Nachbarn der Bernbachers haben geschlafen und rund um die Pension hat auch niemand etwas Verdächtiges beobachtet.«

»Und was sagt die Neukirchner Siedlung?«

»Es waren noch nicht alle Anwohner zu erreichen. Aber die, die die Kollegen bisher erwischt haben, haben nicht gesehen, dass Marcel Rehberg in der fraglichen Nacht das Haus verlassen hat.«

»Wie ich dich kenne, hast du doch bestimmt schon einiges über ihn herausgefunden«, sagte Thorwald.

Katrin legte ihren Block auf den Schreibtisch und blätterte zweimal um. »Ich hatte Glück. Marcel hat ein Profil bei *Facebook*, und das ist recht ungeschützt. Einige seiner dortigen Freunde sind mit ihm in St. Gallen zur Schule gegangen. Ich hab sie angeschrieben und zwei haben etwas aus dem Nähkästchen geplaudert. Marcel war auf dem Internat nicht unbeliebt, aber auch niemand, mit dem man leicht Freundschaft schloss. Bisweilen recht launisch und von oben herab und stets darum bemüht, sich weltgewandter zu geben, als er tatsächlich ist.«

»Mit einem Haufen feiner Pinkel in der Klasse hatte er es bestimmt nicht leicht«, warf Florian Weber ein.

»Da gebe ich dir recht«, pflichtete Katrin ihm bei. »Ich hab mir die Internetseite dieses Internats angesehen. Für das, was dort pro

Jahr an Schulgeld verlangt wird, müssen wir beide lange arbeiten.«

Weber grinste, verzichtete aber auf einen weiteren Kommentar, als er Thorwalds finsteren Blick bemerkte.

»Seine Eltern sind Allgemeinärzte und hatten eine Praxis in Altenberg, haben diese aber samt Haus vermietet und arbeiten jetzt für *Ärzte ohne Grenzen* in Afrika. Seit einigen Monaten wohnt Marcel deshalb bei seinem Onkel Benedikt Rehberg in Neukirchen. Nach zwei Studienabbrüchen und einem Jahr Aufenthalt in den USA studiert er im fünften Semester BWL an der Hochschule in Landshut«, fuhr Katrin fort. »Vor sieben Jahren hat er das erste Mal am Altenberger Schäfflertanz teilgenommen, allerdings nur zwei Tage, dann hat ihn eine Grippe flachgelegt. Über Streitereien wegen dieses Vortänzerpostens hab ich bisher leider nichts gefunden.«

»Bei uns hat er gestern den Coolen gemimt und so getan, als würden ihn die ›ländlichen Kleingeister‹ und der Schäfflertanz schon lange nicht mehr interessieren«, warf Weber ein.

Katrin blätterte noch einmal um. »Die Zeitangaben, die er euch gegenüber gemacht hat, stimmen. Allerdings gibt es in seiner Aussage eine Schwachstelle.«

Thorwald und Weber setzten sich kerzengerade auf. »Und die wäre?«

»Die Freunde, bei denen er am Dienstagabend war, entpuppten sich als *eine Freundin*. Ich hab unter der angegebenen Nummer angerufen und bin dann mit einer Kollegin vom Streifendienst hingefahren.« Sie sah kurz auf. »Ich weiß, ich hätte das vorher mit euch abstimmen müssen.«

»Was hast du denn herausgefunden?«, fragte Thorwald.

»Das Mädchen, eine gewisse Daniela Zimmermann, hat bestätigt, dass Marcel an dem Abend ab halb neun bis zum nächsten Morgen bei ihr war. Es gab allerdings keine Studentenparty. Sie waren nur zu zweit. Frau Zimmermann war sehr fahrig und nervös. Ich weiß nicht, ob das mit unserer Anwesenheit zusammenhing oder mit ihren Examensvorbereitungen.«

»Das heißt, Marcel Rehberg hat uns angelogen«, stellte Weber zufrieden fest.

»Vielleicht wollte er vor seinem Onkel nicht zugeben, dass er eine Freundin hat«, wandte Katrin ein. »Laut Frau Zimmermann weiß Dr. Rehberg nichts von ihr.«

»Aber eine Person zu einer falschen Aussage zu überreden, ist auf alle Fälle einfacher als eine ganze Partygesellschaft. Möglicherweise ist Marcel nicht um halb neun, sondern erst gegen halb elf in Landshut eingetroffen. Dann hätte er genügend Zeit gehabt die Ratte zu deponieren.«

Katrin Abel nickte. »Auf der Geburtstagsfeier war Marcel auch. Bleibt noch die Aussage von Dr. Rehberg. Nach der haben sie die Feier sehr früh verlassen und sein Neffe war in der Tatnacht zu Hause.«

Robert Thorwald blickte skeptisch in die Runde. »Ihr denkt, Benedikt Rehberg lügt für seinen Neffen so wie Gerda Seidel für ihren Sohn? Ich weiß nicht recht. Das ist mir alles ein bisschen zu dünn. Die Stimmung zwischen den beiden wirkte sehr angespannt.«

»Die Stimmung zwischen ihm und seiner Frau war hochexplosiv. Und trotzdem hat er vergangenes Jahr für sie gelogen«, konterte Weber.

»Weil er mit aller Macht seine Ehe und seinen guten Ruf retten wollte. Von beidem ist mittlerweile nicht mehr viel übrig.« Thorwald stand auf und ging langsam auf und ab. »Rehberg hat gestern einen sehr resignierten und erschöpften Eindruck gemacht. Meiner Meinung nach liegt das nicht nur am Schlafmangel. Er scheint zu Marcel überhaupt keinen Zugang zu haben.«

An der Wandtafel blieb er stehen und schrieb neben den Zeitstrahl den Namen Julian Bernbacher, von dem ausgehend Pfeile in verschiedene Richtungen zeigten.

»Ich will mich nicht zu früh auf einen so kleinen Personenkreis versteifen. Lasst uns den grundlegenden Ansatzpunkt einer Mordermittlung nicht vergessen: unser eigentliches Opfer. Noch wissen wir viel zu wenig über Julian Bernbacher. Wer sind seine Freunde? Wie sieht es mit Verwandten aus? Er ist Vortänzer bei den Schäfflern, es gibt also mindestens zwanzig Personen, die in den vergangenen Monaten regelmäßig mit ihm zu tun hatten. War außer Marcel noch jemand eifersüchtig auf ihn? Was sagen die Mitarbeiter des Sägewerks? Hatte er Streit mit seiner Freundin? Laut Julian Bernbacher ist sie auf seine Exfreundin nicht sehr gut zu sprechen. Schnappt euch den Torsten Brückner und die Sandra Brunner für die Recherche. Der Chef hat schon ein größeres Team abgesegnet. Ich werde vorerst mit Peter Seidel weitermachen.«

»Das mit den Schäfflern können wir auch einfacher haben«, sagte Weber und winkte mit seinem Mobiltelefon. »Lukas.«

»Sag bloß, dein Cousin ist auch dieses Jahr wieder dabei?«

Weber grinste. »Ja, klar.«

Thorwald sah seinen Kollegen prüfend an. »Von mir aus. Aber das ist mehr als ein lockeres Gespräch unter Verwandten. Wenn Lukas irgendetwas weiß, das für uns wichtig ist, brauchen wir ein offizielles Protokoll. Schreib dir das hinter die Ohren.«

# Kapitel 21

Cornelius beschloss, nach Altenberg zu fahren und in einem der Läden der kleinen Kreisstadt nach einer Aufmunterung für Tabea Ausschau zu halten. Entgegen Bettina Schneiders Befürchtung hatte es in der Nacht nicht noch einmal zu schneien begonnen. Dennoch war sein Auto an diesem Morgen unter einer dicken Schneedecke begraben.

Während er die Windschutzscheibe freikehrte, überlegte er, was Frau Schneider so spät noch im Garten gemacht hatte. Cornelius versuchte sich vergeblich daran zu erinnern, aus welcher Richtung sie gekommen war. Hatte sie die Schneeschaufel sicherheitshalber mitgenommen, weil sie die Gestalt hinter den Büschen bemerkt hatte und nach dem Rechten sehen wollte? Aber warum hatte sie den nächtlichen Besucher Cornelius gegenüber nicht erwähnt und ihm stattdessen die Geschichte vom Schneeräumen aufgetischt? Und wer schlich nachts bei eisiger Kälte durch die Gegend, noch dazu keinen Steinwurf von Julian Bernbachers Zuhause entfernt?

Das Geräusch eines heranfahrenden Wagens ließ ihn aufblicken. Der Kofferraum war zur Hälfte geöffnet, und bei genauerem Hinsehen erkannte Cornelius Annas Schneepflug. Simon Bauer stieg aus und winkte ihm kurz zu.

»Guten Morgen, Herr Cornelius. Wissen Sie, ob die Anna da ist?«

»Guten Morgen. Frau Leitner ist gerade in der Küche. Konnten Sie das gute Stück reparieren?«

»Ja, er läuft wieder. Ich dachte mir, ich fahre gleich eine Runde damit und räume den Schnee weg. Jetzt, wo Basti ...« Betreten sah der junge Mann zu Boden.

»Das ist eine sehr gute Idee und eine große Hilfe für Frau Leitner. Kann ich Ihnen beim Ausladen helfen?«

»Nein, nein, das geht schon. Sieht schwerer aus, als er ist.«

Doch anstatt den Schneepflug aus dem Kofferraum zu heben, blieb Simon wie angewurzelt stehen.

»Ist alles in Ordnung, Simon?«, fragte Cornelius.

Simon schluckte. »Ich hab gestern noch mit Julian telefoniert. Er sagt, Basti liegt im Koma und keiner weiß, ob er wieder aufwacht.«

Cornelius versuchte sich an einem aufmunternden Lächeln. »Sebastian ist ein durchtrainierter junger Mann mit einer gesunden Konstitution. Ich bin mir sicher, er kämpft sich ins Leben zurück.«

»Er muss einfach. Ich weiß nicht, wie es sonst weitergehen soll. Julian ist am Ende, und Valentina erst.«

Jetzt erst bemerkte Cornelius seine Schwester auf dem Beifahrersitz.

»Sie gibt sich die Schuld an Bastis Unfall. Er hätte sich schließlich nur ihretwegen Julians Auto ausgeliehen.«

»Das ist doch vollkommener Unsinn«, entgegnete Cornelius.

»Mir müssen Sie das nicht sagen. Ich hab solche Angst, dass sie wieder einen Rückfall bekommt. Die letzten Tage schien es endlich etwas aufwärts zu gehen, aber seit gestern Vormittag ist es schlimmer als je zuvor. Und ausgerechnet jetzt sind unsere Eltern nicht da.«

»Ich kann gerne mit ihr reden«, schlug Cornelius vor. »Wir haben uns gestern Morgen sehr gut unterhalten.«

Er winkte Valentina zu und sie stieg nach einigem Zögern tatsächlich aus. Auch wenn sie am Tag zuvor nicht das blühende Leben verkörpert hatte, huschte sie jetzt nur noch wie ein Geist durch die Gegend.

»Grüß euch«, hörte er Anna Leitner in diesem Moment hinter sich rufen. Mit Wintermantel und Stiefeln bekleidet kam sie die Treppe herunter.

»Hallo Anna«, sagte Simon. »Der Schneepflug ist wieder in Ordnung. Ich dreh gleich mal eine Runde.«

Anna strahlte ihn an. »Du bist ein Schatz, vielen Dank. Ich bin jetzt kurz drüben beim Pfarrer, weil ich ihm mit dem Blumenschmuck für die Kirche helfe. Aber danach kommt ihr beiden zu mir in die Wirtschaft, gell?«

»Das hätte ich jetzt beinahe vergessen. Gut, dass Sie mich abholen«, rief Cornelius, dem bei Annas Worten spontan ein Einfall gekommen war.

Augenzwinkernd stellte er sich direkt vor sie. Irritiert blickte Anna ihn an.

»Wollen Sie Frau Leitner und mich nicht in die Kirche begleiten, Valentina?«, fragte er, ehe Anna Leitner etwas erwidern konnte. »Ein weibliches Auge mehr kann bestimmt nicht schaden.«

Verunsichert sah Valentina zwischen ihrem Bruder und Cornelius hin und her. »Ich weiß nicht ...«

»Geh nur. Ich bin hier ohnehin eine Weile beschäftigt«, ermunterte Simon sie.

Schließlich nickte sie zaghaft und ging mit Cornelius und Anna Richtung Kirche.

»Entschuldigen Sie bitte den Überfall, Frau Leitner«, flüsterte Cornelius. »Aber Pfarrer Hartl ist ein ausgezeichneter Seelsorger. Ihm gelingt es vielleicht, Valentina wieder etwas aufzumuntern.«

---

Robert Thorwald ging missmutig den Flur zu seinem Büro entlang. Noch einmal hatte er mit Peter Seidel gesprochen und versucht, aus dem verstockten jungen Mann etwas herauszubekommen. Doch wie schon in der Nacht zuvor hatte er auch jetzt keine Gesprächsbereitschaft gezeigt. Langsam aber sicher lief ihnen die Zeit davon. Wenn die Beweislage sich nicht bald verbesserte, würden sie Peter unverrichteter Dinge wieder laufen lassen müssen.

Zu allem Überfluss hatte ihm auch noch Dorothee Bernbacher die Hölle heiß gemacht. Sie gab sich natürlich nicht damit zufrieden, dass die Ermittlungsarbeiten in vollem Gange waren, sondern verlangte zeitnahe, konkrete Ergebnisse. Thorwald verspürte wenig Lust, sich auch noch mit dem angedrohten Anwalt herumschlagen zu müssen, und hoffte inständig auf baldige Fortschritte.

Er warf einen kurzen Blick in das Gemeinschaftsbüro. Katrin Abel und die beiden zusätzlich angeforderten Kollegen saßen an den Computern, Florian Weber telefonierte. Alle waren in ihre Arbeit vertieft und bemerkten Thorwald nicht. Etwas zufriedener schloss er die Tür und ging weiter.

Katrin hatte einen guten Einfluss auf die Abteilung, besonders auf Florian Weber. Thorwald hatte sich gefreut, als im Herbst seine dauerhafte Zusammenarbeit mit dem jungen Beamten beschlossen wurde. Florian Weber war ein sehr guter Polizist und ein Gewinn für jede Abteilung. Gleichzeitig wusste er aber auch um Webers lockere Einstellung, mit der dieser die Dinge mitunter anging. Doch seit Katrin an Bord war, war davon kaum mehr etwas zu sehen.

»Servus, Robert. Es gibt Neuigkeiten«, rief ein Kollege aus der kriminaltechnischen Untersuchung und eilte, mit einem Schnellhefter winkend, den Flur entlang. Etwas außer Atem blieb er vor Thorwald stehen. »Die Untersuchungen des Abfalleimers und der Briefsendung sind abgeschlossen. Ich dachte, ich bringe dir das Ergebnis gleich persönlich vorbei«, sagte er und hielt dem Kommissar den Hefter unter die Nase. »Mit der Toilettentür brauchen wir allerdings noch etwas Zeit. Die Fingerabdrücke haben wir genommen, aber für den Rest würde ich gerne einen Experten aus München hinzuziehen.«

Thorwald, der bereits in den Bericht vertieft war, nickte geistesabwesend. Es dauerte einen Moment, bis er ihn durchgelesen hatte. Dann hellte sich seine Miene sichtbar auf.

»Das sind in der Tat Neuigkeiten. Ich bin gespannt, was Peter Seidel dazu zu sagen hat.«

---

Zufrieden beobachtete Cornelius Valentina und Felix Hartl beim Schmücken der Kirchenbänke. Der Pfarrer hatte bei ihrer Ankunft keine Fragen gestellt, sondern die zusätzlichen Helfer lediglich erfreut zur Kenntnis genommen. Jetzt waren beide nicht nur mit dem Binden von Schleifen und Blumengestecken beschäftigt, sondern schon seit geraumer Zeit in ein angeregtes Gespräch vertieft. Annas dankbarer Blick sagte ihm, dass seine Idee nicht die schlechteste gewesen war.

Cornelius selbst war von Felix Hartl sogleich in die Sakristei abkommandiert worden, wo der Pfarrer für seine neueste Errungenschaft auf dem Büchermarkt den Rat eines Experten benötigte. Cornelius war davon überzeugt, dass der Pfarrer bei Valentinas Anblick seine Intention sofort durchschaut hatte. Einmal mehr bewunderte er Hartls Gespür und sein Geschick im Umgang mit den Menschen und ihren Sorgen.

Gerade als Cornelius zurück in die Sakristei gehen wollte, fiel sein Blick auf den Kirchenbesucher in einer der hinteren Reihen. Er hatte auch bei ihrer Ankunft schon dort gesessen, aber Cornelius hatte ihn nicht weiter beachtet. Erst jetzt erkannte er Josef Bernbacher, der den Blick auf eine Heiligenstatue am Seitenaltar gerichtet hatte. Er wollte das Gebet des alten Mannes nicht stören, doch Bernbacher schien zu spüren, dass er beobachtet wurde. Plötzlich wandte er sich um und sah in Cornelius' Richtung. Seine Gesichtszüge entspannten sich und er deutete Cornelius an, sich zu ihm zu setzen.

»Grüß Gott, Herr Bernbacher. Lassen Sie sich bitte von mir nicht in Ihrer Andacht stören«, sagte Cornelius leise.

»Sie stören nicht, Herr Professor. Ich hab nur für meinen Enkel gebetet«, erwiderte Bernbacher.

Cornelius betrachtete den blumengeschmückten Altar zu ihrer Rechten. Ein flüchtiger Gedanke schoss ihm dabei durch den Kopf, aber er war zu schnell vorbei, um ihn einfangen zu können.

»Wie geht es Julian?«, fragte er vorsichtig.

Bernbacher seufzte. »Nicht gut. Die ganze Situation belastet ihn sehr. Er ist kaum mehr wiederzuerkennen.«

»Hält die Polizei Sie wenigstens auf dem Laufenden?«, wollte Cornelius wissen.

»Dieser Kommissar Thorwald hat heute Morgen angerufen. Ihre Ermittlungen seien in vollem Gang, aber mehr wollte er nicht sagen. Die Reaktion meiner Schwiegertochter können Sie sich bestimmt vorstellen. Julian konnte sie nur mit Mühe davon abhalten, ins Kommissariat nach Landshut zu fahren.«

»Ich würde nicht viel anders reagieren, wenn es um meine Tochter ginge. Vielen Dank übrigens für die Holzfigur. Sie hat Tabea sehr gut gefallen.«

»Dann ist es ja gut.« Bernbacher ließ seinen Blick durch die Kirche wandern. »Bei der Beerdigung meines Sohnes war ich zum letzten Mal hier. Ich hab gar nicht gewusst, ob ich noch beten kann.«

»Ich wusste nicht, dass man es verlernen kann.«

Bernbacher lächelte matt. »Das hat der Pfarrer auch gesagt. Ein kluger Mann, dieser Felix Hartl, und ein Gewinn für unsere Gemeinde. Helfen Sie ihm bei etwas?«

»Nur eine kleine Expertise für eines seiner Bücher«, sagte Cornelius rasch. »Wie sind Sie denn überhaupt hierhergekommen?«

»Dorothee hat mich gefahren.« Bernbacher warf einen Blick auf seine Uhr. »Sie kommt mich gleich abholen.«

»Das nächste Mal können Sie auch mich anrufen. Ich bin auf alle Fälle noch einige Tage in Neukirchen.«

Bernbacher zögerte kurz. »Würden Sie mich zur Frau Kofler bringen? Nicht heute, aber irgendwann in den nächsten Tagen?«

Cornelius stand auf und half Josef Bernbacher aus der Kirchenbank. »Ja, natürlich. Rufen Sie mich einfach an.«

»Danke, Herr Professor. Auch für gestern Abend. Es hat gut getan, mit Ihnen zu reden. Wenn Sie wollen, können wir das gerne wiederholen.«

---

Robert Thorwald öffnete die Tür zum Vernehmungszimmer, wo Peter Seidel mit verschränkten Armen auf einem Plastikstuhl saß, und legte einige Unterlagen vor sich auf den Tisch.

»Wie Sie sehen, bin ich schneller zurück als erwartet.«

»Wann kann ich endlich gehen? Ich verliere meine Arbeit, wenn ich noch länger in der Metzgerei fehle.«

Thorwald nahm ihm gegenüber Platz und öffnete den roten Schnellhefter der KTU. »Wie es mit Ihnen weitergeht, hängt ganz von Ihrer Aussagebereitschaft ab. Wir wissen jetzt nämlich, wie der Brand in der Herrentoilette gelegt wurde.«

Thorwald machte eine kurze Pause, doch Peters Miene blieb unbeweglich. »Die Spurensicherung hat im Abfalleimer Reste einer Brennpaste gefunden, wie sie in der Gastronomie zum Warmhalten von Speisen verwendet wird.«

Peter schluckte, sagte aber nichts. Thorwald blätterte in seinen Unterlagen, bis er das Cateringangebot für die Geburtstagsfeier gefunden hatte. »Aus Frau Bernbachers Unterlagen geht hervor, dass das Büffet zwar vorwiegend aus kalten Speisen bestand, es aber auch eine Gulaschsuppe gab. Darf ich fragen, womit sie warm gehalten wurde?«

Peters Augen verengten sich. »Was wollen Sie mir anhängen?«

»Ich will lediglich eine Antwort auf meine Frage. Wird von Ihrer Metzgerei eine derartige Brennpaste verwendet?«

»Und wenn schon. Das hat überhaupt nichts zu bedeuten«, stieß Peter hervor.

Thorwald beugte sich vor. »Sie haben mir doch mehrmals versichert, für das Büffet an diesem Nachmittag verantwortlich gewesen zu sein. Bei einem guten Cateringunternehmen, wie es bei Ihrem Arbeitgeber der Fall ist, gehe ich davon aus, Sie hatten auch Ersatzdosen dabei. Immerhin zogen sich die Feierlichkeiten über mehrere Stunden.«

Peter lachte kurz auf. »Und jetzt denken Sie, ich hab eine dieser Dosen genommen und den Abfalleimer damit angezündet?«

»Haben Sie?«

»Nein, verdammt noch mal«, rief er. »Der Karton mit den Ersatzdosen war unter dem Büffet versteckt. Ich hab ein paar von den Dosen gebraucht, und jedes Mal waren Gäste im Foyer, die mir dabei zugesehen haben. Jeder hätte sich heimlich eine davon nehmen können.«

»Das wäre aber ziemlich riskant gewesen. Bei Ihnen dagegen hätte bestimmt niemand nachgefragt, wozu Sie die Dose brauchen. Denken Sie noch einmal scharf nach, Herr Seidel. Der Spaß ist jetzt endgültig vorbei. Wenn Sebastian Kofler diesen Unfall nicht überlebt, ist es Mord.«

»Da gibt es nichts nachzudenken. Ich hab den Abfalleimer nicht angezündet und mit dem Unfall hab ich auch nichts zu tun.«

»Genauso wenig, wie Sie dieses nette Briefchen hier angefertigt und an Julian Bernbacher geschickt haben.« Thorwald holte eine Kopie der Todesanzeige hervor und legte sie direkt vor Peter auf den Tisch.

Peter riss die Augen auf. »Scheiße, was ist das denn?«

»Die hat Julian Bernbacher am Mittwochmorgen per Post bekommen«, sagte Thorwald scharf.

»Damit hab ich nichts zu tun!«, rief Peter.

Thorwald hätte ihm gerne das Gegenteil bewiesen, wusste aber, dass der Brief eine Schwachstelle war. Die Fingerabdrücke gaben nicht viel Anlass zur Hoffnung. Auf der Anzeige selbst befanden sich nur Julians Abdrücke. Der Briefumschlag wimmelte zwar von Spuren, aber es war keine darunter, die man Peter Seidel zuordnen konnte. Dasselbe galt für die Toilettentür.

Dennoch ... ein Ass hatte er auch hier noch im Ärmel.

»Der Staatsanwalt hat bereits einen Antrag auf Durchsuchung Ihres Zimmers und Ihres Computers gestellt, und es würde mich sehr wundern, wenn der Ermittlungsrichter diesem nicht stattgeben würde.«

»Von mir aus können Sie mein ganzes Zimmer auf den Kopf stellen. Ich hab diese Anzeige nicht geschrieben. Die ist doch ...«, Peter stockte, »... total krank im Kopf.«

»Und wie gesund ist es, mir zu erzählen, Sie wären Dienstagabend zu Hause gewesen, nur damit ich eine Stunde später von einem Zeugen erfahren muss, dem ist nicht so gewesen?«, donnerte Thorwald los.

»Ich hab eine ...«, begann Peter.

»... eine Kneipentour gemacht? Seltsamerweise kann sich in diesen Kneipen niemand an Sie erinnern. Eine davon war am Dienstag überhaupt nicht geöffnet. Was sagen Sie dazu?«

Peter verschränkte wieder die Arme. »Ich sag dazu gar nichts mehr.«

---

Cornelius machte sich guter Dinge auf den Weg nach Altenberg. Erfreut hatte er auf dem Rückweg in den Gasthof festgestellt, dass Anna Valentina sogar überreden konnte, sie abends in die Kreisstadt zu begleiten, um Tanja Rohrbach im Friseursalon Modell zu sitzen. Mittlerweile hatte es auch die Sonne geschafft, sich durch die Wolken zu kämpfen, und es versprach ein schöner Wintertag zu werden, als er aufbrach.

Cornelius mochte Altenberg mit seinem mittelalterlichen Stadtkern, dem Kopfsteinpflaster und den bunt gestrichenen Fassaden der Häuser, wo neben mächtigen Stufengiebeln auch wunderschön geschweifte Barockgiebel zu entdecken waren. Außerdem erzählte fast jedes Haus seine eigene kleine Geschichte, wie zahlreichen Gedenktafeln an den Eingängen zu entnehmen war.

Er stellte das Auto auf einem öffentlichen Parkplatz unweit des Zentrums ab und stattete zuerst dem Stadtmuseum im ehemaligen Bürger- und Handelshaus einen Besuch ab. Von Josef Bernbacher hatte er am Vortag erfahren, dass dort anlässlich des Schäfflertanzes eine separate Ausstellung eröffnet worden war. Vor allem die alten Fotos, auf denen Julians Großvater als junger Tänzer und Reifenschwinger abgebildet war, interessierten ihn sehr. Auch den Namen seines Vaters, Klaus Bernbacher, entdeckte er, ebenso wie Armin Weingartner.

Als er die Gruppenaufnahme des Tanzes vor vierzehn Jahren betrachtete, musste er unweigerlich daran denken, was Anna Leitner über Georg Schneider erzählt hatte. Hätte er sich nicht mit eigenen Augen vom Gegenteil überzeugen können, hätte er die Verwandlung des gut aussehenden jungen Schäfflers auf dem Foto in den betrunkenen ungepflegten Mann, den er vor zwei Tagen kennengelernt hatte, nicht für möglich gehalten.

Julian und Sebastian steckte vor sieben Jahren der jugendliche Schalk noch im Nacken. Julian war zwanzig, Sebastian achtzehn und somit gerade alt genug, um überhaupt mittanzen zu dürfen. Niemand der lachenden und fröhlichen jungen Männer konnte damals ahnen, welche Katastrophe sich vor dem nächsten Schäfflertanz abspielen würde.

Nach dem Museumsbesuch ging Cornelius den Stadtplatz entlang, da er sicher war, in dem kleinen Schmuckgeschäft am Ende einer Seitenstraße etwas zu finden, das zu Tabeas Aufmunterung beitragen würde. Am blaugetünchten Rathaus mit seinem schönen Uhrturm blieb er stehen. Auf dem ovalförmigen Rathausvorplatz hätte heute der Eröffnungtanz der Altenberger Schäffler stattgefunden. Stattdessen verkündete ein großes Hinweisschild am Haupteingang die kurzfristige Absage der gesamten Veranstaltung.

Langsam ging er weiter und blieb nach einigen Metern abrupt stehen. Metzgerei Bichler – war das nicht die Metzgerei, in der Peter Seidel arbeitete? Ein Blick auf die Uhr sagte ihm außerdem, dass es schon Mittag war. Den Kauf einer Leberkässemmel würde ihm Kommissar Thorwald wohl kaum als Einmischung vorwerfen können. Beim Betreten des Ladens grüßte er mit einem Kopfnicken und stellte sich hinten in der Schlange an. Zwei Verkäuferinnen waren gut damit beschäftigt, die zumeist weiblichen

Kunden zu bedienen. Dennoch kam auch die Unterhaltung nicht zu kurz, wie er sehr bald feststellte.

»Ich bin froh, wenn der Tag heute vorbei ist. Die Laune vom Chef ist nicht auszuhalten«, beklagte sich die ältere der beiden Verkäuferinnen.

»Ist er wegen dem Schäfflertanz so grantig?«, fragte die Kundin.

»Ja, das auch. Er hat extra eine Schäfflerwurst kreiert, die wir jetzt natürlich nicht mehr verkaufen können. Und ausgerechnet heute, wo wir für zwei Faschingsveranstaltungen das Catering machen, fällt auch noch der Peter aus.«

Cornelius hielt gespannt den Atem an.

»Ist er krank? Dabei hab ich ihn erst gestern auf dem Empfang von der Dorothee gesehen.«

Die Verkäuferin zuckte mit den Schultern. »Ich nehme es an. Seine Mutter hat gleich in der Früh angerufen und wollte den Chef sprechen. Danach hieß es nur, er kommt heute nicht. Und morgen wahrscheinlich auch nicht.«

»Hoffentlich ist der Bub nicht ernsthaft krank. Die Frau Seidel hat wirklich schon genug mitgemacht«, seufzte die Kundin laut. »Aber was sagst du denn zum Kofler Sebastian? Ist das nicht eine Tragödie!«

»Was darf es denn sein?«, fragte die zweite Verkäuferin Cornelius in diesem Moment.

---

Nachdem er sein Mittagessen verspeist hatte, musste Cornelius feststellen, dass der Schmuckladen zwar durchaus nach Tabeas Geschmack war, allerdings über die Mittagszeit geschlossen hatte. Er ging zurück auf den Rathausplatz, um sich in einem der Cafés etwas aufzuwärmen. Schräg gegenüber der Metzgerei Bichler befand sich die Konditorei von Armin Weingartner.

Er setzte sich in eine kleine Nische direkt am Fenster. Im Vorjahr hatten Ramona und er hier manchmal Kaffee getrunken, aber damals kannte Cornelius den Konditormeister noch nicht persönlich. Jetzt entdeckte er Armin Weingartner hinter der Theke, wo er gerade zwei Kuchenplatten abstellte. Er machte einen müden und niedergeschlagenen Eindruck. Ehe Cornelius auf sich aufmerksam machen konnte, war er schon wieder in der Backstube verschwunden.

Sebastians Unfall und die Absage des Schäfflertanzes gingen ihm zweifelsohne ziemlich nahe. Josef Bernbacher hatte Cornelius am Vorabend erzählt, mit wie viel Hingabe und Freude Weingartner seit Monaten mit den jungen Männern für die Aufführungen geprobt hatte und wie froh er war, Weingartner als seinen Nachfolger zu wissen. Cornelius bestellte einen Kaffee und ein Stück Schokoladenkuchen, nachdem ihm ein Hinweistäfelchen auf seinem Tisch mitteilte, dass aus gegebenem Anlass keine Schäfflertorte verkauft werde.

Die Sonne hatte ihren Kampf gegen die Wolken endgültig gewonnen und strahlte vom tiefblauen Himmel. Auf dem Gehsteig vor der Konditorei standen einige Tische und Stühle, die dank der Wärme, die die Heizpilze abstrahlten, gut besucht waren. Vor allem die Raucher hatte es ins Freie verschlagen.

Plötzlich stutzte Cornelius. Die Kapuze!

Von seinem Platz aus nach rechts versetzt, mit dem Rücken zum Café, saß die Gestalt von letzter Nacht. Auch jetzt hatte sie die Kapuze auf, sodass Cornelius das Gesicht nicht erkennen konnte. Die Kapuze gehörte zu einem dunkelblauen Winteranorak, der die Figur der Person etwas unförmig erscheinen ließ. Cornelius warf einen Blick auf ihre Begleitung: eine junge Frau in einem schwarzen Wintermantel, dicker Wollmütze und mit einer großen Sonnenbrille. Sie kam ihm nicht bekannt vor.

»Wo wollen Sie denn hin?«, fragte die Bedienung, die in diesem Augenblick den Kaffee an seinen Tisch brachte.

»Draußen sitzt ein Bekannter von mir. Ich bin gleich wieder da«, sagte Cornelius.

Sie musterte ihn argwöhnisch. Offenbar hatte sie Angst, er wollte seine Bestellung nicht bezahlen.

»Wie viel macht es denn?«, fragte er ungeduldig.

Cornelius bezahlte und wartete, bis die Bedienung wieder in der Kaffeeküche verschwunden war. Sollte er Robert Thorwald anrufen? Seine Visitenkarte befand sich seit vergangenem Jahr in Cornelius' Brieftasche. Aber womöglich würde der Kommissar seiner Beobachtung keine Bedeutung beimessen und nur denken,

Cornelius wolle etwas über den Stand der Ermittlungen herausfinden. Diese konzentrierten sich offenbar auf Peter Seidel, wie er durch seinen Besuch in der Metzgerei unschwer erraten konnte. Was aber, wenn die Polizei sich irrte und der wahre Täter direkt vor seiner Nase unter einem Heizpilz saß?

Cornelius beschloss kurzerhand, dass Kommissar Thorwald warten konnte. Er stand auf und ging nach draußen. Die Person mit der Kapuzenjacke unterhielt sich angeregt mit der jungen Frau, die sich zwischenzeitlich eine Zigarette angezündet hatte. Noch immer konnte Cornelius das Gesicht der Person nicht erkennen. Er hatte schon eine Ausrede parat, mit der er sie ansprechen würde, und näherte sich schnellen Schrittes ihrem Tisch. Gleich würde er wissen, wer mitten in der Nacht um das Haus von Julian Bernbacher schlich.

»Guten Tag. Kann es sein, dass Sie vorhin in der Metzgerei Bichler waren und dort einen Handschuh verloren haben?«, fragte er, während er in das blasse Gesicht eines jungen Mannes mit Nickelbrille blickte.

Der Besitzer der Kapuzenjacke schüttelte den Kopf. »Nein, da müssen Sie mich verwechseln. Die Treppen vor der Metzgerei sind mit dem hier nicht zu schaffen«, sagte er und zeigte mit einer Handbewegung nach unten.

Cornelius spürte, wie er rot wurde, und er bemühte sich, nicht zu sehr auf den Rollstuhl zu starren. »Das … das tut mir leid. Dann muss ich Sie wohl in der Tat verwechselt haben«, stotterte er.

Der junge Mann nickte ihm zu. »Das macht nichts.«

Cornelius beeilte sich, in das Café zurückzukommen. Was Kommissar Thorwald sagen würde, hätte er seinen Auftritt vor dem gehbehinderten Mann im Rollstuhl gesehen, mochte er sich gar nicht ausmalen.

# Kapitel 22

Robert Thorwald wartete, bis sich sein kleines Team im Büro eingefunden hatte. Peter Seidel hatte sein Versprechen gehalten. Thorwald hatte nichts mehr aus ihm herausbekommen und schließlich entnervt eine Pause eingelegt.

»Wer will anfangen?«, fragte er in die Runde.

Katrin Abel räusperte sich. »Ich hab mir zuerst Julians Familie und das Sägewerk vorgenommen. Soweit ich es bisher nachvollziehen konnte, haben die Bernbachers eine sehr überschaubare Verwandtschaft. Josef Bernbachers einzige Schwester ist vor einigen Jahren unverheiratet und kinderlos gestorben. Er selbst ist schon seit über zwanzig Jahren verwitwet. Sein Sohn Klaus Bernbacher war nicht der leibliche Vater von Julian, hat ihn aber als Baby adoptiert. Als Julian zwei Jahre alt war, ist Klaus Bernbacher bei einem Autounfall gestorben. Dorothee Bernbachers Eltern sind ebenfalls tot. Sie hat eine ältere Schwester, die nicht verheiratet ist und seit vielen Jahren in Kanada lebt.«

»Hast du über Julians leiblichen Vater etwas herausfinden können?«

Katrin nickte. »Ja, er ist Makler für Luxusimmobilen, lebt in Südspanien und ist mit einer Spanierin verheiratet. Die beiden haben zusammen keine Kinder. Der Adoption hat er damals laut Angaben des Jugendamtes ohne Gegenwehr zugestimmt. Dorothee und er waren nie verheiratet und Julian ist wohl das Ergebnis eines kurzen Urlaubsflirts.«

»Das heißt, Julian hat weder Geschwister noch Cousins oder Cousinen. Es gibt also kurz gesagt niemandem, der ihm sein Erbe streitig machen könnte«, fasste Thorwald zusammen.

»Das ist richtig. Sein Erbe wird eines Tages nämlich beträchtlich sein«, fuhr Katrin fort. »Torsten und ich haben uns die letzten Geschäftsberichte des Sägewerks angesehen. Das Unternehmen hat in den vergangenen Jahren stark expandiert und Umsatz und Gewinn enorm gesteigert. Eine Münchner Wirtschaftsprüfungsgesellschaft schätzt den Gesamtwert mittlerweile auf fast zwölf Millionen Euro.«

Florian Weber pfiff anerkennend durch die Zähne.

Katrin lächelte. »Interessant ist dabei: Alle Gesellschaftsanteile liegen nach wie vor bei Josef Bernbacher. Dorothee ist zwar Geschäftsführerin, aber rein rechtlich gesehen gehört die Firma Julians Großvater. Und damit eines Tages Julian, vorausgesetzt, der Seniorchef enterbt seinen Enkel nicht, wovon wir kaum ausgehen dürfen.«

»Dieser alte Fuchs«, sagte Thorwald grinsend.

»Vielleicht hatte er Angst, seine Schwiegertochter würde eines Tages der Versuchung nicht widerstehen können und verkaufen«, wandte Katrin ein. »Die Kollegen sind gerade unterwegs ins Sägewerk, um sich bei den Angestellten umzuhören. Danach wollten sie Lisa Mühlfellner, die Freundin von Julian Bernbacher, befragen. Das Internet hat da leider nicht viel hergegeben, außer diese Bilder.« Katrin legte einige Ausdrucke vor Thorwald auf den Tisch.

»In Ordnung. Und die Nachbarschaftsbefragungen?«

»Bisher weiterhin negativ. Weder Peter Seidel noch Marcel Rehberg wurden in der Tatnacht von irgendjemandem gesehen. Aber die Kollegen sind da noch dran.«

»Gut recherchiert, Katrin«, lobte Thorwald. »Was sagt denn die Schäfflerfront, Florian?«

»Der Vorsitzende des Schäfflerausschusses, dieser Armin Weingartner, hat gestern Nachmittag jeden Einzelnen angerufen und ihnen mitgeteilt, dass die Aufführungen wegen Sebastians Unfall abgesagt wurden«, begann Weber. »Lukas Obermeier wusste aber auch schon von den fehlenden Radmuttern.«

Thorwalds Miene verdüsterte sich. »Das war zu erwarten. Wahrscheinlich hat unser Professor nicht gezögert, es überall fleißig rumzuerzählen.«

»Das glaube ich nicht«, erwiderte Weber. »Und selbst wenn, lange hätten wir es ohnehin nicht geheim halten können. Dazu waren zu viele am Unfallort und im Sägewerk ist unsere Anwesenheit auch nicht unbemerkt geblieben.«

»Welcher Professor denn?«, fragte Katrin.

»Das soll Flo dir später erklären«, brummte Thorwald.

Weber grinste nur, wurde dann jedoch wieder ernst. »Laut Lukas Obermeier gibt es außer Marcel Rehberg niemandem, der Julian den Vortänzerposten streitig gemacht hat. Die meisten sind dieses Jahr das erste Mal dabei und kamen daher überhaupt nicht infrage. Von den fünf Jungs, die neben Marcel, Julian und Sebastian vor sieben Jahren schon mitgetanzt haben, hatte offenbar keiner Ambitionen auf den Posten. Ganz im Gegenteil: Sie waren wohl alle froh, dass der Ausschuss die beiden ausgewählt hat. Davon abgesehen ist Julian ziemlich beliebt in der Gruppe. Klar, du hast bei zwanzig Leuten nicht zwanzig beste Freunde, aber Lukas Obermeier wusste niemanden, der etwas gegen ihn hätte.«

»Vorbestraft ist nur einer: Michael Graf aus Ebersbach«, sagte Katrin Abel nach einem Blick in ihre Unterlagen. »Er wurde vergangenes Jahr wegen Schwarzarbeit zu einer Bewährungsstrafe verurteilt.«

»Sieh an, ein alter Bekannter«, murmelte Thorwald.

»Graf war der Einzige, der noch als Vortänzer infrage gekommen wäre, aber durch seine Verurteilung musste er froh sein, überhaupt wieder mitmachen zu dürfen. Die haben da nämlich ziemlich strenge Regeln«, fuhr Weber fort. »Die einzelnen Posten sind im Herbst im Anschluss an eine Tanzprobe bekannt gegeben worden. Marcel Rehberg ist danach offenbar wutentbrannt aus der Turnhalle gestürmt und ward nicht mehr gesehen. Vermisst wird er allerdings nicht. Laut Lukas ist in der ganzen Zeit niemand so richtig warm mit ihm geworden.«

»Was wusste Obermeier über Peter Seidel?«

»Wenig. Bis zu seinem Ausscheiden im November ist er nicht großartig aufgefallen. Aber Peter gehört nicht unbedingt zu den Leuten, mit denen Lukas Obermeier normalerweise abhängt.«

»Du meinst, nicht zu den coolen Leuten wie Julian und Simon«, warf Katrin Abel ein.

Weber sah sie erstaunt an. »So würde ich das nicht formulieren. Er ist halt … ist doch egal. Hat er denn noch etwas gesagt?«

Robert Thorwald berichtete kurz von den gefundenen Brennpasterückständen. »Aber er behauptet steif und fest, den Abfalleimer nicht angezündet zu haben. Und bisher kann ich ihm nicht das Gegenteil beweisen.«

»Das gibt es doch nicht«, rief Weber. »Ich bin mir sicher, er war es. Warum sollte er uns wegen Dienstagabend anlügen und kommt jetzt mit dieser Kneipentour daher, die auch hinten und vorne nicht stimmt?«

»Aber du hast Katrin doch gehört«, erwiderte Thorwald missmutig. »Bisher gibt es keinen Zeugen, der ihn Mittwochnacht gesehen hat. Wir können es drehen und wenden wie wir wollen, wir haben keine drei Kreuztreffer.«

»Und wenn es zwei Täter gibt?«, platzte es auf einmal aus Katrin Abel heraus.

Weber sah sie skeptisch an. »Wie, zwei?«

»Du denkst, Seidel und Rehberg haben das Ding zusammen gedreht?«, fragte Thorwald.

»Warum denn nicht? Immerhin waren sie einige Wochen regelmäßig zusammen bei den Tanzproben. Zwar keine Außenseiter, aber auch nicht gerade die Beliebtesten innerhalb der Gruppe. So etwas kann schon zusammenschweißen. Vielleicht hat sich Peter an Marcels wütenden Abgang erinnert, als er plötzlich selbst zum Zuschauen verdonnert war. Und beide kennen nur einen Schuldigen für ihre Situation: Julian Bernbacher.« Katrin wandte sich zum Zeitstrahl um. »Weder bei Marcel noch bei Peter können wir drei Treffer setzen. Aber Peter hat am Dienstagabend kein Alibi. Marcel schon, allerdings auch nur aufgrund der Aussage seiner Freundin. Und auf der Geburtstagsfeier am Mittwochnachmittag waren sogar beide.«

Thorwald setzte sich auf. »Du denkst, einer stand Schmiere, während der andere Julian auf die Toilette gefolgt ist, die Tür verkeilt und anschließend den Abfalleimer angezündet hat?«

»Ja, das denke ich. Außerdem hatten dort beide die Möglichkeit, das Gespräch zwischen Simon und Julian zu belauschen, aus dem Julians geplante Fahrt nach Landshut hervorging. Und was Mittwochnacht betrifft: Die Nachbarschaftsbefragungen laufen noch und weder bei Frau Seidel noch bei Dr. Rehberg können wir definitiv ausschließen, dass sie uns anlügen.«

»Das ist genial«, rief Weber. »Warum sind wir da nicht gleich darauf gekommen?«

»Jetzt erst einmal langsam«, beschwichtigte Thorwald, obwohl auch er zugeben musste, dass Katrins Kombinationsansatz nicht schlecht war.

»Das heißt für uns: Wir müssen auf alle Fälle diese Daniela Zimmermann noch einmal in die Mangel nehmen. Katrin, das kannst du selbst übernehmen. Lass dich nicht von ihr abwimmeln und nimm sie mit aufs Kommissariat, wenn sie Zicken macht.« Thorwald stand auf und ging vor der Wandtafel auf und ab. »Flo, du telefonierst noch einmal mit Lukas. Ich will wissen, ob Rehberg und Seidel während ihrer gemeinsamen Zeit bei den Schäfflern auch privat in Kontakt standen. Ich schließe mich mit dem Staatsanwalt kurz und besorge die Genehmigungen für die Überprüfung ihrer Computer, Mobiltelefone und Festnetzanschlüsse. Wenn die beiden tatsächlich unter einer Decke stecken, müssen sie ja irgendwie miteinander kommunizieren.«

In diesem Moment klopfte es und einer der uniformierten Beamten betrat das Büro. »Herr Thorwald, Peter Seidel möchte eine Aussage machen.«

---

Cornelius kehrte gegen Nachmittag in die Pension zurück, wo er schon von Tabea erwartet wurde. Mit rosigen Wangen saß sie an einem der Tische. Kaum hatte Cornelius ihr gegenüber Platz genommen, begann sie aufgeregt von ihrem Ausflug zu erzählen.

»Und stell dir vor: Dann hat auch noch zweimal ein Kommissar aus Landshut angerufen und wollte etwas über die Schäffler wissen. Lukas ist nämlich mit ihm verwandt.«

Cornelius wurde hellhörig. »Wie hieß denn der Kommissar? Thorwald?«

»Den Nachnamen weiß ich nicht. Lukas hat ihn auf alle Fälle Flo genannt.«

»Dann war es bestimmt Florian Weber. Und er wollte etwas über die Schäffler wissen?«

»Ja, ob sie sich gut verstanden hätten und ob jemand neidisch auf Julian war. Dann hat er noch nach einem Peter und einem Marcel gefragt«, sagte Tabea, während sie ihren Laptop hervorholte und einschaltete.

Die Polizei hatte die Schäffler und insbesondere Peter Seidel und Marcel Rehberg also fest ins Visier genommen. Cornelius musste erneut an die Gestalt von vergangener Nacht denken. Steckte womöglich einer der beiden ehemaligen Schäffler dahinter? Und sollte er dann nicht über seinen Schatten springen und die Beobachtung der Polizei melden, auch auf die Gefahr hin, dass Robert Thorwald ihm Einmischung vorwarf?

»Der sieht aber gut aus.«

Tabeas Ausruf holte ihn aus seinen Gedankenspielen zurück. Sie hatte die Internetseite der Josef Bernbacher GmbH aufgerufen, wie er nach einem Blick auf ihren Laptop feststellte, und ein Foto des Juniorchefs, Julian Bernbacher, vor sich auf dem Bildschirm.

Die Schwarzweißaufnahme war zweifellos von einem Profi gemacht worden. Julian trug einen eleganten Anzug mit Krawatte und strahlte jugendliche Lässigkeit und gleichzeitig absolute Seriosität aus.

»Wieso interessierst du dich denn auf einmal für Julian Bernbacher?«, fragte Cornelius argwöhnisch.

»Lukas hat mir heute erzählt, dass Julian reich ist. Also, nicht nur ein bisschen, sondern richtig reich. Aber trotzdem kein Idiot, wenn du verstehst, was ich meine«, erklärte Tabea.

Also kein zweiter David Kronenburg, dachte Cornelius, hütete sich aber davor, das vor seiner Tochter laut auszusprechen.

»Und mit seinem Aussehen ist er natürlich gleich doppelt interessant. Ich warne dich: Er hat eine Freundin. Und wie ich Lisa kennengelernt habe, wird sie ihn bestimmt nicht kampflos aufgeben.«

»Meinetwegen muss sie das nicht. Mit dem Thema bin ich momentan wirklich durch«, erwiderte Tabea. Ihre gute Laune war auf einmal wie weggeblasen.

»Aber damit kann ich dich doch bestimmt ein bisschen aufheitern«, sagte Cornelius und reichte ihr das Päckchen aus dem Altenberger Schmuckladen.

Während Tabea begeistert die neuen Ohrringe auspackte und anprobierte, vertiefte sich Cornelius in die Lektüre der Internetseite des Sägewerks. Seine Tochter hatte nicht übertrieben: Julian würde eines Tages an der Spitze eines international aufgestellten

Unternehmens stehen. War die Schäfflertheorie am Ende ein Irrweg und lag das wahre Motiv des Täters in der Josef Bernbacher GmbH?

---

Robert Thorwald öffnete die Tür, ging langsam durch den Raum und ließ sich erschöpft auf seinen Bürostuhl sinken. Florian Weber und Katrin Abel beobachteten jede seiner Bewegungen ganz genau. Minutenlang sagte keiner von ihnen etwas.

»Und?«, fragte Weber schließlich. »Hat er endlich gestanden?«

Thorwald lehnte sich zurück und verschränkte die Arme vor seiner Brust. »Ihr werdet nicht glauben, was der mir gerade erzählt hat.«

Gespannt beugte sich Katrin nach vorne. »Marcel und er haben gemeinsame Sache gemacht?«

Thorwald lachte kurz auf. »Von wegen. Er gibt zwar zu, diese Kneipentour erfunden zu haben und am Dienstagabend nicht in Landshut gewesen zu sein. Aber nicht, weil er eine Ratte an Julian Bernbachers Autos angebracht hat, sondern weil er in die Altenberger Sporthalle eingebrochen ist, um den Schäfflerfundus zu plündern.«

Weber sah ihn entgeistert an. »Wie bitte?«

»Ihm ist der Reinigungsdienst dazwischengekommen, weshalb er nicht viel hat mitgehen lassen. Nur irgendwelche Hämmer und Zierbänder. Aber er ist definitiv dort eingebrochen.«

»Und das alles nur, weil er nicht mehr mittanzen darf?! Der spinnt doch«, entfuhr es Katrin Abel.

»Magst du trotzdem bei dieser Reinigungsfirma anrufen und dir für alle Fälle die Uhrzeit bestätigen lassen? Die Putzleute waren laut Peter gegen zehn in der Sporthalle.«

»Glaubst du ihm denn?«, fragte Weber.

Thorwald runzelte die Stirn. »Du denkst, er bezichtigt sich freiwillig einer Straftat, um bei einer anderen ungeschoren davonzukommen?«

»Einbruchdiebstahl und Sachbeschädigung sind keine Kavaliersdelikte, aber Mord ist ein ganz anderes Kaliber«, erwiderte Weber. »Das dürfte mittlerweile auch Peter Seidel verstanden haben.«

»Die Kollegen durchsuchen ohnehin gerade sein Zimmer zu Hause. Dort hat er das ganze Zeug offenbar versteckt. Ich hab schon angerufen und Bescheid gesagt, dass sie Armin Weingartner die Gegenstände zeigen sollen.«

»Das heißt, er kann es mit der Ratte nicht gewesen sein?«, fragte Katrin Abel. Die Enttäuschung in ihrer Stimme war nicht zu überhören.

»Die Schicht des Reinigungsdienstes fängt um zehn an. Zur gleichen Zeit hat Julian Bernbacher die Ratte auf seinem Auto gefunden. Dazwischen liegt die Fahrt von Altenberg nach Neukirchen. Selbst wenn er wie ein Irrer gerast wäre, wäre es zeitlich nicht zu schaffen gewesen.«

»Das passt auch zum Ergebnis der KTU«, sagte Weber.

»Was hat die herausgefunden?«, fragte Thorwald.

»Seidels Auto war sauber. Kein Blut, keine sonstigen Rückstände, die auf einen Tierkadaver schließen lassen. Außerdem hab ich nochmals mit Lukas Obermeier gesprochen.«

»Und?«

»Er ist sich sicher, dass Rehberg und Seidel in der ganzen Zeit keine fünf Sätze miteinander gewechselt haben. Die beiden sind so unterschiedlich, wie zwei Menschen nur sein können.«

»Warten wir die Auswertung der Telefon- und Computerdaten ab«, sagte Thorwald bestimmt, konnte aber nicht verhindern, dass sich auch in seiner Stimme Resignation ausbreitete.

»Daniela Zimmermann war leider ein Schlag ins Wasser«, berichtete Katrin Abel. »Sie behauptet steif und fest, dass Rehberg am Dienstagabend schon um halb neun bei ihr war. Allerdings …«

Thorwald lächelte sie aufmunternd an. »Ja?«

»Sie war wieder wahnsinnig nervös. Zum Schluss hat sie einen richtigen Heulkrampf bekommen, weil ich ihr angeblich wertvolle Zeit für die Examensvorbereitung gestohlen habe.« Sie zögerte kurz. »Ich bin mir nicht sicher, aber vielleicht ist das Ganze nur eine Masche von ihr, um von ihren Lügen abzulenken. Wenn du sie dir noch einmal vorknöpfen willst …«

Im selben Moment meldete sich Robert Thorwalds Telefon. Innerhalb von Sekunden hellte sich seine Miene sichtbar auf.

»Und ob ich mir die junge Dame noch einmal vorknöpfen

werde«, sagte er triumphierend, nachdem er aufgelegt hatte. »Ein Nachbar hat gerade ausgesagt, Marcel Rehberg habe in der Tatnacht gegen halb zwei Uhr morgens das Haus verlassen. Lukas hatte vollkommen recht: Marcel brauchte Peter Seidel nicht für seine Pläne. Er hat die Anschläge ganz allein durchgezogen. Auf geht's, Flo. Abfahrt nach Neukirchen zur Villa Rehberg.«

---

Da es keinen Neuschnee gab, beschlossen Cornelius und Tabea, zum Abendessen nach Landshut zu fahren. Anna hatte ihnen schon am Vortag ein kleines italienisches Restaurant empfohlen, das sie jetzt ausprobieren wollten. Auf dem Weg in die Innenstadt kamen sie auch am Gebäudekomplex des Klinikums vorbei. Sofort musste Cornelius wieder an Sebastian denken, der irgendwo dort drinnen lag und um sein Überleben kämpfte. Noch immer war sein Zustand unverändert kritisch, wie er kurz vor ihrer Abfahrt von Julian erfahren hatte.

Frau Kofler muss durch die Hölle gehen, dachte Cornelius und warf einen Blick auf den Beifahrersitz, wo seine eigene Tochter gesund und munter mit ihrer Mutter telefonierte.

»Schöne Grüße von Mama«, sagte sie, als sie aufgelegt hatte. »Übermorgen wird Richard wahrscheinlich verlegt und dann kommt sie zu uns nach Neukirchen. Vorausgesetzt wir sind noch hier.«

»Also mich zieht es gerade nicht nach München zurück. Wenn du allerdings nach Hause möchtest …«

»Nein, nein«, sagte sie rasch. »Neukirchen gefällt mir sehr gut. Und Mama kann sich hier doch viel besser von dem ganzen Stress erholen.«

Cornelius schmunzelte.

»Sie lässt dir ausrichten, du sollst auf keinen Fall mit dem Kriminalisieren anfangen.«

Sofort verschwand sein Lächeln wieder. »Man könnte wirklich meinen, ich hätte den lieben langen Tag nichts Besseres zu tun.«

»Gib es zu: Du würdest schon gerne wissen, wer hinter alldem steckt.«

»Ich hoffe, die Polizei findet es so bald wie möglich heraus«, er-

widerte er diplomatisch, während er den Wagen auf einem Parkplatz in der Nähe der Innenstadt abstellte.

Er hoffte es vor allem für Julian. Obwohl er versucht hatte, sich
am Telefon nichts anmerken zu lassen, hatte er seine Anspannung
nicht verbergen können. Die Gewissheit, dass es in seiner unmit-
telbaren Nähe jemanden gab, der ihn töten wollte und der es womöglich noch einmal versuchen würde, erschien Cornelius schier
unerträglich. Eingesperrt wie ein Tier im Käfig musste Julian zu
Hause sitzen und abwarten. Das Leben des jungen Mannes hatte
sich innerhalb weniger Tage in einen wahren Albtraum verwandelt, von dem niemand wusste, wann er zu Ende sein würde.

Cornelius und Tabea bogen in die Fußgängerzone ein, wo noch
immer zahlreiche Geschäfte geöffnet hatten. Fast jedes Schaufenster war mit Faschingsartikeln dekoriert, was Cornelius daran erinnerte, dass der Endspurt der närrischen Zeit unmittelbar
bevorstand. Ein kalter zugiger Wind wehte durch die Straße und
Tabea zog ihre Wollmütze tiefer ins Gesicht.

»Lukas will mir morgen das Langlaufen beibringen«, sagte sie,
als sie an einem Sportgeschäft vorbeikamen.

»Ist das der berühmte Wink mit dem Zaunpfahl?«

»Ich könnte schon etwas zum Anziehen brauchen. Und eine
halbe Stunde hätte der Laden noch geöffnet«, erwiderte sie und
zeigte auf das Schild an der Eingangstür.

Plötzlich erstarrte Cornelius. In der Glastür war deutlich die
Spiegelung einer Person im dunkelblauen Anorak mit Kapuze zu
erkennen.

Er wirbelte herum. Dieses Mal bestand nicht der geringste
Zweifel: die groß gewachsene schlanke Gestalt, der Bewegungsablauf. Keine zehn Meter von ihm entfernt ging der geheimnis-
volle nächtliche Besucher schnellen Schrittes durch die Fußgängerzone. Auch jetzt hatte er die Kapuze auf, und Cornelius konnte
sein Gesicht nicht erkennen.

»Papa, was ist denn?«, fragte Tabea verwundert.

Cornelius starrte seine Tochter an. »Wie? Äh … alles gut. Ich
muss nur ganz kurz …«

Er holte rasch seine Brieftasche hervor und reichte Tabea die Kreditkarte. »Hier. Geh du zum Einkaufen. Ich bin gleich wieder da.«

Mit ungläubigem, fast schon ehrfürchtigem Staunen nahm Tabea die Plastikkarte entgegen. »Du gibst mir *deine* Kreditkarte? *Zum Einkaufen?*«

Cornelius drehte sich um. Der Unbekannte hatte sich mittlerweile schon ein gutes Stück von ihnen entfernt.

»Es muss ja nicht gleich der ganze Laden sein. Wir sehen uns dann im Restaurant. *Bella Vita*, übernächste Querstraße links«, rief er und hastete die Fußgängerzone entlang.

Für einen kurzen Moment befürchtete er, er hätte die Person verloren, aber dann tauchte der Anorak neben einem hell erleuchteten Schaufenster auf. Zum Glück waren nicht mehr viele Passanten unterwegs und er konnte den Abstand schnell verringern. Trotzdem musste Cornelius sich anstrengen, um ihn nicht aus den Augen zu verlieren, denn der andere – Cornelius war sich jetzt sicher, es handelte sich um einen Mann – legte ein enormes Tempo vor.

Plötzlich blieb der Unbekannte stehen und drehte sich zur Seite. Im letzten Moment machte Cornelius einen Ausfallschritt hinter eine Litfaßsäule, wo er angespannt verharrte. Nach einigen Sekunden lugte er vorsichtig aus seinem Versteck hervor. Doch der Mann schien ihn nicht bemerkt zu haben, denn er hatte lediglich sein Handy hervorgeholt und telefonierte. Mit schnellen Schritten ging er kurze Zeit später weiter. An der nächsten Einmündung wandte er sich noch einmal flüchtig um und bog dann rechts in eine Seitenstraße ab.

Die Erkenntnis traf Cornelius wie ein Blitz. Dieselbe Körperhaltung, denselben Bewegungsablauf hatte er schon einmal beobachtet. Und zwar am Tag von Dorothee Bernbachers Geburtstagsempfang, als Simon Bauer über den Parkplatz des Sägewerks gehastet und hinter einem der Gebäude aus Cornelius' Sichtfeld verschwunden war.

*Simon Bauer!*

Ausgerechnet Simon, der erste Kasperl, der alle Lacher sofort auf seiner Seite hatte und spielend eine ganze Tischrunde unterhalten konnte, der sich rührend um seine kranke Schwester kümmerte und einer von Julians besten Freunden war. Das konnte, das durfte einfach nicht wahr sein.

Doch wie zur Bestätigung von Cornelius' Gedanken nahm Simon in diesem Moment seine Kapuze ab und ging durch eine gläserne Drehtür, die zu einem Hotel gehörte. Jetzt gab es keinen Zweifel mehr. Es würde Cornelius nichts anderes übrigbleiben als Hauptkommissar Thorwald anzurufen. Langsam griff er in die Manteltasche und holte sein Mobiltelefon hervor.

Die gläserne Eingangsfront gewährte ihm eine gute Sicht in die kleine Hotelhalle. Simon stand am Empfangstresen und sprach mit dem Portier. Beide lachten. Fast schien es, als wäre er nicht zum ersten Mal hier.

Eine der Aufzugtüren hinter ihm öffnete sich und eine Frau betrat die Lobby. Eine schlanke Frau mit brünettem Haar und großen ausdrucksstarken Augen, die Cornelius sorgenvoll angeblickt hatten, als er nach Sebastians Unfall in den Gasthof zurückgekehrt war. Simon drehte sich um. Ein Strahlen breitete sich auf seinem Gesicht aus und Sekunden später schloss er Bettina Schneider innig in die Arme und küsste sie.

Cornelius, der das Telefon schon in der Hand hielt, steckte es in die Manteltasche zurück. Dann machte er auf dem Absatz kehrt und ging, ohne sich noch einmal umzudrehen, Richtung Innenstadt.

# Kapitel 23

T anja Rohrbach summte leise vor sich hin, während sie die Kartons zerkleinerte und in den Altpapiercontainer im Hinterhof des Friseursalons warf. Ein Blick auf ihre Armbanduhr sagte ihr, dass Anna und Valentina jeden Moment kommen mussten. Es war kurz vor acht Uhr abends und sie noch die einzige Mitarbeiterin. Auch der letzte Kunde hatte schon vor einer halben Stunde das Geschäft verlassen. Aber das störte Tanja nicht. Ganz im Gegenteil. Sie war froh, den Salon nach Geschäftsschluss für die Vorbereitung zur Meisterprüfung nutzen zu dürfen.

Mit Anna Leitner hatte sie zudem ein sehr geduldiges Versuchskaninchen gefunden. Locken, Glätten, Hochsteckfrisuren, Anna machte alles mit. Sogar ein gutes Stück ihrer Haarpracht hatte Tanja abschneiden dürfen. Einzig, was das Färben anging, da zierte sich Anna noch.

Aber das Glück war offenbar ganz auf Tanjas Seite, denn Anna würde heute mit Valentina Bauer zusammen in den Salon kommen. Tanja hatte Simons Schwester auf Dorothees Geburtstagsempfang gesehen und hätte sich am liebsten an Ort und Stelle ans Werk gemacht. Valentina war das ideale Modell, sie wusste es nur noch nicht. Tanja war daher ziemlich überrascht gewesen, als Anna den zusätzlichen Besucher angekündigt hatte. Sie kannte Valentina nicht sehr gut und hätte sich nie getraut, sie anzusprechen. Erst recht nicht, nachdem sie erfahren hatte, was ihr vergangenes Jahr passiert war.

Crackbraut, Drogenjunkie ... wie gedankenlos manche Leute doch daherreden konnten. Nur weil sie irgendwo irgendetwas aufgeschnappt hatten. So wie bei Michi. Über seine Verurteilung wussten auch alle ganz genau Bescheid. Auch die, die gar nichts wissen konnten.

Und dann gab es noch die bösartigen Exemplare, denen es regelrecht Spaß machte, ihn ständig damit zu konfrontieren, nur weil sie in ihrem eigenen Leben nichts zustande brachten. Marcel Rehberg war so ein Exemplar.

Tanja warf einen finsteren Blick zum Nachbargrundstück, wo sich die Apotheke von Dr. Rehberg befand. Der Friseursalon und die *Palmen Apotheke* teilten sich den Hinterhof und die Mülltonnen. Zum Glück stattete Marcel dem Laden seines Onkels nur selten einen Besuch ab. Trotzdem machte Tanja seit einiger Zeit einen großen Bogen darum und kaufte ihre Medikamente stattdessen in der Marienapotheke. Und daran würde sich so schnell bestimmt nichts ändern.

Plötzlich stutzte sie. Im Hinterzimmer der Apotheke war für einen kurzen Augenblick ein Lichtschein zu sehen, ganz so, als ob jemand eine Taschenlampe an- und gleich wieder ausgeschaltet hätte. Tanja verharrte einige Sekunden neben dem Papiercontainer, doch im Nachbarhaus blieb alles dunkel. Wahrscheinlich hatten ihr die Augen einen Streich gespielt. Das wochenlange Lernen für die Prüfung und die abendlichen Extraschichten machten sich allmählich bemerkbar. Aber nicht mehr lange und sie würde Friseurmeisterin sein. Und eines Tages ihren eigenen Salon aufmachen und, wenn alles gut klappte, auch noch das Kosmetikstudio ihrer Mutter mit dazunehmen. Beschwingt von dem Gedanken warf sie den letzten Karton in den Container.

In dem Moment blitzte im Nachbarhaus erneut ein kreisrunder Lichtschein auf. Dieses Mal verschwand er jedoch nicht, sondern wanderte langsam die Wände entlang. Tanja spürte das Adrenalin durch ihren Körper jagen. Jetzt gab es keinen Zweifel mehr: Nebenan war ein Einbrecher am Werk. Instinktiv griff sie in ihre Hosentasche, erinnerte sich dann aber, dass ihr Mobiltelefon gerade an der Steckdose hing. Sollte sie in den Laden zurücklaufen und von dort die Polizei rufen? Was aber, wenn der Einbrecher in der Zwischenzeit die Flucht ergriff?

Sie blickte sich im Hinterhof um, fand jedoch nur einen alten Besen. Dieser würde wohl oder übel als Waffe herhalten müssen. Tanja atmete einmal tief durch und ging leise über den Hof.

Der Lichtschein war immer noch gut zu sehen. Allerdings wanderte er jetzt nicht mehr durch den Raum, sondern war auf einen festen Punkt gerichtet. Tanja zählte innerlich bis drei und drückte dann vorsichtig die Klinke der Hintertür hinunter. Sie ließ sich problemlos öffnen. Wahrscheinlich war der Einbrecher über denselben Weg gekommen.

Es dauerte einen Moment, bis sich ihre Augen an die Dunkelheit gewöhnt hatten. Sie stand in einem kleinen Flur, der direkt in den Ladenbereich führte. Die Umrisse der stattlichen Palme und des Kassenbereiches waren jetzt deutlich zu erkennen. Linker Hand befand sich der Raum, in dem sie zuvor den Lichtschein gesehen hatte. Die Tür war offen, doch es drang kein Laut aus dem Zimmer. Auch das Licht war verschwunden. Hatte sie sich am Ende doch getäuscht? Den Besenstiel nach wie vor fest umklammert, trat sie leise über die Türschwelle.

Der Raum, den Regalen und Schränken nach zu urteilen das Lager der Apotheke, war leer.

Erleichtert atmete Tanja auf.

Plötzlich hörte sie ein Geräusch hinter sich. Doch sie kam nicht mehr dazu, sich umzudrehen, denn im selben Moment verspürte sie einen stechenden Schmerz am Hinterkopf.

Dann wurde alles schwarz.

---

»Warum hat denn dieser Nachbar jetzt erst ausgesagt?«, fragte Florian Weber.

»Weil er die letzten beiden Tage die meiste Zeit im Krankenhaus in Landshut war. Seine Frau hat ein Baby bekommen.«

»Und er ist sich mit seiner Beobachtung absolut sicher?«

Thorwald bog nach rechts in die Neukirchner Siedlung ab. »Ja. Bei seiner Frau haben in der Tatnacht die Wehen eingesetzt. Marcel ist fast zeitgleich mit ihnen aus der Garage gefahren.«

»Da bin ich jetzt aber gespannt, was er und sein werter Herr Onkel dazu zu sagen haben. Von wegen, Dr. Rehberg würde nicht so weit gehen und für seinen Neffen lügen.«

»Ich weiß, Katrin und du hattet ihn von Anfang an unter Verdacht. Trotzdem wäre es nicht zu verantworten gewesen, wenn wir uns nur auf ihn und Peter Seidel versteift hätten.«

Da sie in diesem Moment vor der Villa der Rehbergs ankamen, verzichtete Florian Weber auf einen weiteren Kommentar. Dafür würde nach der Verhaftung von Marcel noch genügend Zeit sein.

Denn dass es dazu in Kürze kommen würde, stand für ihn außer Frage.

Ungeduldig drückte Thorwald auf den goldenen Klingelknopf. Das Haus war dunkel, beide Garagen waren leer.

»Da brauchen Sie nicht zu klingeln«, sagte in diesem Moment eine weibliche Stimme hinter ihnen. »Dr. Rehberg und Marcel sind nicht zu Hause.«

Thorwald drehte sich um. Eine junge Frau kam aus der Einfahrt des Nebenhauses. Thorwald glaubte sie schon einmal irgendwo gesehen zu haben.

»Wissen Sie zufällig, wohin sie gefahren sind?«

»Nein. Sie sind nicht zusammen weg. Marcel ist schon vor zwei Stunden losgehfahren, Dr. Rehberg erst vor dreißig Minuten.«

»Sie sind Lisa Mühlfellner, nicht wahr?«, fragte Florian Weber in diesem Moment.

Jetzt konnte sich auch Thorwald an das Foto von Julian Bernbacher und der Frau erinnern, das Katrin Abel ihnen gezeigt hatte.

Verunsichert blickte die junge Frau zwischen den Kommissaren hin und her. »Ja, woher wissen Sie das?«

»Wir sind von der Kriminalpolizei und ermitteln im Fall Ihres Freundes Julian Bernbacher.«

Ihre Miene entspannte sich »Ach so.« Plötzlich glitzerten Tränen in ihren Augen. »Wissen Sie denn schon, wer diese furchtbaren Dinge getan hat? Ich hab solche Angst um Julian.«

»Noch laufen die Ermittlungen, aber es sieht ganz gut aus«, entgegnete Weber.

»Hat Marcel Rehberg etwas damit zu tun? Ich hab Ihren Kollegen heute schon gesagt, dass der Kerl gemeingefährlich und zu allem fähig ist.«

»Über unsere Ermittlungen können wir leider keine Auskunft geben. Aber ich versichere Ihnen, wir tun alles, damit der Täter schnell gefasst wird«, sagte Thorwald rasch. »Jetzt müssen wir aber weiter.«

»Und wohin jetzt?«, fragte Weber, nachdem sie wieder im Auto saßen. »Sollen wir Marcels Handy orten? Oder willst du ihn gleich zur Fahndung ausschreiben?«

In der Mittelkonsole fing es auf einmal zu brummen und vibrieren an. Das Display von Thorwalds Handy zeigte die Nummer des Landshuter Kommissariats.

»Ja, Katrin, was gibt es?«

»Hallo, Robert. Bei der Leitstelle ist gerade ein Notruf eingegangen.«

Mit gerunzelter Stirn hörte er zu, was die Kollegin zu erzählen hatte.

»Wie bitte?« Thorwald brüllte fast in den Hörer. »Das gibt es doch nicht. Wir sind schon unterwegs.«

»Was ist passiert?«, wollte Weber wissen.

Thorwald antwortete nicht, sondern nahm das mobile Blaulicht aus dem Handschuhfach und drückte es ihm in die Hand.

»Auf's Dach damit. Den Rest erzähle ich dir unterwegs.«

---

Gregor Cornelius steckte sein Telefon zurück in die Manteltasche.

»Polizei und Krankenwagen sind unterwegs«, sagte er.

Benedikt Rehberg ließ sich erschöpft auf einen Stuhl fallen und vergrub den Kopf in seinen Händen.

Die Apotheke lag im Halbdunkel, denn sie hatten kein Licht im Ladenbereich gemacht. Nur der Flur und das Lager waren hell erleuchtet.

»Das ist mein Ende«, flüsterte er kaum hörbar. »Wenn das bekannt wird, bin ich ein für alle Mal erledigt.«

Cornelius erwiderte nichts, sondern sah nur schweigend zu Marcel Rehberg, der stocksteif an einem der Regale lehnte.

»Es ... es tut mir so leid«, stammelte er. Seine Unterlippe fing zu zittern an. »Ich wollte doch nicht ...«

Valentina kam den Flur entlang. »Ich hab den Michi angerufen. Er müsste jeden Moment hier sein.«

Marcel riss entsetzt die Augen auf. »Der bringt mich um. Wenn der mich hier sieht, bringt er mich um.«

Cornelius und die junge Frau wechselten einen kurzen Blick.

»Ich warte draußen«, sagte Cornelius.

»Ich komme mit.«

Auf dem Altenberger Stadtplatz waren zu dieser späten Stunde nicht mehr viele Menschen unterwegs. In einem der Gasthäuser fand eine Faschingsveranstaltung statt, aber von einigen Piraten, Prinzessinnen und Biene Majas abgesehen, die singend und lachend an ihnen vorbeitorkelten, waren Cornelius und Valentina allein.

»Was für eine Nacht«, sagte sie leise.

Da Cornelius nichts Kluges einfiel, nickte er nur.

Auch er hatte vor einigen Stunden nicht mit so einem turbulenten Verlauf des Abends gerechnet ...

Tabea und er waren über Altenberg aus Landshut zurückgefahren, da sie und Lukas noch eine Kinovorstellung besuchen wollten. Das Kino der Kreisstadt befand sich am südlichen Ortsende. Nachdem Cornelius Tabea dort abgeliefert hatte, entschloss er sich, über den Stadtplatz und nicht über die Umgehungsstraße nach Neukirchen zurückzukehren.

Auf Höhe der *Palmen Apotheke* entdeckte er Anna Leitner und Valentina Bauer, die beide auf dem Gehsteig standen. Wie sich herausstellte, warteten sie schon fast eine halbe Stunde auf Tanja Rohrbach, mit der sie im Friseursalon verabredet waren.

Anna war in großer Sorge. »Die Tür ist nicht abgesperrt und das Licht brennt, aber Tanja ist nicht da.«

»Haben Sie es denn schon auf ihrem Handy probiert?«

»Ja, aber da meldet sich niemand«, sagte Valentina. »Auch bei ihr zu Hause nicht.«

»Ihre Eltern sind auf dem Reiterball in Ebersbach. Das hat sie mir heute am Telefon erzählt. Sie würde doch niemals nach Hause fahren und den Salon offen lassen«, sagte Anna. »Hoffentlich ist nichts passiert.«

»Und Michael Graf? Haben Sie es bei Tanjas Freund versucht?«, fragte Cornelius.

Valentina schüttelte den Kopf. »Ich hab Michis Nummer nicht und bei der Auskunft ist sie nicht gelistet. Und Simon geht auch nicht an sein Handy.«

Cornelius wusste nur zu gut, warum Valentinas Bruder nicht zu erreichen war, behielt sein Landshuter Erlebnis aber vorsorglich für sich.

»Haben Sie schon im Salon nach ihr gesucht?«

Anna blickte ihn irritiert an. »Da haben wir als Allererstes nachgesehen.«

»Natürlich. Aber haben Sie im *ganzen* Salon nach ihr gesucht? Also auch im Keller, falls es einen gibt. Vielleicht ist sie gestürzt und liegt jetzt irgendwo hilflos in der Dunkelheit.«

Einen Keller hatte der Laden zwar nicht, wie sich schnell herausstellte, dafür aber zwei Büros, eine moderne Kaffeeküche, einen Lagerraum und eine sperrangelweit offen stehende Hintertür, die in einen kleinen Hof führte. Nur Tanja Rohrbach war nach wie vor nicht auffindbar.

»Hier stimmt doch irgendetwas nicht«, sagte Anna. »Vielleicht ist jemand in den Laden eingebrochen und hat sie überwältigt und entführt.«

»Wir sollten die Polizei rufen«, schlug Cornelius vor.

In diesem Moment waren aus dem Nachbarhaus laute Stimmen zu hören.

»Das ist Dr. Rehberg«, stellte Anna fest. »Er ist vorhin mit seinem Auto angekommen und an uns vorbei in die Apotheke gestürmt. Aber glauben Sie bloß nicht, er hätte uns gegrüßt. Dabei hat er uns ganz genau gesehen.«

»Und der andere ist Marcel«, flüsterte Valentina.

»Da geht es aber ganz schön zur Sache«, sagte Cornelius.

»Was hast du gemacht? Bist du von allen guten Geistern verlassen?«, brüllte Benedikt Rehberg gerade.

»Herr Cornelius.« Valentina zupfte aufgeregt am Ärmel seines Wintermantels. »Sehen Sie, da.«

Sie deutete auf einen pinkfarbenen Gegenstand, der unter den Altpapiercontainer, einen großen blauen Rollcontainer mit beweglichem Deckel gerutscht war. »Das ist Tanjas Haarspange. Da bin ich mir ganz sicher. Die hat sie auch gestern auf der Geburtstagsfeier getragen.«

Cornelius bückte sich und hob die Spange in Form eines Schmetterlings auf. Sein Blick wanderte prüfend über den Hinterhof, wo deutliche Spuren im Schnee zu erkennen waren. Fußspuren und ... Schleifspuren. Sie führten vom Hintereingang der Apotheke über den gesamten Hof. Direkt vor dem Altpapiercontainer hörten sie auf.

Der Gedanke, der gerade konkrete Formen annahm, war so abwegig, dass es eigentlich nicht sein konnte. Und doch ...

Dann passierte alles gleichzeitig. Cornelius schob den Deckel der Papiertonne nach hinten, während Benedikt Rehberg die Tür zur Apotheke aufriss. Cornelius konnte später nicht mehr sagen, worüber er sich mehr erschrocken hatte, über Rehbergs plötzliches Auftauchen oder den Anblick der blutüberströmten jungen Frau unter den Papierbergen.

---

Die automatische Glastür der Apotheke öffnete sich und Benedikt Rehberg trat zu ihnen auf den Gehsteig. Er trug keinen Wintermantel, aber die Kälte schien ihm nichts auszumachen. Kraftlos lehnte er sich an die Hauswand. Seine Augen glänzten fiebrig.

»Er hat alles kaputt gemacht. Marcel hat mein ganzes Leben zerstört«, sagte er tonlos.

»Jetzt beruhigen Sie sich erst einmal. Die Frau ist noch am Leben, und nur das zählt im Moment«, erwiderte Cornelius.

Gemeinsam mit Benedikt Rehberg hatte er Tanja aus dem Container geborgen, über den Hof getragen und auf die Liege, die Rehberg für seine Nachtdienste im Hinterzimmer der Apotheke stehen hatte, gebettet. Dort waren sie auch auf Marcel Rehberg getroffen, der mit weit aufgerissenen Augen auf Tanjas leblosen Körper starrte, ehe er auf der Schwelle kehrtmachte und in den Verkaufsraum der Apotheke rannte.

Während Rehberg und Anna sich um Tanjas Erstversorgung kümmerten, machte Valentina sich auf die Suche nach Tanjas Handy, um Michael Graf anzurufen. Cornelius hatte seinerseits nicht lange gezögert und die Polizei verständigt.

»Sie wissen ja noch nicht, warum Marcel das Mädchen niedergeschlagen und in den Papiercontainer gelegt hat«, flüsterte Benedikt Rehberg jetzt. »Was er mir heute gebeichtet hat, bedeutet das Ende für mich.«

Er schwankte plötzlich und Cornelius musste ihn am Arm festhalten. Rehberg war kalkweiß im Gesicht. »Dabei habe ich immer gedacht, Sie sind schuld an meinem Unglück. Aber die wahren Schuldigen sitzen alle in meiner eigenen Familie. Erst meine Frau, jetzt Marcel ...«

»Ich glaube, es ist besser, Sie gehen wieder hinein«, sagte Cornelius leise.

»Solange er da drinnen ist, werde ich diese Apotheke nicht mehr betreten«, stieß Rehberg hervor und befreite sich unwirsch aus Cornelius' Griff.

»Was hat Marcel denn so Furchtbares angestellt?«, fragte Valentina.

»Er hat eine Freundin in Landshut, von der ich nichts wusste.«

Valentina sah ihn pikiert an. »Das werden Sie ihm doch wohl kaum zum Vorwurf machen.«

Rehberg stieß ein heiseres Lachen aus. »Nicht so voreilig. Sie müssen wissen, es handelt sich um eine ganz besondere Freundin. Eine, die glaubt, sie schafft ihre Prüfungen nicht, wenn ihr nicht viele bunte Pillen dabei helfen. Pillen, um sich konzentrieren zu können, Pillen, um bis spät in die Nacht zu lernen, und Pillen, um wieder herunterzukommen und schlafen zu können. Die Medizin hat ja heutzutage für alles eine Lösung.«

»Und Marcel hat ihr diese Pillen beschafft?«, fragte Cornelius.

»Natürlich! Mein Herr Neffe sitzt ja an der Quelle. Monatelang hat er Aufputsch- und Beruhigungsmittel aus meinem Lager gestohlen. Sogar bei der Inventur hat er mitgemacht, nur um die Diebstähle zu vertuschen. Und ich habe tatsächlich gedacht, er hilft mir freiwillig, weil er endlich verstanden hat, was es heißt, eine Familie zu haben.«

In der Ferne war ein Martinshorn zu hören, das rasch näherkam.

»Tanja hat ihn heute Abend beim Plündern überrascht. Als er mich anrief und mir sagte, was er getan hat …« Rehberg stockte und rang sichtbar um Fassung, »… er hat meine Existenz zerstört.«

»Aber Tanja lebt und …«, begann Cornelius.

»Was glauben Sie, wie lange es dauert, bis Marcels Angriff die Runde gemacht hat?«, unterbrach ihn Rehberg aufgebracht. »Und damit noch nicht genug. Würden Sie einer Apotheke vertrauen, aus der laufend Medikamente verschwinden, ohne dass der Eigentümer etwas davon bemerkt? So ein Medikamentencocktail kann tödlich enden. Wenn seiner Freundin etwas passiert, habe ich mich mitschuldig gemacht.«

In diesem Moment hielten ein Krankenwagen und eine Polizeistreife am Straßenrand an.

»Das war es dann wohl«, sagte Benedikt Rehberg tonlos.

---

Thorwald und Weber trafen nur wenige Minuten nach den uniformierten Beamten ein. Ihre Mienen waren ernst. Cornelius war erstaunt, die Kommissare zu sehen, zog es aber vor, nicht unnötig auf sich aufmerksam zu machen.

Florian Weber blieb bei Benedikt Rehberg auf dem Gehsteig, während Robert Thorwald in die Apotheke eilte, wo Marcel gerade von einem Streifenbeamten befragt wurde.

Offenbar waren die Medikamentendiebstähle und die Körperverletzung nicht Marcels einziges Problem. Auch im Fall Julian Bernbacher schien er auf der Liste der Verdächtigen ganz oben zu stehen, anders konnte sich Cornelius das Verhalten der Kommissare nicht erklären.

Das Geräusch eines heranfahrenden Wagens ließ ihn aufblicken. Ein schwarzer Sportwagen mit auffälligem Heckspoiler und Reifen, die Cornelius spontan an einen Formel-1-Boliden erinnerten, hielt mit einer Vollbremsung direkt vor der Apotheke. Ihm schwante nichts Gutes und er sah alarmiert in Florian Webers Richtung. Doch der Kommissar telefonierte gerade mit seinem Handy und hatte den Neuankömmling noch nicht bemerkt.

Kaum hatte Michael Graf den Motor abgestellt, sprang er aus dem Wagen und stürmte auf den Eingang der Apotheke zu.

»Wo ist er?«, brüllte er.

Cornelius machte zwei Schritte nach vorne und stellte sich ihm entschlossen in den Weg.

»Denken Sie an Ihre Bewährung, Michael«, sagte er leise. »Wenn Sie Marcel jetzt eine verpassen, sitzen Sie spätestens morgen im Gefängnis. Damit ist niemandem geholfen, am allerwenigsten Tanja.«

Grafs Hände waren zu Fäusten geballt und er atmete schwer. »Aber der kann doch nicht einfach so davonkommen«, stieß er hervor und versuchte sich an Cornelius vorbeizudrängen. »Er hat Tanja fast umgebracht.«

Cornelius blieb standhaft. »Um Marcel kümmert sich bereits die Polizei. Seien Sie um Himmels willen vernünftig und setzen Sie Ihre Zukunft nicht so leichtfertig aufs Spiel.«

In diesem Augenblick kamen die Sanitäter mit Tanja Rohrbach auf einer Trage heraus. Ihr Kopf zierte ein großer Verband und sie war sehr blass. Aber sie hatte das Bewusstsein wiedererlangt, wie Cornelius erleichtert feststellte. Er trat einen Schritt zur Seite, um Platz für Michael Graf zu machen. Tanja lächelte matt, als sie ihn erkannte, und streckte ihre Hand nach ihm aus.

»Darf ich mitfahren?«, fragte Graf ohne den Blick von Tanja abzuwenden. »Ich bin ihr Freund.«

Einer der Sanitäter nickte.

Kurze Zeit später kamen auch Valentina und Anna aus der Apotheke.

»Die Polizei braucht unsere Aussagen erst morgen«, sagte Cornelius. »Ich fahre Sie jetzt nach Hause.«

Valentina sah in Richtung Krankenwagen, wo Michael Graf gerade einstieg. »Danke, Herr Cornelius. Aber ich bringe Michis Auto nach Landshut. Dann muss er im Krankenhaus nicht allein warten und wir können später zusammen zurückfahren.«

Cornelius blickte skeptisch zwischen Valentinas zierlicher Gestalt und dem Sportwagen am Straßenrand hin und her. »Sind Sie sicher, dass Sie dieses Auto fahren können?«

Valentina lachte. »Ich bin die Schwester von Simon Bauer. Wann glauben Sie, habe ich zum ersten Mal an einem Auto geschraubt und bin hinter einem Steuer gesessen?«

»Ich glaube, das will ich gar nicht wissen. Passen Sie trotzdem gut auf sich auf.«

---

»Bitte fahren Sie mich zu Daniela. Ich sage Ihnen alles, was Sie wissen wollen, aber bitte lassen Sie mich zu ihr«, flehte Marcel Robert Thorwald an.

Der Hauptkommissar musterte ihn prüfend.

»Sie wartet doch auf mich und die Medikamente. Ich hab Angst, sie tut sich etwas an, wenn ich nicht komme.«

Marcel Rehberg war kurz davor, in Tränen auszubrechen. Von

seiner Arroganz und Gleichgültigkeit des Vortages war nichts mehr übrig.

»Bitte.«

Thorwald hörte Schritte hinter sich. Florian Weber hatte mit Benedikt Rehberg die Apotheke betreten. Rehberg würdigte seinen Neffen keines Blickes.

»Das Mädchen muss dringend ins Krankenhaus«, sagte er an Thorwald gewandt. »Wenn sie in den vergangenen Wochen tatsächlich dieses Durcheinander an Medikamenten geschluckt hat, braucht sie unbedingt ärztliche Hilfe.«

»Okay«, willigte Thorwald schließlich ein. »Wir fahren alle zusammen zu Daniela Zimmermann. Flo, bestellst du bitte einen Krankenwagen dorthin. Und danach sprechen wir drei uns auf dem Kommissariat.«

Er sah Marcel direkt in die Augen. »Es wird höchste Zeit auszupacken.«

# Kapitel 24

Robert Thorwald betrat den Raum, in dem Marcel Rehberg bereits auf ihn wartete. Sie hatten beide eine kurze Nacht hinter sich. Thorwald zwar nicht in Untersuchungshaft, aber er fühlte sich nicht recht viel besser als Marcel, der bleich und mit dunklen Schatten unter den Augen am Vernehmungstisch saß.

Thorwald nahm ebenfalls Platz. »So, Herr Rehberg, dann wollen wir mal weitermachen.«

Marcel hatte in der Nacht über eine Stunde auf Daniela Zimmermann eingeredet, bis die junge Frau sich endlich in die Klinik einweisen ließ. Das Einfühlungsvermögen gegenüber seiner Freundin überraschte Thorwald. Diese sanfte Seite am bisher eher unterkühlt reagierenden Marcel Rehberg hatte er nicht erwartet. Obwohl alle Beteiligten müde und erschöpft waren, hatte Marcel Wort gehalten und bereitwillig ausgesagt, allerdings nichts, was sie im Fall Julian Bernbacher weitergebracht hätte. Irgendwann gegen zwei Uhr morgens hatte Thorwald schließlich abgebrochen und ihnen beide eine Auszeit genehmigt.

»Ich hab auch jetzt nichts anderes zu sagen. Ich hab Sie nicht angelogen«, sagte Marcel.

Das war kein guter Einstieg. Trotzdem wollte Robert Thorwald sich nicht so schnell geschlagen geben. Er holte die Folie mit der Todesanzeige hervor, die er Marcel in der Nacht noch vorenthalten hatte, und legte sie wortlos auf den Tisch.

Marcel starrte einige Sekunden schweigend auf das Stück Papier. »Das ist abartig«, sagte er dann. »Damit hab ich nichts zu tun.«

»Sie können Julian Bernbacher nicht ausstehen. Warum sollte es nicht ein kleiner Gruß in Form dieses Briefchens sein, bevor Sie zur Tat schreiten und aus Ihrem Wunsch Wirklichkeit wird?«

»Es stimmt. Ich kann ihn nicht leiden. Und am liebsten würde ich ihm ununterbrochen seine grinsende Fresse polieren. Das sage ich selbst in der jetzigen Situation. Aber meinetwegen kann ganz Neukirchen dabei zusehen. Mit diesem Psychoscheiß hier hab ich nichts zu tun.«

»Mäßigen Sie bitte Ihren Tonfall«, ermahnte Thorwald ihn.

»Sie klingen schon genauso wie mein Onkel«, stieß Marcel hervor und starrte wütend auf die Tischplatte.

»Wo waren Sie vergangenen Dienstagabend?«, fragte Thorwald ohne auf die Bemerkung einzugehen.

»Ich bin gegen acht hier in Neukirchen losgefahren und war um halb neun bei Daniela in Landshut. Warum fragen Sie nicht endlich die bescheuerte Alte mit ihrem Köter. Die hat mich doch gesehen.«

»Die Kollegen hören sich bereits in Frau Zimmermanns Nachbarschaft um«, erwiderte Thorwald.

Doch nicht nur Daniela Zimmermanns Nachbarin samt bellfreudigem Terrier musste überprüft werden. Auch die Tatnacht wurde von Florian Weber und Katrin Abel gerade minutiös durchleuchtet.

Marcel sah den Hauptkommissar kopfschüttelnd an, als dieser noch einmal darauf zu sprechen kam. »Wie oft denn noch?«

»So oft, wie ich es für nötig halte.«

»Ich hab Sie gestern nicht angelogen. Zuerst hab ich fast eine Stunde mit meinen Eltern in Namibia telefoniert. Ich will endlich ein eigenes Appartement in Landshut und nicht mehr bei meinem Onkel wohnen. Wenn Sie in mein Skype-Profil hineinschauen, können Sie das alles nachprüfen.«

»Das tun wir auch. Trotzdem will ich jetzt aus Ihrem Mund den Ablauf des besagten Abends hören. Und wenn es sein muss, in einer Stunde noch einmal.«

Marcel lehnte sich resigniert zurück. »Nach meinen Eltern hab ich fast eine Stunde mit Daniela telefoniert. Sie hat an dem Tag das Ergebnis einer Probeklausur bekommen, bei der sie durchgefallen wäre. Von da an hat sie sich eingebildet, Tag und Nacht nur noch lernen zu müssen. Sie war vollkommen durch den Wind und ich hatte eine Scheißangst, dass sie sich etwas antut. Gegen halb zwei Uhr morgens bin ich dann losgefahren, um ihr Medikamentennachschub zu besorgen.«

»Weiter.«

Marcel seufzte. »Das wissen Sie doch schon alles. Ich hab die Alarmanlage der Apotheke deaktiviert und die Medikamente aus dem Lager geholt. Danach hab ich den Alarm wieder eingeschaltet und bin direkt nach Landshut weitergefahren.«

Als Thorwald nichts erwiderte, fuhr Marcel fort. »Kurz vor Landshut musste ich tanken. Von drei bis halb sieben Uhr morgens war ich dann bei Daniela. Um vier bin ich zum Bahnhof gefahren, weil sie plötzlich Heißhunger auf Cola und Schokolade hatte und sicher war, dass ihr das beim Lernen hilft. Und um sechs war ich beim Bäcker an der Ecke.«

Thorwald legte seine Unterlagen zur Seite. Marcels Aussage stimmte mit der von vergangener Nacht überein.

»Und bevor Sie wieder mit Peter Seidel anfangen: Wir haben keinen Kontakt. Das hatten wir nicht, als wir gemeinsam bei den Schäfflern waren, und jetzt erst recht nicht. Und nach der Geburtstagsfeier hab ich unsere Jacken aus der Garderobe geholt und danach hinter dem Haus noch in Ruhe eine Zigarette geraucht. Auf der Herrentoilette war ich den ganzen Nachmittag nicht.«

Thorwald nickte schweigend.

»Wissen Sie, wie es Tanja geht?«, fragte Marcel leise.

»Sie hat großes Glück gehabt. Das hätte aber auch ganz anders ausgehen können.«

»Ich wollte sie nicht verletzten, das müssen Sie mir glauben. Aber als ich sie plötzlich über den Hof kommen sah, hab ich Panik bekommen. Wenn sie meinem Onkel erzählt hätte, dass jemand im Lager herumschleicht …«

»Das kann man mit viel gutem Willen vielleicht noch nachvollziehen. Aber warum werfen Sie die schwer verletzte Frau in den Altpapiercontainer, anstatt sofort Hilfe zu holen?«

Marcels Unterlippe begann zu beben. »Wie sie da so vor mir lag und alles voller Blut war … Ich dachte immer nur: Scheiße, scheiße, ich hab sie umgebracht.«

»Dazu hat nicht viel gefehlt. Sie können von Glück sagen, dass sie so schnell gefunden wurde. Natürlich wird ein Verfahren wegen Körperverletzung gegen Sie eingeleitet werden. Das ist Ihnen hoffentlich klar. Vom Medikamentendiebstahl und -missbrauch ganz zu schweigen.«

Marcel senkte den Kopf. »Ich weiß. Ich hab Daniela auch immer wieder gebeten, mit diesem Teufelszeug aufzuhören, aber sie war fest davon überzeugt, das Examen ohne die Pillen nicht zu schaffen. Sie ist doch schon einmal durchgefallen. Wenn es wieder schief geht, darf sie nie mehr Jura studieren. Verstehen Sie denn nicht, was das heißt? Die ganzen Jahre an der Uni, das endlose Lernen, nur, um am Ende vor dem Nichts zu stehen.«

In diesem Augenblick klopfte es und Katrin Abel streckte den Kopf herein. »Robert, kommst du bitte.«

Florian Weber und Katrin Abel saßen in seinem Büro. Ihre Mienen wirkten angespannt.

»Was habt ihr herausgefunden?«, fragte Thorwald.

»Marcel sagt die Wahrheit«, begann Weber. »Die KTU hat die Aufzeichnungen der Alarmanlage in der Apotheke überprüft. Zum Glück werden die Daten eine Woche gespeichert. Der Tankstellenbesuch stimmt auch. Es gibt sogar eine Videoüberwachung, auf der Marcel um kurz vor drei Uhr morgens gut zu erkennen ist.«

»Der Verkäufer im Bahnhof hat ihn einwandfrei identifiziert«, fuhr Katrin Abel fort. »Er war zwischen vier und halb fünf der einzige Kunde. Die Bäckereiangestellte ist sich auch sicher, weil er der Erste an dem Morgen war und sich außerdem dreimal umentschieden hat. Und diese Nachbarin von Daniela ...«

»Drachen ist noch milde ausgedrückt«, warf Florian Weber ein. »Marcel hatte am Dienstagabend eine ziemliche Auseinandersetzung mit ihr und ihrer kläffenden Töle. Und das wohl nicht zum ersten Mal.«

Katrin reichte Thorwald zwei Klarsichtfolien. »Das sind die übrigen Untersuchungsergebnisse. Marcels Fingerabdrücke befinden sich nicht unter denen auf dem Briefumschlag und auf der Toilettentür. Sein Auto ist auch sauber. Kein Blut, keine Rückschlüsse auf einen Tierkadaver. Im Computer war keine Datei zu finden, die auf die Todesanzeige hindeutet. Das Internettelefonat mit seinen Eltern in der Tatnacht hat stattgefunden, ebenso das anschließende Telefonat mit Daniela.«

Sie gab ihm eine weitere Folie. »Wie du siehst: kein einziges Gespräch mit Peter Seidel. Weder vom Festnetzanschluss der Rehbergs aus, noch über sein Handy oder den Computer. Auch E-Mails konnten wir keine finden. Für Peter Seidel gilt übrigens dasselbe: Keinerlei Hinweise auf eine Kontaktaufnahme mit Marcel Rehberg. Die Putzfirma hat mir außerdem bestätigt, dass der Reinigungsdienst immer dienstags um zehn in der Altenberger Sporthalle anfängt. Auch vergangenen Dienstag. Eine der Putzfrauen meinte sogar, ein verdächtiges Geräusch gehört zu haben.«

»Die Kollegen haben die Sachen aus dem Schäfflerfundus unter Peters Bett gefunden. Armin Weingartner hat sie zweifelsfrei identifiziert. Außerdem hat die KTU Spuren von ihm am Hintereingang der Sporthalle entdeckt. Wegen Einbruch kriegen wir ihn auf alle Fälle dran, für den Rest ...« Weber machte eine vielsagende Handbewegung.

Thorwald wusste, was das zu bedeuten hatte.

Sie würden Marcel Rehberg und Peter Seidel laufen lassen müssen.

---

Eine halbe Stunde später ging Thorwald mit einem Stapel Unterlagen den Flur entlang.

»Ah, hier seid ihr«, sagte er nach einem Blick in die Kaffeeküche, wo Florian Weber und Katrin Abel gerade Pause machten.

»Fleißaufgabe«, fuhr er fort und reichte ihnen die Dokumente. »Ab sofort heißt es telefonieren. Das ist die Gäste- und Mitarbeiterliste des Geburtstagsempfangs. Torsten weiß auch schon Bescheid. Ich will wissen, ob jemand irgendetwas Verdächtiges gesehen oder gehört hat, nicht nur rund um das Büffet und auf der Herrentoilette. Egal was und egal wo, jeder noch so kleine Hinweis kann wichtig sein.«

»Hat die KTU eigentlich den Bericht zur Toilettentür schon geschickt?«, fragte Katrin. »Ich hab den nämlich immer noch nicht gesehen.«

»Nur eine kurze E-Mail. Sebastian hat mit seinen Fußtritten so ziemlich alles zerstört, was man zerstören kann. Dieser Experte aus München nimmt sie gerade noch genauer unter die Lupe.«

»Wir stehen also tatsächlich wieder ganz am Anfang«, sagte Weber kopfschüttelnd, nachdem er Thorwalds Stapel einmal durchgeblättert hatte. »Und dabei war ich mir gestern sicher, wir können den Sack endlich zumachen.«

»Da hast du mit dem Staatsanwalt etwas gemeinsam«, erwiderte Thorwald grimmig. »Frag nicht, in welcher Laune der gerade bei mir aufgeschlagen ist. Und die Bernbacher will auch einen Rückruf von mir. Fehlt nur noch Gregor Cornelius, der sich bei mir meldet, weil er wieder über eine Leiche gestolpert ist.«

––––––––

Cornelius verspürte nach der ereignisreichen Nacht wenig Lust auf neue Aufregung und plante einen eher geruhsamen Tag. Nach einem ausgiebigen Frühstück mit Tabea, die danach zum Langlaufen entschwand, holten er und Anna Valentina ab, damit sie in Landshut ihre Aussagen bei der Polizei machen konnten.

Anna wollte danach in der Stadt noch einige Besorgungen machen und mit dem Bus zurückfahren, sodass er sich nur mit Valentina auf den Rückweg nach Neukirchen machte. Auf Höhe des Klinikums beschloss Cornelius, Tanja Rohrbach einen kurzen Besuch abzustatten. Von Valentina wusste er, dass sie eine Platzwunde am Kopf und eine Gehirnerschütterung erlitten hatte, aber nicht in Lebensgefahr schwebte.

»Wollen Sie mich begleiten?«, fragte er.

Valentina, die schon den ganzen Vormittag sehr schweigsam gewesen war, nickte nur.

In ihren gemeinsamen Gesprächen hatte sie bisher nie einen großen Hehl aus ihrem eigenen Aufenthalt in dem weiß getünchten Flachbau vor ihnen gemacht, weshalb Cornelius ihre zurückhaltende Reaktion sehr irritierte. Verstohlen beobachtete er sie von der Seite. Valentina ging schweigend und mit gesenktem Kopf neben ihm. Wie immer war sie blass und verschwand fast in dem viel zu großen Anorak.

»Haben Sie Michis Flitzer gut nach Landshut gebracht?«, fragte er, um ein Gespräch in Gang zu bringen.

»Ja, sieht wilder aus, als er ist«, sagte sie leise.

»Michi war sicher froh, dass er nicht allein warten musste und jemanden an seiner Seite hatte, der sich hier gut auskennt.«

»Hm.«

Den restlichen Weg bis zum Eingang gingen sie ohne zu sprechen nebeneinander her. Vor dem Haupteingang hatten sich einige Raucher in einer Glaskabine um einen Stehaschenbecher versammelt. Der kleine Raum war so verqualmt, dass Cornelius vom bloßen Hinsehen einen unangenehmen Hustenreiz verspürte. Auch die winterliche Kälte, an Ständern baumelnde Infusionsflaschen, Krücken, Gipsarme und diverse andere Gebrechen konnten so manchen Patienten nicht davon abhalten, in den Genuss einer Zigarette zu kommen. Ein besonders fahl aussehender Mann mit eingefallenen Wangen und einem blauen Bademantel, aus dem seine Beine wie dünne Stöckchen hervorragten, brach in einen rasselnden Husten aus, was aber weder ihn selbst noch die anderen großartig zu stören schien.

Durch eine automatische Glastür gelangten sie in eine helle und recht freundliche Eingangshalle. Sofort schlug ihm der für Krankenhäuser typische Geruch entgegen, von dem er wusste, dass er ihn für den Rest des Tages nicht mehr loswerden würde. Gegenüber der Anmeldung standen einige dunkelblaue Sofas, auf denen Patienten in Bademänteln und Hausanzügen saßen, Zeitung lasen oder sich mit ihren Besuchern unterhielten.

»Tanja liegt auf der Chirurgie. Zimmer 325«, murmelte Valentina und wies mit dem Kopf Richtung Aufzüge.

Während sie in den dritten Stock fuhren, fiel Cornelius' Blick auf die Hinweistafel, die in der Aufzugkabine angebracht war. Plötzlich glaubte er den Auslöser für Valentinas gedrückte Stimmung zu kennen. Die Intensivstation war ebenfalls auf der dritten Etage, Sebastian Kofler lag also nur wenige Meter entfernt. Warum hatte sie nichts gesagt? Unter diesen Umständen hätte Cornelius den Besuch bei Tanja Rohrbach bestimmt nicht so leichtfertig vorgeschlagen.

In diesem Moment blieb Valentina wie angewurzelt stehen.

»Da ist Frau Kofler«, flüsterte sie und starrte auf eine mittelgroße blonde Frau, die gerade mit einer Flasche Wasser aus dem Schwesternzimmer kam.

Auch Sabine Kofler hatte die Neuankömmlinge entdeckt. Obwohl sie sehr müde aussah, lächelte sie und nickte Cornelius zu.

»Grüß dich, Valentina«, sagte sie dann. »Willst du Sebastian besuchen?«

Valentina schluckte. »Ich … ich …« Sie spürte, wie ihre Augen zu brennen anfingen.

Sabine Kofler strich ihr sanft über den Oberarm. »Kannst gerne ein paar Minuten mitkommen.«

Cornelius nickte ihr aufmunternd zu. »Gehen Sie ruhig. Ich werde Tanja schöne Grüße ausrichten und warte dann am Auto auf Sie.«

Sabine Kofler legte ihren Arm um Valentinas Schultern und ging mit ihr den Flur entlang. Am Eingang zur Intensivstation drückte sie auf einen Klingelknopf. Sekunden später wurde ihnen wie von Geisterhand die Tür geöffnet, die sich hinter ihnen ebenso schnell wieder schloss.

---

Auf dem Rückweg zum Auto wäre Cornelius beinahe mit Marcel Rehberg zusammengestoßen, der direkt neben ihm aus einem Taxi stieg, den Blumen nach zu urteilen ebenfalls unterwegs zu einem Krankenbesuch.

»Verfolgen Sie mich jetzt schon?«, herrschte er Cornelius an.

»Nein«, entgegnete Cornelius ruhig. »Ich habe gerade einen Krankenbesuch gemacht. Bei wem, müssten Sie ja wohl am besten wissen.«

»Wie geht es Tanja denn?«, fragte er etwas leiser.

»Soweit ganz gut. Sie haben *beide* großes Glück gehabt.«

»Ich weiß«, murmelte Marcel.

»An Ihrer Stelle würde ich sie jetzt nicht besuchen. Tanjas Mutter ist gerade bei ihr und nicht sehr gut auf Sie zu sprechen, wie Sie sich vermutlich denken können.«

»Ich wollte nicht zu Tanja, sondern zu … Daniela, meiner Freundin. Sie liegt seit gestern Nacht auch hier.«

»Na, dann lassen Sie sich von mir nicht aufhalten«, sagte Cornelius.

»Das hat die Polizei mit ihren endlosen Fragen nach Julian schon zur Genüge getan. Die ganze Nacht haben sie mich dort behalten«, stieß Marcel wütend hervor.

»Kommissar Thorwald wird schon seine Gründe gehabt haben.«

»Aber ich hab mit diesem Unfall und dem anderen Mist nichts zu tun. Das hat jetzt auch die Polizei verstanden. Lange genug hat es gedauert«, sagte Marcel aufgebracht. »Und jetzt entschuldigen Sie mich. Daniela wartet.«

Cornelius blickte ihm nachdenklich hinterher.

Der Beamte, der seine Aussage protokolliert hatte, hatte sich auf sein Nachfragen erwartungsgemäß nicht sehr auskunftsfreudig gezeigt und lapidar auf laufende Ermittlungen verwiesen. Bedeutete Marcels Freilassung am Ende, dass nicht er, sondern Peter Seidel der Täter war? Oder verfolgte die Polizei längst einen ganz anderen Verdacht? Grübelnd ging Cornelius zurück zu seinem Wagen.

Er hatte sich nicht lange bei Tanja aufgehalten. Sie hatte gerade Besuch von ihrer Mutter und war, wie er erleichtert feststellte, zwar noch etwas wacklig auf den Beinen, aber bereits auf dem Weg der Besserung.

Jetzt kam Valentina den Weg entlang. Sie hatte ihre Hände tief in den Taschen ihres Anoraks vergraben und blickte erst kurz vor dem Wagen flüchtig zu ihm auf. Cornelius wollte ihr kein neuerliches Gespräch aufdrängen und so verlief die Fahrt die ersten Minuten schweigend. Erst auf der Bundesstraße Richtung Altenberg fing Valentina zu reden an.

»Jetzt weiß ich, wie sich meine Familie vergangenes Jahr gefühlt haben muss. Basti liegt einfach nur da, von Schläuchen und Maschinen umgeben, und macht die Augen nicht auf«, sagte sie tonlos.

»Sein Körper muss sich nach dem schweren Unfall und der Operation erst erholen. Die Regeneration braucht ihre Zeit.«

Die Hände der jungen Frau krampften sich um den Gurt, bis ihre Knöchel weiß hervortraten. »Aber was, wenn er nie wieder aufwacht und für immer in diesem Koma bleibt?«

»Er ist ein starker, junger Mann. Ich bin mir ganz sicher, Sebastian kämpft sich ins Leben zurück.«

»Das sagt Frau Kofler auch. Ich weiß nicht, woher sie die ganze Kraft nimmt. Und ich hätte nicht gedacht, dass sie mich sehen will«, murmelte Valentina. »Ausgerechnet mich.«

»Sie sind nicht schuld, Valentina«, sagte Cornelius eindringlich. »Das ist einzig und allein die Person, die sich an Julians Wagen zu schaffen gemacht hat. Niemand sonst. Sie sind genau der Mensch, den Sebastian neben seiner Mutter jetzt am meisten braucht.«

Doch Valentina wandte sich nur ab und starrte wortlos aus dem Fenster.

---

Nachdem er Valentina zu Hause abgesetzt hatte, machte Cornelius noch einen Abstecher nach Altenberg. Er musste sich beeilen, denn samstags hatte die Metzgerei Bichler nur bis zwei Uhr nachmittags geöffnet, wie er am Vortag dem Schild an der Ladentür entnommen hatte.

Während er sich als Letzter in der Reihe aus fünf Kunden anstellte und scheinbar interessiert die Auslagen begutachtete, hörte er nicht nur, dass die *Palmen Apotheke* an diesem Tag geschlossen hatte, sondern schließlich auch die Neuigkeit, von der er gehofft hatte, sie hier zu erfahren.

Die Mitarbeiter in der Metzgerei waren laut Verkäuferin wieder komplett und die Laune des Metzgermeisters deshalb umso besser. Kurze Zeit später konnte er sich sogar selbst davon überzeugen, als ein rothaariger junger Mann, den die Verkäuferin »Peter« nannte, durch den Laden huschte. Peter Seidel befand sich also ebenfalls wieder auf freiem Fuß.

Wer war dann der große Unbekannte hinter den Anschlägen auf Julians Leben?

---

Im Kommissariat liefen die Telefone heiß. Unermüdlich wählten sich Thorwald und seine Kollegen durch die Namensliste. Jeder Geburtstagsgast und jeder Mitarbeiter wurde zu seinen Beobachtungen befragt und im Polizeicomputer überprüft, während Katrin Abel abschließend eine Verbindung zu Julian Bernbacher herzustellen versuchte. Eine mühevolle Puzzlearbeit, bei der die Teile bisher nicht zusammenpassen wollten.

Robert Thorwald spürte, wie die Stimmung minütlich sank. Sie hatten sich bereits am Ziel gewähnt, nur um kurze Zeit später feststellen zu müssen, wieder ganz am Anfang der Ermittlungen zu stehen.

Würden sie am Ende dieses Tages endlich einen Schritt in die richtige Richtung getan haben?

---

Cornelius verbrachte den Nachmittag auf dem Schlittenhang, wo er nicht nur Zeuge von Tabeas Langlauffortschritten wurde, sondern auch die vielsagenden Blicke beobachten konnte, die zwischen Bettina Schneider und Simon Bauer hin und her flogen. Wie hatte er vor zwei Tagen nur so blind sein können, um das allzu Offensichtliche nicht zu bemerken?

Nach dem Abendessen im Gasthaus beschloss Cornelius, noch einen kleinen Spaziergang zu machen, obwohl es wieder zu schneien begonnen hatte. Es dauerte nicht lange und er war am östlichen Dorfende angekommen. Auch jetzt bog er in den kleinen Feldweg ein, der am Haus der Schneiders und am Sägewerk vorbeiführte. Sollte tatsächlich jemand aus den Büschen springen, wusste er ja, um wen es sich handelte, und musste keinem Phantom mehr hinterherjagen. Einmal mehr war er froh, Kommissar Thorwald nichts von seiner Beobachtung erzählt zu haben. Der Schneefall wurde dichter und Cornelius bereute es, ohne Schirm losgegangen zu sein.

Auf Höhe des Wohnhauses der Bernbachers nahm er jenseits des Zaunes auf einmal eine Bewegung war. Hatte Simon Bauer sich in der Hausnummer geirrt? Es bestand kein Zweifel, irgendjemand war gerade um die Ecke verschwunden und schlich jetzt an der Rückseite des unbeleuchteten Hauses entlang. Obwohl die Gestalt einige Meter von ihm entfernt und dunkel gekleidet war, war Cornelius sich sicher, es nicht mit Simon Bauer zu tun zu haben. Die Statur, die Bewegungen – der nächtliche Besucher war dieses Mal definitiv nicht Valentinas Bruder. Aber wer dann?

Sein Blick fiel auf die Gartentür. Sollte er es wagen und versuchen, die Gestalt zu stellen? Er hatte nichts dabei, das er als Waffe benutzen konnte, und auch sein Mobiltelefon hatte er, wie so oft, nicht eingesteckt. Cornelius zögerte kurz, beschloss dann aber, der Sache auf den Grund zu gehen. Er würde andernfalls ohnehin nicht ruhig schlafen können. Leise öffnete er das Gartentürchen. Das Haus lag dunkel und still vor ihm. Cornelius holte tief

Luft. Jetzt gab es kein Zurück mehr. Seine Schritte knirschten im Schnee, als er das Gebäude umrundete.

Im nächsten Moment flammte ein grelles Licht vor ihm auf, das ihn schmerzhaft blendete. Reflexartig riss er den linken Arm nach oben und kniff die Augen zusammen.

»Keine Bewegung oder ich schlage zu«, sagte eine drohende Stimme.

# Kapitel 25

Kurz vor Dienstschluss versammelte Robert Thorwald das Team zur Lagebesprechung in seinem Büro. Es war Samstagabend und er wollte den Kollegen wenigstens noch einen Teil ihres Wochenendes gönnen. Einer nach dem anderen trug seine Ergebnisse aus den Telefongesprächen vor.

Wie nicht anders vermutet, war die Auseinandersetzung zwischen Marcel Rehberg und Julian Bernbacher nicht unbeobachtet geblieben. Auch zwischen Michael Graf und Marcel schien es an diesem Nachmittag eine Reiberei gegeben zu haben. Und Georg Schneider hatte offenbar zu viel getrunken und war etwas aus dem Rahmen gefallen.

Thorwald machte sich lustlos einige Notizen. Das war nicht das, was er sich unter einem entscheidenden Schritt in die richtige Richtung vorgestellt hatte.

»Eine halbwegs interessante Aussage hätte ich noch im Angebot«, schloss Florian Weber seinen Bericht ab. »Ein Gast hat beobachtet, wie Georg Schneider in die Herrentoilette ging. Der Gast ist sich außerdem sicher, Julian Bernbacher kurz vorher ebenfalls in der Nähe der Toiletten gesehen zu haben.«

»Georg Schneider, das ist doch der Nachbar der Bernbachers. Welches Motiv sollte der haben, Julian Bernbacher etwas anzutun?«, fragte Katrin Abel skeptisch. »Außerdem war er allem Anschein nach ziemlich angetrunken.«

»Schneider muss ja nicht zwangsläufig der Täter sein. Aber vielleicht hat er auf der Toilette eine Beobachtung gemacht oder etwas gehört, von dem er selbst noch gar nicht weiß, dass es wichtig ist«, entgegnete Weber.

»Dann bestell ihn meinetwegen für Montagvormittag ins Kommissariat, damit er seine Aussage macht«, seufzte Thorwald. »Und jetzt ab mit euch ins Wochenende.«

---

»Herr Cornelius!«, entfuhr es der Gestalt vor ihm. Langsam richtete sie den Strahl der Taschenlampe nach unten.

Cornelius ließ den Arm sinken und öffnete vorsichtig die Augen. Noch immer flimmerten rote und gelbe Kreise vor seinen Pupillen und es dauerte einen Moment, bis er sein Gegenüber erkannte. Dann aber waren Erstaunen und Erleichterung umso größer.

»Julian!«, rief er. »Haben Sie mich erschreckt.«

Julian trug seine schwarze Langlaufjacke und eine Wollmütze, die er tief ins Gesicht gezogen hatte.

»Und Sie mich erst. Ich dachte, Sie wollten mich angreifen«, stieß er atemlos hervor.

»Ich habe einen Abendspaziergang gemacht und plötzlich jemanden um das Haus schleichen sehen. Was um Himmels willen machen Sie denn um diese Zeit hier draußen?«, fragte Cornelius vorwurfsvoll.

»Ich ... ich treff mich mit jemandem.«

»Jetzt? Mit wem denn?«

Julian trat fröstelnd von einem Fuß auf den anderen. Mittlerweile fielen dicke Flocken vom Himmel. »Mit Georg Schneider«, flüsterte er.

»Und warum kommt Herr Schneider nicht zu Ihnen nach Hause?«

»Das weiß ich nicht. Er hat mich heute angerufen und wollte sich um zehn unten am Gartenzaun treffen«, sagte Julian und sah hektisch zum Nachbargrundstück hinüber.

Cornelius folgte seinem Blick, konnte in dem Schneegestöber aber niemanden erkennen.

»Er sagte, er hätte eine wichtige Information für mich«, fügte er leise hinzu.

»Was denn für eine Information?«

»Ich weiß es nicht. Aber es klang sehr dringend.«

»Und deshalb laufen Sie mitten in der Nacht allein hier draußen herum? Wissen Sie denn nicht, wie gefährlich das ist? Gerade in der momentanen Situation!«

»Ich hab doch den hier dabei«, sagte Julian und zeigte Cornelius den großen Radschraubenschlüssel in seiner rechten Hand.

»Das ist trotzdem unverantwortlich«, beharrte Cornelius, dessen Puls sich nur langsam beruhigte. »Weiß Ihre Familie, was Sie hier treiben?«

»Nein, und sie wird davon auch nichts erfahren. Erst muss ich mit Georg sprechen. Vielleicht hat er ja Mittwochnacht irgendetwas beobachtet.«

Cornelius stellte sich ihm mit verschränkten Armen in den Weg. »Selbst wenn dem so wäre, lasse ich Sie bestimmt nicht allein durch die Gegend laufen. Wenn, dann gehen wir zusammen.«

Julian schluckte. »Aber Georg wollte nur mit mir ...«

»Wir beide zusammen oder keiner«, sagte Cornelius mit Nachdruck. »Und ich gehe voraus.«

»Also gut«, willigte Julian schließlich ein und reichte ihm die Taschenlampe. »Aber seien Sie vorsichtig.«

»Das sagt der Richtige«, zischte Cornelius, der Julians Leichtsinn immer noch nicht nachvollziehen konnte.

Der Schnee im hinteren Teil des Gartens lag fast kniehoch, wie er im Lichtschein der Taschenlampe feststellte. Langsam stapften sie Richtung Zaun. Das Schneegestöber war mittlerweile so dicht, dass man schon in wenigen Minuten ihre Spuren nicht mehr sehen würde. Zum Glück waren keine Bäume gepflanzt, hinter denen sich jemand verstecken konnte. Und die wenigen Büsche befanden sich weit entfernt. Trotz Julians Schraubenschlüssel war Cornelius nicht ganz wohl bei der Sache.

»Da vorne bei unserem Komposthaufen wollten wir uns treffen«, flüsterte Julian dicht hinter ihm und zeigte auf eine mit Holz eingefasste Stelle.

Der Lichtstrahl wanderte die schneebedeckte Rasenfläche entlang und blieb am Gartenzaun hängen. Von Georg Schneider war weit und breit nichts zu sehen. Soweit Cornelius es durch den Flockenwirbel erkennen konnte, lag das Haus der Schneiders in vollkommener Dunkelheit.

»Sind Sie sicher, dass er es ernst gemeint hat?«, fragte er über seine Schulter hinweg.

»Ja, natürlich«, antwortete Julian.

Cornelius zögerte kurz, stapfte dann aber weiter Richtung Grundstücksgrenze. Schließlich waren sie am Zaun angekommen. Julian blickte sich suchend um.

»Georg, bist du da?«, rief er gedämpft.

Cornelius ließ den Lichtstrahl am Zaun entlang und weiter über das Nachbargrundstück wandern.

Auf einmal stutzte er. Im ersten Moment hatte er den Schatten für einen Schneehaufen gehalten, den Bettina Schneiders Kinder für ein weiteres Iglu zusammengetragen hatten. Doch dann sah er genauer hin.

Obwohl die Gestalt am Boden schon ziemlich eingeschneit war, waren ihre Umrisse im Schein der Taschenlampe deutlich zu erkennen. Sie lag auf dem Bauch, mit dem Gesicht im Schnee, Arme und Beine in einem seltsamen Winkel von sich gestreckt.

»Ist das …?« Cornelius' Hand zitterte plötzlich und er musste sich anstrengen, um die Taschenlampe gerade zu halten.

»Scheiße!«, entfuhr es Julian.

Blitzschnell sprang er über den hüfthohen Zaun, rannte zu der am Boden liegenden Gestalt und kniete sich neben sie. Vorsichtig drehte er sie um.

»Das ist Georg«, stieß Julian hervor, während er entsetzt in das tote Gesicht von Georg Schneider starrte.

---

Robert Thorwald kam gerade aus der Dusche, als sich sein Mobiltelefon im Wohnzimmer meldete. Nur mit Mühe konnte er einen Fluch unterdrücken. Er war keine halbe Stunde zu Hause. Rasch wickelte er sich ein Handtuch um und sprintete zum Sofa.

Das Display zeigte einen Festnetzanschluss aus dem Landkreis.

»Thorwald«, meldete er sich etwas außer Atem.

»Gregor Cornelius hier.«

Thorwald sog genervt die Luft ein. Was zum Teufel wollte der Professor an einem Samstagabend von ihm?

Fünf Minuten später war der Kommissar unterwegs nach Neukirchen.

---

Dorothee Bernbacher lief vor dem offenen Kamin im Wohnzimmer hektisch auf und ab. Ihre Wangen waren leicht gerötet und aus der mit Strasssteinen besetzten Spange hatten sich ausnahmsweise zwei Haarsträhnen gelöst.

»Wie lange dauert es denn noch, bis Herr Thorwald endlich hier ist?«, herrschte sie Florian Weber an.

Weber wich angesichts des Tons einen Schritt zurück. »Hauptkommissar Thorwald ist auf dem Nachbargrundstück und spricht gerade mit der Spurensicherung und dem Pathologen. Momentan müssen Sie notgedrungen mit mir vorliebnehmen.«

Dorothee machte eine unwirsche Handbewegung, die Weber wohl signalisieren sollte, dass dieser Umstand für sie nicht infrage kam. Er beschloss deshalb, sie einfach zu ignorieren, und wandte sich stattdessen an ihren Sohn, der neben Gregor Cornelius auf dem cremefarbenen Sofa saß.

»Wenn Sie sich schon unbedingt außerhalb des Hauses aufhalten müssen, rate ich Ihnen dringend, endlich den Polizeischutz zu akzeptieren.«

Doch Julian schüttelte entschieden den Kopf. »Ich brauch kein Kindermädchen, das mir auf Schritt und Tritt hinterher läuft. Allein der Gedanke daran macht mich wahnsinnig. Mir reicht es schon, immer hier drinnen sein zu müssen. Ist denn das so schwer zu verstehen?«

»Warum bleibst du dann nicht im Haus, wie wir es vereinbart hatten?«, rief Dorothee Bernbacher aufgebracht. »Und warum schleichen Sie mit meinem Sohn in der Dunkelheit herum, Herr Cornelius? Reicht es nicht, dass einer unvernünftig und fahrlässig ist. Das war äußerst unverantwortlich von Ihnen!«

»Jetzt ist aber genug«, unterbrach Josef Bernbacher seine Schwiegertochter. »Du solltest eigentlich am besten von uns allen wissen, wie stur dein Sohn sein kann. Wenn Professor Cornelius nicht vorbeigekommen wäre, wäre Julian ganz allein da draußen gewesen und ich will mir gar nicht ausmalen, was noch alles hätte passieren können.«

Dorothee Bernbacher bedachte den alten Mann mit einem wütenden Blick, verkniff sich aber eine Erwiderung. Stattdessen verschränkte sie die Arme vor der Brust und drehte sich wortlos zum Kaminfeuer.

»Sie hatten beide großes Glück«, sagte Weber. »Dass Sie sich mit dieser Aktion in Lebensgefahr gebracht haben, muss ich wohl nicht extra betonen. Der Täter hat sich womöglich noch ganz in der Nähe aufgehalten.«

»Wir konnten doch nicht ahnen, dass Georg tot im Garten liegt«, versuchte Julian sich und Cornelius zu verteidigen.

»In Ihrer momentanen Situation ist jeder Schritt außerhalb des Hauses mit einem Risiko verbunden. Erst recht, wenn Sie mitten in der Nacht mutterseelenallein durch den Garten schleichen.«

»Tut mir leid. Ich weiß, es war dumm von mir«, murmelte Julian und auch Cornelius senkte beschämt den Kopf.

Er war froh, jetzt nicht mit Hauptkommissar Thorwald sprechen zu müssen. Von Ramona und Tabea ganz zu schweigen.

»Sind Sie sicher, dass Sie niemanden gesehen haben? Denken Sie noch einmal ganz genau nach.«

Julian zuckte ratlos mit den Schultern. »Es hat so stark geschneit. Ich hab nichts erkennen können.«

»Dem kann ich mich leider nur anschließen«, fügte Cornelius hinzu.

»Wie sieht es denn mit dieser Information aus, die Herr Schneider Ihnen geben wollte? Ist Ihnen dazu noch irgendetwas eingefallen?«

Julian schüttelte den Kopf. »Ich zermartere mir schon die ganze Zeit das Hirn, aber da ist nichts mehr. Georg sagte lediglich, er hätte eine wichtige Information für mich. Alles Weitere würde er mir dann später erklären. Und damit wir wirklich ungestört sind, wollte er sich am Gartenzaun treffen. Das war alles.«

Dorothee Bernbacher verdrehte die Augen. »Wie konntest du auf diesen wahnwitzigen Vorschlag nur eingehen?«

Doch Julian blieb eine Antwort darauf erspart, denn in diesem Moment kam Robert Thorwald zur Tür herein. Nasse Haarsträhnen fielen ihm ins Gesicht und seine Wangen glühten von der Kälte. Seit es zu schneien aufgehört hatte, war ein eisiger Wind aufgefrischt.

»Guten Abend.« Er nickte kurz in die Runde und gab Florian Weber zu verstehen, ihn auf den Flur zu begleiten.

»Wie sieht es aus?«, fragte Weber.

Thorwald lehnte sich mit dem Rücken gegen den Türrahmen.

»Der Schneefall hat jede Fußspur, die es einmal gegeben hat, zunichte gemacht. Laut dem Doc stand der Täter auf alle Fälle hinter Schneider und hat ihn mit einem gezielten Messerstich in den Rücken getötet. Er war sofort tot. Aber genauere Informationen gibt es wie immer …

».… erst nach der Obduktion«, vollendete Weber mit einem müden Lächeln.

»Ich hab in der Gerichtsmedizin aber schon Druck gemacht und darum gebeten, Schneider morgen vorzuziehen. Eine weitere Panne dürfen wir uns nicht mehr erlauben.«

»Wir tun, was wir können, Robert. Niemand konnte diese Entwicklung auch nur annähernd vorhersehen.«

»Doch, *ich* hätte sie vorhersehen müssen. Wir hätten sofort zu Georg Schneider fahren und ihn fragen müssen, ob er auf der Herrentoilette eine Beobachtung gemacht hat, anstatt in den Feierabend zu gehen. Unser Abwarten hat ihn wahrscheinlich das Leben gekostet.«

»Nein«, sagte Weber. »Georg Schneiders Geheimnistuerei hat ihn das Leben gekostet. Glaubst du wirklich, der hätte ausgesagt? Warum ist er denn dann mit seinem Wissen nicht gleich zur Polizei gegangen? Was mich im Moment aber noch viel mehr interessiert, ist die Frage, warum auch der Täter bis heute Nacht gewartet hat.«

Thorwald schüttelte den Kopf. »Ich weiß es nicht. Vielleicht hat er selbst erst heute erfahren, dass er vor einigen Tagen beobachtet worden ist.«

Webers Augen verengten sich. »Du denkst, er hat das Telefonat zwischen Schneider und Julian belauscht und daraus seine Schlüsse gezogen?«

»Ich halte es zumindest nicht für ausgeschlossen. Schneider hat Julian um kurz nach sechs angerufen. Laut seiner Frau war er ab dem späten Nachmittag auf einer Kneipentour in Altenberg unterwegs. Wo genau, darfst du morgen gerne herausfinden.« Er sah in Richtung Tür. »Was sagen eigentlich unsere Helden im Wohnzimmer?«

Weber winkte ab. »Die haben beide nichts gesehen. Nachdem sie den Toten entdeckt haben, sind sie mit fliegenden Fahnen ins Haus zurückgerannt.«

»Da gehört Julian auch hin. Was fällt diesem Cornelius eigentlich ein, ihn zu so einem Unfug anzustacheln?«

»Wer da wen angestachelt hat, will ich gar nicht wissen. Keine Angst, Dorothee Bernbacher hat deinem Professor schon gehörig den Marsch geblasen.«

»Geschieht ihm ganz recht«, erwiderte Thorwald. »Außerdem ist er nicht *mein* Professor.«

»Willst du noch mit ihm sprechen? Andernfalls würde ich ihn nach Hause fahren lassen. Der Abend hat ihn ganz schön mitgenommen.«

Thorwald seufzte. »Lass ihn am besten gleich nach München zurückbringen. Je weiter weg von hier, umso besser. Ich werde mich jetzt erst einmal mit Bettina Schneider unterhalten.«

»Wo war sie eigentlich heute Abend?«

»Bei ihren Eltern in Ebersbach. Ihre Kinder übernachten heute dort. Laut Katrin ist sie erst kurz vor mir in Neukirchen eingetroffen.«

Weber hob vielsagend die Augenbrauen. »Gibt es Zeugen für diese Fahrt?«

»Keine Angst, als Ehefrau hab ich sie nicht von der Liste der potenziellen Täter gestrichen. Trotzdem sieht momentan alles danach aus, als wollte jemand mit aller Macht das Treffen von Julian Bernbacher und Georg Schneider verhindern. Wenn Schneider sich nur nicht so vage ausgedrückt hätte.«

»Warum hat er überhaupt so ein Theater um diese Information gemacht?«

Die Türklingel beendete ihr Gespräch.

»Das ist bestimmt Katrin«, sagte Weber.

Doch statt ihrer Kollegin stand ein Mitarbeiter der Spurensicherung im weißen Ganzkörperanzug vor der Tür.

»Die Katrin schickt mich. Wir haben hinter dem Haus etwas gefunden, von dem sie glaubt, es dürfte euch interessieren.«

---

Der Wind pfiff um das Wohnhaus der Schneiders, als Thorwald und Weber durch die geöffnete Glastür auf die Terrasse traten. Für einen Moment riss die Wolkendecke auf. Der Mond wurde sichtbar und tauchte das Grundstück und das gegenüberliegende Wohnhaus der Bernbachers in fahles Licht. Die weiß gekleideten Mitarbeiter der Spurensicherung, die einige Meter entfernt durch den Schnee stapften und ihre Utensilien und Lampen einpackten, wirkten in der Szenerie wie Außerirdische.

Katrin Abel, mit Anorak und dicker Wollmütze bekleidet, erwartete sie schon.

»Na, was haben die Kollegen Schönes gefunden?«, fragte Weber.

»Den hier«, antwortete Katrin und zeigte auf einen ausrangierten Blumenkübel, der offenbar als Aschenbecher zweckentfremdet wurde, denn er war randvoll mit Zigarettenkippen gefüllt. »Georg Schneiders bevorzugte Raucherecke, vor allem nachts, wie mir seine Frau bestätigt hat.«

Florian Weber musterte zuerst den Blumenkübel, dann seine Kollegin. »Und nur weil Georg Schneider ein Kettenraucher war, zitierst du uns raus in die Kälte?«

Katrin Abel verdrehte die Augen. »Natürlich nicht. Stellt euch mal daneben, so, als ob ihr rauchen würdet. Und dabei schaut ihr zu den Bernbachers hinüber.«

Weber und Thorwald, der das Geschehen bisher schweigend verfolgt hatte, taten wie geheißen. Katrin hielt ihr Funkgerät an den Mund. »Wir sind so weit.«

Sekunden später waren im Mondlicht die Umrisse einer groß gewachsenen Gestalt auf dem Nachbargrundstück zu erkennen. Der Unbekannte kam hinter dem Wohnhaus hervor und näherte sich dem provisorischen Carport. Auf Höhe von Dorothee Bernbachers Wagen flammte plötzlich eine Taschenlampe auf. Ihr Strahl zeigte direkt in das Gesicht des Unbekannten. Nicht lange, aber lange genug, um den Kollegen erkennen zu können. Der Polizist ging in die Hocke und verharrte in dieser Position einige Augenblicke neben dem linken Hinterrad.

»Danke, Torsten. Das war es schon«, sagte Katrin in das Funkgerät und wandte sich dann an die beiden Kommissare.

»Du denkst, Schneider hat den Täter nicht nur auf der Herrentoilette beobachtet, sondern ihn hier sozusagen in flagranti ertappt?«, fragte Thorwald.

Katrin nickte. »Wer weiß, was er im Waschraum wirklich gesehen hat. Flo könnte mit seiner Vermutung durchaus recht haben und Schneider hat am Nachmittag noch gar nicht verstanden, was er da eigentlich beobachtet hat. Aber nach dem nächtlichen Besuch unseres Unbekannten und Sebastians Autounfall am nächsten Tag, dämmerte ihm wahrscheinlich, dass er Augenzeuge eines Verbrechens geworden ist.«

Weber pfiff anerkennend durch die Zähne.

»Die Tatnacht war eine klare Vollmondnacht«, fuhr Katrin fort. »Dennoch wird der Unbekannte irgendeine Lichtquelle benutzt haben, um die Radmuttern zu finden. Falls Schneider hier auf der Terrasse stand, wurde ihm der Täter geradezu auf dem Präsentierteller serviert.«

»Gut kombiniert«, lobte Thorwald. »Nur eines will mir nicht recht einleuchten: Warum hat Schneider bei der Nachbarschaftsbefragung ausgesagt, tief und fest geschlafen zu haben, wenn er sein Wissen offenbar nicht für seine Zwecke nutzen wollte?«

»Vielleicht hat er das ja doch getan«, warf Weber ein. »Aber der Unbekannte konnte oder wollte nicht bezahlen. Oder er hat brav bezahlt, aber Schneider hat es trotzdem vorgezogen, Julian einen kleinen Tipp zu geben. Unser Unbekannter hat Wind von der ganzen Sache bekommen und ihn aus dem Weg geräumt.«

»Dann muss Schneider mit seiner Erpressung auf alle Fälle sehr schnell reagiert haben. Der Unfall ist schließlich noch nicht lange her«, überlegte Thorwald.

Weber und Katrin sahen ihn erwartungsvoll an.

»Also, gut«, willigte er schließlich ein. »Ich kümmere mich um die Beschlüsse. Die Telefonverbindungen und seinen Computer müssen wir ohnehin überprüfen. Wenn Bettina Schneider nichts dagegen hat, könnt ihr euch fürs Erste mit der Spurensicherung zusammen im Haus umsehen.«

»Sie hat nichts dagegen. Ich hab sie schon gefragt«, sagte Katrin.

»Dann schaut, ob ihr irgendwo ein Geldversteck findet oder etwas anderes, das auf eine Erpressung hindeuten könnte«, sagte Thorwald. »Ich werde mich in der Zwischenzeit mit seiner Frau unterhalten.«

# Kapitel 26

Bettina Schneider saß bewegungslos am Küchentisch, die Hände im Schoß vergraben, den Blick starr auf die Teetasse vor sich gerichtet. Sie hatte ihn nur flüchtig angesehen, als Robert Thorwald ihr gegenüber am Küchentisch Platz nahm. Danach richtete sie ihre Augen wieder auf die Teetasse, deren Inhalt längst erkaltet war.

Sie ist eine schöne Frau, stellte Thorwald fest. Kein Typ wie Dorothee Bernbacher, deren stets makelloses Äußeres jeden anderen in ihrer Umgebung zum hässlichen Entlein degradierte, sie selbst aber kalt und unnatürlich erscheinen ließ.

Bettina Schneider war ungeschminkt und blass, hatte dunkle Schatten unter ihren großen braunen Augen und das Haar nachlässig mit einer Spange hochgesteckt, sodass sich bereits erste Strähnen gelöst hatten. Trotzdem strahlte sie eine Schönheit aus, die man bei Julians Mutter niemals finden würde.

»Ich weiß, wie gerne Sie jetzt Ihre Ruhe hätten. Aber ich müsste Ihnen noch einige Fragen stellen«, begann Thorwald und versuchte sich an einem aufmunternden Lächeln, das nicht so recht gelingen wollte.

Langsam blickte sie zu ihm auf. »Es geht schon«, sagte sie leise.

»Wann haben Sie Ihren Mann heute das letzte Mal gesehen?«

Bettina Schneider legte die Stirn in Falten. »Nach ... nach dem Frühstück«, antwortete sie schließlich. »Das war so gegen halb zehn.«

»Sie haben den Tag also nicht gemeinsam verbracht? Immerhin ist Wochenende.«

»Nein«, sagte sie nach kurzem Zögern. »Georg ist erst aufgestanden, nachdem meine Kinder und ich schon mit dem Frühstück fertig waren.«

*Meine* Kinder.

»Wir drei sind dann nach Altenberg zum Einkaufen gefahren. Dort haben wir auch Mittag gegessen. Und nachmittags waren wir mit den Kindern einer Freundin und Herrn Cornelius beim Schlittenfahren.«

»Professor Cornelius?«, entfuhr es Thorwald.

Für einen kurzen Moment huschte ein Lächeln über Bettinas Gesicht. »Ja. Kennen Sie ihn etwa? Er ist so ein netter Mann. Und er kann sehr gut mit Kindern umgehen. Meine beiden sind auf alle Fälle ganz begeistert von ihm.«

»So, so«, erwiderte Thorwald, dessen eigene Begeisterung sich gerade spürbar in Grenzen hielt. »Und als Sie aus Altenberg zurückgekehrt sind, war Ihr Mann nicht mehr zu Hause?«

Wieder ein kurzes Zögern. »Ich ... ich weiß es nicht. Möglicherweise war er unten im Keller. Sein ... Büro ist dort. Hier oben hab ich ihn jedenfalls nicht gesehen.«

Und offenbar auch nicht das Verlangen verspürt, nach ihm zu rufen oder ihn zu suchen, schoss es Thorwald durch den Kopf.

Laut aber sagte er: »Wann sind Sie denn von Ihrem Schlittenausflug zurückgekommen?«

Dieses Mal kam die Antwort schnell. »So gegen halb fünf. Danach habe ich die Kinder gebadet und wir sind zu meinen Eltern nach Ebersbach gefahren.«

»Wo war Ihr Mann um diese Zeit?«, fragte Thorwald, obwohl Katrin ihm schon von Georg Schneiders Kneipentour erzählt hatte.

Bettina schluckte hörbar. »In Altenberg. Er wollte dort in einigen Wirtshäusern Fasching feiern.«

»Könnten Sie mir noch die Namen dieser Wirtshäuser geben? Das würde meinen Kollegen ein großes Stück weiterhelfen.«

»Ich glaube, er wollte zuerst in die *Alte Post*. Dort hat er meistens mit dem Feiern angefangen. Wohin er dann gegangen ist, weiß ich nicht.«

Thorwald notierte sich den Namen. »Was hat Ihr Mann eigentlich beruflich gemacht?«

Ihr Gesichtsausdruck wirkte plötzlich angespannt. »Er hat meinen Vater im Betrieb ... unterstützt. Meiner Familie gehört die Altmaier Bau GmbH in Ebersbach.«

»War Ihr Mann Bauingenieur?«

»Nein«, sagte sie rasch. »Georg hat Jura studiert, aber nur bis zum ersten Examen. Danach … danach hat er bei meinen Eltern angefangen.«

Thorwald wartete einen Moment, ob sie dem noch irgendetwas hinzufügen wollte, aber Bettina Schneider schien es bei dieser knappen Erklärung belassen zu wollen.

»Sie wissen, dass sich Mittwochnacht jemand am Auto von Julian Bernbacher zu schaffen gemacht hat?«

Sie nickte. »Ja. Ihre Kollegen haben Georg und mich dazu befragt. Sie wollten wissen, ob wir irgendetwas gesehen hätten.«

»Aber das haben Sie nicht«, stellte Thorwald fest.

»Nein, ich hatte ein leichtes Schlafmittel genommen und fest geschlafen. Und Georg … auch.«

»Das hat er zumindest ausgesagt.«

Bettina sah ihn irritiert an. »Sie denken, er hat Ihre Kollegen angelogen?«

»Noch denke ich gar nichts.« Thorwald überlegte sich seine nächste Formulierung sehr genau. »Allerdings liegen gewisse Anhaltspunkte vor, die darauf schließen lassen, dass Ihr Mann möglicherweise in der Nacht aufgestanden ist, um auf der Terrasse eine Zigarette zu rauchen. Das hat er doch öfter gemacht?«

»Ja, leider. Damit konnte er einfach nicht aufhören. Egal, wie sehr ich ihn auch gebeten habe. Irgendwann hab ich es aufgegeben, auf ihn einzureden.« Sie schwieg eine Weile. »Welche Anhaltspunkte meinen Sie?«, fragte sie dann eine Spur schärfer.

»Dazu kann ich Ihnen leider im Moment keine Auskunft geben. Hat Ihr Mann über diese Nacht Ihnen gegenüber eine Bemerkung gemacht oder irgendetwas gesagt, das Sie stutzig werden ließ?«

»Nein, ganz bestimmt nicht. Aber wir haben uns in den letzten Tagen nicht sehr oft gesehen. Georg war oft in Altenberg, und ich …« Sie strich sich eine Haarsträhne aus dem Gesicht, »… ich war meistens mit den Kindern unterwegs.«

Thorwald nickte. »Gut.«

»Sie vermuten, Georg hat Mittwochnacht etwas beobachtet, nicht wahr? Bitte seien Sie ehrlich zu mir.«

»Wir ermitteln momentan noch in alle Richtungen. Es ist aber nicht ganz auszuschließen. Bitte melden Sie sich bei mir, sollte Ihnen noch irgendetwas dazu einfallen.« Thorwald legte seine

Visitenkarte vor Bettina Schneider auf den Tisch. »Falls Sie einen Seelsorger benötigen, kann meine Kollegin gerne Pfarrer Hartl anrufen. Oder Sie auch nach Ebersbach zu Ihren Eltern bringen.«

Bettina schüttelte den Kopf. »Nein, die haben schon genügend mit meinen Kindern zu tun. Aber zu Anna könnten Sie mich fahren. Anna Leitner, ihr gehört der Gasthof hier in Neukirchen.«

Thorwald lächelte. »Ich weiß. Die Kollegen kümmern sich darum.«

An der Tür blieb der Kommissar stehen. Bettina Schneider saß immer noch am Küchentisch und bewegte sich nicht. Thorwald war sicher, sie hatte gerade etwas gesagt. Leise zwar, dennoch unüberhörbar.

»Bitte verzeih mir, Georg.«

---

»Das hat sie tatsächlich gesagt?«, rief Katrin Abel.

Es war Sonntagmorgen und die Beamten hatten sich zur Lagebesprechung in Thorwalds Büro versammelt.

Florian Weber warf einen sehnsüchtigen Blick aus dem Fenster. Nach den nächtlichen Schneefällen strahlte die Sonne vom tiefblauen Himmel. Kein Wölkchen weit und breit. Optimale Wintersportbedingungen, aber anstatt sich am Großen Arber den Skihang hinunterzustürzen, würden sie den ganzen Tag im stickigen Büro verbringen. Er stieß einen langen Seufzer aus, ehe er sich wieder zu den Kollegen umdrehte.

»Ja, ich bin mir ganz sicher«, sagte Thorwald, der für Weber und Katrin gerade das Gespräch mit Bettina Schneider zusammengefasst hatte.

»Aber was soll Georg Schneider seiner Frau verzeihen? Dass *sie* ihn umgebracht hat?«, fragte Katrin.

Thorwald zuckte mit den Schultern. »Auszuschließen ist es nicht. Niemand kann sagen, wie lange sie für die Strecke zwischen Ebersbach und Neukirchen tatsächlich gebraucht hat. Ich hab bei der KTU nachgefragt. Die Region um Altenberg gehört zu einer Funkzelle, sodass uns auch das Bewegungsprofil ihres Handys nicht weiterhilft. Nach dem Mord fährt sie eine Weile durch die Gegend und tut dann so, als käme sie gerade zu Hause an.«

»Und für eine Frau ist sie ziemlich groß. Auch wenn sie sehr schlank ist, schließt das nicht aus, dass sie kräftig genug ist, Schneider das Messer zwischen die Rippen zu stoßen«, sagte Weber mit Blick auf seinen Bildschirm.

Der Pathologe hatte Wort gehalten und sich zu einer Nachtschicht aufgerafft. Vor zehn Minuten war seine E-Mail mit dem vorläufigen Bericht der Obduktion eingetroffen.

Georg Schneiders rechter Lungenflügel war von einer scharfen Klinge getroffen worden und kollabiert, was innerhalb von Sekunden zu seinem Tod führte.

»Der Doc vermutet ein Teppichmesser oder etwas in der Art als Tatwaffe«, las Weber laut vor. »Das ist auch nicht uninteressant: Schneiders Nieren und Leber lassen auf regelmäßigen Alkoholkonsum in größeren Mengen schließen. Da hätten wir doch ein gutes Motiv. Welche Frau ist schon gerne mit einem Mann verheiratet, der mehr Zeit im Wirtshaus als zu Hause verbringt? Vielleicht hat er im Rausch ja auch zu prügeln angefangen.«

Katrin wirkte nicht überzeugt. »Du denkst, sie hat die Situation im Garten ausgenutzt, um ihren Mann loszuwerden?«

»Warum denn nicht? Irgendwie hat sie von dem nächtlichen Treffen der beiden erfahren. Schneider steht nichts ahnend am Gartenzaun, sie schleicht sich von hinten an und schon ist es passiert.« Weber lehnte sich im Stuhl zurück. »Habt ihr sie eigentlich eine Träne vergießen sehen? Ich nicht.«

»Jeder trauert anders«, sagte Katrin sofort. »Sie war vollkommen geschockt, als ich ihr vom Tod ihres Mannes erzählt hab.«

Thorwald legte die Stirn in Falten. »Das Gespräch mit ihr war befremdlich. Jedes Mal, wenn wir auf ihren Mann zu sprechen kamen, wirkte es auf mich, als müsste sie erst einmal nachdenken, um wen es eigentlich geht. Viel miteinander geredet haben sie jedenfalls nicht. Und um die Kinder hat sie sich auch die meiste Zeit allein gekümmert.«

»Aber deshalb muss sie ihn noch lange nicht getötet haben.« Katrin beugte sich über Webers Schulter und las die E-Mail des Pathologen zu Ende. »Zum Zeitpunkt seines Todes hatte Schneider übrigens nur 0,7 Promille. Das ist für einen Gewohnheitstrinker wie ihn nicht viel. Das Treffen mit Julian schien ihm wirklich wichtig gewesen zu sein.«

Thorwald stand auf und ging zur Wandtafel. Die Namen Marcel Rehberg und Peter Seidel waren durchgestrichen. Dafür beanspruchte Georg Schneider die gesamte rechte Hälfte für sich. »Trotzdem hat Flo nicht unrecht. Wir dürfen uns nicht zu sehr darauf versteifen, dass er von demjenigen ermordet wurde, der sich an Julians Auto zu schaffen gemacht hat. Auch wenn momentan vieles in diese Richtung deutet.«

Thorwald umkreiste Schneiders Namen und zeichnete eine waagrechte Linie ein, die am Namenskreis von Julian Bernbacher endete. »Ein gemeinsamer Täter als Bindeglied für beide Fälle. Trotzdem kann dem Mord auch ein anderes Motiv zugrunde liegen.«

Thorwald zog weitere Linien. »Eine kaputte Ehe ist nur eines davon.«

»Ich muss los«, sagte Katrin mit einem Blick auf ihre Armbanduhr. »Wenn der Direktor sich schon am heiligen Sonntag mit mir in der Bank treffen will, möchte ich ihn nicht warten lassen. Ich bin echt gespannt, wozu Schneider dieses Konto eröffnet hat.«

Sie hatten bei ihrer ersten Durchsuchung zwar keine verdächtigen Mengen Bargeld im Haus der Schneiders gefunden, allerdings befanden sich im Geldbeutel des Toten zwei EC-Karten. Eine gehörte zum Gemeinschaftskonto des Ehepaares Schneider bei der Raiffeisenbank in Altenberg, die zweite Karte zu einem Konto bei der Sparkasse in Landshut, von dessen Existenz Bettina Schneider, laut eigener Aussage, nichts gewusst hatte. Sie hatte jedoch eingewilligt, dass Thorwald und seine Kollegen es genauer unter die Lupe nahmen.

»Vielleicht hat er sich ab und zu etwas dorthin überwiesen, um sein eigenes Geld zu haben, mit dem er dann machen konnte, was er wollte«, sagte Weber.

Thorwald nickte. »Auch das ist möglich. Bis Katrin zurück ist, machen wir mit unserer Telefonaktion von gestern weiter.«

Webers Miene war Antwort genug.

»Ich kann mir auch Schöneres vorstellen, als bei Sonnenschein und blauem Himmel trockene Heizungsluft zu schnuppern und zigmal hintereinander dieselben Fragen zu stellen«, sagte Thorwald. »Es hilft nichts: Die Liste muss komplett abtelefoniert werden. Wenn Katrin aus der Bank zurück ist, könnt ihr euch auf den Weg nach Altenberg machen und Schneiders Kneipenspur verfolgen.«

---

Cornelius fühlte sich nach den nächtlichen Erlebnissen wie gerädert. Daran konnten auch die Aussicht auf einen sonnigen Wintertag und Annas Frühstücksbüffet nichts ändern. Er war froh, dass Tabea nach einer langen Diskonacht in Landshut noch in den Federn lag und ihm somit eine Schonfrist gewährt wurde. Denn eines stand fest: Sobald seine Tochter von Georg Schneider erfuhr, würde die Telefonleitung nach Kitzbühel glühen und ihm eine äußerst unangenehme Unterredung mit seiner Frau bevorstehen.

Nicht nur Ramona würde dabei so tun, als ob er mit gezielter Absicht über irgendwelche Leichen stolpern würde. Kommissar Thorwald dürfte von den Entwicklungen der vergangenen Nacht ebenfalls alles andere als begeistert gewesen sein. Aber was konnte Cornelius dafür, wenn dort, wo er sich aufhielt, auch zufällig ein Unfall oder ein Verbrechen passierte?

In der Nacht waren er und Bettina Schneider von einer Polizeistreife zur Pension zurückgebracht worden. Anna, die zuvor von Bettina angerufen worden war, wartete schon voller Sorge in der Gaststube auf sie. Cornelius hatte sich bald zurückgezogen. Nicht nur, weil er vollkommen erschöpft war, sondern weil die junge Frau Annas Trost und Zuspruch weitaus nötiger hatte als er. Er war sich nicht sicher, ob Anna von ihrer heimlichen Beziehung zu Simon Bauer wusste. Aber für den Moment spielte das keine Rolle. Bettinas Ehemann war im eigenen Garten brutal ermordet worden und sie würde ihren Kindern erklären müssen, dass ihr Vater nicht mehr am Leben war.

Seufzend öffnete er die Tür zur Gaststube.

»Guten Morgen, Herr Professor«, rief Anna hinter dem Tresen hervor. »Wollen Sie sich wieder an den Eckplatz setzen?«

Cornelius, der Bettina Schneider an einem der Tische entdeckt hatte, zögerte. Jetzt sah auch sie zu ihm auf. Über ihr blasses Gesicht huschte ein kleines Lächeln. »Sie dürfen mir gerne Gesellschaft leisten.«

»Wie haben Sie geschlafen?«, fragte er und hätte sich im selben Moment ob seiner Taktlosigkeit am liebsten die Zunge abgebissen. Wie sollte sie schon geschlafen haben?

»Ganz gut«, antwortete sie wider Erwarten. »Anna und ich haben noch lange geredet. Danach war alles ein bisschen leichter.«

»Ich kann Ihnen gar nicht sagen, wie leid mir das alles für Sie tut«, murmelte Cornelius.

»Aber Sie können doch nichts dafür. Ich hoffe, die Polizei findet den Täter bald. Wenn ich mir vorstelle, dass der durch unseren Garten gelaufen ist ...«

Anna kam zu ihnen an den Tisch und schenkte Cornelius Kaffee ein. Dann setzte sie sich neben Bettina und legte ihr tröstend die Hand auf den Unterarm. »Wie es aussieht, hat die Polizei ja schon einen Verdacht.«

Cornelius hätte beinahe seinen Kaffee verschüttet. »Tatsächlich? Das ging aber schnell.«

Bettina Schneider zuckte mit den Schultern. »Ich weiß nicht so recht. Dieser Kommissar Thorwald hat mich gefragt, ob Georg irgendetwas über Mittwochnacht erzählt hat.«

»Die Nacht, in der sich jemand an Julians Auto zu schaffen gemacht hat?« Allmählich dämmerte es Cornelius.

»Ja. Er wollte es zwar nicht offen zugeben, aber ich glaube, die Polizei vermutet, dass Georg sie angelogen und in der Nacht von unserer Terrasse aus etwas beobachtet hat.«

»Halten Sie das für möglich?«, wollte Cornelius wissen.

»Ich weiß es nicht. Ich hab fest geschlafen. Georg ist zwar öfter nachts raus, um eine Zigarette zu rauchen, vor allem, wenn er am Abend zuvor getrunken hatte. Aber ob er auch Mittwochnacht auf der Terrasse stand, kann ich beim besten Willen nicht sagen.«

»Wenn dem wirklich so gewesen ist, wird die Polizei das auch herausfinden«, sagte Cornelius, während seine Gedanken zu rotieren begannen.

Georg Schneider wollte Julian etwas Wichtiges mitteilen. Hatte er den Täter beobachtet? Aber warum hielt er sein Wissen dann vor der Polizei geheim? Dafür konnte es eigentlich nur eine logische Erklärung geben: Erpressung. Doch warum wollte er dann Julian in seine Beobachtung einweihen?

Bettina schien ähnlichen Gedanken nachzuhängen. »Glauben Sie, Georg hat tatsächlich etwas gesehen und ist jemandem mit seinem Wissen zu nahe gekommen?«

»Erpressung?«, flüsterte Anna.

»Warum sollte er sonst so ein Geheimnis um die ganze Sache machen? Warum ist er nicht zu mir gekommen und hat sich mir anvertraut? Ich hab keine Ahnung, was Georg in den letzten Wochen überhaupt gemacht hat.« Bettina hatte plötzlich Tränen in den Augen.

Anna Leitner blickte Cornelius hilflos an.

»Es klingt erbärmlich, aber mir war es eigentlich ganz recht so«, stieß Bettina schluchzend hervor. »Je weniger sich unsere Wege gekreuzt haben, umso besser. Manchmal hab ich mir sogar gewünscht, er wäre überhaupt nicht mehr da.«

Anna legte ihr tröstend den Arm um die Schultern. »Er hat auch alles getan, damit man auf solche Gedanken kommt. Jede andere hätte ihn längst verlassen.«

»Jede andere hätte um ihn gekämpft. Aber ich …«

»Du hattest irgendwann einfach keine Kraft mehr zum Kämpfen. Wann hat *er* sich denn einmal um dich bemüht?«

Bettina wischte sich die Tränen aus dem Gesicht und zuckte mit den Schultern.

»Was war denn zum Beispiel letztes Jahr im Juli, an eurem Hochzeitstag? Natürlich hatte er ihn vergessen«, fuhr Anna ungerührt fort. »Und als du ihn morgens mit einem schönen Frühstück überrascht und den Hochzeitstag erwähnt hast, was war da sein einziger Kommentar?«

»Schon wieder«, murmelte Bettina.

Cornelius zog die Augenbrauen hoch. »Das hat er gesagt?«

Anna nickte grimmig. »Allerdings. Und abends seid ihr nur deshalb zusammen ausgegangen, weil *du* einen Tisch reserviert hast.«

»Du hast mir das *Bella Vita* sogar noch empfohlen, weil es so romantisch ist. Unsere Romantik bestand darin, dass Georg sich volllaufen ließ und irgendwann sturzbetrunken aus dem Restaurant torkelte.«

»Das darf doch nicht wahr sein«, murmelte Cornelius.

»Julian und Valentina und einige Bekannte aus Ebersbach waren an dem Abend auch dort. Gott sei Dank waren sie schon weg, als Georg mit dem Trinken angefangen hat«, sagte Bettina leise. »Ich hab mich so geschämt, dass ich am nächsten Tag hingefahren bin und mich bei den Angestellten entschuldigt hab.« Das Klingeln ihres Handys ließ sie zusammenzucken. Prüfend sah sie auf das Display.

»Schneider«, meldete sie sich zögernd. Ihre Miene entspannte sich etwas. »Ah, hallo Herr Thorwald.« Eine Weile hörte sie dem Kommissar schweigend zu. Plötzlich weiteten sich ihre Augen. »Wie bitte?«, fragte sie entgeistert. »Nein, davon wusste ich nichts.«

Cornelius und Anna wechselten einen fragenden Blick.

Bettinas Gesichtsausdruck blieb angespannt, während sie Thorwalds Ausführungen lauschte. »Ja, ich verstehe. Natürlich. Ich mache mich gleich auf den Weg«, murmelte sie schließlich.

»Das war Hauptkommissar Thorwald«, sagte sie, nachdem das Telefonat beendet war. »Die Spurensicherung will unser Haus noch einmal durchsuchen. Georg besaß offenbar ein Bankkonto, auf das regelmäßig Geld eingezahlt wurde. Viel Geld. Er wollte wissen, ob es in unserer Firma Unregelmäßigkeiten gegeben hat.« Sie stand auf. »Ich muss sofort meinen Vater anrufen. Wenn Georg wirklich Geld abgezweigt hätte, hätte er doch etwas davon bemerkt.«

Mit diesen Worten eilte Bettina aus der Gaststube, wo sie an der Tür beinahe mit Tabea zusammengestoßen wäre.

»Ist etwas passiert?«, fragte Tabea verwundert.

»Nein, alles gut«, sagte Cornelius, bevor Anna überhaupt zum Luftholen kam.

# Kapitel 27

Schon auf dem Flur wusste Thorwald, dass Katrin Abel in der Sparkasse etwas herausgefunden hatte. Sie wedelte aufgeregt mit den Unterlagen in ihrer rechten Hand und rannte ihm förmlich entgegen.

»Ihr glaubt nicht, was ich vom Direktor der Bank erfahren hab«, sagte sie etwas außer Atem, als sie schließlich alle in Thorwalds Büro versammelt waren. »Auf Georg Schneiders Sparkassenkonto liegen fünfunddreißigtausend Euro.«

»Fünfunddreißigtausend? Und woher kommt das ganze Geld?«, wollte Thorwald wissen.

Katrin hielt die Kontoauszüge hoch. »Seit Ende Juli vergangenen Jahres wurde regelmäßig zum Monatsende eine Bareinzahlung in Höhe von fünftausend Euro vorgenommen.«

»Bareinzahlung?«, echote Weber.

»Ja, du hast richtig gehört. Schneider ist jeden Monat mit dem Geld zum Schalter gegangen und hat es dort bar auf das Konto eingezahlt. Der Direktor hatte zwar nur die Einzahlungsbelege aus Dezember und Januar vorliegen, aber auf beiden hat Georg Schneider selbst unterschrieben. Die übrigen Belege lässt er morgen heraussuchen und schickt sie mir dann per E-Mail.«

Thorwald runzelte die Stirn. »Ist im Februar auch etwas eingezahlt worden?«

»Nein, die letzte Einzahlung datiert vom 28. Januar.«

»Aber woher hatte er das Geld?«, fragte Weber in die Runde.

»Da sehe ich eigentlich nur zwei Möglichkeiten«, erwiderte Thorwald. »Bei dieser Regelmäßigkeit hat er entweder jemanden erpresst oder er hat Geld veruntreut.«

»Du denkst, er hat heimlich Firmengelder abgezweigt?«, fragte Katrin.

»Das werden wir bald wissen«, sagte Thorwald und griff zum Telefonhörer.

Kaum hatte er das Gespräch mit Bettina Schneider beendet,

bestellte er die Kollegen der Spurensicherung noch einmal nach Neukirchen.

»Sie hat angeblich nichts von diesen Einzahlungen gewusst. Flo, du triffst dich am Haus der Schneiders mit der Spurensicherung. Um den Beschluss kümmere ich mich. Notfalls reichen wir ihn nach.«

»Und was ist mit Schneiders Kneipenspur, die wir verfolgen sollten?«

»Die könnt ihr auch danach noch überprüfen. Das hier ist jetzt wichtiger. Ich will wissen, ob Schneider irgendwo ein Geldversteck hatte. Meinetwegen krempelt ihr das ganze Haus um.«

»Du denkst, dort hat er das Geld aus der aktuellen Erpressung deponiert?«

Thorwald nickte. »Entweder das Geld oder einen Schlüssel zu einem Schließfach, weil er vor seinem Tod nicht mehr dazu gekommen ist, es auf der Bank einzuzahlen. Immerhin ist der Unfall erst wenige Tage her.«

»Sind denn die Auswertungen seiner Telefongespräche schon da?«, fragte Katrin.

»Heute ist Sonntag und nicht jeder hat so arme Würstchen wie wir, die sich ins Büro quälen müssen. Bis morgen werden wir uns wohl oder übel noch gedulden müssen. Der Staatsanwalt hat bei der Telefongesellschaft aber schon Druck gemacht.« Plötzlich hielt Thorwald inne. »Du sagtest Ende Juli letzten Jahres hat die erste Einzahlung stattgefunden?«

»Ja.«

»Dann brauchen wir auch aus diesem Zeitraum eine Auswertung, sofern die Daten dafür überhaupt noch vorliegen.« Erneut wählte Thorwald die Nummer des Staatsanwalts. Der Gute dürfte sich seine sonntägliche Bereitschaft auch anders vorgestellt haben, dachte er.

»Und was hast du mit mir vor?«, wollte Katrin wissen.

»Wir beide fahren zu Altmaier Bau nach Ebersbach und fühlen Bettinas Vater auf den Zahn«, antwortete Thorwald. »Torsten soll inzwischen mehr über Georg Schneider in Erfahrung bringen. Außerdem soll er unsere Datenbanken nach allen offenen Straftaten, Unfällen und sonstigen Vorkommnissen durchsuchen, die vergangenes Jahr vor Ende Juli passiert sind. Vielleicht ist Schneider ja Zeuge einer Fahrerflucht oder einer Körperverletzung geworden.«

Was auch immer es war, Thorwald war sich sicher, den Grund für die mysteriösen Einzahlungen schon bald herausgefunden zu haben.

---

»Was hast du eigentlich gestern Abend noch gemacht?«, fragte Tabea, während sie Cornelius prüfend musterte. »Du siehst ganz schön müde aus.«

»Ich?« Cornelius trank hastig einen Schluck Kaffee. »Ich … war noch etwas länger bei den Bernbachers.«

Das war zumindest nicht gelogen. Dass er im Rahmen einer polizeilichen Befragung dort war, weil er kurz zuvor auf dem Nachbargrundstück eine Leiche entdeckt hatte, musste er seiner Tochter momentan ja nicht auf die Nase binden.

»Da bist du zur Zeit ganz schön oft«, stellte Tabea fest.

»Wenn du für deinen alten Vater keine Zeit hast, muss ich mir eben eine andere Freizeitbeschäftigung suchen.«

»Ach, komm. Wir sind doch am Freitagabend zusammen essen gewesen. Hättest du gestern etwa ins *Night Fever* mitgehen wollen?«

»Nein, vielen Dank. Ich habe doch nur Spaß gemacht.«

»Ihr wart im *Night Fever*?«, fragte Anna, die gerade einen Teller Rührei für Tabea auf den Tisch stellte.

Ihr Tonfall ließ Cornelius aufhorchen. »Kennen Sie diese Diskothek etwa?«

»Dort ist doch die Valentina letztes Jahr zusammengebrochen.«

»Wer ist denn Valentina?«

»Eine ehemalige Studentin von mir, die ich zufällig hier in Neukirchen wiedergetroffen habe«, sagte Cornelius. »Sie kam vor einigen Monaten mit einer Drogenüberdosis ins Krankenhaus, weil ihr in dieser Diskothek jemand heimlich etwas ins Glas gemischt hat. Es geht ihr immer noch nicht sehr gut.«

»Wie furchtbar.« Tabea nahm den Teller mit dem Rührei, stand auf und drückte ihm einen Kuss auf die Wange. »Ich gehe wieder auf mein Zimmer und lege mich noch ein bisschen hin. Bis später.«

Anna kam mit einer neuen Kanne Kaffee an den Tisch und setzte sich auf Tabeas Stuhl. »Ich kann mich noch gut an den Tag erinnern, an dem ich davon erfahren hab. Frühmorgens hat sich Bettina wegen dem verkorksten Hochzeitstag bei mir ausgeweint. Und mittags hat hier die Geschichte mit der Valentina die Runde gemacht. Da wusste ja niemand, ob sie es überhaupt überlebt.«

»Und jetzt macht sie sich auch noch schwere Vorwürfe, weil sich Sebastian ihretwegen Julians Auto ausgeliehen hat«, sagte Cornelius. »Sie hat mir gestern gar nicht gefallen.«

Anna rührte nachdenklich in ihrer Tasse. »Dabei hat sie nach dem Besuch beim Pfarrer und auch abends in der Apotheke einen recht guten Eindruck auf mich gemacht.«

»Ich glaube, die Fahrt ins Klinikum nach Landshut ist schuld an ihrer Niedergeschlagenheit«, erwiderte Cornelius und erzählte Anna von der nahegelegenen Intensivstation und dem Zusammentreffen mit Sebastians Mutter. »Frau Kofler hat ihr überhaupt keine Vorwürfe gemacht, ganz im Gegenteil. Sie ist sehr herzlich mit Valentina umgegangen.«

Anna lächelte. »Das passt zur Sabine. Sie ist einfach eine unglaublich nette und liebevolle Frau. Hoffentlich wird der Sebastian wieder gesund. Sie hat doch außer ihm niemanden.«

»Was ist eigentlich mit seinem Vater?«, fragte Cornelius vorsichtig.

»Sabine hat Sebastian ganz allein aufgezogen.« Anna zögerte. »Offiziell war es ein Urlaubsflirt. Aber ich glaube, sie hatte damals eine Beziehung mit einem verheirateten Mann hier aus der Gegend.«

Cornelius musste sofort an Bettina Schneider und Simon Bauer denken. Sollte er Anna jetzt fragen, ob sie von dem Verhältnis der beiden wusste?

Als ob sie seine Gedankenspiele erraten hätte, sagte Anna: »Und Bettina kommt auch nicht zur Ruhe. Hoffentlich hat der Georg nichts angestellt.« Sie legte nachdenklich die Stirn in Falten. »Allerdings kann ich mir das mit den Firmengeldern nicht so recht vorstellen. Der hatte doch bei ihrem Vater überhaupt nichts zu melden. Aber dass der Georg jemanden um Geld erpresst hat, klingt auch völlig absurd. Wer sollte das denn sein?«

»Machen Sie sich nicht so viele Sorgen, Frau Leitner. Die Polizei wird das bestimmt bald aufklären«, erwiderte Cornelius, dessen eigene Gedanken schon wieder auf Achterbahnfahrt gingen.

Wenn Georg Schneider keine Firmengelder abgezweigt hatte, woher kam dann das Geld auf diesem mysteriösen Konto, das Bettina erwähnt hatte? Hatte er tatsächlich jemanden erpresst? Aber womit? Und was hatte er in der Tatnacht wirklich beobachtet?

»Herr Professor?«, sagte Anna plötzlich laut und blickte ihn erwartungsvoll an. Offenbar hatte sie ihm gerade eine Frage gestellt und erwartete jetzt seine Antwort.

»Äh … Wie bitte?« Cornelius spürte, wie er rot wurde.

»Ich hab Sie gefragt, ob Sie mit mir in die Sonntagsmesse gehen wollen. Die ist heute erst um halb zwölf, weil davor eigentlich die Schäfflermesse in Altenberg stattfinden sollte.«

Cornelius sah aus dem Fenster, wo ein strahlender Wintertag auf sie wartete.

»Ja, natürlich. Sehr gerne.«

---

Obwohl Pfarrer Hartl eine feierliche Messe zelebrierte und eine kurzweilige Predigt vorbereitet hatte, vermochte Cornelius sich ausnahmsweise nicht so recht darauf zu konzentrieren. Immer wieder schweifte er ab.

Zu Georg Schneider, der Julian irgendetwas Wichtiges mitteilen wollte; zu Bettina, die ihren Mann mit Simon Bauer betrog, weil ihre Ehe mit Georg offensichtlich schon lange keine Ehe mehr war; zu Sabine Kofler, der alleinerziehenden Mutter, die jetzt Tag und Nacht an Sebastians Bett wachte, und zu Valentina, die seit sieben Monaten mit den Folgen einer Diskonacht kämpfte und sich jetzt die Schuld an Sebastians furchtbarem Unfall gab.

Cornelius ließ seinen Blick durch die kleine Kirche wandern, als ob sich dort die Antworten auf seine vielen Fragen versteckt hielten. Anna und er saßen fast genau an der Stelle, an der Josef Bernbacher einige Tage zuvor für seinen Enkel gebetet hatte. Cornelius betrachtete den blumengeschmückten Seitenaltar und die Heiligenfigur, der dieser Altar gewidmet war, den kleinen goldenen Pfeil, der ihre Brust durchbohrte.

Seine Augen verengten sich. Die flüchtige Idee, die ihm damals an der Stelle gekommen war, kehrte zurück. Aber dieses Mal verschwand sie nicht sofort, sondern blieb.

Blieb lange genug, um Cornelius noch mehr grübeln zu lassen …

---

Als Thorwald auf der Rückfahrt nach Landshut war, rief Florian Weber an. Im Bungalow der Schneiders waren keine Spuren einer Erpressung vorhanden.

»Wir haben jede Fliese und jedes Dielenbrett abgeklopft und jede Stelle, die nach einem Versteck ausgesehen hat, durchsucht. Spülkasten, Gefriertruhe, Puppenhaus, es gibt nichts, das wir nicht kontrolliert haben. Hier sind definitiv keine Geldvorräte oder Schließfachschlüssel versteckt. Die Kollegen suchen jetzt noch im Garten weiter. Vielleicht hat er ja irgendwo unter den Schneemassen etwas vergraben.«

Der Klang seiner Stimme sagte Thorwald, dass Weber sich aus diesem Unterfangen nicht allzu viel Erfolg versprach. Auch der Kommissar glaubte nicht an ein Versteck außerhalb des Hauses.

»Sein Büro im Keller und sein Computer waren ebenfalls nicht sehr ergiebig, abgesehen von den Pornoseiten, die er regelmäßig im Internet besucht hat. Bettina Schneider hat mir erlaubt, den Laptop für die KTU mitzunehmen.«

»Dann fahr jetzt bitte nach Altenberg weiter und hör dich im Gasthof *Alte Post* um«, antwortete Thorwald Richtung Lautsprecher. »Dort hat gestern Nachmittag wahrscheinlich Schneiders Kneipentour angefangen. Versuch herauszufinden, wer noch alles in der Gaststätte war und mit wem er sich unterhalten hat. Laut Aussage seiner Frau war er dort Stammgast. Er müsste bei den Angestellten also gut bekannt sein. Sie soll dir trotzdem ein Foto von ihm mitgeben. Wichtig ist auch, ob jemand mit ihm zusammen die Gaststätte verlassen hat.«

Weber brummte etwas, das nach einer Zustimmung klang. »Was habt ihr in der Baufirma herausgefunden?«, fragte er dann.

»Katrin ist noch dort und schaut sich die Kontoauszüge der letzten Monate an. Aber ich glaube nicht, dass wir fündig werden«, seufzte Thorwald.

Zu sagen, Bettina Schneiders Vater hätte mit den Bankunterlagen an der Haustür auf sie gewartet, wäre zwar etwas übertrieben gewesen, aber viel hätte nicht dazu gefehlt. Obwohl die beiden Beamten ohne Durchsuchungsbeschluss angekommen waren, hatte Bernd Altmaier sich äußerst kooperativ gezeigt.

»Er wollte erst gar nicht den Eindruck erwecken, in seiner Firma könnte auch nur ein Cent ohne seines Wissens verschwinden«, sagte Thorwald. »Schneider hatte keinerlei Zugang zu den Firmenkonten. Darauf können nur Altmaier selbst, sein Prokurist und der Finanzbuchhalter zugreifen. Für jede Überweisung sind außerdem zwei elektronische Unterschriften notwendig. Bei den Festgeldanlagen und den Depots sieht es genauso aus.«

Wenn er ehrlich war, wusste er bis jetzt nicht, welche Funktion Georg Schneider eigentlich in der Firma seines Schwiegervaters innegehabt hatte. Altmaier hatte Thorwald in ein riesengroßes, sonnendurchflutetes Büro mit einer teuren Einrichtung geführt. Allerdings sah nichts in diesem Raum nach Arbeit aus. Der Schreibtisch war so gut wie leer, abgesehen von einem modernen Telefon und einem geradezu sündhaft teuren Computer.

»Eine gute Nachricht gibt es allerdings: Schneiders Handy und der Festnetzanschluss der Familie wurden über die Firma abgerechnet. In der Buchhaltung sind deshalb alle Rechnungen samt Einzelverbindungsnachweise abgelegt. Altmaier lässt sie bis morgen Vormittag heraussuchen und schickt sie dann per E-Mail.«

»Aha.«

Thorwald ahnte, worauf Webers Kommentar anspielte.

»Mir ist wurscht, was der alles über seine Firma abrechnet. Hauptsache, wir kommen vorwärts. Katrin wollte ihm und seiner Frau noch ein bisschen auf den Zahn fühlen. Beide machen mir nicht den Eindruck, dass sie viel von ihrem Schwiegersohn gehalten haben. Wenn sie fertig ist, meldet sie sich bei dir.«

»Und was machst du?«, fragte Weber argwöhnisch.

»Keine Angst. Ich mache nicht Feierabend und lasse euch allein weiterarbeiten. Schneider hat einen Bruder, der in Landshut wohnt. Ich bin gerade auf dem Weg zu ihm. Danach fahre ich zurück ins Kommissariat. Ich hoffe, Torstens Recherchen haben etwas ergeben. Wir sehen uns dann alle dort.«

---

»Was schauen Sie sich denn für interessante Bilder an?«, fragte Anna Leitner.

Cornelius, der sich Tabeas Laptop ausgeliehen hatte, klickte auf das kleine Kreuz in der rechten oberen Ecke des Bildschirms, um die Internetseite zu schließen. Er hatte genug darüber gelesen.

»Nur eine kleine Recherche in Sachen Kirchengeschichte. Manchmal lassen mich meine kleinen grauen Zellen einfach schon im Stich«, sagte er leichthin.

»Ich wollte Sie jetzt aber nicht bei Ihrer Arbeit stören.«

Bevor Cornelius Anna antworten konnte, ging die Tür zur Gaststube auf und Bettina Schneider kam herein. Sie war blass, aber wirkte nicht mehr so angespannt wie bei ihrem überstürzten Aufbruch zuvor. Seufzend ließ sie sich auf einen Stuhl sinken.

»Tut mir leid, dass ich vorhin so hinausgestürmt bin.«

Cornelius klappte energisch den Deckel des Laptops zu. »Sie müssen sich doch nicht entschuldigen. Nicht nach dem, was bei Ihnen zu Hause gerade los ist.«

»Das meine ich aber auch«, sagte Anna. »Hat die Polizei denn irgendetwas herausgefunden.«

Bettina schüttelte den Kopf. »Sie haben nur Georgs Computer mitgenommen. Geld haben sie keines gefunden. Dafür sieht es jetzt aus, als hätte eine Bombe eingeschlagen.«

»Und in der Firma?«, fragte Anna.

»Von dort ist das Geld auf alle Fälle nicht.«

»Aber woher dann?«

Bettina sah auf einmal sehr verzweifelt aus. »Ich weiß es nicht. Ich hab solche Angst, dass Georg irgendetwas Kriminelles getan hat.«

»Also vielleicht doch eine Erpressung«, sagte Cornelius leise.

»Der Kommissar, der bei mir war, wollte es zwar nicht so offen sagen, aber ich bin mir sicher, er geht auch davon aus. Die Fragen, die er gestellt hat …« Resigniert legte Bettina Schneider ihre Hände in den Schoß.

Da weitere Gäste hereinkamen, ließ Anna Cornelius mit der jungen Frau allein.

»Er meinte, es wäre besser, mit den Kindern vorübergehend zu meinen Eltern zu ziehen. Bis sie denjenigen erwischt haben, der …«

»Vertrauen Sie auf das Expertenwissen der Polizei. Ich bin mir sicher, sie findet den Täter bald.«

»Seit Juli hat Georg regelmäßig Geld auf dieses Konto eingezahlt und ich hab nichts davon mitbekommen«, sagte Bettina mit tränenerstickter Stimme. »Was um Himmels willen wollte er denn nur damit?«

Cornelius blickte ihr nachdenklich hinterher, als sie sich kurze Zeit später bei Anna verabschiedete. Die Frage, die sie gestellt hatte, war durchaus berechtigt. Was wollte Georg Schneider mit dem Geld anfangen? Noch wichtiger fand Cornelius jedoch die Frage, woher das Geld kam. Was war vor sieben Monaten geschehen, das Georg Schneider auf die Idee brachte, jemanden zu erpressen?

# Kapitel 28

Robert Thorwald wartete schon ungeduldig in seinem Büro, als Florian Weber und Katrin Abel auf die Dienststelle zurückkamen.

»Habt ihr zwei noch eine Runde Fasching gefeiert?«, fragte er nach einem Blick auf seine Armbanduhr.

Katrin holte tief Luft, doch ihr Kollege war schneller. »Na klar, was denkst du denn. In jeder Kneipe, in der wir nach Georg Schneider gefragt haben, haben wir uns zuerst einen genehmigt.«

»Ist ja schon gut«, brummte Thorwald, dem die unüberlegte Bemerkung leid tat, kaum dass er sie ausgesprochen hatte.

Katrin Abel zog schweigend Schal und Wintermantel aus, ehe sie ihren Block aus der überdimensionalen Umhängetasche hervorholte. Thorwald fragte sich, was sie eigentlich die ganze Zeit mit sich herumschleppte und ob sie überhaupt jemals ohne etwas zu schreiben aus dem Haus ging. Er kannte sie eigentlich nur mit gezücktem Stift und offenem Schreibblock.

Nachdem Weber zwei Tassen Kaffee geholt hatte, begann Katrin Abel, ihren Besuch bei Georg Schneiders Schwiegereltern zusammenzufassen. Dabei vermied sie es tunlichst, von ihren Unterlagen aufzublicken und Thorwald direkt anzuschauen.

»In den Kontoauszügen konnte ich keine fragwürdigen Abbuchungen finden. Ich hab alle Unterlagen seit Juli vergangenen Jahres überprüft.«

»So etwas dauert halt«, warf Weber ein.

Thorwalds linke Augenbraue zuckte und er musste sich gehörig zusammenreißen, um sich einen Kommentar zu verkneifen.

»Bernd Altmaier hat extra seinen Prokuristen in die Firma zitiert, der mir für alle Fälle auch den Namen des Steuerberaters gegeben hat«, fuhr Katrin fort. »Die Nachbarin der Altmaiers hat mir außerdem bestätigt, dass Bettina erst um kurz vor zehn bei ihren Eltern weggefahren ist. Die beiden haben sich vor dem Haus noch ein bisschen unterhalten.«

Thorwald stand auf und strich Bettinas Namen auf der Wandtafel durch. Damit hatten sie eine Tatverdächtige weniger.

Katrin blätterte einmal um. »Danach hab ich mich noch mit den Altmaiers unterhalten. Ihre größte Sorge ist, sie könnten nach Schneiders Tod ins Gerede kommen. Wie er es sozusagen wagen konnte, sich in seinem eigenen Garten umbringen zu lassen. Viel gehalten haben sie nicht von ihm. Weder persönlich, noch beruflich. Aber nachdem ihre Tochter ihn geheiratet hat, mussten sie sich wohl oder übel mit ihm abfinden.«

»Das passt zur Aussage seines Bruders«, sagte Thorwald. »Er ist Realschullehrer hier in Landshut und klang sehr resigniert. Georg sei schon immer gerne den bequemen Weg gegangen und hätte sich von seiner Frau und ihren Eltern vollkommen abhängig gemacht. Dazu kam der regelmäßige Alkoholkonsum. Viel Kontakt hatten die Brüder in den letzten Jahren offenbar nicht mehr. Trotzdem wirkte er auf mich ziemlich betroffen.«

Endlich sah Katrin von ihren Notizen auf. »Dann hat er auch nichts von einer Erpressung gewusst?«

»Nein. Schneider hat ihm nichts dergleichen anvertraut. Weder letztes Jahr im Juli, zum Zeitpunkt der ersten Einzahlung, noch jetzt, nach Sebastians Autounfall. Die beiden haben in den letzten Tagen überhaupt nicht miteinander gesprochen.«

»Traut er es ihm denn zu?«, fragte Weber.

»Er wirkte eher ratlos, aber ganz von der Hand weisen wollte er es nicht. Allerdings konnte er sich beim besten Willen nicht vorstellen, wofür sein Bruder das Geld gebraucht hat.« Thorwald tippte kurz etwas in den Computer ein. »Ich hab übrigens pro forma die Alibis von Peter Seidel und Marcel Rehberg überprüfen lassen. Seidel war mit zwei Arbeitskollegen in der Kneipe und Rehberg bis spätabends im Krankenhaus bei seiner Freundin.«

»Sieh an, sieh an. Ein Eisschrank zeigt Gefühle«, murmelte Weber.

»Was haben denn Torstens Recherchen ergeben?«, fragte Katrin.

»An den nicht aufgeklärten Fällen seit Juli sitzt er noch dran. Zu Schneider selbst gibt es nicht allzu viel zu sagen. Sein Vater ist gestorben, als er noch ein Teenager war, seine Mutter vor zwei

Jahren. Er hat bis zum ersten Staatsexamen Jura studiert, danach hat er eine Zeit lang gar nichts gemacht, bis er schließlich bei Bettinas Vater in der Firma angefangen hat.«

»Als was auch immer«, bemerkte Weber.

»Schneider war Mitglied bei mehreren Vereinen, aber hat sich durch nichts besonders hervorgetan. Außer durch regelmäßige Zechgelage. Im Internet sind einige nicht sehr jugendfreie Bilder von ihm und seinen Saufkumpanen zu finden.«

»Mit ein paar von ihnen war er gestern in Altenberg unterwegs«, ergänzte Weber. »Um halb fünf haben sie sich in der ›Alten Post‹ getroffen. Die Bedienung wusste sofort, wen ich meine. Allerdings ging es gestern nicht so hoch her wie sonst. Gegen halb neun ist Schneider dann allein aufgebrochen.«

»Und wo ist er hin?«

»Das wusste sie nicht. Sie konnte mir aber die Namen von zwei anderen geben, die mit ihm am Tisch saßen.«

Thorwald nickte. »Das heißt, zum Zeitpunkt des Telefonats mit Julian um kurz vor sechs war er definitiv noch in der ›Alten Post‹. Wir müssen unbedingt seine beiden Tischnachbarn kontaktieren und die restlichen Namen herausfinden.«

»Das hat Katrin auf der Rückfahrt schon versucht, aber bisher niemanden erreicht.«

»Dann müssen wir morgen früh gleich damit weitermachen. Vielleicht hat irgendjemand eine Beobachtung gemacht. Schneider wird zum Telefonieren ja wohl kaum am Tisch sitzen geblieben sein.«

»Weißt du, wie groß die Gaststube in der ›Alten Post‹ ist?«, fragte Weber. »Da herrscht ein ständiges Kommen und Gehen.«

Thorwald schlug mit der flachen Hand auf den Tisch. »Was sollen wir denn anderes machen?«, rief er. »Wenn die Telefondaten morgen genauso ergiebig sind wie die bisherigen Ergebnisse, bleibt das unsere einzige Spur. Und im Bernbacher-Fall geht auch nichts vorwärts. Gerade hatte ich schon wieder Julians Mutter am Telefon.«

Die Telefonate mit den Geburtstagsgästen und Angestellten waren mittlerweile abgeschlossen und hatten kein neues Licht in das Dunkel ihrer Ermittlungen gebracht.

»Jetzt lasst uns erst einmal die Auswertung der Daten abwarten. Danach können wir uns immer noch anschreien«, mischte sich Katrin ein.

»Also gut. Feierabend für heute«, willigte Thorwald ein. »Aber morgen geht es um Punkt acht Uhr hier weiter. Der Staatsanwalt hat sich angekündigt. Er will bei der Morgenbesprechung dabei sein.«

»Daher weht der Wind«, sagte Weber leise zu Katrin, als sie gemeinsam zum Aufzug gingen.

---

Nach einer kleinen Dorfrunde hatte sich Cornelius noch einmal vor Tabeas Laptop gesetzt und die Internetseite der Josef Bernbacher GmbH aufgerufen.

Sein Blick ruhte auf den Bildern von Josef, Dorothee und Julian, die unter der Überschrift »Geschäftsleitung« zu finden waren.

Die Ähnlichkeit zwischen Mutter und Sohn war auch für einen Außenstehenden nicht zu übersehen. Sie waren ein starkes Duo. Sie hatte das Sägewerk zu dem gemacht, was es heute war, er würde es in eine glänzende Zukunft führen. Daneben wirkte Josef Bernbacher, obwohl als »Seniorchef« betitelt, fast etwas verloren. In seiner Firma hatten Schwiegertochter und Enkel das geschäftliche Zepter übernommen, während er zuerst mit der Trauer um seinen Sohn und später mit einer immer schlechteren Gesundheit zu kämpfen hatte.

Trotzdem war er immer noch da. Das Wort des einstigen Firmenchefs hatte nach wie vor Gewicht. Und, wie Cornelius bei ihrem abendlichen Gespräch erfahren hatte, die Josef Bernbacher GmbH war immer noch sein Unternehmen.

Seine Augen wanderten langsam zwischen den drei Bildern hin und her. Drei Bilder, drei Generationen. Wer wollte das Fortbestehen der Familie mit aller Macht verhindern? Warum sollte Julian Bernbacher sterben?

Cornelius öffnete eine zweite Internetseite und betrachtete lange das Bild der Heiligenfigur, das er zuvor schon eingehend studiert hatte. War er gerade dabei, sich in eine abwegige, um nicht zu sagen vollkommen absurde Idee zu verrennen? Er musste sich dringend mit jemandem unterhalten, der die Beteiligten kannte. Doch wie sollte er seine Fragen formulieren, ohne bei seinem Gegenüber einen Verdacht zu wecken? Einen Verdacht, der Gefahr lief, in einer Sackgasse zu enden, und ihn bis auf die Knochen blamieren würde.

Sollte er es wagen und Robert Thorwald in seine Überlegungen miteinbeziehen? Als Hauptkommissar standen ihm ganz andere Mittel und Wege zur Verfügung, um Klarheit in diese Angelegenheit zu bringen. Doch wahrscheinlich würde er Cornelius nicht einmal ausreden lassen, und auf eine weitere Strafpredigt des Polizisten verspürte er wenig Lust.

Erneut begann Cornelius zu grübeln …

------

Am nächsten Morgen war Robert Thorwald froh, als die Teambesprechung zu Ende war und auch der Staatsanwalt keine Fragen mehr hatte. Erwartungsgemäß hatte er sich mit dem Fortgang der Ermittlungsarbeiten alles andere als zufrieden gezeigt. Vor allem die Rückschläge im Fall Julian Bernbacher schien er regelrecht persönlich zu nehmen. Thorwald vermutete Dorothee Bernbacher hinter seiner ungewohnten Gereiztheit. Julians Mutter hatte ihre Drohung wahr gemacht und noch Samstagnacht über ihren Anwalt ein Fax an die Staatsanwaltschaft schicken lassen. Die Unfähigkeit der örtlichen Kriminalpolizei war darin noch einer der harmloseren Punkte.

Nicht, dass Thorwald diesen dezenten Hinweis unbedingt gebraucht hätte. Seine Laune war angesichts der mageren Ergebnisse ihrer tagelangen Arbeit ohnehin am absoluten Tiefpunkt angelangt.

Zweimal hatten sie sich schon am Ziel ihrer Ermittlungen gewähnt, hatten mit Peter Seidel und Marcel Rehberg zwei Verdächtige gefunden, bei denen es nur noch eine Frage der Zeit war, bis einer, oder sogar beide, ein Geständnis ablegen würden. Die Indizien schienen eindeutig. Doch beide Male hatten sie zu früh gehofft und schließlich wieder von vorne angefangen.

Und noch während sie das Geflecht um Julian Bernbacher zu entwirren versuchten, stolperte dieser praktisch über die Leiche seines toten Nachbarn. Thorwalds Instinkt sagte ihm, dass beide

Fälle zusammenhingen. Doch das Gefühl eines Hauptkommissars reichte dem Staatsanwalt nicht, vor allem nicht, nachdem er von den mysteriösen Einzahlungen erfahren hatte. Sie mussten schnellstmöglich Licht in das Dunkel von Schneiders Geldgeschäfte bringen.

Hatte Schneider das Geld erpresst, weil er vor einigen Monaten Zeuge einer Straftat geworden war? Die wichtigste Frage aber lautete: Hatte er auch denjenigen beobachtet, der Julian Bernbacher nach dem Leben trachtete und war vom Täter beseitigt worden, ehe er ihn um Geld erleichtern oder an Julian verraten konnte? Thorwald, der sich nach der Morgenbesprechung zum Nachdenken in die kleine Küche zurückgezogen hatte, setzte große Hoffnung auf die Auswertung der Telefondaten. Die aktuellen Übersichten des Telefonanbieters lagen ihnen bereits vor. Katrin Abels aufgeregter Stimme auf dem Flur nach zu urteilen, war auch Bernd Altmaiers E-Mail mittlerweile angekommen.

Würden sie jetzt endlich den entscheidenden Treffer landen können?

---

Thorwald warf einen kurzen Blick in das Gemeinschaftsbüro. Sie hatten sich die Auswertungen aufgeteilt: Katrin Abel arbeitete die Daten zum Zeitpunkt der ersten Einzahlung im Juli durch, Weber hatte mit dem anderen Ende, Georg Schneiders Ermordung, begonnen. Obwohl er das Ergebnis kaum abwarten konnte, zog er sich leise zurück und ging nachdenklich in sein eigenes Büro weiter. Dabei wäre er auf dem Flur beinahe mit einem Kollegen aus der Spurensicherung zusammen gestoßen.

»Grüß dich, Robert«, begann er und blieb direkt vor dem Kommissar stehen.

Ein kleines Fünkchen Hoffnung keimte in Thorwald auf.

»Grüß dich, Reinhard. Habt ihr bei den Schneiders doch noch etwas gefunden?«

»Nein, leider nicht. Aber ich war gerade am Haus, weil wir gestern in der Eile zwei Lampen im Garten vergessen haben. Die Eigentümerin war auch dort. Sie wollte einige Sachen für ihre Kinder abholen.«

Thorwald wusste nicht so recht, was sein Gegenüber ihm damit andeuten wollte. »Bettina Schneider? Wir haben ihr zwar geraten, vorübergehend bei ihren Eltern unterzukommen, aber ich kann ihr nicht verbieten, ihr eigenes Haus zu betreten.«

Der Kollege trat nervös von einem Fuß auf den anderen. »Das meine ich auch nicht. Es ist nur so ...«

»Ja?«

»Als wir wieder fahren wollten, bin ich noch einmal rein, um mich zu verabschieden. Sie war nicht allein. Ein Mann war bei ihr und sie haben sich ... geküsst. Vielleicht ist das ja auch gar nicht wichtig für euch, aber das Mordopfer war doch ihr Ehemann und da dachte ich ...« Verlegen vergrub er seine Hände in den Hosentaschen.

Thorwald sah ihn stirnrunzelnd an. »Bist du dir sicher, dass es kein Bekannter war, der sie nur getröstet hat?«

»Ja, ganz sicher. Das war nicht nur eine Umarmung. Das war ein richtiger Kuss. Ich bin dann leise wieder raus.« Er holte einen verknitterten Zettel aus seiner Hosentasche und reichte ihn an Thorwald weiter. »Für alle Fälle hab ich mir aber die Autonummer aufgeschrieben.«

Der Kommissar grinste. »Super, danke. Wenn du mal genug vom Spurensichern hast, ruf mich an.«

Mit dem Stück Papier in der Hand ging er in sein Büro und setzte sich an den Computer. Das Programm brauchte nur wenige Sekunden, um den Halter des Fahrzeugs zu ermitteln.

Simon Bauer ... den Namen hatte Thorwald schon einmal gehört. Suchend sah er sich nach der laufenden Ermittlungsakte um.

In diesem Augenblick klopfte es und Katrin Abel öffnete die Tür eine Handbreit.

»Robert, wir haben etwas gefunden«, sagte sie.

---

Cornelius und Tabea waren nach dem Frühstück Richtung Landshut aufgebrochen, um den sonnigen Tag für einen Ausflug in die Stadt und auf die Burg Trausnitz zu nutzen. Um genau zu sein hatte Tabea für einen Stadtbummel plädiert, während Cornelius lieber der mittelalterlichen Burg einen Besuch abstatten wollte, die weithin sichtbar auf einem Berg über der Stadt thronte. Schließlich hatten sie sich in einem seltenen Moment von väterlich-töchterlicher Einigkeit auf eine Mischung aus Kultur und Einkaufsvergnügen geeinigt.

Während sie in der Wintersonne auf ihre Schlossführung warteten, malte Tabea kleine Kreise in den Schnee, der die steinerne Balkonbrüstung mit einer weißen Haube versehen hatte.

»Warum bist du denn so still?«, fragte Cornelius.

Schon auf dem Weg zur Burg waren sie die meiste Zeit schweigend nebeneinander hergelaufen. Seine Tochter hatte sich nicht einmal über den steilen Aufstieg beklagt, womit er schon nach wenigen Metern gerechnet hatte.

Tabea hielt abrupt in ihren Malbewegungen inne. »David hat sich gestern gemeldet«, sagte sie leise.

»Aha.« Cornelius bemühte sich, seiner Stimme einen neutralen Klang zu geben. »Und, was hat er gesagt?«

Tabea formte mit ihren Händen einen kleinen Schneeball. »Dass es ihm furchtbar leid tut. Dass es nur ein blöder Ausrutscher war. Dass er nur mich liebt.«

»Und was hast du geantwortet?«

»Dass er sich das vorher hätte überlegen müssen und es jetzt zu spät ist.«

»Gut gemacht.«

»Ich weiß nicht … Er hat es dann auf die Mitleidstour versucht und mir vorgejammert, wie überarbeitet er sei und wie krank er sich ohne mich fühlen würde.« Tabea zerbröselte den Schneeball zwischen ihren Fingern. »Ich habe ihm gesagt, er könne sich die Nummer sparen. Er tut doch nur so, weil er hofft, ich würde einknicken.«

»Was du aber nicht machen wirst?«, fragte Cornelius ruhig.

»Nein, keine Angst. Trotzdem fühle ich mich schlecht. Abends habe ich mich dann auch noch mit Lukas gestritten.«

»Wegen David?«

Tabea schüttelte den Kopf. »Nein, weil ich eine saudumme Frage gestellt habe.«

Cornelius blickte sie abwartend an.

»Er hat von der Uni erzählt und ich habe ihn gefragt, ob er etwa studiert.« Sie musterte verlegen ihre Schuhspitzen. »Mir ist die Frage einfach so herausgerutscht und es klang für ihn so, als ob ich das nie von ihm erwartet hätte.«

»Hast du es denn erwartet?«

»Nein, wie denn auch. Ich dachte doch die ganze Zeit, er sei Elektriker. Und das war für mich auch völlig in Ordnung. Aber als ich versucht habe, ihm das zu erklären, habe ich alles nur noch schlimmer gemacht.« Sie nahm eine neue Ladung Schnee und begann sie mit hastigen Bewegungen zusammenzupressen. »Er sagte nur, von einem Dorfdeppen wie ihm würde eine wie ich natürlich nicht erwarten, dass er nach der Ausbildung noch ein Studium anfängt. Dabei habe ich es überhaupt nicht so gemeint.«

Cornelius wandte sich zu ihr und nahm sie in den Arm. »Jetzt lässt jeder erst einmal ein bisschen Dampf ab. Im Streit wirft man sich oft Dinge an den Kopf, die man eigentlich gar nicht sagen wollte. Wenn ihr euch beide beruhigt habt, renkt sich das bestimmt bald wieder ein.«

Eine Weile standen sie schweigend an der Balkonbrüstung und sahen auf die schneebedeckte Stadt hinunter.

»Wie klein von hier oben alles aussieht. Fast so wie damals, als wir beide auf den Alten Peter gestiegen sind«, sagte Tabea leise.

Cornelius strich seiner Tochter liebevoll eine Haarsträhne aus dem Gesicht.

»Du bist ja ganz heiß. Brütest du etwa eine Erkältung aus?«, fragte er.

Tabeas Wangen glühten regelrecht.

Sie holte ein Taschentuch aus ihrer Manteltasche und putzte sich die Nase. »Nein, alles gut. Nur ein kleiner Schnupfen.« Sie zögerte. »Lukas war übrigens damals dabei. An dem Abend, an dem diese Studentin in der Diskothek zusammengebrochen ist.«

»Du hast mit ihm über Valentina gesprochen?«

»Bevor wir gestritten haben, haben wir uns über unsere Geburtstage unterhalten. Letztes Jahr hat er mit seinen Freunden im *Night Fever* gefeiert. Lukas hat übrigens auch am 24. Juli Geburtstag.«

»24. Juli?«, wiederholte Cornelius. In seinem Kopf begann es zu rumoren.

»Ja, am selben Tag wie Mama.«

»Äh … ja natürlich, genau wie Mama«, sagte Cornelius zerstreut.

»Lukas hat erzählt, dass er Valentina an der Bar gesehen hat. Sie war zuerst ganz normal. Plötzlich wollte sie unbedingt auf den Tresen steigen und ihr Oberteil ausziehen. Sebastian konnte sie gerade noch festhalten. Und dann ist sie auf die Tanzfläche getorkelt und einfach umgefallen. Lukas hat im ersten Moment gedacht sie ist tot.«

Cornelius nickte geistesabwesend. »24. Juli … und Ende Juli hat er das erste Geld eingezahlt«, murmelte er.

Tabea zog ihre Stirn kraus. »Wer hat etwas bezahlt?«

Cornelius holte sein Mobiltelefon hervor, das er an diesem Tag brav eingesteckt hatte. »Nichts, Schatz. Stell du dich schon einmal zur nächsten Führung an. Ich muss nur ganz schnell jemanden anrufen.«

---

Robert Thorwald wartete gespannt auf die Ergebnisse von Florian Weber und Katrin Abel.

»Also, zuerst die weniger guten Nachrichten«, begann Weber fröhlich und sah erwartungsvoll zu seiner Kollegin.

Thorwalds Gesichtszüge froren regelrecht ein und für einen kurzen Augenblick glaubte er, sich verhört zu haben.

»Weder zum Zeitpunkt der ersten Geldeinzahlung noch in den Tagen vor seinem Tod weicht sein Telefonprofil von der Normalität ab«, sagte Katrin. »Schneider war generell ein Wenigtelefonierer. Auch seine Kurzmitteilungen kannst du an zwei Händen abzählen. Außerdem ist der große Unbekannte nicht unter den Empfängern dabei. Alle paar Wochen ein Telefonat mit seinem Bruder, ein kurzer Anruf zu Hause, wahrscheinlich wenn es wieder einmal später wurde, davon abgesehen ein paar Freunde, Stammtischgefährten und Vereinskameraden. Nichts, was irgendwie auffällig wäre.«

»Wir können natürlich die einzelnen Bankkonten überprüfen lassen, aber ob der Richter bei den mauen Angaben einen Beschluss erlässt …« Weber machte eine vielsagende Handbewegung. »Außerdem kann ich mir nicht vorstellen, dass er einen davon erpresst hat und sich abends mit ihm gemütlich im Wirtshaus trifft.«

»Über das Festnetz hat offenbar hauptsächlich seine Frau telefoniert. Da ist so ziemlich alles dabei: Kindergarten, Friseur, Frauenarzt, ihre Eltern in Ebersbach, Freundinnen. Gerade zu den für uns kritischen Zeitpunkten hat er den Apparat allem Anschein nach überhaupt nicht benutzt.«

»Bei den E-Mails sieht es ganz ähnlich aus. Wir glauben deshalb ...« Weber legte eine kleine Kunstpause ein.

Thorwald runzelte die Stirn. »Ja?«

»Womöglich hat er seinem Erpressungsopfer einen persönlichen Besuch abgestattet und es dabei mit seiner Forderung konfrontiert«, mutmaßte Weber. »Außerdem ...«

»Außerdem sind fünfunddreißigtausend Euro kein Betrag, den man so eben aus der Portokasse bezahlt«, ergänzte Katrin.

Auch Thorwald hatte diese Möglichkeit schon in Betracht gezogen. Er seufzte. »Ihr denkt an mehrere Erpressungsopfer?«

»Vielleicht war das so eine Masche von Schneider«, sagte Weber. »Während meiner Ausbildung haben wir einmal ein Pärchen verhaftet, das sich auf gut situierte verheiratete Männer spezialisiert hatte. Sie sorgte für eine kompromittierende Situation, während er sie dabei fotografierte und den Ehemann dann mit den Bildern erpresste.«

»Wir hatten so einen ähnlichen Fall, als ich bei der Sitte war«, sagte Katrin. »Eine Prostituierte und ihr Zuhälter haben mit ihren Freiern genau das gleiche Spiel abgezogen.«

»Diese Überlegungen sind ja alle schön und gut. Aber wir haben bei Schneider nirgendwo Bilder oder Filmaufnahmen gefunden, womit man jemanden erpressen könnte. Oder hab ich irgendetwas verpasst?«

Katrin Abel schüttelte stumm den Kopf.

»Sein letztes Handytelefonat war übrigens der Anruf bei Julian«, sagte Weber. Er klang weitaus weniger euphorisch als zu Beginn ihres Berichts.

»Wenn dieser Super-GAU die nicht so guten Nachrichten sind, was versteht ihr dann unter einem positiven Ergebnis?« Thorwald bemühte sich gar nicht erst, seinen Sarkasmus zu verbergen.

»*Eine* interessante Nummer hat es schließlich doch noch gegeben«, antwortete Katrin. »Freitagvormittag hat er von seinem Handy aus mit einem Reisebüro in Landshut telefoniert. Ich hab mich gerade dort erkundigt: Schneider hat ein Flugticket nach Rio de Janeiro gebucht. In einer Woche sollte es losgehen.«

»Ein Ticket für eine Person, *oneway*«, fügte Weber hinzu.

Thorwald schüttelte den Kopf. »Er wollte sich nach Brasilien absetzen? Aber doch nicht mit fünfunddreißigtausend Euro. Einer wie Schneider hat das in null Komma nichts durchgebracht.«

»Vielleicht sollte ja noch viel mehr kommen. Die Beobachtung in der Tatnacht dürfte dem Mörder einiges wert gewesen sein.«

Thorwald sprang von seinem Stuhl auf und ging hektisch vor der Wandtafel auf und ab. »Und warum ruft er dann Julian an, anstatt abzukassieren?«

»Und wenn er das Geld schon längst eingesteckt hat?«, wagte Weber einen neuen Versuch.

»Und wo ist es dann?«, rief Thorwald. »Gibt es auch nur den kleinsten Hinweis darauf, wo er das verdammte Geld versteckt haben könnte?«

In diesem Augenblick klingelte sein Telefon.

»Ja, Thorwald, was ist denn?« Seine Miene verfinsterte sich zusehends, während er dem Anrufer zuhörte. »Vielen Dank für diesen wertvollen Hinweis, Herr Cornelius. Guten Tag.« Mit diesen Worten knallte er den Hörer auf die Gabel.

»War das etwa ...?«

»Ja, das war Professor Cornelius. Er meinte, uns im Fall Georg Schneider einen wichtigen Tipp geben zu müssen.«

Weber und Abel wechselten einen Blick. »Ja und welchen?«, fragte Katrin dann.

»Valentina Bauer ist im Juli vergangenen Jahres mit einer Überdosis Ecstasy zusammengebrochen. Offenbar wurde ihr das Zeug in den Drink gemischt. Unser bester Außendienstmitarbeiter denkt nun, Georg Schneider habe den Täter in der Diskothek dabei beobachtet und ihn mit seinem Wissen erpresst.«

Katrin fiel die Kinnlade nach unten. »Der Mann ist ein Genie.«

Thorwald starrte sie an. »Der Mann ist eine penetrante Nervensäge und sonst gar nichts. Ich frage mich nur, woher er das mit dem Geld schon wieder weiß.«

Florian Weber hatte die aufgeschlagene Ermittlungsakte auf Thorwalds Schreibtisch entdeckt und darin zu lesen begonnen. »Du meinst diese Exfreundin von Julian Bernbacher, die neulich abends in Rehbergs Apotheke dabei war? Dieses blasse, dünne Ding.«

»Genau die.«

»Möglich wäre es«, sagte Katrin. »Der Name steht übrigens auch auf Torstens Liste der nicht aufgeklärten Straftaten. Valentinas Eltern haben damals Anzeige gegen Unbekannt erstattet. Ich würde der Spur gerne nachgehen.«

Thorwald schüttelte missbilligend den Kopf. »Tu, was du nicht lassen kannst. Gibt es da eigentlich auch einen Simon Bauer?«

Weber blätterte einige Seiten weiter. »Ja, mit dem war Julian zum Zeitpunkt des Unfalls beim Langlaufen. Er war mit Julian und dem Professor zusammen am Unfallort.«

Jetzt wusste auch Thorwald wieder, woher er den Namen kannte.

»Und er war heute Morgen im Haus der Schneiders, um die schöne Witwe zu trösten.«

Katrin sah ihn mit gerunzelter Stirn an. »Du meinst, die beiden …«

Thorwald nickte und erzählte ihnen dann, was er vom Kollegen der Spurensicherung erfahren hatte.

»Ja, dann lad ihn vor!«, rief Weber. »Wenn das kein Grund ist, den Schneider aus dem Weg zu räumen.«

»Das hatte ich ohnehin vor«, antwortete Thorwald mit Blick auf die Wandtafel und seinem eigenen Vermerk »kaputte Ehe« unter Georg Schneiders Namen.

Auf einmal spürte er seinen alten Kampfgeist zurückkehren.

»Katrin, du gehst diesem Vorfall in der Diskothek nach und arbeitest dich dann mit Torsten weiter durch die Liste der unaufgeklärten Vorfälle. Flo, wir brauchen dringend die Aussagen von Schneiders Stammtischbrüdern. Klemm dich hinter die beiden, die wir bisher kennen, und versuch, die anderen Namen herauszubekommen. Auch wenn die *Alte Post* ein zweites Hofbräuhaus ist, irgendjemand von denen wird doch etwas gehört oder gesehen haben.«

# Kapitel 29

Cornelius war erstaunt, dass Thorwald sich einige Zeit später bei ihm meldete. Nach seiner unterkühlten Reaktion zuvor hatte er nicht so schnell mit einem weiteren Gespräch gerechnet.

Tabea und er saßen gerade beim Mittagessen in einem Landshuter Café, als der Hauptkommissar anrief.

»Was kann ich für Sie tun, Herr Thorwald?«, fragte Cornelius.

»Zur Abwechslung tut die Polizei einmal etwas für Sie«, begann Thorwald.

Gespannt wartete Cornelius ab.

»Und zwar möchte ich Sie von dem Irrglauben erlösen, dass Sie uns bei der Arbeit unterstützen und sich ständig in laufende Ermittlungen einmischen müssen. Deshalb darf ich Sie bitten, in Zukunft von irgendwelchen Tipps, und mögen sie noch so gut gemeint sein, abzusehen. Wir schaffen den Job hier sehr gut allein.«

»Ich wollte mich nicht einmischen, sondern hatte lediglich gehofft, im Fall von Valentina Bauer etwas Licht in das Dunkel bringen zu können«, erwiderte Cornelius eisig.

Thorwald holte geräuschvoll Luft. »Ihr Engagement in allen Ehren, Herr Cornelius. Aber diese Dunkelheit wird in Zukunft nur noch von der Polizei erhellt.« Er zögerte kurz. »Ich dürfte Ihnen zwar eigentlich keine Auskunft erteilen, aber ausnahmsweise will ich nicht so sein: Herr Schneider war am fraglichen Abend überhaupt nicht in dieser Diskothek. Er kann also nichts dergleichen beobachtet haben.«

»Was ist denn los?«, fragte Tabea, nachdem ihr Vater missmutig auf sein Handy gedrückt hatte und es in seiner Manteltasche verschwinden ließ.

»Nichts Wichtiges«, wehrte er rasch ab. Wenn er Tabea jetzt sagte, dass die Kriminalpolizei am anderen Ende der Leitung gewesen war, würde es eine unangenehme Rückfahrt nach Neukirchen werden.

Es drohte ihm ohnehin Ungemach, wie er mit einem Blick auf

den Nebentisch feststellte. Dort war ein älterer Mann in die *Altenberger Nachrichten* vertieft, die dem Mordfall Georg Schneider ihre Titelseite gewidmet hatten: »Trügerische Dorfidylle – Familienvater im eigenen Garten bestialisch ermordet«.

Cornelius rutschte unruhig auf seinem Stuhl hin und her. »Es gibt übrigens einen Grund, warum ich Samstagabend so lange bei den Bernbachers war.«

Auf Tabeas Gesicht breitete sich ein Grinsen aus. »Wusste ich es doch: Julians Großvater und du, ihr habt beide ein bisschen zu tief ins Glas geschaut. Habe ich recht?«

»Natürlich nicht«, erwiderte Cornelius entrüstet. Dann wies er mit dem Kopf Richtung Nebentisch. »Das ist der Grund.«

»Was hat denn der Mann damit zu tun?«, fragte Tabea laut.

»Nicht der Mann, die Zeitung«, flüsterte Cornelius und lächelte den Unbekannten, der sich verwundert zu ihnen umgedreht hatte, entschuldigend an.

Es dauerte einen Moment, bis Tabea begriff. Ihre Augen weiteten sich.

»Du ... du hast diesen toten Mann im Garten gefunden?« Gott sei Dank hatte sie dieses Mal leiser gesprochen.

»Julian hat ihn gefunden. Aber ich war sozusagen ... in der Nähe.«

Schließlich erzählte er ihr, was sich Samstagnacht zugetragen hatte.

»Bitte verrate Mama nichts davon. Ich möchte es ihr selbst sagen, wenn sie hier in Neukirchen ist. Alles andere wird nur unnötig ... kompliziert.«

Tabea lehnte sich mit verschränkten Armen zurück. »Kompliziert für dich, meinst du.«

»Ja«, sagte Cornelius gedehnt.

»Hm ... Ich glaube, darüber lässt sich reden. Wir wollten doch zum Einkaufen gehen, oder?«, fragte sie mit einem maliziösen Lächeln.

»Du weißt schon, dass das Erpressung ist?«

Während seine Tochter lachte, musste Cornelius an Valentina denken. Er hätte gerne etwas getan, um die Situation für sie erträglicher zu machen. Zu wissen, wer ihr Leben vor sieben Monaten so dramatisch verändert hatte, und denjenigen zur Verantwortung ziehen zu können, wäre vielleicht ein erster Schritt zurück zur Normalität gewesen.

Aber Cornelius hatte sich geirrt. Georg Schneider hatte nichts beobachtet. Von wem auch immer das Geld stammte, mit Valentinas Zusammenbruch hatte es nichts zu tun.

Hatte die Polizei die ominöse Geldquelle am Ende schon aufgedeckt und Thorwald deshalb so brüsk reagiert? Und verbarg sich dahinter auch die Person, die Julian nach dem Leben trachtete?

Cornelius' Gedanken wanderten zurück in die kleine Dorfkirche. Seit er mit Anna in der Sonntagsmesse gewesen war, hatte sich eine Idee in seinem Kopf festgesetzt, die er einfach nicht mehr loswurde ...

———————

Simon Bauer saß im Vernehmungszimmer, die Beine lässig übereinander geschlagen und Kaugummi kauend, als Hauptkommissar Thorwald eintrat. Er stellte sich kurz vor und wies Bauer dann auf das Diktiergerät hin, das vor ihnen auf dem Tisch stand.

»Wir werden Ihre Aussage aufzeichnen und im Anschluss das Protokoll ausfertigen, das Sie dann bitte unterschreiben müssten.«

Bauer nickte. »Meinetwegen. Aber was wollen Sie eigentlich von mir wissen?«

»Sie wissen, was Samstagnacht mit Georg Schneider passiert ist?«

»Das weiß mittlerweile jeder in Neukirchen. Es steht ja groß genug in der Zeitung.«

»Von wem haben Sie es denn erfahren?«

»Wozu ist das wichtig?«

»Beantworten Sie einfach meine Frage. Wer hat Ihnen von Georg Schneiders Ermordung erzählt?«, wiederholte Thorwald eine Spur lauter.

»Seine ... seine Frau hat mich angerufen und es mir erzählt.«

»Und wann hat Bettina Schneider Sie angerufen?«

Simon Bauer zögerte.

»Wir können auch Ihre Telefondaten überprüfen lassen. Das nimmt zwar etwas Zeit in Anspruch, aber am Ende des Tages finden wir es ohnehin heraus.«

»Samstagnacht so gegen eins«, sagte Bauer leise.

»Sind Sie mit den Schneiders gut befreundet? Ich frage nur, weil das eigentlich keine Uhrzeit ist, zu der man entfernte Bekannte anruft.«

»Bettina hatte gerade ihren Mann verloren und war fix und fertig. Sie hat einfach jemanden gebraucht, mit dem sie reden konnte. Wann wäre es denn Ihrer Meinung nach legitim gewesen, mich anzurufen? Sonntagmorgen um halb elf?«

Thorwald musterte ihn mit hochgezogenen Augenbrauen. »Kein Grund, gleich so aus der Haut zu fahren, Herr Bauer. Mich wundert es nur, dass Bettina Schneider überhaupt Sie angerufen hat und keine gute Freundin oder Verwandte.«

»Das müssen Sie sie schon selbst fragen.«

»Ich frage jetzt aber Sie«, erwiderte Thorwald. Und nach einer kurzen Pause: »Hat Sie sie vielleicht deshalb angerufen, weil Sie beide mehr als nur gute Freude sind?«

»Was wollen Sie damit sagen?«

»Sie haben mich sehr gut verstanden. Aber ich kann auch gerne deutlicher werden. Haben Bettina Schneider und Sie ein Verhältnis?«

Simon Bauer lachte trocken. »Wie kommen Sie denn darauf?«

»Wir haben einen sehr verlässlichen Zeugen, der sie beide zusammen heute Morgen im Haus der Schneiders gesehen hat.«

»Wozu fragen Sie mich dann noch, wenn Sie es ohnehin schon wissen? Ja, es stimmt. Wir beide sind seit einigen Monaten zusammen. Sind Sie jetzt zufrieden?«

»Wer außer Ihnen wusste von dieser Beziehung?«

»Glauben Sie, wir sind damit hausieren gegangen? Bettina und ich haben es niemandem erzählt. Wir treffen uns meistens hier in Landshut in einem Hotel. Manchmal, wenn Georg mal wieder unterwegs war, auch unten am Gartenzaun, dort wo der Feldweg vorbeigeht.«

Thorwald richtete sich auf. »Am Gartenzaun der Schneiders?«

»Ja.«

Thorwald ließ sich mit seiner nächsten Frage etwas Zeit. »Haben Sie sich zufällig auch vergangenen Samstag an der Stelle getroffen?«

»Nein, haben wir nicht. Bettina war Samstagabend bei ihren Eltern in Ebersbach und ...« Simon Bauer hielt inne. »Ich verstehe ... Sie denken, ich hab etwas mit Georgs Tod zu tun?«

»Haben Sie?«

»Nein, natürlich nicht!«

Thorwald lehnte sich mit verschränkten Armen in seinem Stuhl zurück. »Vielleicht hat Georg Schneider ja von Ihrem Verhältnis erfahren. Ein Blick in das Handy seiner Frau dürfte genügt haben. Er schickt Ihnen von ihrem Telefon aus eine Kurzmitteilung für ein nächtliches Treffen unten am Gartenzaun. Doch anstelle von Bettina wartet er auf Sie. Es kommt zum Streit, Sie verlieren die Nerven und stechen zu.«

»Und womit soll ich zugestochen haben? Mit einer der zahlreichen Waffen, mit denen ich normalerweise außer Haus gehe, wenn ich ein Date hab?«

»Keine Angst, das werden wir alles genauestens überprüfen.«

»Außerdem war ich Samstagabend zu Hause. Fragen Sie meine Schwester. Die kann es bezeugen.«

Thorwald musterte ihn kühl. »Das werden wir. Und bis wir uns mit ihr unterhalten haben, bleiben Sie unser Gast.«

―――――――――

Nach ihrer Rückkehr aus Landshut wurde Tabeas Erkältung schlimmer und Cornelius verfrachtete seine Tochter kurzerhand ins Bett, ehe er sich Richtung Altenberg aufmachte.

Bei der Fahrt über den Stadtplatz stellte er fest, dass die *Palmen Apotheke* wieder geöffnet hatte, und beschloss, seinen geplanten Einkauf gleich an Ort und Stelle zu erledigen. Die Türglocke gab eine leise Melodie von sich und Sekunden später kam Benedikt Rehberg aus dem hinteren Bereich der Apotheke in den Laden.

»Grüß Gott, Herr Rehberg.«

Sein ohnehin gezwungenes Lächeln gefror Rehberg regelrecht ein. »Grüß Gott, Herr Cornelius. Was kann ich für Sie tun? Oder wollten Sie sich nur davon überzeugen, dass meine Apotheke noch existiert?«

»Ich glaube, meine Tochter brütet eine Erkältung aus. Ich bräuchte Kopfschmerztabletten, Halsbonbons und einen Hustenlöser.«

Rehberg zog die Augenbrauen hoch und fixierte ihn schweigend. Die Sekunden verstrichen. Dann drehte er sich um und begann an den Schränken hinter sich einige Schubladen aufzuziehen.

»Ihre Tochter sollte viel trinken und am besten auch inhalieren. Falls sie Fieber bekommt, sollte sie einen Arzt aufsuchen«, sagte er in sachlichem Tonfall, während er diverse Medikamentenpackungen auf dem Kassentisch ausbreitete.

»Die nehme ich alle«, erwiderte Cornelius.

Während Rehberg die Beträge in die Kasse eintippte, blickte Cornelius sich im großzügig angelegten Ladenbereich um. Nach der Geschichte mit Annabelle Rehberg hatte er es im vergangenen Jahr vorgezogen, ihrem Mann so wenig wie möglich über den Weg zu laufen, weshalb er heute das erste Mal als Kunde hier war. Rehberg war offensichtlich allein. Von seinen Helferinnen, die Cornelius durch das Vorbeigehen am Schaufenster kannte, konnte er keine entdecken.

»Falls Sie andere Kunden suchen, muss ich Sie enttäuschen. Sie sind der erste heute«, sagte Rehberg. »Meine Mitarbeiterinnen habe ich vorsorglich in den Faschingsurlaub geschickt.«

Rehbergs Befürchtungen von Freitagnacht schienen sich zu bestätigen. Marcels Übergriff auf Tanja Rohrbach hatte sich wie ein Lauffeuer in Altenberg und den umliegenden Dörfern verbreitet. Und der Medikamentenmissbrauch von Marcels Freundin sorgte noch zusätzlich für Zündstoff.

»Tanja Rohrbachs Eltern laufen seit Samstag Sturm«, stieß Rehberg wütend hervor. »Ich konnte ihren Vater nur mit Mühe davon abhalten, Marcel eine Tracht Prügel zu verpassen. Nicht, dass er es nicht verdient hätte. Heute Abend steht ein Gespräch mit den Eltern seiner Freundin an. Aber es wird nicht viel besser verlaufen. Schließlich hätte sich das Mädchen mit den Pillen fast umgebracht.«

»Das tut mir sehr leid«, erwiderte Cornelius und meinte es ehrlich. »Am besten ist es wohl, wenn Sie ganz offen mit der Situation umgehen und den Leuten nichts vorzuspielen versuchen.«

Rehberg ließ ein kurzes, unfreundliches Lachen hören. »Was schlagen Sie denn vor? Soll ich mir ein Schild um den Hals hängen, auf dem steht, dass mein Neffe junge Frauen niederschlägt und mit Medikamenten aus meiner Apotheke vergiftet, aber die Kunden trotzdem gerne weiter bei mir einkaufen können?«

Cornelius holte einige Geldscheine aus seiner Brieftasche und legte sie auf den Tresen. »Ihnen wird schon das Richtige einfallen, Herr Rehberg. Sie kommen doch aus der Gegend und wissen, wie die Leute ticken.«

»Diese Tatsache hilft mir in meiner momentanen Situation wirklich unglaublich weiter.«

Cornelius nahm die Tüte und das Wechselgeld entgegen. »In Selbstmitleid zu versinken, bringt Sie nicht weiter. Sie müssen versuchen, das Vertrauen der Leute zurückzugewinnen. Hören Sie auf, sich ständig auf ein Podest zu stellen und sich für etwas Besseres zu halten. Sie wohnen jetzt in Neukirchen, nicht mehr in München. Also fangen Sie endlich an, wieder einer von hier zu werden.«

---

Valentina Bauer saß mit angewinkelten Beinen auf dem Sessel vor dem Kamin und blickte nachdenklich in das knisternde Feuer. Obwohl sie einen dicken Strickpullover trug und sich zusätzlich in eine Wolldecke gewickelt hatte, fror sie schon den ganzen Tag.

Es war die gleiche Kälte, die sie verspürt hatte, nachdem sie aus dem Koma aufgewacht war. Kälte und eine bleierne Müdigkeit, die sie auch mit viel Schlaf nicht loswerden würde. Allein die Vorstellung, die wenigen Treppenstufen bis zu ihrem Zimmer hinaufzugehen, verursachte pure Erschöpfung. Dazu kam diese furchtbare Leere, dieses unendliche Nichts, das sich in ihr ausgebreitet hatte und alles sinnlos erscheinen ließ.

Das einzige Bild, das sie vor Augen hatte, war Sebastian, angeschlossen an unzählige Schläuche und Geräte, die ihn beatmeten, seinen Herzschlag zählten und ihn am Leben erhielten. Obwohl sie Angst vor diesem Anblick hatte, hatte sie ihn am Tag zuvor noch einmal im Krankenhaus besucht. Sie hatte sich, von Simon unbemerkt, aus dem Haus geschlichen und den Bus benutzt, denn ihr Bruder hätte alles getan, um sie davon abzubringen. Weil er ganz genau wusste, wie es in ihr aussah.

Sabine Kofler hatte sich gefreut, sie zu sehen, und sich ein paar

Minuten ausgeruht, nachdem Valentina neben Sebastians Bett Platz genommen hatte. Valentina war froh, allein sein zu dürfen. Der dankbare und hoffnungsvolle Ausdruck in den Augen seiner Mutter ließ ihre eigene Verzweiflung nur noch größer werden.

Ihre Verzweiflung ... und ihre Schuld.

An der Haustür wurde ein Schlüssel umgedreht. Schritte waren im Flur zu hören. Simons Schritte. Unter Tausenden hätte sie ihren Bruder wiedererkannt. Sekunden später erschien seine groß gewachsene Gestalt im Türrahmen.

»Eine Kommissarin war hier und wollte wissen, wo du Samstagabend gewesen bist«, sagte Valentina ohne Umschweife. »Ich hab ihr das gesagt, was wir ausgemacht haben.«

Simon war blass und unter seinen Augen lagen dunkle Schatten.

Valentina richtete sich in ihrem Sessel auf. »Ich hab ihr gesagt, dass du um acht nach Hause gekommen bist und mit mir hier warst, bis ich um halb elf ins Bett gegangen bin.«

»Deshalb haben sie mich auch wieder gehen lassen«, erwiderte er mit heiserer Stimme.

Valentinas Herz fühlte sich an, als läge eine eiskalte Hand auf ihm, die es fest zusammendrückte.

»Simon, lass uns ...«

»Nicht jetzt, Tinchen. Bitte, nicht jetzt. Ich muss ein bisschen allein sein.«

Valentina lauschte seinen Schritten, die die Treppenstufen nach oben gingen. Ihr Blick wanderte zurück zum Kaminfeuer. Tränen liefen über ihre Wangen.

# Kapitel 30

Nachdem er Tabea mit den Medikamenten aus der *Palmen Apotheke* versorgt hatte und Anna ihm versicherte, ein Auge auf sie zu haben, machte sich Cornelius auf den Weg zu Josef Bernbacher. Schon bei ihrer ersten Begegnung im Gasthaus Leitner hatte Bernbacher ihn auf Annas Schäfflerchronik angesprochen, in der Cornelius so begeistert gelesen hatte. Beim Gang durch die Landshuter Fußgängerzone hatte er zufällig ein ähnliches Buch im Schaufenster eines Antiquariates entdeckt und er wollte es Bernbacher gerne schenken.

Dies schien ihm angebracht, da er sich unbedingt bei ihm für die Vorkommnisse von Samstagnacht entschuldigen wollte. Nicht nur, dass Julians Großvater ihm sein leichtsinniges Verhalten nicht nachgetragen hatte. Josef Bernbacher hatte, nach allem, was passiert war, auch noch ein gutes Wort bei seiner aufgebrachten Schwiegertochter für Cornelius eingelegt.

Bernbacher war allein zu Hause, wie er Cornelius auf dem Weg in das Wohnzimmer berichtete. »Meine Schwiegertochter ist bei unserem neuen Kunden in München und Julian arbeitet in seinem Büro.«

Seufzend ließ er sich in einem der Sessel nieder. »Mir wäre es zwar lieber, er würde hier im Haus bleiben, aber wenigstens ist er drüben nicht allein.«

Cornelius hüstelte verlegen. »Das ist auch einer der Gründe, warum ich hier bin. Wir, ... das heißt, ... ich ... habe mich Samstagnacht sehr unverantwortlich verhalten. Ihre Schwiegertochter hatte vollkommen recht. Ich hätte mich nicht von Julian breitschlagen lassen dürfen, mit ihm durch die Dunkelheit zu schleichen.«

»Machen Sie sich bitte keine Vorwürfe, Herr Professor. Ich weiß, wie stur Julian sein kann. Wenn er sich einmal etwas in den Kopf gesetzt hat, kann man es ihm nur schwer wieder ausreden. So wie heute.« Bernbacher deutete Richtung Sägewerk. »Er wollte unbedingt arbeiten und nicht hier im Haus bleiben. Ich hätte beinahe mit ihm zu streiten angefangen.«

»Das ist nett, dass Sie das sagen. Trotzdem …«

»Schluss jetzt, Herr Professor. Was passiert ist, ist passiert und damit basta. Ich bin heilfroh, dass Julian nicht allein da draußen war. Und Dorothee auch, wenn sie ganz ehrlich zu sich ist.«

Sein Blick fiel auf die dunkelgrüne Plastiktüte, die Cornelius neben sich auf dem Sofa abgelegt hatte.

»Das ist ein Geschenk für Sie, das ich heute in Landshut entdeckt habe«, beeilte sich Cornelius zu sagen und holte das Buch hervor. »Sozusagen eine kleine Wiedergutmachung für den Schreck, den Julian und ich Ihnen bereitet haben.«

Bernbachers Augen weiteten sich. »Eine Chronik über die niederbayerischen Schäffler!«

»Ich hoffe, Sie haben sie noch nicht.«

»Nein, von dem Autor hab ich bisher nur gehört, aber selbst noch nichts gelesen. Damit haben Sie mir jetzt wirklich eine große Freude gemacht«, rief er. »Wären Sie so lieb und würden mir meine Brille aus dem Arbeitszimmer holen? Ich glaube, ich hab sie dort liegen gelassen.«

»Aber natürlich.« Cornelius war froh, mit dem Buch einen Volltreffer gelandet zu haben.

»Die letzte Tür rechts ist mein Arbeitszimmer. Die Brille müsste irgendwo auf meinem Schreibtisch liegen.«

Josef Bernbachers Arbeitszimmer war nicht sehr groß und gemütlich eingerichtet, wie Cornelius feststellte, nachdem er den Lichtschalter gefunden hatte. Die Dämmerung war bereits hereingebrochen und bald würde es dunkel sein.

Den Mittelpunkt des Zimmers bildete ein Schreibtisch aus dunkelbraunem Eichenholz. An der dem Fenster gegenüberliegenden Wand befand sich ein Regal, das bis oben hin mit Büchern gefüllt war. Cornelius erkannte Klassiker ebenso wie Werke, die sich mit der Geschichte von Landshut und seiner Umgebung befassten. Auf einer kleinen Eichenholzkommode schräg hinter dem Schreibtisch waren einige Familienfotos aufgebaut. Neben dem Hochzeitsbild von Josef Bernbacher und seiner Frau, das aus den Sechzigerjahren stammen musste, stand eine Aufnahme von

Dorothee und Klaus Bernbacher als jung vermähltes Paar. Ein drittes Foto zeigte Josef, Dorothee und Julian zusammen vor dem Firmenschild des Sägewerks.

Cornelius blickte sich suchend nach Bernbachers Lesebrille um. Er wollte nur ungern in seinen Sachen wühlen. Auf dem Schreibtisch lagen mehrere Unterschriftenmappen und Schnellhefter. Neben dem Flachbildschirm des Computers waren einige Magazine der Handwerkskammer fein säuberlich aufgestapelt. Obenauf befand sich ein in schwarzes Leder gebundener Terminkalender, in dessen rechter unterer Ecke Josef Bernbachers Initialen in Goldbuchstaben eingraviert waren.

Hinter dem Zeitschriftenstapel entdeckte Cornelius schließlich Bernbachers Brille. Während er die Hand danach ausstreckte, stieß er mit seinem linken Arm versehentlich gegen den Stapel. Der Terminkalender und zwei Magazine segelten zu Boden. Cornelius bückte sich, um alles wieder einzusammeln. Ein Blatt Papier war aus dem Terminkalender gerutscht, ein Brief an Josef Bernbacher, wie Cornelius nach einem kurzen Blick auf die handgeschriebenen Zeilen feststellte. Er öffnete den Kalender, um den Brief zurückzulegen, doch mitten in der Handbewegung erstarrte er. Der Satz stach ihm förmlich ins Auge ...

Er hatte sich nicht geirrt, war das Erste, das er dachte, nachdem er auch den Rest gelesen hatte. Langsam richtete Cornelius sich auf. Sein Blick wanderte vom Datum des Briefs zu der kleinen Kommode hinter dem Schreibtisch. Am Foto von Josef, Dorothee und Julian blieb er schließlich hängen.

*Er tut doch nur so ...* Tabeas Worte auf der Burg Trausnitz hallten in seinen Ohren wider.

Drei Familienmitglieder, drei Generationen ...

Cornelius hatte sich nicht geirrt ... und doch die ganze Zeit alles falsch verstanden.

Plötzlich waren Schritte im Flur zu hören. Er stopfte den Brief hastig in seine Jackentasche, legte den Terminkalender zurück auf den Zeitschriftenstapel und nahm Bernbachers Brille an sich.

In diesem Moment wurde die Tür mit einem Ruck geöffnet.

»Was machen Sie hier?«

---

Robert Thorwald sah müde von seinen Unterlagen auf. Florian Weber hatte angeklopft und die Tür zu seinem Büro geöffnet. Dicht hinter ihm stand Katrin Abel. Beide wirkten angespannt.

»Dürfen wir dich kurz stören, Robert?«, fragte Weber.

Thorwald, der sich gerade Katrins Protokoll über ihren Besuch bei Valentina Bauer durchgelesen hatte, klappte den Schnellhefter zu und wies auf die leeren Stühle vor seinem Schreibtisch.

»Klar, immer doch.« Er wartete ab, bis beide Platz genommen hatten. »Was ist denn los? Habt ihr irgendetwas entdeckt, das uns weiterbringen könnte?«

»Katrin glaubt, Schneiders Geldgeschichte hätte uns vom Wesentlichen abgelenkt«, begann Weber ohne Umschweife.

»Und das wäre?«

»Julian Bernbacher«, sagte Katrin Abel. »Wir haben uns nur noch auf Schneider und alle möglichen Erpressungs- und Unterschlagungstheorien konzentriert und dabei Julian Bernbacher vollkommen vergessen.«

»Ich hab durchaus nicht vergessen, dass der Fall noch nicht abgeschlossen ist«, entgegnete Thorwald.

Weber beugte sich vor. »Wir auch nicht, Robert. Aber Katrin hat nicht ganz unrecht. Lassen wir doch einfach die Geldgeschichten für einen Moment außen vor. Was bleibt denn dann noch übrig? Schneider wollte sich mit Julian treffen, weil er ihm etwas Wichtiges mitzuteilen hatte. Und was wird das angesichts dessen, was wenige Tage zuvor passiert ist, wohl gewesen sein?«

»Er hat den Täter zuerst in der Herrentoilette und dann einige Stunden später beim Lockern der Radmuttern beobachtet«, antwortete Katrin.

Thorwald richtete sich in seinem Stuhl auf. »Aber warum erpresst ...«

»Schneider muss jedoch feststellen, dass seine Erpressung dieses Mal nicht so erfolgreich verläuft«, unterbrach ihn Katrin. »Er beschließt daher, das Beste aus der Situation zu machen, und geht mit seinem Wissen nicht zur Polizei, sondern ruft Julian Bernbacher an. Und es würde mich sehr wundern, wenn er sich nicht ein kleines Handgeld für den Tipp erhofft hätte.«

»Sicher wissen werden wir das wohl nie«, fügte Weber hinzu.

»In der ›Alten Post‹ wird sein Telefonat durch Zufall belauscht und Schneider getötet, bevor er sich mit Julian treffen kann.«

»Womit wir schließlich beim Täter angelangt wären«, fuhr Katrin fort.

»Ach, ihr habt gleich den ganzen Fall gelöst. Warum sagt ihr das denn nicht gleich?«

»Jetzt warte doch erst einmal ab, was wir noch haben«, entgegnete Weber.

Katrin räusperte sich. »Ich hab einfach nur das getan, was du uns immer predigst, und das Opfer in den Mittelpunkt gerückt: Julian Bernbacher.« Sie drehte sich in Richtung Wandtafel. »Er ist nicht nur ein begeisterter Sportler und Vortänzer bei den Schäfflern, sondern auch der Juniorchef eines äußerst profitablen Unternehmens.«

Thorwald klopfte auf die Mappe mit den Vernehmungsprotokollen. »Die Befragung im Sägewerk hat nichts Besonderes ergeben. Julian genießt bei den Mitarbeitern einen sehr guten Ruf.«

Und nicht nur Julian, wie die Kommissare festgestellt hatten. Auch über Dorothee Bernbacher hatten die Angestellten nichts kommen lassen. Sie erwartete viel von ihren Mitarbeitern und duldete keine Schlampereien, aber sie war gerecht und knauserte nicht, wenn die Leistung stimmte. Und sie hatte für ihre Mitarbeiter stets ein offenes Ohr und würde sie im Ernstfall nie im Stich lassen. Als Unternehmerin mit Leib und Seele hatte der kaufmännische Leiter sie beschrieben.

Katrin Abel sah Thorwald direkt in die Augen. »Dem will ich auch nicht widersprechen. Was wir aber die ganze Zeit übersehen haben: Er ist darüber hinaus ein Mann, der sich vor etwa einem halben Jahr von seiner Freundin getrennt hat.«

»Du meinst Valentina Bauer, bei der du heute warst?«

»Genau die.«

Thorwald sah sie irritiert an. »Ich dachte, die beiden hätten sich einvernehmlich getrennt?«

»So lautet die offizielle Version. Seine derzeitige Freundin wusste aber etwas anderes zu berichten«, warf Weber ein.

Thorwald blätterte durch die Akte, bis er auf die Vernehmung von Lisa Mühlfellner stieß. Dieser hatte er bisher keine große Bedeutung beigemessen.

»Julian hatte sich ihretwegen von Valentina getrennt. Das hab ich komplett überlesen«, sagte er kopfschüttelnd.

»Wir haben damals nur an Marcel Rehberg gedacht und dann ist uns Georg Schneider dazwischengekommen«, sagte Weber.

»So ein Anfängerfehler hätte mir trotzdem nicht passieren dürfen.« Thorwald klappte energisch die Akte zu. »Hast du Valentina heute darauf angesprochen?«

Katrin Abel schüttelte den Kopf. »Nein, wir haben uns hauptsächlich über Samstagnacht und ihren Bruder Simon unterhalten. Sie wirkte auf mich sehr erschöpft, weshalb ich nicht allzu lange dort war. Erst nachdem ich im Kommissariat die ganzen Aussagen noch einmal durchgelesen habe, ist mir der Verdacht gekommen.«

»Wir jagen die ganze Zeit einem Phantom hinterher und dabei ist es womöglich eine simple Beziehungstat«, murmelte Thorwald.

»Es ist ja nur eine Überlegung«, versuchte Katrin zu beschwichtigen.

»Aber eine verdammt Gute«, sagte Weber sofort.

Thorwald blickte die junge Kollegin erwartungsvoll an. »Dann lass mal den Rest deiner Überlegungen hören.«

Katrin Abel stand auf und stellte sich vor die Wandtafel. »Was zu einem Racheakt aus verletzten Gefühlen passt, ist die Vorgehensweise unseres Täters. Er hat Julian nicht einfach erschossen oder erschlagen. Er hat seine Tat regelrecht angekündigt. Und damit Julian gleichzeitig bewusst fertiggemacht.« Sie zeigte auf die Wörter »Ratte« und »Brief«. »Eine geköpfte Ratte auf dem Auto vorzufinden und seine eigene Todesanzeige in Händen zu halten, das ist purer …«

»Psychoterror«, unterbrach sie Thorwald. »So haben es Peter Seidel und Marcel Rehberg genannt.«

»Sie haben recht. Jemand wollte Julian nicht einfach nur töten, sondern ihn zuvor nach allen Regeln der Kunst zermürben. Da steckt abgrundtiefer Hass dahinter. Valentina wurde von Julian abserviert und musste tatenlos mit ansehen, wie er mit seiner neuen Freundin im Liebesglück schwelgt. Laut Lisa hat sie ihm wohl ein paar Mal aufgelauert und versucht, ihn zurückzugewinnen, aber Julian wollte davon nichts wissen.«

318

»Und dann kippt ihr auch noch jemand Ecstasy in den Drink und ihr einst so glückliches Leben an der Seite eines vermögenden Jungunternehmers liegt endgültig in Trümmern«, fügte Weber hinzu.

»Die Bauers wohnen nicht weit vom Gasthaus Leitner entfernt, wie ich heute festgestellt habe«, fuhr Katrin Abel fort. »Ein kleiner Abendspaziergang und schon ist die Ratte auf Julians Auto deponiert. Und auf der Geburtstagsfeier war sie auch. Ich bin mir sicher, sie ist die Person, die Georg Schneider auf der Toilette gesehen hat.«

»Du meinst …«, begann Thorwald.

Katrin nickte. »Sie beobachtet, wie Julian in der Toilette verschwindet, schnappt sich eine der Brennpasten, mit denen sie den Seidel zuvor herumhantieren sieht, und läuft Julian hinterher. Dann blockiert sie seine Kabinentür und zündet den Abfalleimer an. Das ist der Moment, in dem Georg Schneider in die Toilette kommt. Wahrscheinlich steht sie gerade mit dem Rücken zur Tür und hört ihn nicht.«

»Die Toilettentüren schwingen sehr leise auf«, sagte Weber. »Das ist mir neulich schon aufgefallen.«

»Schneider wird sich gedacht haben, sie hat sich in der Toilette geirrt. Im angetrunkenen Zustand dürfte ihm das auch schon das eine oder andere Mal passiert sein. Er geht wieder nach draußen und wartet, bis der weibliche Eindringling verschwunden ist. Doch bevor er selbst auf die Toilette gehen kann, gibt es plötzlich Feueralarm. Vielleicht schöpft er bereits einen ersten Verdacht, vielleicht ist er auch zu betrunken, um Valentina mit dem Feuer in Verbindung zu bringen. Ganz klar wird es ihm aber, als er nachts auf seiner Terrasse steht.«

»Dank ihres Bruders kennt sich Valentina bestens mit Autos aus«, sagte Weber. »Ich hab es selbst gehört, wie sie es Gregor Cornelius vor der Apotheke erzählt hat. Ich halte sie auch nicht für zu schwach, um die Radmuttern zu lockern. Sie wirkt auf den ersten Blick nur so zart und zerbrechlich.«

Thorwald blätterte hektisch zu seinem eigenen Protokoll, das er nach dem Telefonat mit Valentina Bauer angefertigt hatte. »Sie wusste nicht, dass Sebastian am nächsten Tag in Julians Auto sitzen würde. Sie ging davon aus, im Wagen seiner Mutter mit ihm nach Landshut zu fahren.«

»Umso größer dürfte ihr Entsetzen gewesen sein, als sie von Sebastians Unfall erfahren hat«, sagte Katrin Abel. »Um ein Haar hätte sie sich mit ihrer nächtlichen Aktion selbst in Lebensgefahr gebracht. Aber damit nicht genug. Kurze Zeit später schlägt Georg Schneider mit seiner Geldforderung bei ihr auf. In ihrer Verzweiflung wendet sie sich an ihren Bruder, der Schneider schließlich aus dem Weg räumt. Und das nicht ganz uneigennützig. Seine Schwester ist den unliebsamen Erpresser los und die Frau, die er liebt, ist endlich frei für ihn.«

Thorwald griff nach der Akte Georg Schneider und blätterte zu den Einzelverbindungsnachweisen. »Aber Schneider hat nicht versucht, jemanden von den Bauers telefonisch zu erreichen. Und in seinen E-Mails ist auch nichts zu finden.«

»In einem persönlichen Gespräch lässt sich doch viel mehr Druck erzeugen«, entgegnete Katrin. »Schneider wird Valentina zuerst den Ernst der Lage schonungslos klar gemacht und dann seine Geldforderung gestellt haben.«

»Aber warum hat er dann Julian angerufen?«

»Wahrscheinlich hat Valentina ihm gesagt, dass sie seine Forderung nicht sofort erfüllen kann und Zeit braucht, um das Geld aufzutreiben. Doch Schneider plante bereits seine Abreise Richtung Brasilien. Deshalb wollte er gegen Zahlung einer kleinen Prämie Julian über ihr Schicksal entscheiden lassen.«

»Simon Bauer war Samstagnachmittag in der ›Alten Post‹ ergänzte Weber. »Einer von Schneiders Stammtischfreunden hat ihn dort gesehen. Er hat es mir gerade am Telefon bestätigt und kommt morgen für seine Aussage ins Kommissariat.«

Thorwald sprang von seinem Stuhl auf. »Er hört Schneider zufällig telefonieren und weiß natürlich sofort, worum es geht und dass er schnellstens handeln muss, wenn seine Schwester nicht für Jahre hinter Gittern wandern soll.«

»Soll ich beide von der Streife abholen lassen?«, fragte Weber.

Doch bevor Thorwald antworten konnte, klingelte sein Telefon. Mit gerunzelter Stirn betrachtete er das Display.

»Das ist schon wieder dieser Cornelius. Die Telefonzentrale hat er heute auch schon genervt. Angeblich wäre es ganz dringend. Katrin, bitte nimm du ihn. Für den hab ich jetzt wirklich keine Zeit.«

---

Dorothee Bernbacher stand im Türrahmen und schaute Cornelius alarmiert an.

»Haben Sie mich nicht verstanden? Was machen Sie im Büro meines Schwiegervaters?«, wiederholte sie eine Spur lauter.

Unter ihrem schwarzen Wintermantel trug sie ein elegantes beigefarbenes Kostüm, das farblich perfekt auf ihre Handtasche abgestimmt war. In der rechten Hand hielt sie einen Schlüsselbund.

Cornelius, der im ersten Moment in eine Art Schockstarre verfallen war, winkte hektisch mit Bernbachers Brille. »Ich habe nur das gute Stück hier gesucht. Sind Sie schon aus München zurück?«, fragte er übertrieben freundlich.

»Es sieht ganz danach aus«, antwortete sie eisig.

»Ihr Schwiegervater wartet im Wohnzimmer auf mich. Sie entschuldigen mich«, sagte Cornelius und schob sich elegant an ihr vorbei. Ein Hauch ihres blumigen Parfüms wehte ihm dabei um die Nase.

Er rang sich ein kleines Lächeln ab und hoffte, sie würde seine Nervosität nicht bemerken. Dann eilte er zurück zu Josef Bernbacher, der immer noch im Sessel saß, das Buch aus dem Antiquariat in seinem Schoß. Cornelius reichte ihm die Brille.

»Vielen Dank. Dürfte ich Sie noch um einen anderen Gefallen bitten?«

»Aber natürlich.« Cornelius' Hand glitt suchend in seine Manteltasche. Er hatte es bereits befürchtet: Sein Mobiltelefon lag wieder einmal in seinem Zimmer. Wie sollte er jetzt Hauptkommissar Thorwald erreichen?

»Würden Sie mich bitte zu Frau Kofler bringen?«

»Jetzt?«, rutschte es Cornelius heraus.

»Wenn es Ihnen nichts ausmacht.«

»Na-natürlich nicht. Um diese Zeit ist sie bestimmt bei Sebastian im Krankenhaus. Ich fahre Sie aber auch gerne nach Landshut.«

Bernbacher lächelte. »Das ist sehr nett von Ihnen. Ich müsste sie wirklich dringend sprechen und Dorothee … sie ist immer so beschäftigt. Ich möchte sie nur ungern damit behelligen.«

»Ich habe Ihre Schwiegertochter übrigens gerade auf dem Flur getroffen«, sagte Cornelius, während er Julians Großvater in seinen Mantel half. »Wollen Sie ihr nicht Bescheid geben, dass wir nach Landshut fahren?«

»Ich lege ihr einen Zettel hin. Sie mag es nicht besonders, wenn ich allein unterwegs bin. Und zum Diskutieren hab ich heute keine Kraft.«

Am Gasthaus Leitner hielt Cornelius an und rannte die Treppen zu seinem Zimmer hinauf. Es dauerte eine Weile, bis er sein Telefon unter einem der Sofakissen fand. Hektisch wählte er die Mobilnummer von Robert Thorwald, doch nur seine Mailbox antwortete. Cornelius überlegte, ob er eine Nachricht hinterlassen sollte, entschied sich dann aber, es unter seiner Büronummer zu versuchen.

Eine weibliche Stimme meldete sich und erklärte Cornelius, dass er in der Telefonzentrale gelandet sei. Kommissar Thorwald und seine Mitarbeiter seien am Telefon oder auf einem Außeneinsatz, sie würde aber gerne eine Nachricht für ihn aufnehmen.

»Und sagen Sie ihm unbedingt, es ist sehr dringend«, bat Cornelius noch einmal, nachdem er eine Rückrufbitte hinterlassen hatte.

Auf dem Weg nach Landshut versuchte Cornelius, sich seine Anspannung nicht anmerken zu lassen. Er schaltete das Radio ein und war froh, als ein Beitrag über den Münchner Schäfflertanz angekündigt wurde. Der würde Bernbacher ablenken. Nur hin und wieder, wenn Bernbacher eine Bemerkung machte, erwiderte Cornelius etwas. Sekunden später wusste er schon nicht mehr, was er überhaupt vor sich hin gemurmelt hatte. Zu sehr waren seine Gedanken mit dem Inhalt von Josef Bernbachers Notizbuch beschäftigt. Er hatte die ganze Zeit auf der richtigen Spur gelegen, nur um dann einen großen, ja entscheidenden, Fehler zu begehen.

Endlich kamen die ersten Gebäude des Klinikkomplexes in Sicht. Cornelius fand einen Parkplatz nahe am Eingang und half Bernbacher beim Aussteigen. Während sie langsam Richtung Haupteingang gingen, entdeckte Cornelius wenige Meter entfernt einen Wagen, der ihm bekannt vorkam. Ein Adrenalinstoß jagte durch seinen Körper.

Josef Bernbacher war dagegen so damit beschäftigt, sicheren Fußes über den Parkplatz zu kommen, dass er nichts bemerkt hatte. Cornelius musste sich fast zwingen, ihn nicht zu einem schnelleren Schritt anzutreiben. Endlich erreichten sie die automatische Eingangstür und betraten das Foyer.

»Sie setzen sich am besten in die Cafeteria und ich hole Frau Kofler«, sagte Cornelius.

»Da ist ja die Sabine«, erwiderte Bernbacher.

Cornelius wirbelte herum. Keine fünf Meter von ihnen entfernt kam Sabine Kofler aus dem Kiosk. Beim Anblick von Josef Bernbacher blieb sie abrupt stehen. Doch Cornelius war gedanklich bereits drei Stockwerke höher. Wenn sie hier unten war, dann …

»Herr Bernbacher, es tut mir sehr leid, aber ich muss Sie jetzt kurz allein lassen«, stieß er hervor. »Ich erkläre Ihnen alles später.«

Josef Bernbacher blickte Cornelius verdattert hinterher, als dieser zu den Aufzügen eilte. Ungeachtet dessen, dass sie sich in einem Krankenhaus befanden, holte Cornelius sein Mobiltelefon hervor und wählte noch einmal Kommissar Thorwalds Büronummer.

Erneut meldete sich anstelle des Hauptkommissars eine Frau am anderen Ende der Leitung. Dieses Mal war er nicht in der Telefonzentrale gelandet, sondern sprach mit Thorwalds Mitarbeiterin Katrin Abel, wie sie sich selbst vorstellte. Cornelius beschloss, nicht länger auf den Aufzug zu warten, und rannte, das Telefon am Ohr, die Treppenstufen in den dritten Stock hinauf.

»Haben Sie verstanden?«, japste er. »Sie müssen sofort kommen. Es geht um Leben und Tod.«

# Kapitel 31

Katrin Abel hatte nach den ersten Worten des Professors nicht lange gezögert und kurzerhand auf den Lautsprecher des Telefons gedrückt. Eine Sekunde später schallte Cornelius' Stimme durch Thorwalds Büro. Dieser bedachte seine Kollegin mit einem wütenden Blick, der sich jedoch nach und nach in ungläubiges Staunen verwandelte, je länger er den Ausführungen des Professors zuhörte.

Florian Weber, der einen Streifenwagen zum Haus der Bauers schicken wollte, um sie bei der Verhaftung von Simon und Valentina Bauer zu unterstützen, hielt mitten in der Bewegung inne. Gespannt lauschte er auf das, was Gregor Cornelius ihnen zu erklären versuchte.

»Haben Sie verstanden?«, kam es in diesem Moment atemlos aus dem Lautsprecher. »Sie müssen sofort kommen. Es geht um Leben und Tod.«

»Hallo, Herr Cornelius. Hören Sie mich?«, rief Thorwald.

Doch Gregor Cornelius hatte bereits aufgelegt.

»Ich sage doch, der Mann ist ein Genie«, rief Katrin Abel, während sie aus Thorwalds Büro stürmten.

***

Im dritten Stock angekommen, hastete Cornelius den weiß getünchten Gang Richtung Chirurgie entlang, bis er die Hinweistafel für die Intensivstation entdeckte. Sollte er warten, bis Kommissar Thorwald und seine Kollegen eintrafen? Aber womöglich war es dann zu spät. Er hatte schon einmal gegen sein Bauchgefühl entschieden und viel zu lange abgewartet, ein zweites Mal würde ihm das nicht passieren.

Vor der Tür zur Intensivstation blieb Cornelius stehen und drückte auf den Klingelknopf. Kurze Zeit später erschien eine Schwester.

»Ich bin Sebastian Koflers Großvater und würde gerne meinen Enkel besuchen«, sagte er ohne mit der Wimper zu zucken.

Schwester Irmgard, wie ihm das Namensschild der Mittvierzigerin verriet, lächelte ihn freundlich an.

»Bitte, kommen Sie herein.« Sie reichte ihm einen blauen Kittel. »Den müssten Sie bitte anziehen. Dann gehen Sie den Gang runter, die vorletzte Tür links. Es ist schon jemand bei ihm. Bitte seien Sie deshalb ... Hallo, warten Sie.«

Cornelius hatte sie samt Kittel einfach stehen gelassen und rannte den Flur entlang. Durch die Fensterscheibe, die zu Sebastian Koflers Zimmer gehörte, sah er, dass er keine Sekunde zu spät war.

Mit einem Schwung riss er die Tür auf. Die Person, die neben Sebastians Bett stand, das Kissen nur noch wenige Zentimeter von seinem Gesicht entfernt, zuckte erschrocken zusammen.

»Es ist vorbei, Julian«, sagte Cornelius laut. »Gehen Sie vom Bett Ihres Bruders weg!«

---

Cornelius, der im Türrahmen stehen geblieben war, hörte eilige Schritte hinter sich.

»Sie können doch nicht einfach ...«, begann Schwester Irmgard. Bei Julians Anblick hielt sie abrupt inne. »Was machen Sie da?« Ihre Augen weiteten sich vor Entsetzen.

»Seien Sie vernünftig, Julian, und legen Sie das Kissen auf den Boden«, sagte Cornelius.

»Polizei ... Wir müssen die Polizei rufen«, flüsterte die Krankenschwester.

»Die Polizei ist bereits verständigt und wird jeden Moment hier eintreffen. Bitte, Julian, geben Sie auf. Sie haben keine Chance«, sagte Cornelius und ging zwei Schritte in das Zimmer.

Julian schleuderte ihm das Kissen entgegen und holte ein Teppichmesser aus seiner Jackentasche, das er Sebastian an die Brust hielt.

Schwester Irmgard stieß einen spitzen Schrei aus.

»Bleiben Sie stehen!«, schrie Julian. »Bleiben Sie stehen oder ich steche zu!« Sein flackernder Blick traf die Krankenschwester, die immer noch wie paralysiert im Türrahmen stand. »Verschwinden Sie!«

Cornelius drehte sich zu ihr um. »Bitte tun Sie, was er sagt.«

»Haben Sie nicht gehört? Sie sollen verschwinden!«, brüllte Julian, als die Krankenschwester sich nicht von der Stelle bewegte.

Mit einem erstickten Aufschrei machte sie kehrt und rannte den Flur entlang.

»Und Sie auch, Professor! Hauen Sie ab!«

Doch Cornelius schüttelte den Kopf. »Nein, Julian. Ich werde hier bleiben. Ich werde so lange hier bleiben, bis Sie aufgeben.«

»Das wird niemals geschehen.«

»Sie kommen hier nicht mehr heraus. Geben Sie auf, bevor noch ein größeres Unglück geschieht. Die Polizei weiß bereits, was Sie getan haben. Ich habe Kommissar Thorwald alles erzählt.«

»Warum mischen Sie sich ständig in Angelegenheiten, die Sie nichts angehen?« Julians tiefblaue Augen blickten Cornelius hasserfüllt an. »Aber auch Sie werden mich nicht aufhalten können. Sie bluffen doch nur. Sie wissen gar nichts.«

»Ich weiß, dass Sebastian Kofler der leibliche Sohn Ihres Vaters ist und Sie sich von Anfang an die ganze Geschichte nur ausgedacht haben, um ihn loszuwerden. Sie werden es nicht glauben, aber eine Heiligenfigur in der Dorfkirche hat mich auf die richtige Spur gebracht.«

»Reden Sie keinen Mist!«

»Ja, die Statue des heiligen Sebastian, vor der Ihr Großvater für seinen Enkel gebetet hat.«

Julian schluckte. »Der Opa hat für Basti gebetet?«, fragte er mit heiserer Stimme. »Das sieht ihm ähnlich. Allein wie er ihn immer anschaut, wenn er glaubt, dass ihn keiner dabei beobachtet.«

So wie auf der Geburtstagsfeier, dachte Cornelius. Als er Bernbachers seltsamen Ausdruck in den Augen nicht hatte deuten können. Sie waren auf Sebastian gerichtet gewesen. Warum hatte Cornelius sich damals nicht umgedreht? Doch hätte er zu dem Zeitpunkt auch verstanden, was er gesehen hätte? Wohl kaum.

Die Tür zur Intensivstation wurde geöffnet und leise Schritte näherten sich Sebastians Zimmer. Cornelius versuchte, sich nichts anmerken zu lassen.

»Respekt, Herr Professor«, sagte Julian schneidend. »Da haben Sie schon mehr herausgefunden, als diese Pfeifen von der Polizei. Die haben bis heute nichts verstanden und denken immer noch, dass ich derjenige bin, der umgebracht werden soll.« Er musterte Sebastian geringschätzig. »Basti selbst hat mich auf die Idee gebracht. Nachdem dieser durchgeknallte Seidel mich beinahe über den Haufen gefahren hatte, fing Basti auf einmal damit an, er hätte es womöglich mit Absicht gemacht. Ich musste nur noch auf den Zug aufspringen und weitermachen.«

Cornelius horchte angestrengt, aber kein Laut war vom Flur zu hören. Er würde mit Julian reden und ihn so lange von Sebastian ablenken müssen, bis die Polizei kam. Sein Mund fühlte sich staubtrocken an. Nicht gerade die besten Voraussetzungen, dachte Cornelius und räusperte sich.

»Sie haben es wirklich sehr geschickt eingefädelt. Bei jedem Vorfall haben Sie für ausreichend Publikum gesorgt. Gleichzeitig waren Sie eifrig darum bemüht, damit niemand die Polizei verständigte. Was für Mut und Leichtsinn gehalten wurde, war nichts weiter als eiskaltes Kalkül«, sagte er. »Deshalb haben Sie nach dem Unfall auch so hartnäckig auf einen Personenschützer verzichtet. Schließlich konnten Sie niemanden gebrauchen, der Ihnen auf Schritt und Tritt folgt.«

»Wie schlau Sie doch sind.«

»Sie überschätzen mich. Auch ich habe mich lange von Ihnen täuschen lassen. Bis heute Nachmittag hatte ich geglaubt, irgendjemand habe es auf Sie abgesehen, um Sebastian zu seinem standesgemäßen Recht als Bernbacher Erben zu verhelfen. Ich war sogar schon so weit, Ihren Großvater damit zu konfrontieren und ihn zu fragen, wer außer ihm und Sabine Kofler noch von Klaus Bernbachers Vaterschaft wissen könnte.«

Wollte sich irgendjemand dafür rächen, dass Julian alles besaß, was Sebastian ein Leben lang vorenthalten wurde? Als Erbe der Bernbacher Werke waren Geldsorgen immer ein Fremdwort für ihn gewesen, ganz im Gegensatz zu Sebastian. Mit dem, was seine alleinerziehende Mutter als Altenpflegerin verdiente, hatte die Familie nie große Sprünge machen können. Während Julian schon als Teenager durch die Welt reisen durfte, reichte es für Sebastian nicht einmal zu einem eigenen Auto.

Hatte Josef Bernbacher damals versucht, Sabine Kofler mit einer Geldsumme mundtot zu machen, weil er Sebastian nicht in seiner Familie haben wollte, oder sogar brüsk abgewiesen, als sie ihn mit seinem Enkel konfrontierte? War ihm erst nach Sebastians Unfall bewusst geworden, dass er womöglich das leibliche Kind seines Sohnes nicht mehr lebend sehen würde und hatte er deshalb reumütig vor seinem Heiligenbild gebetet?

Immer wieder waren diese Fragen durch Cornelius' Kopf gegeistert, aber er hat keine Antworten darauf finden können. Vor allem eines wusste er nicht: Wer war der Urheber dieses Rachefeldzugs?

Die Vorstellung, wie Sabine Kofler eine geköpfte Ratte auf Julians Auto ablegte und seine Radmuttern lockerte, erschien ihm so absurd, dass er sich verbot weiter darüber nachzudenken. Doch wer konnte schon mit Sicherheit sagen, wozu eine Mutter fähig war, die ihr Kind um sein rechtmäßiges Erbe betrogen sah? In Cornelius wuchs der Verdacht eines Komplizen und für einen kurzen Moment musste er an Valentina denken.

Hatte sie durch ihre Beziehung mit Julian von dem Familiengeheimnis erfahren und suchte jetzt Vergeltung für Sebastian? War die junge Frau deshalb seit dem Unfall so verstört, weil durch ihre Hand derjenige zu Schaden gekommen war, dem sie eigentlich helfen wollte?

Erst der Brief von Sabine Kofler, den Josef Bernbacher in seinem Kalender aufbewahrt hatte, hatte Cornelius die Augen geöffnet. Der alte Mann hatte die Vaterschaft seines Sohnes offenbar geahnt und Sebastians Mutter um eine Unterredung gebeten. Ihr Brief war die Antwort auf seine Bitte, sich mit ihm auszusprechen.

»Heute Nachmittag ist mir im Büro Ihres Großvaters zufällig der Brief von Sabine Kofler in die Hände gefallen, den Sie vor einiger Zeit in der Post gefunden haben. Erst dann habe ich verstanden: Sie hatten von Anfang an alles inszeniert. Die Ratte auf Ihrem Auto, der brennende Abfalleimer, die Todesanzeige … Jeder sollte denken, man hätte es auf Sie abgesehen, dabei sollte nur einer sterben: Ihr Bruder, Sebastian Kofler. Niemand würde

Ihnen Ihr Erbe streitig machen. Nur Sie würden eines Tages das Vermächtnis Ihres Großvaters antreten.«

Cornelius holte den Brief aus seiner Jackentasche. »Im Gespräch mit Herrn Thorwald haben Sie ausgesagt, Sie würden sich momentan um die Post kümmern, weil die Sekretärin Ihrer Mutter krank sei. Das Datum des Briefes beweist es: Er wurde Ihrem Großvater zehn Tage vor Sebastians Unfall zugestellt, also zu einer Zeit, in der Sie für die Postbearbeitung zuständig waren. Haben Sie ganz ungeniert die Post Ihres Großvaters geöffnet?«

»Nein. Der Umschlag enthielt keinen Absender, dafür in der Adresse den Vermerk, dass er persönlich für meinen Großvater bestimmt sei. Ich fand das Ganze einfach seltsam. Warum sollte jemand um einen Brief so eine Geheimniskrämerei veranstalten? Ich bin neugierig geworden und hab ihn heimlich unter Wasserdampf aufgemacht.« Sein Blick ging ins Leere. »Ich konnte nicht glauben, was dort stand.«

Cornelius begann zu lesen:

*Lieber Josef,*
*ich danke dir für deine warmherzigen und ehrlichen Worte. Einer Sache kannst du dir sicher sein: Ich kann dich und deinen Wunsch nach Gewissheit sehr gut verstehen. Schließlich haben wir beide einen über alles geliebten Menschen verloren.*

*Auch wenn ich mir damals geschworen habe, mein Geheimnis immer für mich zu behalten, so weiß ich jetzt, dass ich dir deinen Enkel nicht länger vorenthalten darf. Sebastian hat mir all die Jahre so viel Kraft und Zuversicht gegeben und mich meinen Lebensmut nicht verlieren lassen. Es war nicht richtig von mir, dies nur für mich allein zu beanspruchen. Sebastian ist ein Teil von Klaus, ein Teil von dir.*

*Lass uns nach den Faschingstagen in Ruhe darüber sprechen. Ich würde es ihm gerne mit dir zusammen sagen, aber erst, wenn der ganze Trubel vorüber ist.*

*Mit liebem Gruß, Sabine*

*P.S. Klaus wäre sehr stolz, wenn er Sebastian beim Schäfflertanz sehen würde.*

»Zuerst nimmt er mir Valentina weg und jetzt ist er auch noch mein Bruder. Das durfte einfach nicht wahr sein«, flüsterte Julian.

»Was heißt, Sebastian hat Ihnen Valentina weggenommen? Haben Sie sich denn nicht einvernehmlich getrennt?«

Julians Unterlippe zitterte leicht. »Das war nur die offizielle Version. Valentina wollte mir vor den anderen die Blamage ersparen, sitzen gelassen worden zu sein. Von meiner Mutter ganz zu schweigen. In ihren Augen bin ich endlich zur Vernunft gekommen und ich musste mich nicht länger vor ihr rechtfertigen, warum ich eine Frau liebe, die nicht zu mir passt. Dabei war Valentina das Beste, das mir in meinem ganzen Leben passiert ist. Für sie hätte ich alles aufgegeben, wenn sie es gewollt hätte. Aber sie wollte nur Basti.«

Cornelius glaubte erneut Schritte auf dem Korridor zu hören, aber er war sich nicht sicher, ob seine Ohren ihm einen Streich gespielt hatten. Hatte die Kommissarin seinen Anruf richtig verstanden und formierte sich draußen gerade die Polizei? Würde in wenigen Sekunden ein Sondereinsatzkommando hereinstürmen oder war es am Ende nur eine völlig verängstigte Krankenschwester?

»Und Lisa?«, fragte er Julian, um seine Unruhe zu verbergen. »Sind Sie denn nicht glücklich mit ihr?«

Julian lachte höhnisch. »Sie ist doch auch nur mit mir zusammen, weil ich Julian Bernbacher heiße. Ich hab sie auf einer Party angemacht und diese dumme Zicke ist sofort darauf angesprungen. Sie hat mir sogar geglaubt, ich hätte sie schon länger im Visier und mich ihretwegen von Valentina getrennt.« Seine Stimme wurde auf einmal sanft. »Valentina ist ganz anders. Ihr war es egal, ob mir ein Sägewerk gehört oder ich Klamotten aus der Kleiderspende beziehe. Aber plötzlich wurde sie immer stiller und nachdenklicher. Ich hab gespürt, dass irgendetwas nicht stimmt.« Julian schüttelte den Kopf, als ob er immer noch nicht glauben konnte, was passiert war. »Eines Tages sagte sie mir aus heiterem Himmel, Basti und sie hätten sich ineinander verliebt. Einfach so, und sie könne nichts dagegen machen. Zwischen ihnen wäre etwas, das sich nicht erklären ließe, dem sie aber eine Chance geben wolle.« Seine Gesichtszüge verhärteten sich. »Ich sei ein ganz wichtiger Mensch in ihrem Leben, aber sie hätte das Gefühl, ich müsste erst einmal zu mir selbst finden und meinen eigenen Weg gehen, bevor ich mich auf eine Beziehung einlasse. Ich bin sogar auf die Knie vor ihr und hätte dieses beschissene Sägewerk und alles andere aufgegeben, wenn sie nur bei mir geblieben wäre.«

»Beschissenes Sägewerk?«, wiederholte Cornelius. »Wollten Sie denn nicht …«

»Ich wollte, dass mein Großvater stolz auf mich ist und nicht immer an Papa denkt und daran, was er mit seinem Tod alles verloren hat. Nur deshalb arbeite ich in seiner Firma und lasse mich von meiner Mutter herumkommandieren, wie es ihr gerade passt.«

»Aber Ihr Großvater *ist* stolz auf Sie. Und er wäre es auch, wenn Sie nicht in die Fußstapfen Ihres Vaters getreten wären. Das hat er mir selbst gesagt. Und nur weil Sie einen Bruder haben, bedeutet das doch nicht, dass er Sie weniger liebt.«

»Was wissen Sie denn schon?«, stieß Julian hervor. »Mein Vater hat mich adoptiert. Ich bin kein richtiger Bernbacher und ich werde nie einer sein. Basti dagegen …« Seine Hand, die das Teppichmesser hielt, zitterte plötzlich und kam Sebastians Brustkorb gefährlich nahe.

»Glauben Sie tatsächlich, dass Ihr Großvater so denkt?«, fragte Cornelius. »Wissen Sie denn nicht, wie sehr er Sie liebt? Wie sehr Sie ihm geholfen haben, über den Tod seines Sohnes hinwegzukommen?«

Julian schüttelte den Kopf. »Meine Oma hatte recht: Mit Papa ist damals auch ein Teil meines Großvaters gestorben. Mit Basti muss es sich für ihn doch anfühlen, als ob sein Sohn auf einmal wieder am Leben wäre. Sie haben es doch selbst gelesen. *Er ist ein Teil von dir.* Ich hätte für ihn doch überhaupt keine Rolle mehr gespielt.« Julian blickte in das unbewegliche Gesicht von Sebastian Kofler. »Ich wollte einfach nur, dass Basti verschwindet … und Valentina auch.«

Cornelius durchzuckte der Gedanke wie ein Blitz. »*Sie* haben ihr das Ecstasy verabreicht«, flüsterte er. Bettina Schneiders Worte hallten in seinen Ohren. »Sie waren an dem Abend mit Valentina in einem Restaurant in Landshut und dort haben Sie sie vergiftet.«

»Ein Typ, der mir auf der Toilette vom *Night Fever* Ecstasy andrehen wollte, brachte mich auf die Idee. Er hatte keine von diesen bunten Tabletten dabei, sondern Kapseln. Ich hab sie ihm abgekauft und zu Hause das Pulver extrahiert.«

Vorsichtig drehte Cornelius den Kopf etwas zur Seite und versuchte aus den Augenwinkeln zu erkennen, was sich auf dem Flur abspielte.

»Ich hab mich noch nie vor einem Menschen so erniedrigt wie vor ihr, nur damit sie bei mir bleibt. Dafür sollte sie bezahlen. Ein paar Tage nach unserer Trennung hab ich sie um ein letztes gemeinsames Abendessen gebeten. Zunächst wollte sie nicht, weil sie schon auf eine Geburtstagsparty eingeladen war. Schließlich hat sie sich doch überreden lassen. Das war die perfekte Gelegenheit für mich. Ich hab ihr das Pulver in den Cappuccino gerührt, während sie auf der Toilette war. Ich hatte zuvor schon einiges im Internet recherchiert. Das Essen in ihrem Magen sollte die Wirkung der Drogen eine Weile verzögern, weshalb jeder glauben würde, sie hätte sie in der Diskothek eingenommen.« Spöttisch blickte er auf den leblosen Körper vor sich. »Und dass du bei ihrem Zusammenbruch auch noch Augenzeuge warst, bedeutete die Krönung des Ganzen.«

Cornelius starrte ihn fassungslos an. »Valentina hat Sie doch nicht mit Absicht verletzt. Natürlich tut es unsagbar weh, von dem Menschen verlassen zu werden, den man über alles liebt. Aber hätte sie aus lauter Pflichtbewusstsein bei Ihnen bleiben sollen? Sie haben Valentina beinahe umgebracht und ihr Leben zerstört. Und das ihrer Familie gleich mit. Simon Bauer ist einer Ihrer besten Freunde. Wie konnten Sie ihm danach noch in die Augen sehen?«

# Kapitel 32

S imon hat seine Schwester immer auf ein Podest gestellt, als ob sie etwas ganz besonderes wäre. Dabei ist sie nichts anderes als eine miese kleine Schlampe«, stieß Julian hasserfüllt hervor.

Cornelius spürte, wie ihn bei diesen Worten selbst der Zorn packte. »Nur mit einem haben Sie in Ihrer blinden Wut nicht gerechnet: Ihre Aktion im Restaurant ist nicht unbeobachtet geblieben. Georg Schneider hat Sie gesehen und mit seinem Wissen erpresst«, sagte er deshalb nicht ohne Genugtuung.

»Dieser kleine Schmarotzer spazierte drei Tage später in mein Büro und verlangte hunderttausend Euro von mir. Andernfalls würde nicht nur Valentinas Familie erfahren, wer für ihren Zusammenbruch verantwortlich war. Ich konnte ihn nur mit Mühe davon überzeugen, dass ich so eine große Summe nicht vor meiner Mutter verheimlichen konnte und er mit mir auffliegen würde, wenn sie hinter die Abbuchung käme. Ich hab ihm fünftausend im Monat angeboten und er hat zähneknirschend zugestimmt.«

»Und von diesen Zahlungen hat Ihre Mutter nichts bemerkt?«, fragte Cornelius. Er konnte sich nicht vorstellen, dass im Sägewerk auch nur ein Bleistift gekauft wurde, ohne dass Dorothee Bernbacher diese Anschaffung absegnete.

»Mein Vater hat bei meiner Geburt ein privates Festgeldkonto für mich angelegt, das mit der Firma nichts zu tun hat. Ich hätte einfach gesagt, ich hab damit an der Börse gezockt und verloren, falls sie angefangen hätte, Fragen zu stellen. Dort war genügend vorhanden, um Georg zu bezahlen. Noch ... lange wäre es nicht mehr gegangen.« Julians Blick verdüsterte sich. »Während der Geburtstagsfeier kam er plötzlich auf die Toilette, um ein Pläuschchen mit mir zu halten. Ich solle nicht vergessen, bald sei wieder Zahltag. Ab sofort wäre es aber teurer. Siebentausend müsste mir sein Schweigen schon wert sein. Schließlich würde ich als Vortänzer noch mehr im Fokus der Öffentlichkeit stehen. Und wenn dann herauskäme, was ich mit Valentina angestellt hatte ...«

»Und uns haben Sie eine Magenverstimmung und einen mysteriösen Besucher vorgegaukelt, der angeblich die Tür verbarrikadiert und den Abfalleimer angezündet hat.«

Julian lachte höhnisch. »Ich kann Sie beruhigen. Den verdammten Sekt hab ich noch nie gut vertragen. Den Rest hatte ich mir schon vorher ausgedacht. Georgs Besuch bedeutete nur eine kleine Verzögerung. Kaum war er weg, hab ich den Abfalleimer angezündet und so getan, als ließe sich die Toilettentür nicht mehr öffnen. Wenn Basti nicht von sich aus gekommen wäre, hätte ich über mein Handy um Hilfe gerufen. Aber das war gar nicht mehr nötig.«

»Das Handy, das Sie angeblich nicht dabei hatten. Sie haben uns alle hinter das Licht geführt«, sagte Cornelius. »Hatten Sie zu dem Zeitpunkt schon vor, Sebastian mit Ihrem Auto verunglücken zu lassen?«

»Einer aus dem Sportverein ist letztes Jahr wegen zu lockerer Radmuttern auf der Bundesstraße nach Landshut tödlich verunglückt. Ich wusste, dass Sebastian kein eigenes Auto hat und auf seine Mutter angewiesen ist. Es musste auf alle Fälle vor dem Schäfflertanz passieren. Fünf Tage neben ihm zu tanzen hätte ich nicht ertragen. Dank Valentina hatte ich plötzlich die perfekte Gelegenheit.« Julian hielt einen Moment inne. »Ich hatte gehofft, es würde sie beide auf dem Weg nach Landshut erwischen. Aber Basti war schneller …«

Cornelius musste sich gehörig zusammenreißen, um trotz der prekären Situation, in der er sich befand, nicht die Beherrschung zu verlieren.

»Doch dann ist Ihnen erneut Georg Schneider dazwischen gekommen. Ausgerechnet er hat beobachtet, wie Sie sich nachts an Ihrem Wagen zu schaffen machten«, sagte er deshalb schnell. »Nach Sebastians Unfall hat er nicht lange gebraucht, um zu verstehen, dass Sie diesen Unfall ganz bewusst herbeigeführt haben. Warum auch immer, dürfte ihm herzlich egal gewesen sein. Hauptsache, er hatte etwas in der Hand, womit er Ihnen noch mehr Geld aus den Rippen leiern konnte.«

»Am Freitagvormittag stand er plötzlich in meinem Büro. Die Summe hätte sich jetzt noch einmal beträchtlich erhöht und es wä-

334

re ihm wurscht, wie ich sie auftreiben würde, sagte er. Schließlich hätte er Mittwochnacht etwas gesehen. Zweihundertfünfzigtausend Euro wollte er von mir. Fünfzigtausend am Samstagabend und den Rest bis Ende der Woche. Woher hätte ich denn so viel Geld nehmen sollen, ohne dass es meiner Mutter aufgefallen wäre?« Er sah Cornelius an. »Beinahe hätten Sie mich Samstagnacht erwischt. Weil Sie ja überall Ihre neugierige Nase hineinstecken müssen. Ich war auf dem Rückweg von den Schneiders, als Sie plötzlich auftauchten. Ich bin auf der anderen Seite des Gartens um unser Wohnhaus herumgelaufen und hab so getan, als wäre ich gerade auf dem Weg zu Georg. Durch den Schneefall sind ja alle Spuren vernichtet worden. Am Ende kamen Sie mir sogar sehr gelegen. Mir war klar, die Polizei würde früher oder später bei mir aufschlagen, nachdem Georg am Samstagabend noch einmal angerufen und mich an die Zahlung der ersten Rate erinnert hatte. Ich hatte mir daher schon eine passende Ausrede zurechtgelegt.«

»Er hätte Sie angerufen, um Ihnen etwas Wichtiges mitzuteilen.«

Julian lachte höhnisch. »Was mir prompt alle abgenommen haben. Und durch Sie hatte ich auch noch den perfekten Zeugen, mit dem zusammen ich seine Leiche finden würde.«

Cornelius spürte, wie ihm die Zeit davonlief. Wenn Kommissar Thorwald nicht bald auftauchte, würde er Julian nicht mehr hinhalten können.

Wie zur Bestätigung richtete Julian die Spitze des Teppichmessers direkt auf Sebastians Hals. »Bastis Mutter hat am Nachmittag bei mir angerufen. Die Ärzte hoffen, dass er bald zu sich kommt. Aber das wird niemals geschehen. Niemals!«

In diesem Augenblick gab eine der Maschinen einen unangenehmen Pfeifton von sich. Erst leise, dann immer lauter. Cornelius glaubte im ersten Moment, Julian hätte einen der Schläuche berührt, doch sein Gegenüber war ebenso verwirrt wie er selbst.

Julians Augen wanderten hektisch über die Monitore und Geräte. Der Ton wurde immer durchdringender und schmerzte jetzt regelrecht in den Ohren.

Plötzlich stieß Sebastian ein lautes Husten aus. Julian zuckte zusammen und stolperte zwei Schritte zur Seite. Das Teppichmesser entglitt seiner Hand und fiel zu Boden. Dann ging alles rasend schnell ...

Aus den Augenwinkeln nahm Cornelius eine flüchtige Bewegung wahr. Im selben Moment standen Robert Thorwald, Florian Weber und ein uniformierter Beamter neben ihm, Weber und der Beamte schussbereite Waffen in ihren Händen, mit denen sie direkt auf Julian zielten. Sie mussten neben der geöffneten Tür auf den richtigen Zeitpunkt gelauert haben. Thorwald machte zwei Schritte nach vorne, schleuderte das Teppichmesser mit einem Tritt quer durch den Raum und bekam Julian am rechten Arm zu fassen.

Ruckartig zog er ihn vom Bett weg und drückte ihn mit dem Rücken gegen die Wand. Julian stieß einen wütenden Schrei aus und versuchte mit seiner freien Hand nach dem Beatmungsschlauch zu greifen. Gerade noch rechtzeitig erwischte Thorwald sein linkes Handgelenk. Blitzschnell drehte er ihn mit dem Gesicht zur Wand und bog ihm die Arme nach hinten.

»Es ist vorbei, Herr Bernbacher«, sagte er außer Atem und legte ihm die Handschellen an. »Ich verhafte Sie wegen des dringenden Tatverdachts des versuchten Mordes an Sebastian Kofler sowie des Mordes an Georg Schneider.«

Auf dem Korridor waren auf einmal lautes Stimmengewirr und eilige Schritte zu hören. Cornelius drehte sich um und wäre beinahe mit einem Arzt kollidiert, der mit zwei Schwestern im Schlepptau im Türrahmen erschien.

Noch immer gab die Maschine ein durchdringendes Pfeifen von sich. Auch einer der Monitore blinkte.

»Raus hier!«, brüllte der Arzt und stürzte an Sebastians Bett. »Sofort alle raus hier!«

»Kommen Sie«, sagte Florian Weber und berührte Cornelius sachte am Arm.

Mit einem Mal spürte Cornelius, wie die Anspannung sich löste, und er trottete folgsam hinter den Polizisten auf den Flur. Dort warteten bereits vier weitere uniformierte Beamte und eine Frau in Zivil, die ihn besorgt musterte. Cornelius fühlte sich müde und ausgelaugt, seine Arme und Beine waren schwer wie Blei. Die Frau lächelte ihn aufmunternd an.

»Ich bin Katrin Abel. Wir beide haben telefoniert«, sagte sie und reichte ihm die Hand. »Das haben Sie ganz großartig gemacht, Herr Professor.«

»Danke«, murmelte er.

Als Julian und der uniformierte Beamte an ihm vorbeigingen, kreuzten sich für einen Moment ihre Blicke. Cornelius konnte in den blauen Augen, die ihn hasserfüllt anstarrten, kein Bedauern und keine Reue erkennen.

»Herr Bernbacher wartet unten im Foyer«, sagte er leise zu Robert Thorwald.

An der Tür zur Intensivstation blieb der Kommissar noch einmal stehen und drehte sich zu Cornelius um. Seine Miene war sehr ernst. »Ich muss Ihnen wohl nicht sagen, was ich von Ihrer eigensinnigen Aktion halte. Das wird dieses Mal nicht ohne Konsequenzen bleiben.«

Cornelius schluckte. »Ich ...«

Plötzlich huschte ein Lächeln über Thorwalds Gesicht. »Ich sage es wirklich nur ungern, aber Sie haben Ihre Sache da drinnen nicht schlecht gemacht.«

---

Als Cornelius im Foyer den Aufzug verließ, galt sein erster Blick der Cafeteria. Er entdeckte Julian und Robert Thorwald, die bei Josef Bernbacher standen. Der alte Mann hatte sich auf seinen Stock gestützt und sah irritiert zwischen seinem Enkel und dem Hauptkommissar, der auf ihn einredete, hin und her.

Das ungläubige Staunen in Bernbachers Gesicht machte allmählich blankem Entsetzen Platz. Er wurde ganz blass und griff zitternd nach der Stuhllehne. Eine vorbeieilende Krankenschwester blieb alarmiert stehen und half Bernbacher, sich hinzusetzen.

Einige Meter entfernt kümmerten sich Katrin Abel und eine uniformierte Polizistin um Sabine Kofler und konnten sie nur mit Mühe davon abhalten, auf Julian loszugehen.

»Was hast du mit meinem Sohn gemacht?«, schrie sie so laut, dass es im ganzen Foyer zu hören war.

»Sind Sie sicher, dass Sie keinen Arzt brauchen?«, fragte Florian Weber, der mit Cornelius aus dem Aufzug gestiegen war.

»Jaja. Mir geht es gut.«

Die Krankenschwester hatte Bernbachers obersten Hemdknopf geöffnet und klopfte ihm mehrmals gegen die Wange. Ein Arzt, von Sabine Koflers Geschrei aufgeschreckt, eilte an Cornelius vorbei Richtung Cafeteria. Thorwald beugte sich kurz zu Bernbacher und der Krankenschwester und sagte etwas. Dann übergab er Julian einem uniformierten Polizisten, der ihn durch einen Seitenausgang abführte.

Weber nickte Cornelius aufmunternd zu. »Machen Sie sich keine Sorgen. Wir kümmern uns um ihn. Ich lasse Sie jetzt von einem Streifenwagen zurück nach Neukirchen fahren.«

»Nein, ich ... ich fahre selbst. Keine Angst, ich bin in Ordnung.«

Weber musterte ihn argwöhnisch. »Nehmen Sie das bitte nicht auf die leichte Schulter, Herr Cornelius. Sie haben gerade eine astreine Geiselnahme durchgestanden. Mir wäre bedeutend wohler, Sie würden sich jetzt nicht mehr hinter das Steuer setzen.«

»Also gut«, seufzte Cornelius. »Dann bringen Sie mich meinetwegen nach Neukirchen.«

Gemeinsam gingen sie nach draußen, wo zwei Streifenwagen direkt vor dem Haupteingang parkten, argwöhnisch beobachtet von den Rauchern in der kleinen Glaskabine.

»Was passiert mit meinem Auto?«, fragte Cornelius.

»Das kann bis morgen hier stehen bleiben. Wir regeln das schon mit dem Pförtner.«

»Dort vorne ist übrigens Dorothee Bernbachers Wagen geparkt. Julian ist damit hierhergefahren.«

»In Ordnung, danke. Wir sehen uns dann morgen Vormittag auf dem Kommissariat. Die Kollegen holen Sie gegen elf Uhr in der Pension ab.«

Cornelius musste schließlich noch seine Aussage zu Protokoll geben. Weber hatte bereits angedeutet, dass auch der Staatsanwalt anwesend sein würde, der die Nachricht von Julians Verhaftung mit ungläubigem Staunen, aber auch großer Erleichterung zur Kenntnis genommen hatte.

Auf der Rückfahrt nach Neukirchen war Cornelius froh, im Heck des Streifenwagens sitzen zu dürfen und nicht selbst durch die sternenklare Winternacht fahren zu müssen. Seine Armbanduhr sagte ihm, dass es bereits nach zehn Uhr abends war. Er hatte jegliches Gefühl für Raum und Zeit verloren.

Der Ausflug auf die Burg, sein Besuch bei Benedikt Rehberg, die Fahrt in das Klinikum, alles schien Tage her zu sein, und doch waren nicht mehr als ein paar Stunden vergangen. Plötzlich spürte er jeden einzelnen Knochen in seinem Körper. Sein Kopf schmerzte und die Müdigkeit, die ihn schon im Krankenhaus überkommen hatte, wurde geradezu übermächtig. Er musste sich fast zwingen, nicht einzuschlafen.

Mit letzter Kraft stieg er die Stufen zu seinem Zimmer hinauf. Während er in seiner Manteltasche nach dem Schlüssel suchte, wurde Tabeas Zimmertür geöffnet und Lukas kam heraus.

»Grüß Gott, Herr Cornelius.«

Verdutzt blickte Cornelius ihn an. »Was machen Sie denn hier um diese Zeit?«

»Anna hat mir gesagt, dass Ihre Tochter krank ist und ich hab ihr ein altes Hausmittel von meiner Oma vorbeigebracht. Damit ist sie morgen garantiert wieder auf den Beinen.«

»Ich frage jetzt lieber nicht, um welches Kraut es sich da handelt«, murmelte Cornelius. »Vertragt ihr euch denn wieder?«

Lukas lächelte. »Ja, alles in Ordnung. Gute Nacht, Herr Cornelius.«

———————

Josef Bernbacher weigerte sich beharrlich, den Arzt in eines der Untersuchungszimmer zu begleiten. Nicht einmal Blutdruck und Puls wollte er sich messen lassen. Mit unbeweglicher Miene, die Hände um den Knauf seines Gehstocks geschlungen, saß er kerzengerade auf einem der Sofas im Foyer. Sogar das Wasserglas, das die Schwester ihm gebracht hatte, stand immer noch unberührt auf dem Tisch vor ihm.

»Ich bleibe so lange hier, bis ich weiß, wie es Sebastian geht«, wies er Robert Thorwald brüsk ab, nachdem dieser ihn erneut gebeten hatte, mit ihm zurück nach Neukirchen zu fahren.

Hilfesuchend blickte Thorwald sich nach Katrin Abel um, aber diese war immer noch mit Sabine Kofler auf der Intensivstation. Auch Florian Weber konnte er nirgends entdecken.

»Sie müssen nicht hier warten«, sagte Bernbacher, dem Thorwalds Unruhe nicht entgangen war. »Ich komme sehr gut allein zurecht.«

In diesem Moment öffnete sich die Aufzugstür. Katrin Abel und Sebastians Mutter betraten das Foyer. Sabine Koflers Augen waren rotgerändert und beim Anblick von Josef Bernbacher liefen erneut Tränen über ihre Wangen.

Thorwald versuchte aus Katrin Abels Miene etwas abzulesen, doch sie vermied es, ihn direkt anzusehen.

Bernbachers Hände zitterten plötzlich so stark, dass er den Gehstock fallen ließ. Krachend landete er auf dem gefliesten Fußboden.

Sabine Kofler setzte sich neben ihm auf das Sofa, nahm seine von Adern durchzogenen Hände in ihre und hielt sie ganz fest.

»Er ist aufgewacht«, sagte sie leise.

---

Im Wohnhaus der Bernbachers brannte noch Licht. Auch der Bewegungsmelder war durch die Ankunft der nächtlichen Besucher ausgelöst worden und tauchte den Eingangsbereich des Hauses in gleißende Helligkeit.

Robert Thorwald schaltete den Motor von Dorothee Bernbachers Wagen aus und blickte abwartend zu ihrem Schwiegervater, der neben ihm saß.

Hinter ihnen bogen Florian Weber, begleitet von einem Streifenwagen, und die Kollegen der Spurensicherung auf das Gelände. Vor dem Seiteneingang des Verwaltungsgebäudes stiegen sie aus und beratschlagten sich kurz.

»Ich kann Sie gerne …«, begann der Kommissar.

»Nein, Herr Thorwald«, unterbrach ihn Bernbacher. »*Ich* werde es ihr sagen. Ich ganz allein. Das bin ich ihr schuldig.«

---

Dorothee Bernbacher stand mit dem Rücken zu ihrem Schwiegervater und schaute schweigend aus dem Fenster.

Im gegenüberliegenden Verwaltungsgebäude konnte sie schemenhaft die drei Polizisten erkennen, die gerade Julians Büro durchsuchten. Im Stockwerk über ihnen waren Schritte und gedämpfte Stimmen zu hören. Zwischen ihren Fingern spürte sie das Schriftstück, das ihr Hauptkommissar Thorwald in die Hand gedrückt hatte, ehe er mit zwei weiteren Beamten nach oben in Julians Zimmer gegangen war, um auch dieses zu durchsuchen und Spuren zu sichern, wie er ihr mit ernster Miene erklärt hatte.

Hinter dem modernen Glasbau, und für ihr Auge nicht sichtbar, erstreckte sich das vertraute Gelände des Sägewerks. Sie kannte jeden Winkel, jede Maschine, jeden einzelnen Baumstamm des Werkes, das sie in den vergangenen Jahren zu dem gemacht hatte, was es heute war … und das sie nie wieder betreten würde.

Langsam drehte sie sich zu Josef Bernbacher um. Voller Verachtung musterte sie den alten Mann, der sich nur mühsam auf den Beinen halten konnte.

»Fünfundzwanzig Jahre habe ich alle Männer, die ich kennengelernt habe, mit deinem Sohn verglichen. Keiner hat diesen Vergleich bestanden. Keiner!«, stieß sie hervor. »Nur damit ich jetzt von dir erfahren muss, dass er nichts weiter war als ein mickriger, kleiner Ehebrecher, der auch noch ein Kind in die Welt gesetzt hat.« Sie sah ihm direkt in die Augen und für den Bruchteil einer Sekunde stand Julian vor ihm. Die gleichen tiefblauen Augen … die gleiche Kälte … der gleiche Hass. Nie waren sich Mutter und Sohn ähnlicher gewesen als in diesem Moment. Die Erkenntnis tat Josef Bernbacher fast körperlich weh.

Dorothees Stimme holte ihn in die Wirklichkeit zurück. »Er hat nicht nur mein Leben zerstört, sondern auch das meines Sohnes.«

»Nein, Dorothee. Julian ist ganz allein für das verantwortlich, was er getan hat. Diese Schuld kann ihm keiner abnehmen.«

»Hast du von dieser Frau gewusst?«, schrie sie. »Sag es mir! Hast du von ihr gewusst?«

»Nein, aber ich hab es geahnt«, antwortete er leise.

»Warum hast du es mir dann nicht gesagt? Ich habe mich Jahre lang für deine Firma abgerackert, und du lügst mir genauso unverschämt ins Gesicht, wie dein Sohn es getan hat. Was seid ihr Bernbachers nur für eine hinterhältige Sippschaft.« Sie drängte sich ungestüm an ihm vorbei und riss die Wohnzimmertür auf. »Aber damit ist jetzt Schluss. Sieh zu, wie du in Zukunft allein klarkommst! Von mir aus geht hier alles den Bach runter. Deine Firma und du, ihr existiert nicht mehr für mich.«

---

»Darf ich mich einen Moment zu Ihnen setzen, Herr Professor?«, fragte Anna Leitner am nächsten Morgen, nachdem sich der letzte Frühstücksgast verabschiedet hatte und nur noch Tabea und Cornelius in der Gaststube waren.

Tabea griff rasch nach ihrer Teetasse. »Ich wollte ohnehin die Mama anrufen. Bis später.«

Anna setzte sich Cornelius gegenüber. Sie wirkte sehr bedrückt.

»Ist es wahr, was die Leute sich erzählen? Julian wollte gestern im Krankenhaus den Sebastian umbringen?«

Erneut konnte Cornelius nur staunen, wie sich eine Geschichte, die am Vorabend nur einem kleinen Personenkreis bekannt war, innerhalb weniger Stunden auf ein ganzes Dorf ausgebreitet hatte. Annas nächster Satz lieferte ihm auch gleich die Erklärung dafür.

»Die Roswitha Förster war zufällig im Klinikum, weil sie ihre Schwester besucht hat. Sie sagte, die Polizei hätte den Julian in Handschellen abgeführt und die Sabine Kofler wäre ganz außer sich gewesen.«

Roswitha Förster … eine Eilmeldung in den Abendnachrichten hätte für eine vergleichsweise langsame Verbreitung der Neuigkeit gesorgt.

Cornelius nickte. »Ja, das ist leider richtig.« Er zögerte kurz. »Julian hat uns die ganze Zeit etwas vorgemacht. Er hat alles von langer Hand geplant, um selbst in die Opferrolle zu schlüpfen und so den Verdacht von sich abzulenken.«

Fassungslos hörte Anna, was sich am Vorabend auf der Intensivstation zugetragen hatte.

»Und das mit Valentina war auch er?«, rief sie.

»Er hat es nicht verkraftet, dass sie ihn wegen Sebastian verlassen hat.«

Anna sah ihn mit großen Augen an.

Cornelius rührte hastig in seiner Kaffeetasse. »Es gibt noch einen anderen Grund, warum er Sebastian so sehr hasst, aber darüber würde ich gerne zuerst mit Herrn Bernbacher sprechen. Ich wollte vor meinem Termin mit dem Staatsanwalt bei ihm vorbeischauen.«

»Machen Sie das. Und grüßen Sie ihn ganz lieb von mir. Wenn er Hilfe braucht, ein Anruf genügt und ich bin da. Sagen Sie ihm das bitte.«

Als Cornelius eine halbe Stunde später am Wohnhaus der Bernbachers klingelte, wartete dort die erste Überraschung des Tages auf ihn. Sabine Kofler öffnete die Eingangstür und bat ihn hinein.

»Josef hat mich gestern Abend noch angerufen. Ich wollte ihn über Nacht nicht allein lassen«, sagte sie, während sie ins Wohnzimmer vorausging.

»Warum allein? Wo ist seine Schwiegertochter?«

Sabine Kofler blieb stehen und blickte betreten zu Boden. »Dorothee ist Hals über Kopf abgereist. Sie wollte zu ihrer Schwester nach Kanada fliegen.«

»Was will sie denn in Kanada? Julian braucht seine Mutter. Jetzt mehr denn je«, rief Cornelius lauter als beabsichtigt. »Wie geht es denn Herrn Bernbacher?«

»Er ist sehr tapfer. Aber bitte, kommen Sie doch herein.«

Josef Bernbacher saß auf der Wohnzimmercouch. Im offenen Kamin knisterte ein Feuer. Nichts an dieser heimeligen Atmosphäre deutete darauf hin, was der alte Mann in den letzten Stunden durchgemacht hatte. Doch sein Gesicht sprach eine andere Sprache: grau, mit eingefallenen Wangen und dunklen Schatten unter den Augen.

»Grüß Gott, Herr Professor. Sabine und ich hätten Sie heute ohnehin noch angerufen.« Mühsam stand er vom Sofa auf und ergriff Cornelius' Hand. »Ich kann Ihnen nicht sagen, wie dankbar ich Ihnen bin. Für alles. Ohne Sie wäre der Sebastian nicht mehr am Leben.«

»Was Sie für meinen Buben getan haben, werde ich Ihnen niemals vergessen«, schluchzte Sabine Kofler.

Cornelius musste an den aufgebrachten Arzt und die Aufregung auf der Intensivstation denken. »Wie geht es ihm denn?«, fragte er vorsichtig.

Sabine Kofler lächelte jetzt trotz der Tränen. »Er ist gestern Abend aufgewacht. Die Ärzte sind zuversichtlich, dass er wieder ganz gesund wird.«

»Das sind ja wunderbare Neuigkeiten«, rief Cornelius erleichtert.

»Sie können sich gar nicht vorstellen, wie glücklich ich bin. Das alles wäre nie passiert, wenn ich nicht all die Jahre geschwiegen hätte«, sagte Sebastians Mutter. »Meine Geheimniskrämerei hätte meinem eigenen Kind beinahe das Leben gekostet.«

# Kapitel 33

K laus und ich haben uns zwei Jahre zu spät kennengelernt«,
begann Sabine Kofler, nachdem sie alle vor dem offenen Kamin Platz genommen hatten. »Es war bei uns beiden Liebe auf den ersten Blick. Aber er war damals bereits mit Dorothee verheiratet und hatte Julian als seinen Sohn adoptiert. Ich wollte nicht, dass es passiert, doch gegen meine Gefühle war ich machtlos. Am Tag vor seinem Autounfall haben wir uns das letzte Mal gesehen. Wir wussten beide nicht, was wir machen sollten. Wir liebten uns, aber ich wollte keine Familie zerstören. Und Klaus auch nicht.« Sie blickte Cornelius traurig an. »Ich weiß, wie heuchlerisch das für einen Außenstehenden klingen mag. Aber ich hätte nie von ihm verlangt, Dorothee und Julian zu verlassen. Zwei Wochen nach seinem Tod hab ich von meiner Schwangerschaft erfahren. Es war das Einzige, das mich damals am Leben gehalten und davor bewahrt hat, vor lauter Kummer den Verstand zu verlieren. Sebastian ist das Beste, was mir passieren konnte. Nie hätte ich gewollt, dass ihm meinetwegen so etwas Furchtbares zustößt.«

In ihren Augen glitzerten neue Tränen.

»Sie haben niemandem von Klaus Bernbachers Vaterschaft erzählt? Auch Sebastian nicht?«, fragte Cornelius.

»Nein, niemandem. Nicht einmal meine Eltern wissen davon. Offiziell war Sebastian das Ergebnis eines kurzen Urlaubsflirts. Als Kind hab ich ihm erzählt, sein Vater würde weit weg am Meer wohnen und zur See fahren. Das hat ihm immer gereicht. Er fand es sogar ziemlich aufregend, einen Vater zu haben, der als großer Abenteurer die Weltmeere bereist. Auch später wollte er nie viel über seinen Vater wissen. Ich glaube, er hat gespürt, wie traurig es mich macht, darüber zu sprechen. Unsere Familie sei gut so, wie sie ist, hat er einmal gesagt. Ich war sehr froh darüber. Was hätte ich ihm denn sagen sollen, wenn er plötzlich angefangen hätte, Fragen zu stellen? Ich wollte ihn auf keinen Fall mit dem Namen Bernbacher in Verbindung bringen.«

»Du hast mir damals sehr glaubhaft weisgemacht, ich würde mich irren und Sebastian sei nicht mein Enkel«, sagte Bernbacher.

»Sie hatten Verdacht geschöpft?«, fragte Cornelius.

»Ich hatte doch Augen im Kopf und mitbekommen, wie mein Sohn und die Sabine sich immer angeschaut haben, wenn sie sich zufällig über den Weg gelaufen sind. Und als Baby war der Sebastian dem Klaus wie aus dem Gesicht geschnitten.«

Sebastians Mutter lächelte matt. »Deshalb hatte ich auch große Angst, du nimmt mir meine Lüge nicht ab. Aber ich wollte nicht, dass Sebastian Zeit seines Lebens niemand anderes ist als der uneheliche Sohn vom Bernbacher, von dem ich mich hab schwängern lassen, um mich und meinen Sohn ins gemachte Nest zu setzen. Ich weiß doch, wie die Leute denken und reden.« Sabine Kofler holte tief Luft. »Und die Dorothee erst! Altenberg ist keine Großstadt. Wir wären uns zwangsläufig ständig über den Weg gelaufen. Eine von uns beiden hätte gehen müssen. Mit dem Sägewerk im Rücken und ich als die Schuldige an ihrem Unglück wäre das bestimmt nicht sie gewesen. Aber ich bin hier aufgewachsen. Hier ist mein Zuhause, meine Familie und meine Freunde wohnen hier. Ich wollte nicht woanders neu anfangen.«

Bernbacher drückte flüchtig ihre Hand. »Ich hab Sebastian in all den Jahren nie aus den Augen verloren. Der Bub hat mir gefallen. Von Anfang an. Und dann wurde ausgerechnet er einer von Julians besten Freunden …« Er hielt abrupt inne. Sein Atem beschleunigte sich und er konnte nur stockend weitersprechen. »Eines Abends saßen die beiden und der Michi hier und haben Schäfflerfiguren angemalt. Auf einmal fingen sie alle laut zu lachen an.« Bernbacher griff in die Tasche seiner grauen Strickjacke und legte zwei der kleinen Holzfiguren auf den Tisch. Eine wirkte abgegriffen und die Farbe war an manchen Stellen schon ziemlich verblasst. Die andere war dagegen noch ganz neu und leuchtete in kräftigen Farben.

Cornelius stutzte. »Da stimmt aber etwas nicht.«

Beide Holzfiguren hatten rote Hüte und grüne Jacken. Dabei waren die Farben der Schäfflertracht doch genau umgekehrt.

»Sie haben recht, Herr Professor«, sagte Bernbacher. »Mein Sohn litt an der Rotgrünblindheit. Das ist seine Figur.« Er zeigte auf das abgegriffene Holzmännchen. »Und die andere ist der

Schäffler, den der Sebastian vor einigen Wochen angemalt hat. Genau wie mein Sohn kann er rot und grün nicht voneinander unterscheiden. Nach dem Abend gab es für mich keinen Zweifel mehr und ich hab meinen ganzen Mut zusammen genommen und Sabine um eine Unterredung gebeten.«

»Und Ihre Antwort ist dann Julian in die Hände gefallen und er hat auf diese Weise von der Existenz seines Bruders erfahren«, sagte Cornelius leise.

Bernbacher schüttelte verzweifelt den Kopf. »Nie hätte ich geglaubt, dass er etwas dagegen haben würde. Ich dachte sogar, er freut sich. Wie oft hatte er sich in jungen Jahren einen Bruder oder eine Schwester gewünscht. Natürlich wäre die Situation am Anfang für uns alle nicht einfach gewesen. Auch die Leute hätten einiges zu tratschen gehabt. Das war mir allerdings herzlich egal. Nur vor dem Gespräch mit Dorothee hatte ich große Angst. Immerhin würde sie durch mich erfahren, dass mein Sohn sie vor seinem Tod betrogen hat. Aber ich hab gehofft, sie würde Klaus eines Tages verzeihen und mit Julian zusammen Sebastian als Teil unserer Familie akzeptieren.«

Bettina Schneider saß am Wohnzimmerfenster ihres Elternhauses und blickte in den verschneiten Garten hinaus. Bernhard und Antonia hatten ihn bereits zu ihrem Revier erklärt und angefangen, ein neues Iglu zu bauen. Wenn es doch nur ebenso einfach wäre, die Grundmauern für ein neues Leben zu legen.

Vor einer Stunde hatte Hauptkommissar Thorwald angerufen. Georgs Leiche war von der Gerichtsmedizin freigegeben worden. Außerdem wusste die Polizei mittlerweile, warum und von wem er getötet worden war. Bettina kämpfte noch immer damit, was sie am Telefon erfahren hatte.

Julian Bernbacher ... ein Mörder? Und Georg ... ein Erpresser? Was sie aber noch viel mehr beschäftigte, war die Tatsache, dass er offenbar vorhatte, sich mit dem erpressten Geld nach Südamerika abzusetzen. Er wollte weg von ihr, weg von seinen Kindern. Wie unglücklich musste er sich in seiner Familie gefühlt haben, um so einen drastischen Entschluss zu fassen.

Die keifende Stimme ihrer Mutter drang in Bettinas Bewusstsein. »Ich hab dir gleich gesagt, der taugt nichts. Aber du wolltest ja nicht auf mich hören.«

Franziska Altmaier saß gegenüber ihrer Tochter und strickte an etwas Undefinierbarem, wovon Bettina befürchtete, dass es eines ihrer Kinder bald anziehen musste.

»Du hast ja recht, Mama«, murmelte sie.

»Wofür hat denn der überhaupt das ganze Geld gebraucht? Als ob es ihm mit dir nicht gut genug gegangen wäre. Und als Dank dafür haben wir seinetwegen nichts als Scherereien!«

Seit der Kommissar angerufen hatte, unterhielten sie sich über Georg. Im Klartext bedeutete das: Ihre Mutter redete und Bettina musste zuhören, wie sie kein gutes Haar an ihrem verstorbenen Schwiegersohn ließ. Sie schimpfte und zeterte, sogar ihrem Vater war es nach einer Weile zu viel geworden und er hatte schleunigst das Weite gesucht. Er zog es stattdessen vor, seinen Enkelkindern beim Bau des Iglus zu helfen.

Anfangs hatte Bettina noch versucht, Georg in Schutz zu nehmen und ihre Ehe zu verteidigen. Aber gegen den nicht enden wollenden Redeschwall ihrer Mutter hatte sie keine Chance. Irgendwann war sie zu müde zum Diskutieren gewesen und hatte sich auf ein undeutliches Murmeln beschränkt, das die von ihr erwartete Zustimmung signalisieren sollte. Georgs Auswanderungspläne hatte sie dabei gänzlich für sich behalten. Sie wollte nicht noch eine weitere Lawine lostreten.

»Und das mit der Beerdigung musst du dir nicht gefallen lassen. Du warst seine Frau und er wird dort beerdigt, wo du es für richtig hältst!«

Jetzt auf einmal bin ich wieder seine Frau, dachte Bettina.

»Ich halte es aber für richtig, mich mit Georgs Bruder zu besprechen. Und wenn er Georg im Elterngrab in Landshut beerdigen lassen möchte, ist das für mich auch in Ordnung.«

Die zwei Sätze hatten viel Kraft gekostet. Sollte ihre Mutter zu einer neuen Attacke blasen, würde sie dieser nicht mehr viel entgegenzusetzen haben. Die Ankunft von Bettinas Vater dirigierte den Redefluss immerhin kurzzeitig in eine andere Richtung.

»Was machst du denn mit deinen Winterstiefeln hier im Wohnzimmer?«, schimpfte seine Frau.

Bettinas Herz setzte kurzzeitig aus. Aber das lag nicht an den schneebedeckten Schuhen ihres Vaters, die bereits erste Pfützen auf dem teuren Parkettboden hinterlassen hatten, sondern an der groß gewachsenen Gestalt, die hinter ihm das Wohnzimmer betrat.

»Der junge Mann hier wollte die Bettina sprechen«, sagte ihr Vater leicht irritiert.

Franziska Altmaier schoss vom Sofa empor. »Was denn für ein junger Mann?«

Bettina blickte Simon Bauer schweigend an.

»Hallo, Bettina«, sagte er leise.

»Bettina, wer ist denn das?«, fragte ihre Mutter sogleich und musterte den unerwarteten Besucher von oben nach unten.

»Das?« Bettina schluckte. Langsam stand sie von ihrem Sessel auf.

Simon wagte vor Anspannung nicht einmal zu atmen.

Plötzlich lächelte Bettina. »Das, Mama, ist Simon Bauer. Der Mann mit dem ich seit sechs Monaten eine heimliche Beziehung habe und mit dem ich zukünftig zusammenleben werde«, sagte sie mit fester Stimme.

Ihre Mutter starrte sie mit weit aufgerissenen Augen an. »Wie bitte?«, flüsterte sie kaum hörbar.

»Spinnst du jetzt ganz?«, entfuhr es ihrem Vater. Kopfschüttelnd sah er zwischen seiner Tochter und Simon Bauer hin und her.

»Ihr habt ganz richtig gehört. Simon ist mein Freund. Und wenn ihr mich und eure Enkelkinder nicht verlieren wollt, dann hört endlich auf, euch in mein Leben einzumischen.«

»In dein Leben einmischen … Ich glaube, ich höre nicht recht. Was willst du denn von diesem Jungspund? Du bist doch mindestens zehn Jahre älter als der«, polterte ihr Vater los.

»Sechs Jahre, wenn du es ganz genau wissen willst. Und *der* hat übrigens auch einen Namen.«

Ihre Mutter schnappte nach Luft. »Aber … aber …«

Bettina hatte es nicht für möglich gehalten, sie in diesem Leben noch einmal sprachlos zu sehen. Allein dafür hätte sie Simon schon umarmen können.

»Was machst du denn hier?«, fragte sie ihn.

»Ich wollte dich und die Kinder abholen.« Er streckte die Hand nach ihr aus. »Lass uns nach Hause fahren.«

Er passierte mit Julians Wagen das Dorfschild von Neukirchen und gab instinktiv mehr Gas. Das Heck ratterte leicht, aber Julian hatte ihn bereits vorgewarnt. Das Auto besaß seit zwei Tagen neue Reifen, die noch eingefahren werden mussten. Es bestand also kein Grund zur Sorge.

Der Winterdienst hatte die Straße optimal geräumt. Sie würden nicht lange bis Landshut brauchen. Es war noch genügend Zeit, um zurück nach Altenberg zu fahren und Blumen für Valentina zu kaufen. Schließlich war heute der 14. Februar, ihr Namenstag. Morgens auf dem Weg zur Bushaltestelle hatte er minutenlang vor dem Blumenladen gestanden, war dann aber einfach weitergegangen. Warum eigentlich?

Der Motor schnurrte leise wie eine Katze. Aber was durfte man von dieser Edelkarosse auch anderes erwarten. Für einen kurzen Moment stellte er sich vor, der dunkelblaue BMW gehörte ihm, und er musste unwillkürlich grinsen. Valentina würde er damit jedenfalls nicht beeindrucken. So viel stand fest.

Sein Blick schweifte über die edlen Ledersitze, das ultramoderne Navigationssystem und die teure Soundanlage. Der Wagen war wie Julian – ein perfekter Bernbacher.

Er schaltete das Radio ein und ließ die Programme durchlaufen. Bei der Frequenz eines Landshuter Lokalsenders, der einen Vorbericht über die Altenberger Schäffler brachte, hielt er inne. Er musste lachen, als er Armin Weingartner im Lautsprecher hörte. Wie stolz er klang, wenn er von »seinen« Schäfflern sprach. Hoffentlich wurden die nächsten fünf Tage zu dem Erfolg, den sie sich alle wünschten. Er hatte Weingartner selten so aus dem Häuschen erlebt wie nach der verpatzten Generalprobe am Vorabend. Aber war das nicht eigentlich ein gutes Vorzeichen für eine gelungene Premiere?

In etwas mehr als vierundzwanzig Stunden würden sie die Antwort darauf wissen. Dann würde vor dem Altenberger Rathaus der Eröffnungstanz stattfinden. Er konnte es kaum noch erwarten.

In diesem Moment begann es im Inneren des Wagens zu rattern und zu rappeln, als ob auf der Stelle die Achse abfallen würde. Plötzlich ertönte hinter ihm ein lauter Knall und das Heck des Wagens geriet gefährlich ins Trudeln.

Ein Adrenalinstoß jagte durch seinen Körper.

Es fühlte sich an, als hätte er das rechte Hinterrad verloren, aber das konnte unmöglich der Fall sein. Instinktiv trat er auf die Bremse. Das Heck brach aus und schleuderte nach rechts. Verzweifelt versuchte er gegenzulenken, was zur Folge hatte, dass sich der Wagen einmal um die eigene Achse drehte. Die Landschaft flog wie in einem viel zu schnellen Film an ihm vorbei. Jeden Augenblick erwartete er, mit einem anderen Auto zusammenzustoßen.

Es knirschte und krachte unter ihm und obwohl er vollkommen orientierungslos war, lenkte er noch einmal in die andere Richtung.

Der Baumstamm schoss wie aus dem Nichts auf ihn zu. Es knallte ohrenbetäubend ... dann war alles schwarz ... und ganz still.

Ein durchdringendes Geräusch ließ Sebastian hochfahren. Verwirrt öffnete er die Augen. Sein Herz raste und es dauerte einige Sekunden, bis er begriff, dass er nicht in Julians BMW saß, sondern in einem Krankenbett lag.

Erneut war dieser unangenehme Laut zu hören. Noch präsenter als zuvor. Allmählich realisierte Sebastian, dass er von draußen in sein Zimmer drang. Es war das Martinshorn eines Krankenwagens. Jetzt konnte er auch das blaue Licht erkennen, das an den Wänden seines Zimmers tanzte.

Er atmete ein paarmal tief ein und aus. Hinter seiner rechten Schläfe tobte der Kopfschmerz und er konnte kaum schlucken. Seine Hand griff nach der Flasche auf dem Nachttisch. Nach einem Glas Wasser fühlte er sich etwas besser.

Es war die dritte Nacht hintereinander, in der er vom Unfall träumte. Die Ärzte hatten ihn vorgewarnt. Die Bilder würden kommen. Und nicht nur einmal. Für sie bedeuteten diese Träume nichts Ungewöhnliches. Ganz im Gegenteil. Es war ein erster Schritt zurück ins Leben, denn Sebastians Psyche fing an, das Geschehene zu verarbeiten. Trotzdem hatte er beim Einschlafen gehofft, in dieser Nacht davon verschont zu bleiben.

Er schwang die Beine über die Bettkante und verharrte einige Sekunden in dieser sitzenden Position. Auch das hatte er lernen müssen. Langsame Bewegungen, vor allem, wenn er aufstehen wollte. Schwindel, Übelkeit, Gleichgewichtsstörungen – sein Körper besaß genügend Mittel und Wege, um sich für Hektik und Schnelligkeit zu rächen.

Vorsichtig stand er auf und ging auf den Flur hinaus. Die Deckenuhr zeigte viertel nach zehn. Er hatte gerade einmal eine gute Stunde geschlafen und noch eine endlose Nacht vor sich, wie er resigniert feststellte. Einen Augenblick überlegte er, ob er umkehren sollte, doch dann ging er weiter den Flur entlang.

Die Tür des Schwesternzimmers war geöffnet.

»Hallo, Sebastian. Können Sie nicht schlafen?«, fragte die Nachtschwester, eine freundliche Frau Anfang vierzig.

»Nicht so gut«, murmelte er.

»Warum haben Sie denn nicht geklingelt? Möchten Sie ein leichtes Schlafmittel?«

Sebastian schüttelte den Kopf. »Nein, ich stopf momentan schon genügend Chemie in meinen Körper. Aber …« Er zögerte.

»Ja?«

»Könnte ich vielleicht kurz telefonieren? Meine Telefonkarte ist leer und mein Handy … gibt es seit dem Unfall nicht mehr.«

»Aber natürlich. Einfach eine Null für die Amtsleitung vorwählen«, sagte die Nachtschwester und zeigte auf das Telefon auf ihrem Schreibtisch. »Wissen Sie denn die Telefonnummer?«

Ein Lächeln huschte über Sebastians Gesicht. »Ja, die Nummer weiß ich.«

---

Valentina hätte es nie für möglich gehalten, aber seit sie wusste, wer für ihren Zusammenbruch verantwortlich war, verspürte sie ein ungekanntes Gefühl der Stärke. Obwohl die Wahrheit unsagbar schmerzhaft war, hatte sie ihr innere Ruhe und Gewissheit verschafft. Die Gewissheit, die sie gebraucht hatte, um endlich wieder nach vorne schauen zu können.

Das erste Mal seit Langem hatte sie keine Angst mehr vor dem Einschlafen und auch keine vor dem Aufwachen mitten in der Nacht. Dem stundenlangen Wachliegen, ohne zurück in den Schlaf zu finden, dem endlosen Grübeln, den vielen Fragen, auf die sie nie eine Antwort gefunden hatte.

Julian – er allein war die Antwort auf alles, was sie in den vergangenen Wochen und Monaten umgetrieben und an den Rand der Verzweiflung gebracht hatte.

Tief in ihrem Innersten hatte sie schon damals seine Rache gefürchtet, zu ungläubig, zu entsetzt war sein Blick gewesen, als sie ihm ihre Gefühle für Sebastian gestanden hatte. Dabei hatte auch sie noch nicht gewusst, wohin sie diese Gefühle führen würden. Sie wusste nur, dass sie es herausfinden wollte und für Julian nicht mehr die Liebe empfand, die notwendig war, damit ihre Beziehung weiterhin bestehen konnte. Dennoch hatte sie ihn nie mit dieser teuflischen Tat in Verbindung gebracht. Der ungeheuerliche Verdacht existierte in ihrem Vorstellungsvermögen schlicht und einfach nicht. Für sie war der Täter stets ein Fremder, der sie willkürlich als Opfer ausgewählt hatte.

Ihr Handy gab ein kurzes Brummen von sich. Simon hatte geschrieben.

Es war ihre erste Nacht allein im Haus. Simon übernachtete heute bei Bettina und den Kindern und ihre Eltern würden erst morgen aus dem Urlaub zurückkommen. Sie musste lächeln, als sie seine Nachricht las. Immer noch der große Bruder, der sich Sorgen um seine kleine Schwester machte. Ob sie Angst hätte und er kommen solle, stand auf dem Display.

»NEIN! ALLES GUT!«, schickte sie zurück.

Wie ihre Eltern wohl auf Bettina Schneider reagieren würden? Nach Julians Verhaftung hatte sich Simon seiner Schwester anvertraut und ihr seine Beziehung zu ihr gestanden. Seitdem überlegte Valentina, was sie selbst über die junge Frau wusste – außer, dass sie Georg Schneiders Witwe war und zwei Kinder hatte – und was sie davon halten sollte.

Ihr Vater mochte Bettinas Vater, einen vermögenden Bauunternehmer aus Ebersbach, nicht besonders. Und ihre Mutter hatte stets behauptet, Bettina würde ihre Ehe mit Georg längst bereuen, so oft wie der sich in Wirtshäusern herumtrieb und betrunken nach Hause kam. Valentina selbst kannte Bettina nur vom Sehen. Eine attraktive Frau mit unglaublich ausdrucksstarken Augen, das hatte sie immer gedacht, wenn sie und Bettina sich begegnet waren.

Aber Simon liebte sie und das war für Valentina das stärkste Argument, das es geben konnte. Simon liebte Bettina so sehr, dass er spätabends das Haus verließ und ihr im Schneegestöber entgegenfuhr, weil er Angst um sie und die Kinder hatte. Das war der wahre Grund, warum er Samstagabend noch einmal weggefahren war, wie er ihr schließlich gestanden hatte.

Warum hatte er ihr nicht schon längst von seiner Beziehung zu Bettina erzählt? Früher konnten sie doch auch über alles reden und hatten keine Geheimnisse voreinander.

Früher – vor ihrem Zusammenbruch, als Simon sie noch nicht wie ein rohes Ei behandelte und alles von ihr ferngehalten hatte, das nach Aufregung aussah. Bei ihren Eltern hatte sie dieses Verhalten mittlerweile akzeptiert, bei ihrem Bruder befremdete Valentina es immer noch sehr.

Die Art und Weise, wie sich die Polizistin nach Simons Alibi erkundigt hatte, hatte Valentina große Angst gemacht. Sie konnte plötzlich nur noch an Simon denken. Simon, der wollte, dass sie für ihn log, wenn die Polizei sie zu Samstagnacht befragen sollte. Simon, der nicht zu Hause war. Simon, der in den Augen der Polizei offenbar einen Grund hatte, Georg Schneider zu töten.

Sogar die Sorge um Sebastian war dadurch für kurze Zeit in den Hintergrund getreten. Jetzt war er seit fünf Tagen aus dem Koma aufgewacht und eigentlich sollte doch alles gut sein. Doch in den fünf Tagen hatte sie es nicht gewagt, ihn im Krankenhaus zu besuchen oder auch nur dort anzurufen. Zu vieles war passiert, zu vieles zwischen ihnen unausgesprochen geblieben. Es war zu spät, um noch einmal von vorne anzufangen.

Ihr Handy vibrierte auf dem Nachttisch. Offenbar glaubte Simon ihr nicht und wollte mit eigenen Ohren hören, dass sie auch ohne ihren großen Bruder zurechtkam. Doch als Valentina auf das Display schaute, war dort eine Landshuter Nummer zu sehen. Zuerst zögerte sie, doch schließlich siegte ihre Neugier.

»Ja, bitte?«, meldete sie sich.

Sebastians Stimme klang heiser und ein paarmal wurde er von einem Hustenanfall unterbrochen. Trotzdem war es das Schönste, das er ihr jemals gesagt hatte.

»Ich bin in einer halben Stunde bei dir«, flüsterte sie.

# Kapitel 34

Sebastian stand am Fensterbrett und wartete, bis der Bus von der Haltestelle losfuhr und in die Querstraße einbog. Erst als er nicht mehr zu sehen war, setzte er sich zurück auf die Bettkante. Sie hatten es der Nachtschwester zu verdanken, die Valentina nicht sofort nach Hause geschickt, sondern ihr erlaubt hatte, die ganze Nacht bei ihm zu bleiben. Am Nachmittag wollte sie wiederkommen. Sebastian ertappte sich dabei, wie er die Uhr auf seinem Nachttisch kontrollierte und die Stunden bis zu Valentinas Besuch ausrechnete.

Langsam stand er von der Bettkante auf und ging im Zimmer auf und ab. Plötzlich hielt er inne. Ob er einen kurzen Versuch wagen sollte? Im Kopf waren alle Schritte noch da, wie er erleichtert festgestellt hatte. Keinen einzigen hatte er vergessen. Wenn er nahe am Bett blieb, konnte er sich jederzeit festhalten, falls er doch das Gleichgewicht verlieren sollte. Sebastian stellte sich aufrecht hin und straffte die Schultern. In Gedanken zählte er den Takt und begann vorsichtig mit den ersten Schritten.

Die schwarze Welle überrollte ihn mit solcher Wucht, dass er gerade noch die Bettkante zu fassen bekam. Seine Hände kribbelten, als ob er in einen Ameisenhaufen gegriffen hätte, und in den Ohren dröhnte und rauschte es. Seine Beine fingen an zu zittern und mit letzter Kraft zog er sich auf das Bett. Dort blieb er sekundenlang schwer atmend liegen.

Allmählich beruhigte sich sein Körper wieder. Seufzend setzte er sich auf und griff nach dem Wasserglas auf seinem Nachttisch.

Schäfflertanz nach fast einer Woche im Koma war definitiv keine gute Idee. Er war froh, dass niemand seine missglückte Tanzeinlage beobachtet hatte.

Vor allem nicht der Neurologe und der Physiotherapeut, die heute Vormittag vorbeikommen und die weitere Therapie mit ihm besprechen wollten. Er würde alles mitmachen, egal, wie schmerzhaft es auch sein mochte und wie lange es dauerte. Hauptsache, es brachte ihn wieder auf die Beine. So einen Moment wie gerade eben wollte er nie wieder erleben.

Dass ausgerechnet Julian ihm das angetan hatte, war für ihn immer noch unbegreiflich und schmerzte mehr als jede Bewegung dies gekonnt hätte. Den Moment, als seine Mutter ihm sagte, warum dieser Unfall passiert war und wer hinter alldem steckte, würde Sebastian niemals vergessen.

Auch die Erinnerung an die Generalprobe, an das letzte Treffen vor dem Unfall, würde ihn immer begleiten. Während Armin Weingartner und die anderen überall nach den verschwundenen Hämmern gesucht hatten, hatten Julian und er heimlich noch ein paar Schritte geübt. Der letzte Tanz ... Julians mörderischer Plan hatte bereits Gestalt angenommen und ihn bei jedem Lachen, bei jeder Bewegung wie ein unsichtbarer Schatten begleitet. Nie wäre Sebastian auf die Idee gekommen, wer sich tatsächlich hinter der perfekten Fassade des besten Freundes verbarg.

Ein Klopfen holte ihn aus seinen Gedanken zurück. Sekunden später wurde die Tür geöffnet und Josef Bernbacher stand im Türrahmen.

Sekundenlang sagte keiner von ihnen etwas.

Sebastian räusperte sich. »Hallo, Herr Bernbacher.«

»Grüß dich, Sebastian. Darf ich mich einen Moment zu dir setzen?«

Sebastian nickte.

Bernbacher nahm einen der Besucherstühle und setzte sich neben das Bett. »Im Foyer hab ich die Valentina getroffen. Sie hat mir erzählt, dass sie dich besucht hat.«

»Hm.«

»Deine Mama hat mich hergebracht. Sie kommt gleich.«

»Sie hat mir gestern alles erzählt. Sie sind mein ...« Sebastian schluckte, sprach aber nicht weiter.

»Ich bin dein Großvater«, sagte der alte Mann leise.

Sebastian blickte Josef Bernbacher lange schweigend an.

»Ist alles ein bisschen viel auf einmal, gell?«

»Ja, schon«, erwiderte Sebastian zögernd. »Mama war all die Jahre meine einzige Familie. Und jetzt ...«

»Hinter ihrer Lüge stand ganz gewiss keine böse Absicht. Sie hat immer nur dein Bestes gewollt.« Bernbacher hielt inne. »Ich hab damals versäumt, ihr die Angst vor der Wahrheit zu nehmen. Wenn ich nicht so schnell aufgegeben hätte, wäre das alles vielleicht nie passiert. Und … Julian hätte nie …«

Obwohl er immer noch sehr leise sprach, hallte der Name förmlich von den Zimmerwänden. Als ob Bernbacher mit seiner Erwähnung eine unsichtbare Grenze überschritten hätte. Sebastian sah, wie der alte Mann plötzlich um Fassung rang, spürte den eigenen Schmerz, der sich in seinem ganzen Körper ausbreitete und ihn regelrecht lähmte. Eine Weile war es wieder ganz still im Zimmer.

»Für das Sägewerk bin ich Ihnen keine große Hilfe«, sagte Sebastian. »Ich will Tierarzt werden.«

Bernbacher lächelte. »Mach dir darum keine Sorgen. Für die Firma wird sich schon eine Lösung finden. Du machst genau das, was du machen willst. Und wenn du mich brauchst, dann bin ich für dich da. Einverstanden?«

»Einverstanden«, flüsterte Sebastian.

»Ich glaube, wir beide werden uns ganz gut verstehen«, sagte Bernbacher und sah ihm direkt in die Augen.

»Ich … auch.« Sebastian lachte plötzlich. »*Opa.*«

---

Cornelius saß nachdenklich in der kleinen Dorfkirche und ließ die Ruhe und Stille auf sich wirken. Vor einer halben Stunde war der Gottesdienst für Georg Schneider zu Ende gegangen. Da seine Urne am nächsten Tag im engsten Familienkreis in Landshut bestattet wurde, wollte Bettina Schneider den Neukirchnern die Gelegenheit geben, auf diesem Weg Abschied von ihrem verstorbenen Mann zu nehmen.

Noch immer hing ein schwacher Geruch von Weihrauch in der Luft. Während die meisten Gottesdienstbesucher danach zu Anna in den Gasthof gegangen waren, hatte Cornelius die Ruhe und Stille von St. Ulrich vorgezogen.

Fünf Tage waren seit Julians Verhaftung vergangen. Dennoch gab es in Neukirchen fast kein anderes Gesprächsthema. Bei dem einen oder anderen kam Cornelius deshalb nicht umhin, ihm pure Neugier anstatt echter Anteilnahme zu unterstellen. Dafür reckte und streckte sich manch ein Hals allzu sehr und waren die Blicke, die zwischen den Bänken hin und her wanderten, zu vielsagend.

Neben Josef Bernbacher wurde vor allem nach Simon Bauer Ausschau gehalten, dessen Besuche im Haus der Schneiders nicht unbemerkt geblieben waren. Doch zur Enttäuschung der Anwesenden waren beide nicht unter den Besuchern. Auch an Cornelius' Person war das öffentliche Interesse nicht spurlos vorübergegangen. Spätestens am Aschermittwoch wusste jeder in Neukirchen, dass er maßgeblich zu Julians Verhaftung beigetragen hatte. Nicht nur in Roswitha Försters Dorfladen war er seitdem ein besonders gern gesehener Gast. Sogar die Pressevertreter zweier Lokalblätter waren in der Pension vorstellig geworden und hatten ihn um ein Interview gebeten. Zu Tabeas großer Enttäuschung hatte Cornelius es jedoch abgelehnt, ihnen Rede und Antwort zu stehen.

Offenbar hatten sie es danach auch beim Sägewerk versucht, doch laut Dorfladenbesitzerin waren sie nicht weiter als bis zum Firmenparkplatz gekommen. Von Anna wusste Cornelius, dass der kaufmännische Leiter vorübergehend die Geschäftsführung übernehmen würde, bis ein geeigneter Nachfolger für Dorothee gefunden war. Auch Sabine Kofler sah man im Bernbacher Haus momentan oft ein- und ausgehen. Wenn sie nicht bei Sebastian in der Klinik war oder im Altenheim arbeitete, kümmerte sie sich um Josef Bernbacher.

Cornelius wollte dem alten Mann Zeit geben, die dramatischen Ereignisse in seiner Familie zu verarbeiten, und hatte von weiteren Besuchen Abstand genommen. Umso mehr hatte er sich über Bernbachers Anruf und die Einladung gefreut, die dieser für ihn und Ramona ausgesprochen hatte. Cornelius konnte nur ahnen, dass sein Lebensmut und die Kraft, trotz aller Schicksalsschläge weiterzumachen, vor allem Sebastian zuzuschreiben war. Sebastians Genesung machte große Fortschritte und er würde schon bald in eine Rehaklinik kommen.

Valentina hatte Cornelius bei ihrem Besuch am Vormittag davon erzählt. Das erste Mal seit ihrem Wiedersehen hatte Cornelius das Gefühl, etwas von der jungen lebenslustigen Frau zu sehen, die er zwei Jahre zuvor in München kennengelernt hatte.

Das Strahlen war in Valentinas Augen zurückgekehrt und sie hatte wieder Pläne für die Zukunft. Auch wenn noch ein langer und beschwerlicher Weg vor ihr liegen mochte, mit Sebastian zusammen würde sie es schaffen, dessen war sich Cornelius sicher.

Laut *Altenberger Nachrichten* planten Stadt und Schäfflerausschuss, die Aufführungen im kommenden Jahr nachzuholen. Das erste Mal in der über einhundertjährigen Geschichte des Altenberger Schäfflertanzes wurde somit der siebenjährige Turnus durchbrochen. Julian hatte also für einen ganz besonderen Eintrag in die Geschichtsbücher gesorgt.

Dann mit einem hoffentlich vollständig genesenen Sebastian Kofler und – Armin Weingärtner hatte sich eine Andeutung Cornelius gegenüber bei seinem letzten Besuch in der Konditorei nicht verkneifen können – mit Michael Graf als Favorit für das Amt des ersten Vortänzers.

Wie wohl Marcel Rehberg darauf reagieren würde? Aber irgendetwas sagte Cornelius, dass sein zukünftiges Interesse am Schäfflertanz und das seines Onkels nicht mehr allzu groß sein dürften.

Das konnte Cornelius von sich nicht behaupten. Er freute sich schon jetzt auf die Aufführungen im kommenden Jahr, dann hoffentlich mit Ramona an seiner Seite. Nachdem sich ihre Abreise aus Kitzbühel dank diverser Befindlichkeiten der beiden Patienten mehrmals verschoben hatte, würde sie in wenigen Stunden endlich in Neukirchen eintreffen.

Tabea hatte Cornelius versprochen, ihn nicht im Stich zu lassen, wenn es darum ging, Ramona seine erneuten kriminalistischen Ausflüge zu beichten. Ihrem letzten Telefonat nach zu urteilen ahnte seine Frau jedoch bereits, dass sein Aufenthalt in Neukirchen nicht ganz so ereignislos gewesen war, wie er ihr gegenüber stets im Brustton der Überzeugung behauptet hatte.

Die Kirchturmuhr von St. Ulrich schlug zur halben Stunde. Allmählich wurde es Zeit, nach Landshut aufzubrechen, wo er sie am Bahnhof abholen wollte. An der Kirchentür drehte er sich noch einmal um. Der Tag war bisher trüb und wolkenverhangen gewesen. Doch in den letzten Minuten kämpften sich immer mehr Sonnenstrahlen durch die dicke Wolkendecke und erhellten den Innenraum der kleinen Kirche.

Einer der Strahlen fiel dabei direkt auf die Heiligenstatue am Seitenaltar, wie Cornelius mit einem Lächeln feststellte, ehe er hinaus in die Kälte trat.

Ende